Peter Lorath
Fluch der Venus

Der gebürtige Wiener Peter Lorath pendelt zwischen seiner Bleibe am Rhein und seinem Zuhause in seiner Geburts- und Heimatstadt Wien. Schon sein schlesischer Großvater war Schriftsteller und populärer Theaterautor. Lorath beschäftigt sich seit einigen Jahren mit den politischen und gesellschaftlichen Zuständen im Wien des Fin-de-Siècle und legt jetzt seinen ersten Krimi vor, weitere sind in Planung.
Im Hauptberuf ist Lorath passionierter Arzt, seine vielfältigen Hobbies gelten der Geschichtskunde, Musik, Literatur und Psychologie, was sich auch in seinem Roman widerspiegelt. Am Schreiben reizt ihn die detailgetreue Zeichnung der Figuren und deren Seelenleben im Spannungsfeld der speziellen Anforderungen ihrer Epoche.

Peter Lorath

Fluch der Venus

Wiener Abgründe

PIPER

Mehr über unsere Autoren und Bücher:
www.piper.de

Wenn Ihnen dieser Krimi gefallen hat, schreiben Sie uns unter Nennung des Titels »Fluch der Venus – Wiener Abgründe« an empfehlungen@piper.de, und wir empfehlen Ihnen gerne vergleichbare Bücher.

Wir produzieren nachhaltig
www.piper.de

ISBN 978-3-492-50626-7

Redaktion: Ulla Mothes
Satz auf Grundlage eines CSS-Layouts
von digital publishing competence (München)
mit abavo vlow (Buchloe)
Covergestaltung: Alexa Kim »A&K Buchcover«
Covermotiv: Melanie Lemahieu/shutterstock.com;
Fiammafemme/depositphotos.com
Printed in Germany

Kapitel 1
Die Hochburg des Todes

Pünktlich um halb fünf Uhr nachmittags hielt ein Fiaker vor einer kleinen Holztür, direkt neben der großen Einfahrt zum Pathologisch-Anatomischen Institut des Allgemeinen Krankenhauses. Mit einer tiefen Verbeugung öffnete der Kutscher den Wagenschlag, eine Geste ausgesuchter Höflichkeit und alles andere als eine Selbstverständlichkeit für einen Wiener Fiaker.

Ein mittelgroßer hagerer Mann mit einem buschigen, grauen Backenbart entstieg würdevoll dem Wagen. Er hatte ein langes, hohlwangiges Gesicht mit einer geraden, aristokratischen Nase. Trotz eines dichten Kranzes aus Lachfältchen blickten die blassblauen Augen sorgenvoll unter dem tief in die Stirn gezogenen Zylinder hervor.

Mit seinen fünfundsechzig Jahren wirkte der Wiener Polizeipräsident Wilhelm Marx Ritter von Marxberg wie ein freundlicher älterer Herr. Er trug ein dunkelgrünes Jackett mit schwarzem Samtkragen und Weste, darunter ein weißes Hemd mit einer schwarzen Krawatte. Seine Linke umklammerte einen zierlichen Spazierstock mit fein modelliertem Silbergriff. Er ließ ein paar Münzen in die geöffnete Hand des Kutschers fallen, lüpfte den Hut und tupfte sich mit einem weißen Taschentuch die Stirn trocken. »1880 wird wohl als heißestes Jahr in die Geschichte eingehen!«

»Dabei haben wir erst Juni«, bestätigte der Kutscher seufzend.

Kaum hatte Marx den »Leichenhof«, wie die Wiener den Vorhof des Pathologieinstituts respektlos nannten, betreten, legte sich die Allgegenwart des Todes wie eine schwarze Gewitterwolke über ihn. Rasch brachte er die kleine Einsegnungskapelle mit Trauergästen hinter sich und betrat das Institut im erdrückenden Schatten des Narrenturms. Er tat das nicht freiwillig.

Stefanie »Fanni« Matzner, eine bekannte Edelprostituierte aus den höchsten Kreisen der Wiener Gesellschaft war zwei Tage zuvor tot aufgefunden worden. Ohne Anzeichen äußerer Gewalt oder einer ansteckenden Krankheit hatte man die Leiche ordnungsgemäß zur Bestattung freigegeben – wäre da nicht der alte Graf Modritzky gewesen, einer ihrer Freier, wie Marx wusste. Seine Erlaucht hatte dem Polizeipräsidenten mit beträchtlichen Schwierigkeiten gedroht, sollte er Fannis Tod ohne Obduktion unter den Tisch kehren – keine leere Drohung aus der Feder eines steinreichen böhmischen Adligen und langjährigen Mitglieds des Herrenhauses mit geradezu märchenhaften Verbindungen. Mit Engelszungen überredete Marx Professor Hofmann, den legendären Vorstand der Wiener Gerichtsmedizin, zur Autopsie einer unauffälligen Leiche ohne Anordnung eines Untersuchungsrichters, was eigentlich illegal war.

Die erfrischende Kühle des Treppenhauses trübte ein scharfer Geruch. Der Gang, den er betrat, endete an einer bis an die Decke reichende Glaswand, von der ein schwacher, süßlich-fauliger Gestank ausging. Was für ein grauenhafter Ort, dachte Marx, als ihm ein großer, dicker Mann in grauer Dienstkleidung entgegenkam und dabei herzhaft von einer Wurstsemmel abbiss. »D'Ehre, der Herr!«, sagte er freundlich mit vollem Mund. »Ich bin die Leichenwache. Zu Diensten?«

»Oh, vielen Dank«, erwiderte der Präsident erleichtert. »Ich soll einer gerichtlichen Obduktion beiwohnen. Wenn Sie mir freundlicherweise ...«

»Bei mir brauchen's net so g'schraubt reden.« Der Mann schluckte und lachte. »Da wo Sie grad sind, gibt's nur Leichen. Das Parteiwartezimmer ist in der anderen Richtung. Kommen's.«

Das Parteiwartezimmer 2 war ein kahler Raum mit einer Holzbank und ein paar Stühlen. »Da warten normalerweise die Herren vom Magistrat. Aber heute gibt's keine Sanitätsleich. Ich meld Sie beim Professor. Der werte Name?« Der Wächter stopfte ein weiteres großes Stück Semmel in den Mund.

»Marx von Marxberg. Polizei«, erteilte der Präsident bescheiden Auskunft.

Kurz darauf erschien Professor Eduard Ritter von Hofmann, ein großgewachsener, breitschultriger Mann mit einem strengen Gesicht. In den dunklen ausdrucksvollen Augen hatte das viele Leid, das sie erblickt hatten, sichtbare Spuren hinterlassen. Die dunklen Haare waren auf der hohen Stirn weit zurückgewichen. Tiefe Falten zogen die Mundwinkel hinab und verschwanden in einem dichten, bis zur Brust reichenden Vollbart.

»Welch seltener Gast in meinen bescheidenen Hallen.« Die tiefe, sonore Stimme des Professors klang angenehm und freundlich. »Na, dann wollen wir mal.« Marx zog den weißen Kittel über, den ihm der Professor reichte. Für ihn begann der Weg zum Schafott.

Aus dem Seziersaal schlug ihnen ein Schwall heißer, stickiger Luft entgegen. Stechende Pfefferminz- und Thymianaromen breiteten einen zähen Film über Augen und Atemwege. Ekelerregender Fäulnisgestank schien sich in Sekundenschnelle in der Kleidung festzusaugen. »Der Geruchssinn ist Gott sei Dank ermüdbar«, beruhigte der Institutsvorstand seinen verstörten Gast.

Zwischen zwei halbkreisförmigen Tribünen verlief ein nach oben offener, finsterer Korridor in die Saalmitte, in die durch zwei große Fenster grelles Sonnenlicht auf einen mächtigen Seziertisch aus Marmor fiel. Davor warteten bereits Hoffmanns Assistent Dr. Riegler und ein Leichenwärter, Beide in weißem Kittel. Auf einem langen, weiß gedeckten Tisch lagen penibel geordnete chirurgische Instrumente, daneben standen leere Gefäße bereit.

Ein quietschendes Geräusch verriet Marx, dass die Tür erneut geöffnet wurde. Stimmen wurden hörbar, dann Schritte und ein schleifendes Geräusch. Zwei Totenträger schoben Fanni Matzners Leichnam auf einer fahrbaren Trage aus dem Dunkel des Ganges. Die ausgeprägte Leichenstarre ließ die Tote wie eine Schaufensterpuppe wirken. Sie trug ein teures Kleid aus feinster, dunkelroter Seide mit dunkelblauen Samtbordüren, Puffärmeln und weißen Seidenmanschetten. Das schleifende Geräusch wurde von dem bis zum Boden herabhängenden Rock verursacht. Auf dem kleinen roten Hütchen leuchteten schillernde Fasanenfedern, ihr Gesicht lag unter einem kurzen, schwarzen Schleier. Für die in diesem Jahr ungewöhnliche Hitze war ihre Kleidung viel zu warm.

»Wird ein Leichnam nicht schon bei der Beschau entkleidet?«, fragte Marx nervös.

»Üblicherweise schon.« Resignation malte sich auf Hofmanns Gesicht. »Ich muss mit dem Kollegen ein ernstes Wort wechseln.«

»Bitte vergessen Sie nicht, dass diese Leichenöffnung auf keinen Fall publik werden darf.«

»Keine Sorge, Herr Präsident.« Hofmann lüftete Matzners Schleier. Der Anblick ihres Gesichts ließ ihn einen kurzen Augenblick mit einem wehmütigen Blick innehalten. »Was für eine bildschöne Frau«, flüsterte er. Marx stimmte ihm in Gedanken zu.

Reste von Schminke zauberten ein leichtes Rouge auf ihre blassen Wangen, und die nachgezogenen, dünnen Augenbrauen bildeten einen dunklen Kontrast zu der bleichen, kalten Haut. Die vollen Lippen waren leicht geöffnet, das Kinn zurückgesunken, sodass die weißen, regelmäßigen Zähne sichtbar waren. Wäre da nicht der erloschene Blick, die eingetrockneten, toten Augen zwischen den halb geöffneten Lidern gewesen, hätte man meinen können, dass Fanni Matzner jeden Moment aus tiefem Schlaf erwachen und die sie umgebenden Männer erstaunt anblicken würde.

Trotz ihrer unbestreitbaren Schönheit wirkte ihr totes Antlitz auf Marx unnatürlich, beinahe unheimlich. Doch so sehr er sich bemühte, er vermochte nicht zu ergründen, welche subtile Veränderung ihrer ebenmäßigen Züge der Quell seiner Verstörung war.

Nachdem sich die Leichenträger entfernt hatten, trat Hofmann an den Seziertisch, wo Dr. Riegler mit gezücktem Stift und Sektionsprotokoll bereitstand. Ein weiterer Leichendiener erschien. Er und sein Kollege übernahmen zusammen mit Marx die Rolle der Gerichtszeugen. Mit einem flauen Gefühl im Magen stellte sich der Polizeipräsident an das Fußende der Leiche. Er hätte liebend gern eine vertraulichere Vorgangsweise bevorzugt, doch darauf wollte sich Hofmann nicht einlassen.

»Wir haben heute den 16. Juni 1880, die Tote ist Stefanie Matzner, geboren am 23. 8. 1852?«, eröffnete Hofmann die Untersuchung.

»Sie wurde durch persönliche Bekannte identifiziert, unter anderem auch durch meine Wenigkeit«, erwiderte der Polizist. Danach bestätigten noch einmal alle ihre eigenen Personaldaten für das Sektionsprotokoll. Aufgrund des hohen Ranges des institutsfremden Zeugen wurde auf die Vorlage einer Geburtsurkunde verzichtet.

Nach dem Abschluss der Formalitäten inspizierte der Gerichtsmediziner die Tote ausgiebig. In den folgenden dreißig Minuten entkleidete er sie. Jedes Wäschestück wurde zunächst an der Leiche genauestens begutachtet, ob sich vielleicht ein Hinweis auf eine von außen zugefügte Verletzung fand. Dann wurde es mit größter Sorgfalt entfernt, um nicht die Lage darunterliegender Kleidungsstücke zu verändern. Da auch nicht die geringste Gewalt angewendet werden durfte, trennte der Gerichtsmediziner manche Nähte mit dem Skalpell auf. So schälte er Matzners Körper wie ein kostbares Geschenk aus einer aufwendigen Verpackung. Dabei beschrieb Hofmann jedes kleinste Detail ihrer Garderobe: Stoff, Färbung, Schnitt, Abnutzung, Tascheninhalt und andere Kleinigkeiten. Rieglers Stift flog über das sich schnell füllende Formular.

Der Tisch war mit einer eigenen Wasserzufuhr ausgestattet. Als die Tote endlich nackt war, öffnete der Leichendiener den Wasserhahn, sodass ein beständiger Wasserstrom den Leichnam umspülte und die unheimliche Stille, die im Saal herrschte, durch ein zartes Gurgeln und Plätschern bereicherte. Fanni Matzner war von zierlicher Gestalt, hatte üppige Brüste, leicht ausladende Hüften und eine schmale Taille. Selbst jetzt war ihr Körper für die Augen eines Mannes ein erfreulicher Anblick. Nur der Bauch wirkte ungewöhnlich gebläht und aufgetrieben, was im angezogenen Zustand durch ein eng geschnürtes Mieder verhüllt gewesen war. An Schultern, Rücken und Ellbogen hatten sich bereits Totenflecke gebildet. Nach dem Aufenthalt in der Eiskammer war ihre Farbe hellrot. Als Hofmann kurz mit dem Daumen darauf drückte, verschwand die Farbe für eine kurze Zeit. »Totenflecken wegdrückbar«, nahm Riegler zu Protokoll.

Auffällig waren die zahllosen Muttermale und Leberflecken auf der schneeweißen Haut. Brustkorb, Beine und Hals waren zusätzlich mit reiskorngroßen Pünktchen übersät, die in allen Farbnuancen zwischen Rot, Braun und Gelb schimmerten. Nur das Gesicht war ausgespart. Unter dem Rippenbogen mischten sich unter die Male kleine dunkle Knötchen, einige davon mit einer Kruste, einige frisch aufgeplatzt und eingetrocknet. Selbst Hand- und Fußflächen waren nicht verschont geblieben.

Der Gerichtsmediziner diktierte sämtliche Veränderungen und begann danach, Fanni Matzners Geschlechtsteile intensiv zu untersuchen. Irritiert stellte Marx fest, dass er dabei eine Walzermelodie von Johann Strauß Vater summte. Als sich Hofmann nach einigen Minuten mit einem diskreten Kopfschütteln dem Gesicht der Toten zuwandte, hellte sich seine strenge Miene auf. Er war unverkennbar in seinem Element.

Ein eher ungewöhnliches Merkmal an Matzners Frisur waren die bis knapp über die Augen reichenden Stirnfransen, die ihr einen spitzbübischen Ausdruck verliehen. Beinahe zärtlich fuhr Hofmanns Hand in das volle Haar, das kunstvoll gelockt nach oben drapiert war.

»Jesus, Maria und Josef!« Erschrocken stöhnte Marx auf, als der Professor mit einem kaum merklichen Ruck die Perücke abzog und dem Leichendiener überreichte. Ihrer üppigen Haarpracht beraubt, bot die Tote nun das Bild einer keuschen, entsetzlich entstellten Büßerin. Stirn und Kopfhaut waren am Haaransatz – oder was davon übrig war – gespickt mit eitrigen kleinen Pusteln. Wie eine Dornenkrone hatten sie den gesamten Haaransatz von der Stirn bis zum Nacken befallen und sich von dort über die Kopfhaut ausgebreitet. Von ihrem natürlichen Haar war lediglich ein Fleckenteppich aus kahlen Stellen und Inseln kurzgeschnittener Haare übrig, dazwischen sprossen ganze Kolonien junger, Härchen.

»Corona venerea, Alopecia areata«, diktierte der Hofmann lakonisch. »Sie war eine Grabennymphe, sagten Sie?«

»Eine ziemlich erfolgreiche sogar«, erwiderte der Polizeipräsident, der seine Fassung schnell wiedergewonnen hatte.

»Passt. Haben Sie das Gesundheitsbuch der Toten dabei?«

»Ich bedaure, bis jetzt konnten wir es noch nicht finden«, gab Marx ein wenig zu schnell zur Antwort, denn eine unheilvolle Ahnung hatte ihn beschlichen. »Entschuldigen Sie, wenn ich Sie unterbreche, aber woran hat die Arme gelitten?«

»Syphilis!«, erwiderte Hofmann, als ob diese Diagnose das Natürlichste auf der ganzen Welt war. »Überrascht?«

Marx spürte eine kurze Übelkeit in sich aufsteigen. »Ein wenig«, antwortete er mit heiserer Stimme und begann hektisch Daumen und Zeigefinger seiner linken Hand aneinander zu reiben, bei ihm ein sicheres Zeichen großer Anspannung und Nervosität. Nur Eingeweihte kannten es. In seinem beruflichen Umfeld hatte er das Geheimnis dieser ungewöhnlichen Geste erfolgreich bewahren können. »Ist sie daran gestorben?«

»An Syphilis stirbt man nicht so schnell. Sie bedeutet eher jahrelanges Siechtum – eine grausame Strafe Gottes. Sie befand sich erst im Sekundärstadium.«

Da Hofmann keinerlei Anstalten machte, die Unterhaltung fortzusetzen, verkniff sich der Polizeipräsident die vielen Fragen, die ihm auf der Zunge lagen. Als der Mediziner das Skalpell zückte, klopfte Marx' Herz bis zum Hals. Im Gegensatz zu vielen seiner Kollegen sah er keinen Sinn darin, die wortreichen Berichte der Pathologen auch noch durch direkte Anschauung zu ergänzen, und hatte sich Autopsien bislang erfolgreich entzogen. Dass er nun ausgerechnet am Höhepunkt seiner Karriere diese abscheuliche Premiere über sich ergehen lassen musste, jagte ihm einen eisigen Schauer über den Rücken. Sollte er allen Ernstes zusehen, wie der Körper dieser jungen, schönen Frau – wenn auch nach den höchsten Regeln der medizinischen Kunst – zerstückelt wurde? Das bevorstehende Drama sprengte schlicht seine Vorstellungskraft. Und das alles wegen eines überspannten Greises, der sich um seine bezahlte Geliebte gebracht fühlte. Plötzlich verspürte er Angst, er könnte den Anblick nicht ertragen.

Mit zusammengepressten Lippen beobachtete er, wie der Leichenwärter einen Holzklotz unter den Nacken der Toten schob, sodass ihr Hinterkopf frei in der Luft hing. Hofmann trat hinter Matzners Kopf, drehte ihn auf die Seite und führte einen tiefen Schnitt über den Hinterkopf vom linken zum rechten Ohr. Das leise metallische Geräusch, das entstand, als die Klinge den Knochen des Schädels ritzte, ging Marx durch Mark und Bein. Vor Ekel erschauernd sah er zu, wie der Gehilfe mit seinen Fingern die Kopfhaut von der Schädeldecke löste und wie bei einem Hasen nach vorn über Matzners Gesicht stülpte, sodass der blanke Knochen zum Vorschein kam. Hofmann setzte die Bogensäge einen Zentimeter über der Augenhöhle auf den weiß schimmernden Knochen und begann zu sägen.

Mein Gott, dachte Marx, das ist völlig wahnsinnig, was ich hier ansehen muss. Wer tut sich so etwas freiwillig an? Und er wünschte dem Grafen Modritzky alles erdenklich Schlechte an den Hals. Gleichzeitig schwor er feierlich, nie wieder ein derartiges Ereignis zu frequentieren.

Als der Gerichtsmediziner fertig war, hob er vorsichtig die Schädeldecke ab und entnahm das Gehirn. Erneut fühlte Marx Übelkeit in sich aufsteigen. Der Professor zerschnitt das Organ in einen Zentimeter dicke Scheiben und begutachtete jede einzelne. Unentwegt diktierte er seine Beobachtungen mit leiser Stimme, gerade so laut, dass der Assistent mitschreiben konnte. An Marx Ohren drang nur ein leiser Singsang. Schließlich vernahm er: »Gehirn und Schädel unauffällig.«

Der Präsident war froh, am Fußende des Tisches zu stehen, auch wenn ihn das Drama, das sich seinen Augen bot, mittlerweile mindestens ebenso sehr faszinierte wie abstieß. Besonders die Vorstellung, dass in dem entnommenen Gehirn die Erinnerung an all die Menschen gespeichert war, mit denen die Tote sowohl privat als auch beruflich zu tun gehabt hatte, ließ ihn nicht los. Wenn sie tatsächlich ermordet worden war, dann war auch das Gesicht ihres Mörders darin gespeichert. Wenn es doch nur eine Möglichkeit gäbe, die Erinnerung eines Toten aus seinem Gehirn abzurufen ... Aber daran wagte er gar nicht erst zu denken. Modritzky durfte nicht recht behalten.

Der Kopf, seiner Schädeldecke beraubt, war weit nach hinten gekippt, das spitze Kinn ragte zur Decke. Der Leichenwärter hatte die Kopfhaut in ihre angestammte Position zurückgeschlagen, sodass das Gesicht wieder sichtbar war. Anstelle der Schädeldecke klaffte eine große Delle, in der sich die Schnittränder des durchsägten Knochens scharf abzeichneten.

Hofmann setzte das Skalpell unter dem Kinn an und führte einen langen Schnitt von der Mitte des Halses über das Brustbein bis knapp über das Geschlecht. Dabei umrundete er den Nabel mit einem eleganten Schwung. Einen kurzen Augenblick betrachtete er voller Zufriedenheit sein Werk, wie ein Maler, dem ein besonders schwieriger Pinselstrich gelungen war. Dann folgte ein zweiter großer Schnitt unterhalb des Nabels. Die Linien bildeten ein großes Kreuz, dessen kurzes Ende zu den Beinen zeigte.

Der Leib einer Jungfrau – zerteilt durch ein auf dem Kopf stehendes Gottessymbol, war Marx' unmittelbare Assoziation. Wie ein unheimliches satanisches Ritual. Wie konnte ein Mensch eine solche Perversion zu seinem Beruf machen? Hofmann hielt nun kurz inne und wandte sich seinem Gast zu: »Lieber Herr Präsident, bei der äußeren Leichenbeschau ist mit Sicherheit auch Ihnen der aufgetriebene Bauch aufgefallen.«

»In der Tat«, erwiderte Marx nervös.

»Wenn es Ihnen recht ist, wenden wir uns gleich dem Abdomen – also dem Bauch – als Ort der wahrscheinlichsten Pathologie zu. Wenn wir etwas finden, werde ich die Sektion der anderen Organe der Vollständigkeit halber in Ihrer Abwesenheit komplettieren. Sollten Sie darauf bestehen, alles mitzuerleben, dann beginne ich mit Herz und Lungen.«

Die Aussicht auf eine Verkürzung des Dramas ließ den Polizisten dankbar aufatmen. »Ehrlich gesagt bin ich für alles, was Sie mir ersparen, dankbar, Herr Professor.«

Hofmann begann erneut die Melodie des Straußwalzers zu summen und durchtrennte zügig das Fettgewebe der Bauchdecke. Wie ein Schneider ein Stück Stoff schnitt er danach die darunterliegende Muskelfaszie mit der Schere entzwei. Das leise Knirschen, das dabei entstand, ließ Marx neuerlich erschauern. Hofmann drehte das Skalpell um und drängte mit dessen Griff die freiliegenden Fleischfasern auseinander, bis er abermals auf eine derbe Platte stieß, die er nun mit größter Vorsicht eröffnete. Gebannt verfolgte Marx jede Bewegung, die die Hände des Gerichtsmediziners mit schlafwandlerischer Sicherheit vollführten. Wie ein glitschiges, fremdartiges Wesen quoll eine dünne, durchsichtige Haut hervor. Marx bemerkte, dass, was immer sich darunter befand, schwarz verfärbt war, und empfand erneut Ekel. Sah es in seinem Körper genauso aus? »Was ist das für eine Haut?«

»Das Bauchfell«, erwiderte der Gerichtsmediziner, während er die feine Membran vom Brustbein bis zum Becken mit dem Zeigefinger vorsichtig von den darüberliegenden Schichten abschob. Nachdem das Bauchfell freigelegt war, beugte er sich nach vorn, bis seine Nase beinahe die Wundränder berührte. Prüfend sog er die Luft durch die Nase, schnüffelte wie ein Jagdhund, der eine Fährte aufgenommen hatte. Jetzt drehte er den Kopf nach links, gerade so weit, dass er sein Ohr möglichst nahe an den Ort des Geschehens halten und dieses zugleich im Blickfeld behalten konnte. Danach zog er mit der Pinzette einen Zipfel des Bauchfells hoch. »Ich bitte nun um absolute Ruhe.« Der Gehilfe drehte den Wasserhahn zu, und es herrschte Totenstille.

Die dunklen Augen gebannt auf die aufgespannte Membran gerichtet, eröffnete der Professor sie mit einem kurzen Scherenschlag. Mit einem leisen Zischen entwich Luft. Hofmann brummte etwas Unverständliches, richtete sich auf und eröffnete die gesamte Bauchhöhle.

Die beiden langen kreuzförmigen Schnitte hatten die Bauchdecke in vier fleischige Lappen zerteilt, die nun nach außen geschlagen wurden, sodass der Blick auf die Gedärme frei war. Zwischen den Darmschlingen quollen schwarze, zum Teil verklumpte Massen hervor. Während Marx der Eröffnung des Schädels und der Entnahme des Gehirns mit einer Mischung aus Schauder und Nervenkitzel zugesehen hatte, brachte ihn jetzt der intensive Geruch vollends aus der Fassung. Soeben war für ihn ein akademisches Experiment endgültig zum Akt der Barbarei mutiert. Heldenhaft kämpfte er gegen sein aufgewühltes Vegetativum an.

Er hatte Fanni Matzner gekannt. Obwohl glücklich verheiratet, hatte ihr volles Haar ihn angezogen, und der Schock, einer Perücke auf den Leim gegangen zu sein, saß tief. Nun musste er zusehen, wie ihr junger Körper in einer Atmosphäre kühler Rationalität nach einem geradezu kunstvollen Ritual eröffnet, oder profaner ausgedrückt, wie ein geschlachtetes Tier aufgebrochen wurde. Und Hofmann war der Hohepriester, nur dass er statt eines Psalms eine Walzermelodie summte. Was hätte wohl Modritzky empfunden, wäre er an Ort und Stelle gewesen? Obwohl äußerlich vollkommen ruhig, war der Anblick für den Polizeipräsidenten kaum zu ertragen. Einzig sichtbares Zeichen seiner Erregung war das stete Reiben von Daumen und Zeigefinger.

»Es sieht ganz so aus, als ob wir tatsächlich die Ursache für den Tod der jungen Dame im Abdomen finden werden«, verkündete der Gerichtsmediziner, dem solche düsteren Gedanken völlig fremd waren. Vielmehr begann er angesichts des ungewöhnlichen Bildes, das sich ihm bot, buchstäblich aufzublühen. Offenbar konnte er es kaum erwarten, Matzners Tod endlich auf den Grund zu gehen.

»Was ist das schwarze Zeug da?« fragte Marx mit belegter Stimme.

»Koagel! Geronnenes Blut, mit Sicherheit der Grund für Fräulein Matzners Tod. Wie müssen nur noch herausfinden, woher es kommt.«

»Eine natürliche Todesursache?«, fragte der Polizeipräsident hoffnungsvoll und sichtlich bemüht, sachlich zu klingen. Der Befund war schon jetzt schlimm genug.

»Freies Blut in der Bauchhöhle ist bei jungen Menschen selten. Eine Eileiterschwangerschaft wäre möglich. Meist ist es aber eine Verletzungsfolge. Doch dafür gibt es bis jetzt keinen Anhaltspunkt.«

Marx hielt sich sein Taschentuch vor den Mund, um sich vor dem unerträglichen Geruch zu schützen. Seine Position am Fußende des Tisches bot jetzt eine für seinen Geschmack etwas zu gute Sicht auf die eröffnete Bauchhöhle. Überflüssigerweise fühlte sich Hofmann auch noch verpflichtet, seinen Gast in den Genuss einer kurzen Anatomielehrstunde kommen zu lassen.

Marx sah nur Farben, ohne die Worte des Gerichtsmediziners wahrzunehmen. Das satte, leuchtenddunkle Braun des Lebergewebes, das weißgraue Anhängsel der Gallenblase, das helle Braun des Darms, das Blauviolett der Milz. Den rosigen unansehnlichen Magen hatte Hofmann soeben aus der Umgebung gelöst und betrachtete ihn von allen Seiten. »Kein Loch in der Magenwand.«

Die Worte rissen den Präsidenten rüde aus seinen farblichen Betrachtungen. »Warum sollte ein Loch im Magen sein?«

»Bei der Eröffnung des Bauchfells ist Luft entwichen. Vielleicht haben Sie das leise Zischen gehört. Luft oder Gas haben in einem gesunden Bauch nichts verloren. Das kann nur aus dem Magen oder dem Darm stammen. Also muss hier irgendwo ein Loch sein. Das passt auch zu dem Geruch, den ich gleich zu Beginn wahrgenommen habe.«

Nachdem Leber, Milz und Bauchspeicheldrüse keine krankhaften Veränderungen boten, resümierte Hofmann:

»Im Oberbauch gibt es keine Blutungsquelle. Am wahrscheinlichsten ist bei einer jungen Frau eine Erkrankung der Eierstöcke.« Marx nickte schicksalsergeben.

Doch als der Gehilfe die Gedärme nach oben schlug, um den Blick auf Becken und Unterleib freizumachen, quollen immer mehr schwarze Blutklumpen hervor. Hofmann war nun sichtlich irritiert. Mit beiden Händen schöpfte er das Blut in einen Metalleimer. Bald hatten sich gut drei Liter angesammelt, und immer neue schwarze Massen stiegen an die Oberfläche. »Allmächtiger, woher kann so viel Blut kommen? So etwas kenne ich nur bei einer Schuss- oder Stichverletzung, aber sie hat keine äußeren Verletzungszeichen.«

»Schauen wir doch einmal nach dem Schlauch, Herr Professor!«, meldete sich nun der Leichenwärter zu Wort.

»Mit dem Schlauch meint er die Hauptschlagader«, erklärte Hofmann resignierend.

»Die Aorte!«, ergänzte der Gehilfe eifrig.

»Aort*a*, Herr Johann, Aort*a*«, belehrte ihn der Gerichtsmediziner mit einem gutmütigen Lächeln. Herr Johann hatte ihm bei tausenden Leichenöffnungen zur Seite gestanden, und er respektierte durchaus den großen Erfahrungsschatz des Leichendieners. Trotz der unüberbrückbaren sozialen Kluft hatte sich zwischen den Männern ein freundschaftliches Verhältnis entwickelt, das vorwiegend deswegen funktionierte, weil der Leichendiener seine Grenzen sehr genau kannte und einhielt.

»Aber die zerplatzt doch alleweil bei die Syphilitiker!«

»Erst im Spätstadium, Herr Johann. Die Tote ist viel zu jung.«

»Aber a Syph hat's doch!«

»Also gut, damit Sie Ruhe geben, sehen wir nach dem Schlauch. Ob jetzt oder später ist ja auch egal. Und im Übrigen heißt es Aorta!«

Beherzt ergriff Herr Johann mit beiden Händen die Gedärme und zog sie – stets darauf bedacht, auch sich selbst ein gutes Sichtfeld zu bewahren – zu sich. Da der Gehilfe mit dem Halten beschäftigt war, bat Hofmann seinen Assistenten, zunächst alles mit Wasser zu spülen und die Blutreste zu entfernen. Zurück blieb ein riesiger dunkelroter Fleck, unter dem sich unscharf die Kontur der Aorta abzeichnete.

»Ist die Farbe normal?«, fragte Marx, der sich langsam an die unwirkliche Atmosphäre gewöhnte und sogar einen leichten Anflug akademischen Interesses zu verspüren begann.

»Oh nein, das ist ein Bluterguss, der sich unter das Bauchfell gewühlt hat. Deswegen sieht man die Aorta so schlecht.« Hofmann zeigte mit der Pinzette auf die Wölbung der Hauptschlagader. »Hier ist eine Haut drauf, eben das Bauchfell und ...« Er stockte.

»Herr Professor?«, fragte Marx.

Hektisch wischte Hofmann mit einem Tuch über die kurz zuvor bezeichnete Stelle. Der Gehilfe lugte neugierig über den Berg von Darmschlingen. »Schere!«, befahl der Gerichtsmediziner. Da der Leichenwärter noch immer keine Hand frei hatte, avancierte Dr. Riegler zum Obduktionsgehilfen und begann nervös zu suchen.

»Dort! Links, Herr Doktor!« Herr Johann nickte hilfsbereit in die Richtung.

»Schere, zum Henker!« Hofmann vermochte seine Ungeduld kaum zu zügeln. Endlich wurde der Assistent fündig. Der Professor riss ihm das Instrument förmlich aus der Hand. Marx sah nur, wie er aufgeregt hantierte, schließlich innehielt und betroffen die Luft ausstieß.

»Na Servas!« murmelte Herr Johann mit ernster Miene.

»Aber wie ...?«, rief Hofmann und warf in einer ratlosen Geste beide Arme hoch. »Ich habe nichts gesehen! Wie kann so etwas gelingen?«

Marx fühlte Nervosität in sich aufsteigen. Eine dunkle Ahnung beschlich ihn.

»Loslassen«, befahl Hofmann ungeduldig, und die Gedärme glitten mit einem schmatzenden Geräusch aus den Fingern des Obduktionsgehilfen. Hastig schlug Hofmann die Lappen der Bauchdecke zurück in ihre ursprüngliche Position. Wie besessen untersuchte er jeden Quadratzentimeter der Bauchhaut. Endlose Minuten lang inspizierte er – immer wieder den Kopf schüttelnd und Unverständliches murmelnd – mit der Lupe die zahllosen syphilitischen Male. »Das gibt es doch nicht!«, rief er, und in seiner Stimme schwangen Ratlosigkeit und quälender Zweifel. Dr. Rieglers und Herrn Johanns besorgte Blicke trugen nicht gerade zu Marx' Beruhigung bei.

Mit jeder Minute ohne Erkenntnisgewinn wuchs Hofmanns Ungeduld. Wieder und wieder untersuchte er Fanni Matzners Bauchdecke. Die Stille im Saal – man hätte eine Stecknadel fallen hören können – verbreitete unerträgliche Spannung. Was hatte er übersehen?

Zum ersten Mal dämmerte in Marx die bittere Erkenntnis, dass die Grabennymphe vielleicht keines natürlichen Todes gestorben war. Doch je länger Hofmann suchte, je ratloser er schien, umso stärker keimte in ihm die Hoffnung, das Fehlen einer schlüssigen Erklärung würde das Urteil von »Mord« auf »Unklare Todesursache« abschwächen und die ganze Sache mangels Beweisen zu den Akten gelegt werden.

Aber Professor Eduard Hofmann wäre kein Pathologe von Weltruf gewesen, wenn er sich mit einem halbherzigen Resultat zufriedengegeben hätte. Vielmehr stachelte ihn die Ergebnislosigkeit seiner Bemühungen zu nahezu groteskem Eifer an. Nachdem er zum wiederholten Male nichts gefunden hatte, hielt er inne. Er richtete sich auf, straffte sich und atmete tief durch. Kopfschüttelnd blickte er zu Herrn Johann, der seinen Blick ohne Scheu erwiderte und seine eigene Ratlosigkeit durch ein Runzeln der Stirn und ein hilfloses Achselzucken zum Ausdruck brachte. »Was übersehe ich, Herr Johann?«, fragte Hofmann, und sein Tonfall ließ keinen

Zweifel offen, welch hohen Stellenwert er in diesem Moment der Meinung seines Leichendieners zumaß.

Und der wusste offenbar genau, wonach sein Chef suchte. »Kann's am Rücken sein, Herr Professor?«

»Unmöglich, es muss vorne sein.«

»Weiter unten?« Wieder schüttelte der Professor wortlos den Kopf. »Wenn's a Orientalin wär, tät ich sagen, unterm Edelstein im Nabel«, bemerkte der Gehilfe trocken.

»Leider handelt es sich um eine Christin ...«, erwiderte Hofmann resignierend und ... stutzte. Wie das Haupt einer Natter stieß sein Kopf vor, dann hielt er inne. »Der Nabel«, flüsterte er heiser und deutete mit dem Finger auf die einzige Stelle, die er tatsächlich noch nicht ausreichend untersucht zu haben schien: das kleine Grübchen, das er so kunstvoll bei der Leichenöffnung umschnitten hatte, nicht weil es für den korrekten Ablauf einer Obduktion vonnöten war, sondern weil er diesem Detail am Körper einer Frau eine ganz besondere Ästhetik zuschrieb – eine seiner wenigen, von manchen Kollegen mitleidvoll belächelten Marotten. Während andere Gerichtsmediziner den Nabel achtlos durchtrennten, war es Hofmanns Anliegen, ihn unversehrt zu erhalten. Sein Schnitt durch die Bauchhaut wies daher immer einen nahezu künstlerischen Schwung auf, mit dem er diese kleine Höhlung in einem eleganten Bogen umrundete. Dabei hatte er keine Seitenpräferenz, sodass die Schnittführung sowohl in einem nach links als auch nach rechts offenen Halbrund verlaufen konnte. Es war sein Markenzeichen – sofern die obduzierte Leiche weiblich war, denn bei Männern legte der Professor weitaus weniger ästhetische Sorgfalt an den Tag.

Neugierig rückte Marx näher und sah dabei zu, wie Hofmann beinahe zärtlich die winzige Körperregion reinigte und zu untersuchen begann. Erst aus der Nähe erkannte er, dass die Hautveränderungen vor dem Nabel Halt gemacht hatten, ihn viel mehr umschwirrten wie Bakterienkolonien den Tropfen eines Antibiotikums in einer Kultur. Und doch, inmitten der weißen, unversehrten Haut leuchtete ein kleiner dunkler Fleck, kaum einen halben Zentimeter groß.

Hofmann zückte seine Pinzette und begann vorsichtig daran zu kratzen, bis sich ein kleines Krüstchen ablöste. »Lupe!«, zerriss seine dunkle Stimme die bleierne Stille. Mit einem Mal war alle Heiserkeit gewichen, der Klang seiner Worte tief und ruhig. Der Leichendiener, der die feinsten Nuancen in seiner Stimme zu deuten vermochte, wurde nun seinerseits nervös. Er wusste, dass der Gerichtsmediziner eine entscheidende Entdeckung gemacht hatte. Herr Johann, nun selbst vom Jagdfieber gepackt, stolperte beinahe, als er das Vergrößerungsglas zureichte. Hofmann warf damit einen kurzen Blick auf die Stelle und hielt dem Leichendiener, ohne seinen Blick vom Nabel abzuwenden, die offene Hand entgegen. »Sonde!« Ein dünner, etwa zehn Zentimeter langer Metallstab landete auf den ausgestreckten Fingern.

Als Laie nahm Marx nun ein geradezu hilfloses Stochern in Matzners Bauchdecke wahr. Doch Hofmanns Bewegungen waren weder hilflos noch stochernd. Bedächtig legte er die Sonde auf den Seziertisch. »Kanüle und Tinte. Ziehen Sie mir fünf Kubikzentimeter in einer Spritze auf.« Nachdem er das Gewünschte erhalten hatte, setzte er die Kanüle an und begann die Tinte mit sanftem Druck zu injizieren. Entgegen Marx' Erwartungen verschwand die blaue Flüssigkeit in Fanni Matzners Nabel. Hofmann schlug die Bauchdeckenlappen wieder zur Seite. An der Innenseite des Nabels hatte sich ein großer, dunkelblauer Fleck gebildet. Unter Herrn Johanns sachkundiger Assistenz klemmte der Gerichtsmediziner nun den Dünndarm zwischen Zeige- und Mittelfinger und begann ihn Millimeter für Millimeter zwischen beiden Fingern hindurchzuziehen und dabei die Oberfläche jeder einzelnen Schlinge auf das Genaueste zu untersuchen. Es dauerte weitere endlose zwanzig Minuten, die längsten in

Marx' Leben, bis er eine Stelle mit einer chirurgischen Naht markiert hatte.

Zufrieden richtete er sich auf und blickte alle im Saal Anwesenden triumphierend an. »Ich muss zugeben, das war nicht einfach.« Dann wandte er sich dem Leichendiener zu. »Johann, du bist doch von uns allen hier der ausgefuchsteste Profi! Kompliment! Ich schulde dir eine Flasche.«

»Herr Professor, ich wären Ihnen zutiefst verbunden, wenn Sie mich in die Details Ihrer Untersuchungsergebnisse einweihen würden«, meldete sich endlich der Polizeipräsident zu Wort.

»Natürlich, entschuldigen Sie.« Hofmann sah kurz Herrn Johann an und hielt ihm seine Hände entgegen. Der Gehilfe übergoss sie mit Desinfektionsmittel, und der scharfe Geruch nach Minze und Thymian wurde wieder stärker. Der Professor wusch seine blutbedeckten Unterarme und trocknete sich mit einem Handtuch ab. »Bitte treten Sie näher. Wir haben hier einen wahrlich sehenswerten Befund.«

Nur widerwillig trat Marx an den Tisch. Er hatte das Gefühl, als würde sich eine Lawine auf ihn zubewegen. »Wie Sie sich sicherlich erinnern können, war der Bauch der Toten aufgetrieben. Die Ursache dafür waren drei bis vier Liter Blut.« Wie bei einer Zirkusvorstellung hielt der Leichenwärter den Eimer hoch und deutete mit dem Zeigefinger darauf. »Das Fräulein Matzner hat aber keine Erkrankung, die eine solch schwere Blutung verursachen könnte. Wie Herr Johann richtig bemerkt hatte«, er warf seinem Gehilfen einen anerkennenden Blick zu, »hatte sich der Großteil des Blutes hinter dem Dünndarm angesammelt. Schlägt man die Eingeweide nach oben, bekommt man eine gute Sicht auf die Hauptschlagader.« Herr Johann stellte den Eimer ab, ergriff wieder die Gedärme der Toten und gab dadurch den Blick auf den schwarzblauen Fleck über der Kontur der Schlagader frei. »Die dunkelblaue Verfärbung, die Sie erkennen können, ist ebenfalls geronnenes Blut. Bitte betrachten Sie nun genau das Blutgefäß.«

Marx fühlte sich an die Vorstellung eines Magiers erinnert und wurde ungeduldig. Andererseits wollte er Hofmann, der seinen Auftritt sichtlich genoss, auch nicht desavouieren. Also beugte er sich pflichtschuldig nach vorn und bemerkte, dass das Bauchfell auf einer kleinen Fläche neben der Wirbelsäule von der Schlagader abgezogen worden war. »Da fehlt diese Haut«, bemerkte er mit belegter Stimme. Die ängstliche Erwartung dessen, was folgen würde, hatte ihn in diesem Augenblick all seine Abscheu vergessen lassen.

»Aus Ihnen wäre ein guter Pathologe geworden!«, lobte ihn Hofmann. »Allerdings bin ich selbst der Schuldige, denn ich habe hier das Bauchfell entfernt, um einen besseren Blick auf die Schlagader zu bekommen. Die Gefäßwand ist elastisch und gesund, wie es bei einer jungen Frau zu erwarten ist. Und wenn Sie genau hier das Gefäß näher betrachten ...« Er deutete mit der Scherenspitze auf eine kurze, kaum sichtbare dunkle Linie auf der Gefäßwand. »... erkennen Sie ganz deutlich einen quer verlaufenden, etwa ein Zentimeter langen Defekt.« Zur Demonstration führte er die Metallsonde in die kleine Spalte ein. »Dieser Riss ist die Blutungsquelle. Die Ränder sind glatt und verlaufen *quer* zur Gefäßrichtung.«

»So ein Riss reicht aus, um ...«

»Und ob! Die Hauptschlagader pumpt durch dieses Loch bei jedem Herzschlag einen halben Liter Blut in die Bauchhöhle.«

»Wie lange dauert es, bis man tot ist?«

»Bei einer durchschnittlichen Blutmenge von fünf bis sechs Litern? Das kann man leicht ausrechnen. Es geht sehr schnell. Ein gnädiger Tod – immerhin. Bitte treten Sie zurück.«

Herr Johann ließ nach der kurzen Warnung die Eingeweide los und schlug die Bauchdeckenlappen wieder zurück in ihre angestammte natürliche Lage.

»Für den nächsten Befund werden Sie eine Lupe benötigen«. Hofmann wartete, bis der Polizeipräsident entsprechend ausgestattet war, und deutete auf den Nabel der Toten. Marx erkannte mit dem Vergrößerungsglas einen kleinen Kratzer in der Nabelöffnung. »Haben Sie es gesehen?« fragte Hofmann aufgeregt. Seine Augen glänzten wie die eines Kindes, das kaum erwarten konnte, eine bedeutende Entdeckung vorzuführen.

»Meinen Sie den Kratzer?«

»Genau! Der Kratzer, ein winziger Kratzer, so klein, dass er auch dem geübten Auge bei der ersten Untersuchung entgeht. Und selbst wenn man ihn sieht, wird man daran nichts Besonderes oder Ungewöhnliches finden und ihn ignorieren. Ein Kratzer eben.« Hofmann hielt einen Moment inne, um seine Worte wirken zu lassen. Dann holte er tief Luft. Seine Wangen glühten. »Und das war das Problem!«, fuhr er schließlich fort. »Denn dieser Kratzer ist nämlich in Wahrheit die Öffnung eines durchgehenden Wundkanals! Winzig klein, keine fünf Millimeter breit. Ich konnte es zuerst selbst nicht glauben, aber dann ist es mir gelungen, die Wunde zu sondieren, was nicht ganz einfach war, da die Wundränder bereits stark verklebt waren. Um ihre Tiefe und vor allem den Verlauf des Kanals besser darstellen zu können, habe ich Tinte injiziert. Sehen Sie selbst!« Er schlug den Bauchdeckenlappen mit dem Nabel wieder zurück, sodass dessen Innenseite sichtbar wurde. »Hier können wir inmitten dieses blauen Tintenflecks die Austrittsstelle erkennen, ein sicherer Beweis für einen durch die Bauchdecke verlaufenden Kanal. Meine Kollegen schneiden bei der Autopsie direkt durch den Nabel. Sie hätten diese Wunde mit Sicherheit übersehen.« Er verschwieg wohlweislich, dass ihm bei einer männlichen Leiche dasselbe widerfahren wäre. Erneut wurden die

Bauchdeckenlappen nach außen geschlagen und der Darm lag frei vor ihnen.

Hofmann ging nun völlig in der Demonstration seiner Untersuchungsergebnisse auf. Er bemerkte gar nicht, wie leichenblass Marx geworden war. »Wie Sie hier erkennen können« – hektisch wühlte er sich durch die Darmschlingen, bis er endlich den Abschnitt fand, den er zuvor mit einer Naht markiert hatte – »gibt es im Darm zwei Löcher.« Mit der Sonde demonstrierte er zwei etwa drei Millimeter große Löcher in der Darmwand. »Diese Wunden sind die Quelle der Luft, die bei Eröffnung des Bauchfells entwichen ist und wohl auch für den Geruch verantwortlich.«

Herr Johann hob nun die Darmschlingen wieder aus der Bauchhöhle. Als Nächstes reinigte Hofmann die freiliegende Wirbelsäule mit Wasser und trocknete sie mit einem Tuch ab. »Zu guter Letzt möchte ich Ihre Aufmerksamkeit noch auf die Wirbelsäule lenken. In exakt der gleichen Höhe wie die Schlagaderwunde kann man einen quer verlaufenden Kratzer erkennen, der ein kleines Blutgefäß, das direkt auf dem Knochen nach unten verläuft, durchtrennt hat. Das ist im Übrigen nun tatsächlich nur ein Kratzer.« Er musste über seine Bemerkung kurz selbst lachen, und es war unverkennbar, wie sehr er sich buchstäblich in Hitze geredet hatte. »Zusammengefasst müssen wir hier ...«

Marx fürchtete nichts mehr, als dass das Unaussprechliche vor allen Anwesenden über Hofmanns Lippen kam, das eine Wort, das seine Bilderbuchkarriere mit einem Schlag beenden konnte. Denn in Wien, der Hauptstadt von Tratsch und Klatsch, galt das Gebot der Schweigepflicht wenig, wenn es um eine gute Geschichte ging, und eine solche lag zweifellos vor, wobei sein Misstrauen den Leichendienern galt, die mit Spannung Hofmanns Ausführungen gefolgt waren. Hastig fiel er dem Gerichtsmediziner ins Wort. »Wir haben also die Blutungsquelle, zwei Löcher im Darm, eine Wunde im Nabel und einen Kratzer an der Wirbelsäule. Reicht das aus, um Frau Matzners Todesursache zu klären?«

»Auf jeden Fall!«

»Können wir dann den Rest bitte in Ihrem Büro besprechen?«

»Aber natürlich, Herr Präsident. Bitte folgen Sie mir. Riegler wird die Obduktion komplettieren.«

Marx konnte die Enttäuschung auf den Gesichtern der Leichendiener ablesen.

Hofmanns Arbeitszimmer lag im ersten Stock. Aufgeheizt von der Hitze des Tages war die Luft stickig und abgestanden. Es roch nach Desinfektionsmittel, Staub und kaltem Zigarrenrauch. Marx fühlte sich bei der Einrichtung – abgesehen von dem Mikroskop und einer Vitrine, in der in Alkohol eingelegte Organteile ausgestellt waren – an die Nüchternheit seines eigenen Büros erinnert, allerdings bereichert durch heillose schöpferische Unordnung. Die vollgestopften Bücherregale, der unter seiner Last ächzende Schreibtisch und die allgegenwärtigen Stöße von Fachzeitschriften deuteten auf einen Mann hin, der seine Ordnungsprinzipien wohl nur selbst zu durchblicken vermochte. Nur der kleine runde Tisch mit den zwei gepolsterten Stühlen, der Zigarrenkiste und dem halbvollen Aschenbecher nährten die Hoffnung, dass sich auch eine Weltkapazität ab und zu eine kleine Verschnaufpause gönnte.

Als der Professor die Fenster öffnete, drang das traurige Läuten der Kapelle an ihre Ohren, ein erlösender kühler Luftzug blieb jedoch aus. Es war einfach zu heiß. Hofmann förderte aus seinem Schreibtisch eine Flasche erstklassigen französischen Cognacs mit zwei Schwenkern zutage. »Ich nehme an, dass Sie einen Schluck vertragen können. Bitte entschuldigen Sie die Unordnung.«

Marx setzte sich, während der Professor einschenkte. Genießerisch führte er das Glas zur Nase und sog das Bouquet ein. »Vive la France!«, sagte er, seine wachsende Verzweiflung überspielend, und prostete dem Gerichtsmediziner zu. Die angebotene Zigarre lehnte er dankend ab.

»Das tut gut am Ende eines anstrengenden Tages.« Zufrieden wischte der Professor seinen buschigen Bart ab und entzündete seine Zigarre mit einem langen, genussvollen Zug. »Also, lieber Herr Präsident. Stellen Sie Ihre Fragen, ich werde mich bemühen, so gut es geht zu antworten.«

»Bitte erläutern Sie mir Ihre Arbeitshypothese über Matzners Tod.«

»Es wurde mit einem spitzen Werkzeug durch Fräulein Matzners Nabel in den Bauch in Richtung Wirbelsäule gestochen. Der Stichkanal wurde durch die Injektion von Tinte in die oberflächliche Nabelwunde bewiesen. Bei dem Stich wurde eine Dünndarmschlinge durchbohrt. Wir konnten Ein- und Austritt des Werkzeugs identifizieren und somit die Stichrichtung weiterverfolgen. Die Spitze drang in den Wirbelkörper ein, wurde ein wenig zurückgezogen und in einer kurzen Seitwärtsbewegung in Richtung Hauptschlagader geführt, wo sie die Gefäßwand ritzte. Der dadurch entstandene Riss führte zu einem schnellen Tod durch Verbluten.«

Marx hatte die Hiobsbotschaft mit geschlossenen Augen vernommen. Die Lawine hatte ihn überrollt und alle Hoffnungen unter sich begraben. »Mord?«, fragte er mit brüchiger Stimme.

»Ja, natürlich Mord! Aber was für einer!«, rief der Mediziner aufgeregt. »Dieser simple Terminus wird der außergewöhnlichen Raffinesse definitiv nicht gerecht.«

»Aber die Hauptschlagader hätte doch auch spontan reißen können. Ihr Gehilfe hatte das bei Syphilitikern als klassische Komplikation angedeutet, wenn ich mich recht erinnere.«

»Bei einem langjährigen Krankheitsverlauf – und wir sprechen hier von zehn bis zwanzig Jahren – kommt es zu einer Entzündung der Gefäßwand. Da ist ein Platzen der

Hauptschlagader nicht ungewöhnlich. Aber das Fräulein Matzner stand erst am Beginn ihrer Krankheit, auch eine Heilung war nicht ausgeschlossen. Lieber Herr Präsident, eine gesunde Schlagader reißt nicht einfach so ein. Sie ist für ein ganzes Leben konstruiert, und das hatte Fräulein Matzner rein statistisch noch vor sich! Zudem würde ein natürlicher Riss längs des Gefäßes verlaufen und nicht quer, wie es hier der Fall ist.«

Marx nickte nachdenklich. Mit jedem Wort zog sich die Schlinge enger. »Hätte die Darmverletzung ausgereicht, um das Fräulein Matzner zu töten?«

»Absolut! Darminhalt wäre in die Bauchhöhle gelangt und hätte eine schwere Bauchfellentzündung verursacht. Ein langer, qualvoller Tod über mehrere Tage. Aber das kann nicht das Ziel eines Täters, schon gar nicht DIESES Täters gewesen sein. Bei einem so langen Todeskampf könnte das Opfer viel zu viel verraten. Die Darmverletzung war also mit Sicherheit nicht beabsichtigt, eine Art Kollateralschaden, aus gerichtsmedizinischer Sicht interessant, aber für das Ergebnis irrelevant. Er wollte definitiv die Aorta treffen. «

»Aber er könnte doch auch in der Hitze des Gefechts vom Knochen abgerutscht sein und die Schlagader zufällig verletzt haben?«

Hofmann nickte eifrig, während Marx seine Frage formulierte. »Nun, hier ist zunächst einmal zu erwähnen, dass es kein hitziges Gefecht gab! Der Leichnam zeigt keinerlei Kampfspuren, keine Abwehrverletzungen, wie es in solchen Fällen üblich ist. Selbst im Gesicht der Toten ist keinerlei Angst zu erkennen. Es scheint, als ob sie schliefe. Der Tod war daher eine Sache von wenigen Sekunden! Ich wette darauf, dass sie den Stich nicht einmal gespürt hat. Mit der Lupe erkennt man im Knochen am Ursprung des Kratzers ein kleines Loch an der Einstichstelle, für mich ein sicheres Indiz dafür, dass die Tatwaffe nicht einfach vom Knochen abgerutscht ist, sondern ganz bewusst direkt hineingestoßen wurde. Der Kratzer befindet sich exakt auf der gleichen Höhe wie der Aortenriss – ein eindeutiger Beweis dafür, dass das Werkzeug entlang des Knochens in Richtung Hauptschlagader geführt wurde und diese angeritzt hat. Sehr wahrscheinlich musste er dafür das Messer sogar zuerst mit einem kleinen Ruck aus dem Knochen ziehen, ehe er es in Richtung Aorta bewegt hat.«

»Das klingt ja beinahe nach einem Berufsmörder«, bemerkte Marx resignierend und stieß dabei einen tiefen Seufzer aus.

»Oh ja! Das war ein kraftvoller, entschlossener Stich, keine Angst, kein Zögern, keine Gewissensbisse. Wissen Sie, Herr Präsident, wir obduzieren über dreitausend Leichen im Jahr, darunter eine Menge Selbstmorde und leider auch ganz normale Morde. Aber so etwas ist mir noch nie untergekommen. Jeder Gelegenheitsmörder wäre zu Tode erschrocken, wenn er den unerwarteten Widerstand des Knochens gespürt hätte. Er hätte die Klinge stecken gelassen und wäre davongelaufen. Ein Mörder in Raserei hätte das wahrscheinlich gar nicht bemerkt und ohnehin ein zweites Mal zugestochen, wahrscheinlich sogar ein drittes oder viertes Mal. Manche Opfer sind ja buchstäblich zerfleischt! Aber nicht unser Mann, nein! Kaltblütig zieht er ein paar Millimeter zurück, ohne dabei auch nur ein winziges Stück von seiner Position abzurücken, vollführt eine kurze Seitwärtsbewegung nach rechts und vollendet sein Werk an der Hauptschlagader in exakt der gleichen Höhe. Der Kratzer ist durchgehend, keine Unterbrechung. Er endet genau im Ziel. Diese kleine Bewegung hat er daher sehr routiniert ausgeführt, nach meinem Dafürhalten direkt aus dem Handgelenk. Und bedenken Sie bitte: es gibt nur einen Kratzer, also hat er keinen zweiten Versuch gebraucht.« Hofmanns Augen leuchteten vor Begeisterung.

Marx verstand die Welt nicht mehr. Einer der besten Gerichtsmediziner, den die Welt kannte, zollte einem eiskalten

Mörder grenzenlose Bewunderung. »Aber was Sie sagen, klingt unmöglich. All das müsste sich in Sekundenbruchteilen abgespielt haben«.

»Aber genauso muss es gewesen sein. Hier war ein Meister seines Fachs am Werk, ein Mann, der über exakte Anatomiekenntnisse verfügt, zumindest was die Lage der Hauptschlagader betrifft. Und er hat das nicht zum ersten Mal gemacht. So etwas muss man üben, um es in derartiger Perfektion auszuführen. Frau Matzner ist also nicht einfach ermordet worden! Das war eine perfekt ausgeführte Hinrichtung. So etwas habe ich in meiner ganzen Berufslaufbahn noch nicht gesehen«, schwärmte der Professor.

Marx wurde schwindlig. Der verfluchte Modritzky hatte recht behalten, seine schlimmsten Erwartungen waren übertroffen. Schon der Gedanke an Ermittlungen im Kreise des Hochadels und des hohen Militärs jagte ihm einen kalten Schauer über den Rücken. Es war der berühmte Stich ins Wespen-, nein, ins Hornissennest. Egal was seine Leute herausfanden, es war für jede darin verwickelte Person in höchstem Maße unangenehm, allein die Befragung von Matzners Freiern eine hochnotpeinliche Angelegenheit. Man würde über die Beamten herfallen, Beziehungen spielen lassen, ihre Glaubwürdigkeit untergraben – ein unermesslicher Schaden für die Effizienz der noch jungen zivilen Polizeibehörde, die sich erst vor zehn Jahren aus dem Würgegriff des Militärs befreit hatte. Und die Armee würde genussvoll mauern und dem Scheitern einer zivilen Behörde zusehen. Mochte Gott ihn und seine Beamten davor bewahren. Am liebsten wäre er aufgesprungen und davongelaufen.

Für sein Gegenüber wirkte er dennoch vollkommen ruhig, vielleicht ein wenig starr, wenn man von seinem linken Zeigefinger und Daumen absah, die heftiger aneinander rieben als je zuvor. »Aber wie hat er so genau den Nabel gefunden?«

»Das ist allerdings reiner Zufall, der mir bloß meine Arbeit erleichtert hat. Natürlich konnte er den Nabel nicht durch die Kleidung identifizieren. Hätte er woanders zugestochen, wäre es viel schwieriger geworden, die Stichwunde zu identifizieren, wenn nicht sogar unmöglich. Sie haben ja die Hautveränderungen gesehen. Ebenso gut hätte ich nach einer Stecknadel im Heuhaufen suchen können. Um sein Ziel zu erreichen, muss sein Stich lediglich in der Mittellinie liegen. Der Nabel war also unser Glücksfall, denn dort war die Haut noch jungfräulich.« Er zögerte kurz. »Vielleicht ist dieser Vergleich in Anbetracht des Vorlebens des Opfers etwas geschmacklos.«

»Und das Werkzeug?«, überging der Polizeipräsident die letzte Bemerkung des Gerichtsmediziners.

»Das Werkzeug misst an seiner dicksten Stelle nicht mehr als drei Millimeter. Die Schneide war an beiden Seiten messerscharf und sehr spitz. Ich könnte mir vorstellen, dass sie nur die letzten zwei, drei Zentimeter der Klinge einnahm, wenn überhaupt. Mir ist keine derartige Waffe bekannt. Es muss sich um eine Spezialanfertigung handeln, eine Art Lanzette, sehr filigran, aber extrem hart, nicht zu verbiegen.«

»Fast könnte man meinen, Sie bewundern den Täter ein wenig?«, versetzte der Präsident mit einem humorlosen Lächeln.

»Ich bewundere die technische Perfektion der Tat«, erwiderte Hofmann, zog an seiner Zigarre, schob den Rauch mit der Zunge aus seinem Mund und betrachtete anschließend nachdenklich die Glut. »Ihnen mag das vielleicht seltsam erscheinen, aber bitte gestehen Sie mir eine gewisse Deformation professionelle zu. Natürlich verabscheue ich jede Art Verbrechen. Wenn man aber mit den Resultaten tödlicher Wirtshausschlägereien, Lust- und Affektmorden konfrontiert ist, lernt man eine dermaßen ausgereifte Technik zu schätzen. Das Fräulein Matzner hat zumindest nicht gelitten. Alles ist blitzschnell gegangen. Dieses Glück haben nur die wenigsten Mordopfer. Ich will damit nur zum Ausdruck bringen, dass dieser Mörder sein Handwerk perfekt beherrscht. Ein Meister eben.«

»Dieser Stich ist ja, wie Sie überzeugend dargelegt haben, nicht ganz so einfach. Aber braucht man dafür wirklich anatomische Grundkenntnisse?«

»Ja und nein«, erwiderte Hofmann unschlüssig nach einer kurzen Denkpause. »Man muss die Wirbelsäule finden und die Hauptschlagader. Dafür müssen Sie Ihrem Opfer ziemlich nahe kommen. Stehen Sie einmal auf, Herr Präsident.«

Verdutzt gehorchte Marx. Hofmann stellte sich direkt vor ihn, sodass ihre Bäuche einander berührten. »So ist es wohl nahe genug«, murmelte der Gerichtsmediziner und legte seinen Arm um Marx. »Um Ihre Wirbelsäule zu finden, muss ich nur meinen Arm um ihren Leib und die Finger auf Ihren Rücken legen, dann weiß ich, dass die Stichrichtung auf meine Finger erfolgen muss. Das kann man wahrscheinlich auch ohne exakte anatomische Kenntnisse.«

»Und die Schlagader?«

»Liegt direkt davor oder ein wenig links davon aus Sicht des Opfers, rechts aus Sicht des Angreifers. Das kann man aber in jedem Anatomiebuch nachlesen.« Er schüttelte kurz den Kopf. »Nein, ich glaube nicht, dass man für einen solchen Mord Arzt sein muss. Vielleicht benutzt er ja die Wirbelsäule als eine Art Wegweiser.«

»Aber man muss so etwas geübt haben?«

»Durchaus.«

Marx hatte sich von Hofmann sein Glas ein zweites Mal füllen lassen. »Tut er das aus Lust?«

»Er ist sicher stolz auf das, was er tut, sonst würde er es nicht so gut beherrschen. Vielleicht ist er aber auch nur höchst professionell. Was für mich eine schöne Obduktion bedeutet, bedeutet für ihn ein schöner Mord.« Hofmann zog an seiner Zigarre und behielt den Rauch mit geblähten Backen kurz im Mund, eher er ihn genießerisch in die Luft blies. »Ich weiß es nicht. Meine Profession sind die Toten, nicht die Lebenden.«

»Ein Geisteskranker?«

»Auch Psychotiker sind nicht unbedingt dumm oder rein triebgesteuert.«

»Soll heißen?«, fragte Marx interessiert.

»Nach meiner Überzeugung wurde dieser Mord präzise geplant und mit Ruhe und Überlegung ausgeführt. Professionell eben. Um diesen Stich anzubringen, muss der Mörder seinem Opfer sehr nahe kommen, also hat sie ihn vielleicht gekannt. « Hofmann sog mit einem lauten Zischen die Luft ein. »Ich habe schon viele Mordopfer obduziert. Aber noch nie wurde jemand auf so schnelle und effiziente Weise getötet. Ich kenne keine Leiche, die so unversehrt ausgesehen hat wie diese junge Frau, von Giftmorden natürlich abgesehen.«

»Wann ist Ihr Gutachten fertig?«

»Wir nehmen noch die Sektion der Brust- und der Geschlechtsorgane vor. Alles muss seine Richtigkeit haben. Morgen Mittag können Sie den Bericht haben.«

»Ich möchte Sie bitten, über das Ergebnis strengstes Stillschweigen zu bewahren. Ich hole das Gutachten persönlich ab. Nichts darf an die Presse durchsickern. Diese Angelegenheit betrifft die Interessen der ganzen Monarchie.« Marx zögerte kurz. »Eine Frage noch, Herr Professor. Was hat es mit der syphilitischen Erkrankung auf sich, von der Sie gesprochen hatten?«

»Die Tote hatte Syphilis, so viel steht fest«, Hofmann lächelte. »Aber das ist ja nichts Ungewöhnliches bei einer Prostituierten.«

»Können Sie sagen, wann sie sich angesteckt hat?«

»Ein Jammer, dass das Gesundheitsbuch verloren gegangen ist. Damit könnte man das ziemlich genau eingrenzen. So sind wir auf das Reich der Spekulation angewiesen. Zumal ich keinen Primäraffekt gefunden habe.«

Marx verzog unbewusst das Gesicht. »Herr Professor, können Sie mir Ihren Befund in einfachen Worten erklären? Ich fürchte, ich bin – wie wohl die meisten Bürger – eher theoretisch vorgebildet.« Ein dünnes Lächeln umspielte seine Lippen. »Wenn überhaupt.«

»Natürlich. Bitte vergeben Sie mir, manchmal vergesse ich schlicht, dass ich mit Laien zu tun habe. Zwei bis drei Wochen nachdem das syphilitsche Gift eingedrungen ist, bildet sich dort, wo am häufigsten der Kontakt mit einem uns allen wohlbekannten anderen infizierten Organ stattzufinden pflegt, ein erbsengroßes Geschwür, von dem sich die Erkrankung über das Blut im ganzen Organismus ausbreitet. Das ist der Primäraffekt.«

»Woran merkt der Kranke diese Ausbreitung?«

»Im gesamten Körper schwellen die Lymphknoten an. Die Patienten klagen über recht unspezifische Symptome: Unruhe, Schlaflosigkeit, Gereiztheit, Heißhunger, mitunter rheumatische Knochenschmerzen. Während das Geschwür abheilt, treten Hautveränderungen auf. Wir sprechen auch von der konstitutionellen Syphilis.«

Warum konnten Mediziner nie ihre unverständlichen Fachbegriffe weglassen, dachte Marx genervt. »War das bei ihr der Fall?«

»Mit Sicherheit. Frau Matzner hat die typischen Hauterscheinungen, kleine, runde Male in nahezu klassischer Verteilung. Dazwischen Eiterbläschen in allen Stadien.«

»Gibt es nicht andere Hauterkrankungen, die genauso aussehen?«, fragte der Polizeipräsident. »Ich kenne Menschen, die ähnliche Veränderungen haben, aber ganz bestimmt nicht an Syphilis leiden. Und dieses Geschwür haben Sie auch noch nicht gefunden. Ist Ihre Diagnose nicht etwas spekulativ?«

»Auf den ersten Blick mag das so scheinen! Aber die Veränderungen auf der Kopfhaut sind hochspezifisch, der Haarausfall praktisch beweisend. Das Haar ist büschelweise ausgefallen, kahle Flächen zwischen behaarten Stellen, ein typisches Verteilungsmuster der Alopecia areata, wie man es nur bei der Syphilis sieht. Die vielen eingetrockneten Eiterbläschen an den Haarwurzeln liegen wie eine Dornenkrone um den Haaransatz.«

»Sie hatte so merkwürdige Augen, und damit meine ich nicht die unterschiedliche Farbe.«

»Ein hellblaues und ein braunes Auge, eine wahrhaftig reizvolle Laune der Natur«, bemerkte Hofmann versonnen, kehrte aber sofort wieder zu Marx' Frage zurück. »Nicht merkwürdig, sondern entstellt! Die Syphilis hat auch zum Ausfall der Wimpern und Augenbrauen geführt. Die Brauen hat sie mit einem Schminkstift nachgezogen. Sieht ein bisschen gruselig aus. Aber wenn die konstitutionelle Syphilis abklingt, wachsen die Haare in den meisten Fällen wieder nach.«

»Wäre sie wieder gesund geworden?«

»Alles ist möglich.«

»Können wir irgendeine zeitliche Einordnung treffen? Wie lange liegt die Infektion zurück?«

»Schwer zu sagen. Bis zum Geschwür vergehen etwa drei Wochen. Nach sieben bis zehn Wochen greift die Erkrankung auf den gesamten Körper über.«

Marx wurde schwül. »Dann sind seit der Ansteckung bereits zwei bis drei Monate vergangen?«

»Bis zum Befall des Körpers. Die Hautveränderungen können schon nach vierundzwanzig Stunden auftreten, oft dauert es aber auch zehn oder vierzehn Tage. Als vernünftigen Kompromiss lassen Sie uns eine Woche ansetzen. Allerdings war das Fräulein Matzner bereits auf dem Weg der Gesundung, als sie ihr Schicksal ereilt hat.«

»Woran sieht man das?«

»Auf den kahlen Stellen des Kopfes waren bereits zahlreiche kleine Härchen nachgewachsen. Ich konnte viele blasse Leberflecken erkennen – abgeheilte syphilitische Male. Man fand auch eine Menge kleiner bläulicher, manchmal sogar weißer Narben, wie sie abgeheilte Eiterbläschen hinterlassen können.«

Marx musste seine Ungeduld bekämpfen. »Wie lange war sie also krank?«

»Es gab keine Anzeichen für eine Quecksilberkur, wie entzündliche Veränderungen am Zahnfleisch. Das macht die Beantwortung Ihrer Frage schwierig, ja praktisch unmöglich, denn die zweite Phase der Syphilis, die durch solche Hauterscheinungen geprägt ist, kann zwei bis acht Monate dauern.«

Der Präsident runzelte die Stirn. »Das ist aber eine recht große Spannweite!«

»Leider ja, Herr Präsident.«

»Jesus, Maria und Josef, wenn sie während dieser Zeit ihrem Gewerbe nachgegangen ist, dann hat sie halb Wien angesteckt.«

»Das steht zu befürchten. Allerdings ist sie mit Sicherheit nicht die einzige Dame des horizontalen Gewerbes, die das Verderben unter ihre Kunden sät.«

Marx trank sein Glas leer und stelle es auf dem Tisch ab. »Ich glaube, damit ist vorerst alles gesagt. Ich bin gespannt auf Ihre neuen Erkenntnisse. Bitte kontaktieren Sie mich unverzüglich. Ich bin jederzeit für Sie da.« Der Polizeipräsident erhob sich und reichte Hofmann die Hand. »Noch einmal vielen Dank für Ihre Hilfe und für Ihre Diskretion.«

»Ich beneide Sie nicht. Auf jeden Fall werde ich mich unserem Fräulein Matzner noch einmal eingehend widmen. Durchaus möglich, dass ich bei meiner flüchtigen Untersuchung etwas übersehen habe. Sie ist wohl die geheimnisvollste Leiche meiner Laufbahn.«

Marx ging zu Fuß zurück in sein Büro. Er wirkte wie ein älterer Herr bei einem gemütlichen Abendspaziergang. Doch der Eindruck täuschte, denn in seinem Innersten brodelte es wie in einem Vulkan. Am liebsten wäre er laut schreiend durch die Straßen gerannt, um seiner unerträglichen Anspannung ein wenig Luft zu verschaffen, eine Gemütsregung, die er bislang noch nie an sich beobachtet hatte und die ihn in tiefste Beunruhigung stürzte. Denn der Polizeipräsident der Residenzstadt hatte Angst. Zum ersten Mal in seinem Leben war er mutterseelenallein. Und er selbst hatte sich in diese hoffnungslose Lage manövriert.

Mit Grauen ließ er die letzten Stunden Revue passieren, die schlimmsten seines ganzen Lebens. Das Ergebnis der Obduktion war eine absolute Katastrophe! Hofmanns Befund konnte ihn vernichten.

Als er endlich wieder in seinem über alles geliebten Stuhl aus kunstvoll geschnitztem Eichenholz saß, das Abschiedsgeschenk seiner Mitarbeiter in Prag, war bereits der Abend hereingebrochen. Hastig flogen seine Augen über den Schreibtisch, auf dem die Akten nahezu geometrisch geordnet und gestapelt waren. Was für eine wohltuende Ordnung verglichen mit Hofmanns Chaos. Kurz verharrte sein Blick auf der Fotografie seiner Familie, der einzige persönliche Gegenstand in dem ansonsten nüchtern eingerichteten Büro. Dann öffnete er die Schublade, kramte kurz darin, bis er mit einem Stoßseufzer der Erleichterung Matzners Gesundheitsbuch fand. Was für ein Glück, dass es aus der Polizeiakte gefallen war. Die Putzfrau hatte es gefunden und ihm übergeben, und er hatte es gedankenverloren weggesperrt – und darauf vergessen. Manchmal meinte es das Schicksal doch gut mit ihm. Er zerriss das Büchlein in kleine Fetzen und legte sie in einen Aschenbecher. Dann riss er ein Streichholz an und entzündete sie.

Fasziniert beobachtete er, wie sich die Flamme in die Tiefe des kleinen Scheiterhaufens fraß, danach von unten langsam an die Oberfläche durchbrach. Anfangs flackerte sie, dann wurde sie immer größer und beständiger und drang dabei in die Randbereiche des Papierstoßes vor. Vorsichtig schob Marx die letzten unverbrannten Reste mit dem Brieföffner ins Feuer. Nachdem die Flamme ihre Nahrung verzehrt hatte, erlosch sie. Er zerschlug die schwarzen Ascheflocken mit der Spitze des Brieföffners in kleine und kleinste Teile, füllte sie in ein Kuvert, verklebte es und steckte es in seine Brusttasche. Selbst jetzt, nachdem das Werk getan war, zitterten seine Hände. Erst als der Inhalt des Kuverts in den Donaukanal geschüttet war und der Wind die Asche in alle Richtungen verstreut hatte, wurde er ein wenig ruhiger.

Kapitel 2
Der Sonderermittler

Bereits am nächsten Tag lagen die endgültigen Ergebnisse der Autopsie vor. Sie erbrachten keine neuen Erkenntnisse. Trotz fehlendem Primäraffekt stand die Diagnose Syphilis unumstößlich fest. Wegen des Wochenendes konnte Marx Matzners Leiche erst am Montag einäschern und in einem Armengrab bestatten lassen. In einem mitfühlenden Schreiben teilte er Modritzky mit, die liebe Verstorbene sei einer Eileiterschwangerschaft erlegen.

Danach widmete sich der Polizeipräsident der schwierigen Frage, wie er mit Hofmanns Gutachten verfahren sollte. Da im unwahrscheinlichen Fall eines weiteren derartigen Verbrechens die Leichenbeschauärzte erneut nichts Verdächtiges feststellen würden, war eine Entdeckung extrem unwahrscheinlich. Also rang er sich nach reiflicher Überlegung dazu durch, die Angelegenheit zu schubladisieren. Der Entschluss fiel ihm nicht leicht. Aber es gab gewichtige Gründe, Angst über Pflichtgefühl zu stellen.

Um sein schlechtes Gewissen abzulenken, kam ihm die in der kommenden Woche stattfindende Ordensverleihung in der russischen Botschaft gerade recht. Er selbst, der Zentralinspektor der Sicherheitswache, der Leiter des Polizeiagenteninstitutes sowie drei Polizeidetektive wurden von Zar Alexander geehrt. Neben seinen üblichen Amtsgeschäften widmete sich der Polizeipräsident mit großem Eifer der Vorbereitung auf die Zeremonie, die am 19. Juni mit dem üblichen Prunk über die Bühne ging. Der Militärattaché Fürst

Mitjuchin, ein persönlicher Freund des Zaren, erwies sich als äußerst charmanter Gesprächspartner, und das Buffet war von außergewöhnlicher Erlesenheit.

Fünf Tage später endete die trügerische Ruhe des Polizeipräsidenten. Ein Dienstmann überbrachte einen persönlich auszuhändigenden Brief. Mit einem flauen Gefühl im Magen öffnete Marx das Kuvert. Was er las, war wenig erfreulich. Hofmann bat um eine unverzügliche persönliche Aussprache, Anlass war der Tod eines Schusterlehrlings. Unheil ahnend machte sich Marx auf den Weg. Wenig später saßen sie erneut in Hofmanns Büro und tranken Cognac. Eine Menge Cognac.

»Und Sie sind ganz sicher?«, fragte der Polizeipräsident ungläubig. »Jeglicher Irrtum ist ausgeschlossen?« Seine Finger zitterten ein wenig, als er das Glas zum Mund führte und einen großen Schluck nahm.

»Definitiv«, lautete Hofmanns Antwort. »Exakt die gleiche Methode, die gleiche Meisterschaft wie bei der Matzner, nur dass der Nabel um einen Zentimeter verfehlt wurde.«

»Ein Schusterbub! Wieso haben Sie überhaupt eine Leichenöffnung vorgenommen?« Marx war redlich bemüht, seine Stimme von jeglichem Tadel freizuhalten.

»Die Matzner hat mich beschäftigt. Wer weiß, wie viele Morde wir schon übersehen haben? Ich habe angeordnet, dass bis auf Weiteres alle Toten untersucht werden. Zu Forschungszwecken. Dass ich allerdings so schnell fündig werde ... Haben Sie schon eine Spur?«

»Bis jetzt nichts. Wir arbeiten natürlich mit Hochdruck«, log der Polizeipräsident und fragte sich ein wenig verärgert, wie viele Unannehmlichkeiten ihm wohl erspart geblieben wären, wenn Hofmann auch Matzners Leiche aus medizinischen Gründen geöffnet hätte. Er beschloss, den Professor hinfort als Diva einzustufen und sich bei der nächsten Gelegenheit zu revanchieren. »Aber die Geheimhaltung macht alles schwierig. War der Untersuchungsrichter anwesend?«

Hofmann lachte humorlos. »Selbstverständlich. Ich musste ihn ja von der Autopsie in Kenntnis setzen.«

»Und?« Marx hielt in ängstlicher Erwartung unwillkürlich den Atem an.

»Als er das viele Blut im Bauch sah, sagte er nur ›oje‹ und verließ den Seziersaal. Ich habe als Todesursache einen Bauchstich angegeben, jedoch keine Verbindung zum Fall Matzner hergestellt.«

Erleichtert stieß der Polizeipräsident die Luft aus den Lungen.

»Ich stehe zu meinem Wort. Außerdem will ich auf keinen Fall Ihre streng geheimen Ermittlungen gefährden.«

»Ja, natürlich ...«, erwiderte Marx nachdenklich. »Ich danke Ihnen vielmals.«

Wie in Trance marschierte er zurück zu seinem Büro. Er hatte hoch gepokert und verloren. Jetzt war der Fangschuss von völlig unerwarteter Seite gekommen. Er hatte Hofmanns Wissensdurst nicht bedacht. Welch ein Desaster! Matzners Mörder tötete ungeniert weiter. Wenn er den Kollegen vom Polizeiagenteninstitut, die den Fall des Schusterbuben bearbeiteten, reinen Wein einschenkte, konnte er auch gleich seine Demission einreichen.

Nachdem er seinen eigenen Agenten den Mord an Matzner verschwiegen hatte, blieb ihm wohl nichts anderes übrig, als selbst streng geheime Ermittlungen anzustrengen. Und die durfte er keinesfalls einem aktiven Mitglied seiner Behörde anvertrauen. Er benötigte dafür einen unabhängigen Vertrauten, eine Art externen Sonderermittler. Aber wem konnte er vertrauen? Marx sah sich unaufhaltsam auf einen Abgrund zurasen. Er benötigte mehr als ein wenig Glück, um die Todesfahrt zu stoppen, die er selbst in Gang gesetzt hatte.

Als er das Büro betrat, war sein schmales, hageres Gesicht von Sorge gezeichnet. Sein Schreibtisch empfing ihn mit einem wohlsortierten Aktenberg. Er setzte sich und begann erneut zu grübeln. Egal von welcher Seite er das Problem betrachtete, es war schier unlösbar. Eigentlich blieb nur noch zu überlegen, wie sein Abgang halbwegs ehrenhaft über die Bühne zu bringen war.

Nun bestand eine von Marx' großen Begabungen darin, unter Druck unerschütterliche Ruhe zu bewahren. Seine Kaltblütigkeit wuchs sogar mit dem Ausmaß der Bedrängnis. Es gelang ihm, alle quälenden Gedanken und Sorgen in den hintersten Winkel seines Verstandes zu verbannen. Stattdessen suchte er nach Ablenkung.

Gedankenverloren griff er nach der zuoberst liegenden Akte und begann, darin zu blättern. Das Schriftstück betraf den Beamten Leopold Kern, geboren am 12. April 1840, alleinstehend, verwitwet, ein erfahrener Polizist mit hervorragenden Fahndungsergebnissen, der den Beruf von der Pike auf gelernt hatte. Kern galt als zäh und zielstrebig, mitunter nicht zimperlich in der Wahl seiner Mittel. Trotzdem hatte er bis vor zwei Jahren hervorragende Beurteilungen. Erst danach ging es mit ihm bergab. Es gab Zornesausbrüche und Verletzungen der Dienstvorschriften. Seine Neigung, die Anordnungen seiner Vorgesetzten zu missachten, hatten ihm bald sämtliche Disziplinarstrafen eingebracht, die das Gesetz vorsah: mündliche Rügen, schriftliche Verweise, ja sogar Gehaltsabzüge.

Marx rief sich die vielen Gespräche in Erinnerung, die er mit dem Leiter des Agenteninstitutes, Oberinspektor Ritter von Stehling, über den unbotmäßigen Beamten geführt hatte. Sie hatten beide darin übereingestimmt, dass Kern ein hervorragender Polizist war, dessen Schattenseiten hinzunehmen sie bereit gewesen wären. Doch sein letztes Vergehen hatte das Fass endgültig zum Überlaufen gebracht. Er hatte einen Mann halbtot geschlagen. Inspektor Joseph Brachmann, als Brigadeleiter Kerns leidgeprüfter Vorgesetzter, und der Staatsanwalt hatten getobt, und so war der Disziplinarkommission aufgrund der langen Liste der Dienstvergehen Kerns gar nichts anderes übriggeblieben, als seine Entlassung zu beschließen.

Dem Polizeipräsidenten oblag es als oberstem Beamten, die Strafe abzumildern oder den Beschluss der Kommission zu befürworten. Als überaus korrekter Vorgesetzter hatte er Kern für den morgigen Dienstag um zwei Uhr zu sich bestellt, um ihm eine – wenn auch rein theoretische – Rechtfertigungsmöglichkeit zu geben. Marx mochte jeden seiner Beamten, und nichts lag ihm ferner, als sie über ihren Kopf hinweg zu bestrafen. Vielleicht war dies ja eine seiner letzten Amtshandlungen? Zumindest einer sollte ihn in guter Erinnerung behalten.

Mit einem Anflug des Bedauerns begann er die Aufzeichnungen über Kerns letzte Ermittlungen zu studieren. Es waren vor allem Aktennotizen und inoffizielle Berichte mit detaillierten Aufzeichnungen von Gesprächen mit Prostituierten. Es kostete ihn zunächst ein wenig Überwindung, mit dem Studium zu beginnen. Umso schneller zog ihn die Lektüre in ihren Bann. Bald waren seine Sinne auf das Äußerste gespannt. Alles um sich herum vergessend vertiefte er sich in die einzelnen Schriftsätze und legte sich dazu Notizen an.

Als er fertig war, war sein Mund staubtrocken. Er stand auf und trank ein Glas Wasser. Versonnen blieb er vor einem der großen Balkonfenster stehen, starrte hinunter auf den Schottenring, der bereits in das gelbliche Licht der Gaslaternen gehüllt war. Danach ging er die gesamte Akte Seite für Seite, Buchstabe für Buchstabe ein zweites Mal durch. Am Ende lehnte er sich in seinem Stuhl zurück, den ungläubigen Blick auf den rosa Akteneinband gerichtet. Er konnte es noch immer nicht fassen. Was da vor ihm auf dem Schreibtisch lag, war mehr als der berühmte Strohhalm, an den sich ein Ertrinkender klammert. Es war ein strahlender Hoffnungsschimmer, vielleicht sogar die Lösung seines Problems! Als er zu Bett ging, war Marx' Niedergeschlagenheit einer durchaus beschwingten Stimmung gewichen.

Am nächsten Tag überflog er schon am frühen Morgen ein letztes Mal Kerns Personalakte und seine eigenen Aufzeichnungen. Dann schickte er seinen Sekretär weg. Um Punkt vierzehn Uhr öffnete er die Tür seines Büros. Unbewusst rieben Daumen und Zeigefinger der linken Hand ein wenig aneinander.

Draußen auf dem Gang wandte sich ihm ein eher kleingewachsener, gedrungener Mann zu. Seine Kleidung, ein abgetragener Anzug, ein zerknittertes, gelbstichiges Hemd und eine schwarze Krawatte, hatte ihre besten Zeiten schon lange hinter sich. Das runde Gesicht mit dem angedeuteten Doppelkinn, der Glatze und dem nach oben gezwirbeltem pomadisiertem Schnauzbart strahlte Heurigengemütlichkeit aus. Unter den schmalen, dunklen Brauen blitzten lebhafte dunkle Augen. Das linke war etwas kleiner geraten, sodass der Gesichtsausdruck ein wenig verschlagen wirkte. Kerns Blicke flackerten vor Unruhe und Nervosität, auf seiner Stirn glänzten feine Schweißperlen. In diesem Moment wirkte er eher wie ein Trinker, der auf dem Trockenen saß, kaum vorstellbar, dass dieser Mann zu den besten des Institutes zählte.

Freundlich begrüßte Marx den Polizeiagenten und bat ihn hinein. Kern nahm vor dem Schreibtisch des Präsidenten steif Aufstellung, wie ein Schüler am Lehrerpult, schuldbewusst, angespannt, seinen Hut mit beiden Händen umklammernd, als ob er aus der zusammengedrückten Hutkrempe eine geheimnisvolle Kraft beziehen könnte.

Marx setzte sich und musterte sein Gegenüber. War dieser armselige Wicht tatsächlich die Lösung seiner Probleme? »Herr Kern, was haben Sie sich eigentlich dabei gedacht?«, sagte er, während er die Akte langsam durchblätterte. »Dieser junge Mann hat drei Zähne verloren, das Nasenbein ist gebrochen, und der Bluterguss um das linke Auge hat sich auf das halbe Gesicht ausgebreitet. Er sah aus, als ob man seine linke Gesichtshälfte in ein Tintenfass getaucht hätte.

Ein Glück, dass er nicht erblindet ist. Dazu noch zwei angeknackste Rippen ...« Kopfschüttelnd legte er das Papier vor sich auf den Schreibtisch.

»Er hat mich provoziert«, brach es aus Kern hervor.

»Schlagen Sie jeden, der Sie provoziert, halbtot?«

Wortlos starrte der Agent auf den Boden und biss sich auf die Unterlippe. Marx bereute seine Frage, die diesen armen Teufel nur noch mehr in die Enge drängen musste. »Vergessen Sie meine Frage, Kern, sie war unangebracht. Aber trotzdem, ein guter Polizist lässt sich nicht provozieren. Das müssten Sie doch wissen.« Es klang versöhnlich, wenn auch ein wenig tadelnd. Natürlich konnte er als Vorgesetzter das Geschehene nicht gutheißen.

»Ich glaub trotzdem, dass ich ein guter Polizist bin.«

Marx seufzte vernehmlich und lehnte sich zurück. »Ihre Erfolge sprechen für Sie. Eine beeindruckende Aufklärungsquote. Der Herr Oberinspektor und ich haben auch wirklich alles in unserer Macht Stehende getan, um Sie zu halten, aber das hier ...« Er wies mit der Hand auf die Akte vor sich und schüttelte resigniert den Kopf – eine aufrichtige Geste der eigenen Hilflosigkeit. »Inspektor Brachmann ist nicht gerade Ihr Freund!«

Da riskierte der Polizeiagent einen ersten direkten Blick in die Augen seines obersten Vorgesetzten. »Würden Sie mir glauben, wenn ich Ihnen erzähle, dass es eine Falle war, Herr Präsident?«

»Eine Falle? Das müssen Sie mir schon erklären«, nahm Marx den Ball sofort auf.

Kaum war ihm das Wort erteilt, fiel Kerns kurz aufgeflammtes Selbstbewusstsein auch schon wieder wie ein Kartenhaus in sich zusammen. »Ich wurde provoziert. Ich hab' ihm eine geschmiert, ein Wachmann war vor Ort ...«, murmelte er kaum hörbar.

»So was kommt vor.« Die Wiener Polizei hatte durchaus Verständnis für ihre Polizeiagenten, wenn es zu Handgreiflichkeiten kam. Immerhin zählte ein Schlagring zur Standardausrüstung. »Aber gleich von einer Falle zu sprechen? Ist das nicht übertrieben?«

Kern schüttelte heftig den Kopf: »Ich habe ihn nicht so übel zugerichtet, Herr Präsident. Ich weiß doch, was ein Polizist darf, immerhin habe ich ein halbes Jurastudium hinter mir.«

»Ich weiß.« Marx kannte Kern nach der Lektüre seiner Personalakte in- und auswendig. Ein zur Hälfte beendetes Jurastudium, eine der höchsten Aufklärungsquoten, allerdings mehr Einzelgänger als Teamspieler. Probleme mit Autorität und Hierarchie, die in den letzten beiden Jahren zunehmend zu Verwerfungen mit seinen Vorgesetzten geführt hatten. Die Prostitution war sein Spezialgebiet. Kern galt als Hurenfreund, was ihm die Verachtung und Häme so mancher Kollegen eingetragen hatte.

Auf der Suche nach Informationen trieb er sich gern in Branntweinschänken und Wirtshäusern herum. Dabei kam ihm seine Trinkfestigkeit durchaus zustatten. Man munkelte sogar, dass er in seiner Jugend selbst im Milieu gearbeitet hatte.

Vielleicht schlug Kerns Herz gerade deswegen für die kleinen Gauner und die gefallenen Mädchen, die oftmals unverschuldet in den Abgrund des Verbrechens stürzten. Man vertraute ihm, bat ihn um Schutz vor der Polizei und vor den eigenen Leuten. Sehr zum Ärger seiner Kollegen ließ er die kleinen Fische bereitwillig aus dem Netz, wenn er dafür einen größeren an Land ziehen konnte. Und zwei ganz große hatte er bereits gefangen, große Schlepperbanden, die junge Frauen vom Balkan an Wiener Bordelle verkauft hatten.

Kerns Abgang, so gerechtfertigt er vor den Augen des Gesetzes auch sein mochte, wäre ein herber Verlust für das Polizeiagenteninstitut. »Trotzdem müssen Sie mir das näher erklären. Wenn nicht Sie ihn so zugerichtet haben, wer dann?«

Ein bitteres Lächeln huschte über Kerns Lippen. »Das waren seine Leute. Leider. Ich hätte es lieber selber gemacht.«

Der Polizeipräsident runzelte die Stirn. »Und das soll ich Ihnen glauben?«

Kern sank wieder in sich zusammen. »Ist doch egal, ob Sie es glauben oder nicht. Ich kann es sowieso nicht beweisen. Also flieg ich raus. So ist es doch, oder?«

Marx beugte sich vor, stützte seine Ellbogen auf den Schreibtisch und faltete die Hände: »Die Geschichte interessiert mich trotzdem. Worum ist es denn bei der ganzen Sache gegangen?«

»Ich hab' gegen den bladen Ferdl ermittelt, den Kupplerkönig von der Leopoldstadt.«

Marx stutzte. »Der dicke Wanitzky? Das geht aus Ihren Protokollen aber nicht hervor.«

»Ich habe sie bewusst allgemein gehalten, solange ich nichts Konkretes hatte.«

»Lief ein Verfahren? Welcher U-Richter war damit befasst?«,

»Kein Verfahren«, ertönte die schroffe Antwort.

»Also ein privater Feldzug?«, erwiderte der Präsident mit einem verständnisvollen Nicken.

»Der Ferdl und ich sind schon lange Feinde. Aber das hat meine dienstlichen Pflichten nicht im Geringsten beeinträchtigt, Herr Präsident, das schwöre ich, beim Leben meines Vaters. Ich habe das in meiner Freizeit gemacht.«

»Lassen wir Ihren Vater aus dem Spiel, Herr Kern. Ich glaube Ihnen auch so.«

»Ein paar Mäderln hab ich gehabt, dumme Dinger aus den hintersten Winkeln der Monarchie, die geglaubt haben, hier in Wien wartet man auf sie. Die sind mit seinen Männern mitgegangen. Zwei haben mir erzählt, was er mit ihnen gemacht hat.«

»In der Tat sehr unschön. Ich habe Ihren Bericht gelesen. Waren sie zu einer Aussage bereit?«

Kern lächelte säuerlich. »Herr Präsident belieben zu scherzen. Die waren ganz narrisch vor lauter Angst. Aber ich war an ihnen dran, besonders an einer. Aber er hat's gemerkt. Hat aber nicht gewusst, welches seiner Mäderln gewackelt hat. Und alle verprügeln kann er wohl schlecht. Der blade Ferdl ist leider auch ein schlauer Ferdl. Ich hab ihn unterschätzt. Sein neuer Oberschläger, der Wanka Gusti, hat mir Informationen angeboten.«

»Neu?«

»Der Ferdl hat ihn erst vor ein paar Wochen gekürt.«

Marx runzelte die Stirn. »War das Angebot denn glaubwürdig?«

Es entging ihm nicht, wie Kern langsam Zutrauen fasste. Er verfiel beinahe in einen Plauderton: »Einen Versuch war es schon wert. Manchmal sind Machtkämpfe im Gang, von denen wir nichts ahnen. Ich hatte ja nichts zu verlieren.« Ein weiteres bitteres Lächeln. »Hab ich geglaubt. Wir hatten ein Treffen vereinbart. Kaum war ich durch die Tür, hat mich einer seiner Leute angerempelt und beschimpft. War klar, dass das eine abgekartete Sache war.«

»Aber warum sind Sie nicht wieder gegangen? Das wäre doch das Einfachste gewesen?«

»Er hat Dinge gesagt, die mir sehr ans Herz gegangen sind. Aber, bitte um Verständnis, das ist absolut privat. Wenn es einer gegen viele geht, ist Angriff die beste Verteidigung. Ein paar kriegen es immer mit der Angst zu tun, wenn der Erste am Boden liegt. Also hab ich ihm eine mit dem Schlagring verpasst. Nicht schlimm, genau auf die Nase, hab gespürt, wie das Nasenbein gebrochen ist. Keine zwei Sekunden später liegt die Hand des Sicherheitswachmanns auf meiner Schulter, und ich war festgenommen.«

»Und die anderen Verletzungen? Der Bursche hatte nicht nur eine gebrochene Nase!«

»Nein, bei Gott nicht. Aber das war ich nicht. Die haben selbst ein bisschen nachgearbeitet und es mir in die Schuhe geschoben. Der Wachmann hat gegen mich ausgesagt.«

»Der ewige Streit zwischen Bezirken und Zentrale?« Der Kompetenzstreit zwischen dem zentralen Sicherheitsbüro und den Bezirkskommissariaten währte trotz zahlreicher Erlässe seit zehn Jahren.

»Kann schon sein, dass es denen Freude macht, einen Polizeiagenten einzutunken. Aber ich glaub eher, der Wachmann steht auf Ferdls Lohnliste. Ich kann es halt nicht beweisen.« Kern warf die Hände in einer Geste der Resignation in die Höhe.

»Auch wenn ich geneigt bin, Ihnen zu glauben, Herr Kern, so ist die Beweislast erdrückend.« Der Agent nickte schuldbewusst. »Bis vor zwei Jahren waren ihre Beurteilungen hervorragend. Warum auf einmal dieser Sinneswandel? Hängt das mit Ihrer familiären Situation zusammen? Ich habe gelesen, dass Ihre Frau und Ihre Tochter damals an der Cholera verstorben sind. So ein furchtbares Ereignis wirft den stärksten Mann aus der Bahn. Bei allem Verständnis für Ihren Schmerz, aber irgendwann muss doch wieder Routine einkehren, zumindest im Beruf.«

»Der Schmerz vergeht nie«, antwortete Kern verbittert.

»Aber Sie haben doch keine Schuld dran. Gottes Wille ...«

»Einen Gott, der vierjährige Kinder tötet, brauch' ich nicht.«

Marx wollte nicht weiter in Kerns Wunden bohren. Es war offensichtlich, dass sie noch nicht verheilt waren, und er überlegte, ob es jemals dazu kommen würde. »Warum nennt man Sie ... Hurenpoidel? Woher diese Affinität zur Sitte?«

Der Themenwechsel errettete Kern aus seiner Erstarrung. »Die einen wollen Mörder, ich Zuhälter. Der Dreck stinkt überall gleich.«

Die Lippen des Polizeipräsidenten verzogen sich zu einem dünnen Lächeln. Er erhob sich, ging um den Schreibtisch herum und blieb vor Kern stehen, der deutlich kleiner war als er. »Herr Kern, zunächst möchte ich Ihnen noch einmal mein aufrichtiges Beileid zum Verlust Ihrer Familie aussprechen. Niemand, der so etwas nicht selbst durchgemacht hat, kann Ihren Schmerz ermessen. Ich bete zu Gott, dass Sie irgendwann Ruhe finden. Trotz aller Vorwürfe halte ich Sie für einen hervorragenden Polizisten – wenn auch mit charakterlichen Schwächen, wie Sie mir zugestehen müssen.« Der Präsident empfand die Tatsache, dass Kern zu ihm aufschauen musste, als störend, und setzte sich wieder.

»Danke für Ihr Mitgefühl. Aber ich bin zu alt, um mich noch zu ändern.«

»Das will ich auch gar nicht. Ich möchte Sie so, wie Sie sind.«

Verwundert zog Kern die Augenbrauen hoch. Hoffnung schimmerte in seinem Blick. »Heißt das, ich kann bleiben?«

»Oh nein, Ihre Karriere bei der Kriminalpolizei ist beendet.« Der Präsident machte eine kurze Pause, um seine Worte wirken zu lassen. »Aber es gibt andere Möglichkeiten ...«

»Jetzt steh ich auf der Seife.« Kern versuchte erst gar nicht, sein grenzenloses Erstaunen zu verbergen.

»Sie könnten für mich verdeckt arbeiten. Als mein persönlicher Konfident«, sagte der Präsident mit einem geheimnisvollen Lächeln.

Der Agent schüttelte bedauernd den Kopf. »Vielen Dank für das großzügige Angebot, Herr Präsident, aber ich bin kein Spitzel.«

Marx lächelte. »So schätze ich Sie auch nicht ein. Ich möchte Sie als Sonderermittler einsetzen, mein persönlicher Privatdetektiv, wenn Sie so wollen. Das hätte eine Menge Vorteile gegenüber Ihrer früheren Tätigkeit.«

»Als da wären?«

»Die Sache muss natürlich streng geheim bleiben. Sie wären ausschließlich mir zur Auskunft verpflichtet. Keine Dienstvorschriften, keine weiteren Vorgesetzten. Ich will Ergebnisse, wie Sie dazu kommen, ist mir wurscht. Sollten Sie dabei Gesetze brechen, dürfen Sie sich halt nicht erwischen lassen.«

Kern schluckte hörbar. »Bitte Herr Präsident, keine Scherze mit mir machen. Es ist schon so alles schlimm genug.«

»Es ist mein voller Ernst. Gleiche Bezahlung, allerdings nicht aus der Polizeikasse, sondern aus dem Konfidentenbudget.«

Der Polizeiagent bedachte seinen Vorgesetzten mit einem forschenden Blick. »Wo ist der Haken?«, fragte er argwöhnisch.

»Kein Haken. Es ist genauso, wie ich es skizziert habe.«

»Wie viele gibt es von meiner Sorte?«

»Die Zeiten des Polizeistaats sind Gott sei Dank vorbei. Es gibt eine Handvoll Konfidenten für die Inlandsspionage. Mit Ihrem Aufgabenbereich wären Sie ein absolutes Einzelexemplar.«

»Warum gerade ich?«

»Ob Sie es glauben oder nicht, Sie sind sozusagen ein Glücksfall, auch wenn ich das Vorgehen Ihres Vorgesetzten Brachmann für ziemlich töricht halte. Es ist eine ausgesprochene Rarität, dass ein hervorragender Agent aus Disziplinargründen die Polizei verlassen muss. Sie kennen das Geschäft, Sie wissen, wie der Apparat funktioniert, und Sie haben Routine. Der perfekte Ermittler. Erfahren und, wenn ich mich nicht täusche, hoch motiviert. Es würde Jahre dauern, jemanden mit Ihrer Qualifikation heranzubilden, von ihren Kontakten im Milieu ganz zu schweigen. Ihr Wissen ist unbezahlbar. Eigentlich müsste ich dem bladen Ferdl sogar dankbar sein.«

Kern lachte erleichtert: »Gegen wen geht's?«

Marx erhob sich, und die beiden Männer wechselten einen festen Händedruck. »Sie kennen die Prostituierte Fanni Matzner?«

»Wer nicht? Bildhübsches Mädel, hatte zwei verschieden gefärbte Augen, eines blau, das andere braun. Sie ist vor Kurzem gestorben, wenn ich mich recht erinnere. Hat in der Oberliga gespielt, nicht dort, wo ich sonst ermittelt habe.«

»Für wen hat sie gearbeitet?«

»Nur für sich selbst. Man hat sie respektiert. Ihre Kundschaft war der beste Schutz, den man in diesem Metier haben kann.«

»Sie kannten sie persönlich?«

»Wir haben ein oder zwei Mal ein paar Worte gewechselt. Mit den üblichen Huren hatte sie nichts gemeinsam. Ihre Schönheit war legendär, dazu war sie vornehm und gebildet, eine echte Ausnahmeerscheinung. Die exklusive Klientel war kein Zufall. Ein Jammer, dass sie so jung gehen musste.«

»Könnte jemand von ihrem Tod profitiert haben?«

»Auf jeden Fall die, die jetzt ihre Kunden übernehmen, obwohl mir da im Moment keine würdige Nachfolgerin einfällt. «

»Ab jetzt ist alles streng vertraulich. Sie wurde umgebracht. Höchst professionell.« Marx überging Kerns erstaunten Gesichtsausdruck und weihte ihn in die grausigen Details des Matznermordes ein.

»Ein professioneller Mörder? So etwas ist mir in meiner ganzen Karriere noch nie untergekommen«, bemerkte der frischgebackene Sonderermittler kopfschüttelnd. »In welcher Zeit leben wir?«

»Wer so jemanden beschäftigt, muss Geld haben. Das macht ihre gesamte Kundschaft zu Verdächtigen. Politiker, kirchliche Würdenträger, Adel. Darum wurde die Nachricht über ihren Tod zurückgehalten. «

Kern blies die Luft hörbar aus den geblähten Wangen. »Bei allem gebotenen Respekt, Herr Präsident, vertuscht ist wohl der passendere Ausdruck. Kein Mensch im Agenteninstitut weiß davon.«

»Politischen Zwängen kann man sich schwer entziehen«, fuhr Marx unbeirrt fort. »Im Übrigen halte ich persönlich die Verwicklung eines illustren Kunden für völlig ausgeschlossen. Welches Motiv hätte er? Sie wird wohl kaum einen ihrer Freier erpresst haben.«

»Manche Herren reden viel im Bett.«

»Aber sie hat doch gut verdient.«

»Mehr als wir beide zusammen. Trotzdem, keine macht diese Arbeit aus Freude. Wenn sich die Gelegenheit bietet auszusteigen ...«

Marx vollführte eine ungeduldige Handbewegung. »Ein Berufsmörder verdient seine Brötchen nicht im Herrenhaus, sondern in der Unterwelt. Genau deswegen engagiere ich Sie. Konzentrieren Sie sich auf das Milieu. Ihre Kunden sind für Sie ohne meine ausdrückliche Zustimmung tabu.«

»Ist schon klar. Sie wollen keinen Ärger mit den oberen Zehntausend«, erwiderte Kern mit einem säuerlichen Lächeln. »Mal sehen, wie weit ich komme. Gibt es ähnliche Fälle?«

»Da wir dieser perfiden Mordmethode erst jetzt auf die Schliche gekommen sind, kann ich das nicht ausschließen. Zuletzt hat es einen armen Schusterlehrling erwischt.«

Kern runzelte die Stirn. »Wer bezahlt für so einen Tod?«

»Den Schusterbubenmord bearbeitet das Agenteninstitut. Ihren ehemaligen Kollegen wurde ein Messerstich als Todesursache serviert. Über die Ermittlungen halte ich Sie auf dem Laufenden.«

»Dabei wird nicht viel herauskommen. Wen interessiert schon eine Stecherei unter Lehrbuben? Kann ich die Personalien von dem armen Teufel haben?«

»Hier die Akte. Spätestens morgen brauche ich sie wieder.« Der Polizeipräsident überreichte Kern eine dünne Mappe. »Sehen Sie sich in Matzners Wohnung um. Wollzeile 3. Ihre Dienstboten müssen nächsten Mittwoch raus. Da es weder Angehörige noch ein Testament gibt, muss nach einem potenziellen Erben geforscht werden, bevor sich der Fiskus selbst bedient. Das ist Ihre Legende.«

Kern lachte. »Der Finanz ist wurscht, woher das Geld kommt.«

»Bitte keine grobe Unordnung hinterlassen«, ermahnte der Präsident seinen neuen Ermittler und holte aus einer Schublade seines Schreibtischs ein Kuvert. »Ein Vorschuss für die nächsten drei Monate plus hundert Gulden Spesen. Bitte quittieren Sie den Empfang.«

Kern unterschrieb das Formular. »Das ist ordentlich viel Geld!«

»Daran darf es nicht scheitern.«

»In den letzten zwölf Jahren ist es immer am Geld gescheitert.«

Marx ließ sich nicht aus der Ruhe bringen. »Dieses Mal nicht. Nun zu unserem Informationsaustausch: Offiziell gibt es Sie gar nicht. Ihr Hinauswurf macht Sie bei Ihren Kollegen zur persona non grata. Wir dürfen also auf keinen Fall zusammen gesehen werden! Ich werde ab morgen jeden Tag zwischen fünf und halb sechs Uhr abends vor dem Kaiserbad ein paar Runden drehen. Kontaktieren Sie mich dort nur, wenn Sie es für unbedingt nötig erachten. Je seltener ich Sie sehe, umso besser. Nur im äußersten Notfall schicken Sie einen Dienstmann und bestellen mich an den besagten Ort.«

Kern zückte Dienstausweis und Dienstkokarde. Marx nahm den Ausweis an sich und deutete auf die Dienstmarke. »Erstatten Sie dafür offiziell Verlustanzeige und behalten Sie sie.« Er ignorierte Kerns erstaunten Blick. »Wie ich schon sagte, keine Regeln.«

Und damit war Leopold Kern, der neue geheime Sonderermittler des Polizeipräsidenten, von seinem alten Vorgesetzten entlassen und von seinem neuen wiedereingestellt. »Wann bekomme ich mein offizielles Todesurteil als Polizist zugestellt?«, fragte er, als er bereits in der Tür stand.

»Meine Stellungnahme geht noch heute an die Disziplinarkommission. Sobald ich den endgültigen Beschluss habe, erhalten Sie eine letzte Vorladung bei mir, und das war's dann.«

Von seinem Fenster aus beobachtete Marx nachdenklich, wie sein neuer Sonderermittler die Polizeidirektion verließ und den Schottenring überquerte. Es war ein höchst aufschlussreiches Gespräch gewesen, viel aufschlussreicher als die Personalakte. Kern war vom Schicksal gezeichnet, doch der Tod seiner kleinen Familie nicht seine einzige Sollbruchstelle. Er war ein Besessener, besessen vom Kampf gegen die Prostitution und besessen von Ferdinand Wanitzky, dem Kupplerkönig der Leopoldstadt. Seine Augen hatten ihn verraten, als er von der Schlägerei berichtet hatte. Sie hatten ihm Dinge an den Kopf geworfen, die ihm ans Herz gingen, hatte er gesagt. Wieso wussten sie davon? Was steckte hinter dieser unversöhnlichen Feindschaft? Welches Bindeglied gab es zwischen ihm und dem bladen Ferdl?

Marx war in seiner langen Karriere Zeuge vieler Männerfeindschaften geworden. Ihre Wurzeln waren so banal wie verheerend: Kriegserlebnisse, Karrierekämpfe, Frauengeschichten. Zumindest die beiden Ersten konnte er für Kern und Wanitzky ausschließen. Was übrig blieb, war kaum dazu geeignet, seine Sorgen zu zerstreuen. Steckte tatsächlich eine Frau dahinter? War Kerns Urteilsfähigkeit dadurch in den kommenden Ermittlungen kompromittiert?

Marx schüttelte ungeduldig den Kopf. Es war müßig, darüber nachzudenken. Es gab keine Alternative. Seine ganze Hoffnung ruhte auf diesem Mann. Nicht auszudenken, sollte in seinen Befürchtungen auch nur ein winziges Fünkchen

Wahrheit stecken. Er setzte sich wieder an seinen Schreibtisch und begann über den geheimnisvollen Mörder nachzudenken. Am meisten beschäftigte ihn die Frage, wer sich eine solche Mordmethode wohl ausgedacht haben mochte und wo man sie erlernen konnte. Je länger er darüber nachgrübelte, umso offensichtlicher schien ihm die Antwort. Unbewusst ballte er die Faust. Es war verbotenes Land, auf dem sich seine Gedanken bewegten, unzugänglich für ihn und seine Beamten. Er konnte bestenfalls eine Botschaft dorthin senden, und dafür benötigte er einen geeigneten Boten.

Als Kern das Gebäude der Polizeidirektion am Schottenring verließ, fiel es ihm schwer, seine Erregung und vor allem seinen Tatendrang zu bezähmen. Was alles möglich war, wenn es die hohen Herren nur wollten! Am liebsten wäre er sofort in die Wollzeile aufgebrochen, aber der Tag war bereits zu weit fortgeschritten. Die Hausdurchsuchung war schwierig, weil er nicht wusste, wonach er suchte. Jedes noch so kleine Detail konnte wichtig sein. Dafür benötigte er Zeit und vor allem Tageslicht. Also musste er sich für den Rest des Tages mit dem Studium der Akte über den Schusterbubenmord begnügen.

Er führte sie sich in einem Kaffeehaus zu Gemüte, während er sich am Mehlspeisenbuffet zu Lasten seines Spesenkontos verwöhnte. Lediglich fünf Seiten. Geradezu lächerlich, auch wenn die Ermittlungen durch das Polizeiagenteninstitut erst begannen. Ein Sicherheitswachmann hatte die äußerlich völlig unauffällige Leiche des Jungen im Morgengrauen am Ufer des Donaukanals gefunden, weit weg von seiner Wohnadresse in der Blutgasse. Hofmann hatte auf der Autopsie bestanden. Wahrscheinlich hatte er nach der Fanni Lunte gerochen, dachte Kern. Auch Matzners Leiche hatte weit entfernt von ihrer Wohnung in der Wollzeile gelegen. Bei beiden Opfern lag die Vermutung nahe, dass sie an einem anderen Ort ermordet und zum Fundort gebracht worden waren. Das mochte noch nicht viel besagen, außer dass der Täter offenbar standardisiert vorging. Kern konnte sich gut vorstellen, dass er auf Zeitgewinn spielte. Jede gewonnene Stunde verwischte seine Spur. Auffällig war, dass die Blutgasse kaum drei Minuten von der Wollzeile entfernt war. Zwei Mordopfer mit Wohnsitzen im Umkreis von zweihundert Metern, auf die gleiche Weise abgeschlachtet und fortgeschleppt, das konnte kein Zufall sein.

Kapitel 3
Dienstbotentratsch

Am nächsten Morgen stand er pünktlich um sieben Uhr früh mit einer leeren Aktentasche vor Fanni Matzners Wohnungstür. »Als Polizist ist es meine Pflicht nachzuschauen, ob beim Tod vom Fräulein Matzner alles mit rechten Dingen zugegangen ist. Außerdem gibt es keine Angehörigen. Reine Routine«, erklärte er Matzners Kammerzofe Leopoldine Horalek mit erhobener Polizeimarke in einem Ton, der keinen Widerspruch duldete.

»A bisserl spät nach drei Wochen?« Mit einem spöttischen Lächeln gab sie die Türe frei. Sie war eine reife Schönheit und recht pummelig.

»Besser spät als nie«, brummte er grantig und trat ein. Sofort fielen ihm die riesigen, von Büchern überquellenden Regale auf. »Hat sie die alle gelesen?«, fragte er ungläubig.

»Die Gnädige hat jede freie Minute mit ihren Büchern verbracht. Sie war sehr gebildet«, entgegnete die Zofe herablassend.

Kern zückte sein Notizbuch. »Wer arbeitet hier noch?«

»Die Brzezina Kathi kocht, die Walther Milli putzt und wäscht.«

Er notierte die Namen. »Alle wohnen hier?«

»Nächste Woche müssen wir raus«, antwortete sie enttäuscht.

»Ich schau mir die Wohnung an. Ihr habt's Ausgang bis um drei. Dann nehm ich eure Aussagen auf. Macht's euch a schöne Zeit«, fügte er gutmütig hinzu.

»Lassen's mir aber nicht das Feuer im Herd ausgehen.«

Kaum hatten die drei Frauen die Tür hinter sich geschlossen, machte er sich ans Werk. Er wusste zwar nicht, wonach er suchte, doch nach zwölf Jahren Polizeierfahrung dafür umso besser, wo. Im Entdecken von Geheimfächern und Verstecken hatte er es zu einer wahren Meisterschaft gebracht.

Es war eine anstrengende Tätigkeit, die viel Geduld erforderte. Acht Stunden lang durchsuchte er sämtliche Möbel, blätterte jedes Buch nach verborgenen Zetteln durch, klopfte die Wände nach Hohlräumen ab, hob Matratzen und Polster hoch, griff Bettdecken- und Kissen ab, prüfte die Unterseiten von Stühlen und Sitzbänken und kontrollierte die Rückseiten sämtlicher Bilder. Danach rollte er die Teppiche beiseite, nahm auf den Knien rutschend jeden kleinsten Winkel, jeden Parkettnagel, jede Fuge zwischen den Parkettbrettern unter die Lupe.

Als er das Geheimfach im Boden unter Matzners Bett fand, durchrieselte ihn ein Schauer des Triumphs. Es enthielt ein rotes Notizbuch und ein Fotoalbum. Als er das Büchlein öffnete, zitterten seine Finger vor Aufregung, doch die Worte darin ergaben keinen Sinn. Nur so viel stand fest, es war kein Tagebuch. Zu viele Zahlen.

Er steckte beides in seine Aktentasche. Im Nachtkästchen fand er ein paar Arzneiflaschen. Baldrian, Kokain und Opium kannte er, doch da war noch ein anderes Medikament. Alles verschwand in seiner Tasche, denn für das Verständnis von Matzners Handlungen und Motiven waren Krankheiten und Drogen womöglich von Bedeutung. Zu guter Letzt fand er noch den ungeöffneten Brief eines Anwalts, der erst nach ihrem Tod zugestellt worden war.

Als die Dienstmädchen zurückkehrten, saß er zerschunden und erschöpft in der Küche neben dem Herd. Die Haut auf seinen Kniescheiben war wundgescheuert und brannte, wenn die Hose daran rieb. Seine Glieder schmerzten.

»Na, wenigstens haben Sie keinen Sauhaufen hinterlassen«, bemerkte die Kammerzofe anerkennend. »Und der Herd ist auch noch warm. Wollen Sie einen Kaffee?«

»Den könnt ich schon vertragen«, erwiderte er dankbar.

Interessiert beobachtete Kern, wie das Wasser auf dem Herd langsam zu kochen begann. Nachdem er seine volle Tasse bekommen hatte, schickte er Köchin und Wäscherin hinaus. »Was für ein Mensch war das Fräulein Matzner?«, fragte er Leopoldine Horalek.

»Eine richtige Dame. Die beste Herrschaft, die ich je gehabt hab. Wie eine Gräfin.«

Kern runzelte die Stirn. »Hat sie hier Kunden empfangen?«

»Nie. In ihre Zuflucht kommt keiner rein, hat sie immer gesagt.«

»Ich habe Arzneien gefunden. War sie krank?« Geräuschvoll schlürfte er den heißen Kaffee.

»Die war immer pumperlg'sund. Das bisserl Opium hat doch ein jeder im Haus. Und Baldrian nehm' ich auch ab und zu.«

Kern zog ein Fläschchen aus seiner Tasche und studierte das Etikett. »Und was ist Guajak?«

»Sicher nix Gefährliches. Aber ich kann nicht alles wissen, sie hat ja lange Zeit nicht hier gewohnt.«

Die Antwort erstaunte Kern: »Sondern?«

»Beim Baron Rada, ihrem Geliebten.« Horaleks Augen begannen träumerisch zu glänzen. »Ein sehr schöner Mann ... In den war sie sehr verliebt. Er hat ihr sogar einen Antrag gemacht.«

»Hat sie angenommen?«

»Wir haben nie über ihr Privatleben gesprochen.«

»Sie sagten, sie hätte lange Zeit nicht hier gewohnt. Ist sie denn wieder zurückgekehrt?«

Sie überlegte kurz. »So gegen Ende April.«

»Dann war es mit dem Heiratsantrag wohl nichts.« Da Horalek seine Bemerkung mit Schweigen quittierte, fuhr er fort: »Hat sie lang bei ihm gewohnt?«

»Ein halbes Jahr ungefähr.« Die strengen Züge der Kammerzofe wurden weich. »Der Baron war ja so am Boden zerstört. Er war jeden zweiten Tag da mit Blumen und hat darum gefleht, dass die Gnädige ihn empfängt. Aber sie hat das strikt abgelehnt.«

»Also hat sie ihn verlassen?«

»So hat es den Anschein gehabt.«

»Haben die beiden gestritten? Vielleicht haben Sie sie ja heimlich weinen gehört?«

»Man belauscht doch nicht die Herrschaft. Da war nix«, setzte sie seinen Vermutungen ein abruptes Ende.

Enttäuscht wechselte Kern das Thema. »Noch einmal zu ihrer Gesundheit ...«

»Das Fräulein Matzner hat eine leichte Grippe gehabt und ein paar Wimmerln, sonst nix. Vom Arzt hat sie ein paar Medikamente bekommen. Sie hat sich zurückgezogen, das ist wahr. Nicht einmal ich durfte ihr mehr bei der Garderobe helfen. Aber tagsüber hat sie alle ihre Termine wahrgenommen, und das war eine ganze Menge. Jeden Tag woanders. Da kann man sich natürlich überanstrengen.«

»Wo war sie?«, fragte der Ermittler.

»Da müssen Sie den Sykora Franz fragen, ihren Leibfiaker. Der steht am Dom.«

»Hat sie Angst gehabt?«

»Wovor denn, bitte schön? Sie hatte doch alles, was sich ein Mensch erträumen kann. Viel Geld, einen schönen Mann, und jeden, der sie kannte, hat sie verzaubert.«

»Was war an dem Tag, an dem sie verschwunden ist?«

»Ein Tag wie jeder andere«, erwiderte sie achselzuckend.

»Und jetzt ist sie tot«, stieß Kern unwirsch hervor. »Danke.«

Seine nächste Zeugin war Katharina Brzezina, die Köchin. Sie hatte ein breites, gutmütiges Gesicht, und es war nicht zu übersehen, dass ihr das Essen, das sie kochte, gut schmeckte.

»Sie ist zwar ausgezogen, aber die Wohnung hat sie trotzdem behalten. Man kann nie wissen, hat sie damals gesagt.«

»Ich hab Arzneien gefunden ...«

»Kein Wunder, gesund war die nicht. Etwa ein Monat nach ihrer Rückkehr hat sie ein bisserl Fieber gekriegt, dann Kopfweh. Ganz stark! Ich hab ihr immer Tee machen müssen. Und nach dem Fieber hat sie den Ausschlag gehabt, aber bitte, nur ganz leicht. Das Essen hab ich ans Bett servieren müssen.«

»Das klingt aber nicht so harmlos. Die Zofe hat gemeint, sie hätte nur ein paar Wimmerl gehabt.«

»Naaa! Herr Inspektor, das war schon arg. Ganz arm dran war sie. Und dann erst der Haarausfall! Fragen's die Milli. Die hat beim Waschen immer einen ganzen Busch aus der Bettwäsch' rausgebürstet. Der sind ja sogar die Augenbrauen ausgegangen.«

»Und das ist der Frau Horalek nicht aufgefallen?«

»Gehn's, Herr Inspektor. Die Poldi würde nie was sagen, was der Gnädigen zum Nachteil gereichen könnt, selbst jetzt, wo sie tot ist. Ich versteh bis heute nicht, wie sie sich bei dem Haarausfall noch eine neue Frisur hat machen lassen können. Noch dazu Stirnfransen.« Sie verdrehte die Augen. »Bitte, mir hat das ja gar nicht gefallen, aber natürlich kann man das der Herrschaft nicht so einfach sagen ...« Kern machte sich eifrig Notizen. »Aber sie war sehr viel unterwegs zu der Zeit. Sie war recht nervös und gereizt, ja, das war sie schon.«

»Hat sie Angst gehabt?«

»Ja, schon, besonders, wie die Männer vor dem Haus aufgetaucht sind. Aber da fragen Sie am besten die Milli, die hat sogar einen gekannt.«

Nach ein paar weiteren Fragen entließ Kern die Köchin und wandte sich seiner nächsten Zeugin zu. Emilie Walther war groß und knochig mit einem langen Gesicht. Sie bestätigte die Aussage der Köchin. »Das ganze Bettzeug war voller Haare. Und Unmengen von Handschuhen hat sie verbraucht. Die Horalek hat ständig neue kaufen müssen. Ich bin mit dem Waschen gar nicht nachgekommen. Dabei hat die Gnädige so schöne Hände gehabt. Ganz lange, schlanke Finger. Wie die Gottesmutter.«

»Und wie war das mit den Männern vor dem Haus?«

»Jessas, das war arg. Ich sag Ihnen! Das waren richtige Ungustln. Sind auf einmal hier herumgestrolcht und haben unser Haus beobachtet. Aber die Gnädige hat nur gelacht. Stellen's Ihnen vor, zwei Tage später erkenn ich den Berti. Mit dem hab ich einmal ein Pantscherl gehabt. Eine kurze Affär halt, sonst nix. Natürlich hab ich ihn gefragt, was der hier treibt. In drei Jahren hab ich den Bertl noch nie in der Wollzeile gesehen. Und wissen's, was der zu mir sagt? Schleichen soll ich mich, er macht nur seine Arbeit. Eine schöne Arbeit ist das, Leute zu erschrecken, hab ich gesagt, aber das war dem Bertl wurscht. Einmal ein Schläger, immer ein Schläger, das kann ich Ihnen sagen. Wie ich ihr das erzählt hab, hat's dann auch die Gnädige mit der Angst zu tun bekommen, das hat man ihr deutlich angesehen.«

»Wie heißt er mit vollem Namen?«

»Albert Morawa.«

»Für wen arbeitet er?«

»Sicherlich für irgendeinen Verbrecher. Aber das war eh egal, denn am nächsten Tag waren die alle wieder weg.«

Kern stutzte. »Weg? Wo sind die hin?«

Sie zuckte mit den Achseln. »Weiß ich doch nicht. Die Gnädige war auf jeden Fall sehr erleichtert. Aber das hat ihr natürlich nix genutzt, weil sie ja zwei Tage später eh schon tot war.«

»Können Sie herausfinden, wo er seine Brötchen verdient?«

»Der Bertel?« Sie zögerte. »Nein, leider.«

Kern nickte. Es war offensichtlich, dass sie sich vor ihrem einstigen Liebhaber fürchtete. »Fällt Ihnen noch etwas ein?«

Emilie Walther dachte angestrengt nach. Plötzlich hellte sich ihre Miene auf. »Zwei Wachmänner haben sie abgeholt.«

»Wann war das?«

»Ein paar Tage, bevor uns die Männer aufgefallen sind.«

Kern schüttelte ein wenig ratlos den Kopf. »Das klingt doch alles ziemlich abenteuerlich. Können Sie sich einen Reim darauf machen?«

»Die Poldi sagt, bei dem Beruf vom Fräulein Matzner gehört das dazu.«

»Stimmt auch wieder«, erwiderte Kern resigniert.

Mit viel Geduld gelang es ihm, ein wenig Ordnung in die letzten Wochen im Leben Fanni Matzners zu bringen. Seine Befragung dauerte noch bis in den frühen Abend. Mit einem vollen Notizbuch und einem groben Zeitraster trat er den Heimweg an. Auch wenn er seine ersten Ermittlungsergebnisse zu Hause in einem Bericht zusammenfassen musste, berauschte ihn die Tatsache, sich weder dem Willen eines unerfahrenen Untersuchungsrichters unterwerfen noch seinem Vorgesetzten termingerecht rapportieren zu müssen. Er liebte seine Arbeit über alles. Endlich konnte er sie so tun, wie er es für richtig hielt.

Kapitel 4
Geheime Zeichen

Nach der anstrengenden Hausdurchsuchung herrschte in seinem Magen gähnende Leere. Er belastete sein Spesenkonto mit einer Fritattensuppe und einem Tafelspitz mit kalter Schnittlauchsauce, gerösteten Erdäpfeln und Spinat und spazierte anschließend satt und zufrieden zurück zum Schottenring. Unterwegs kaufte er ein Kuvert, steckte die Akte über den Schusterbubenmord hinein und hinterlegte sie für Marx in der Polizeidirektion. Danach bestieg er in der Tramwaystation Schottenring den einspännigen offenen Sommerwagen in Richtung Matzleinsdorfer Platz. Die Planen waren auf beiden Seiten heruntergezogen, denn der Weg führte durch die größte Baustelle Wiens, wo dichte Wolken aus Sand und rötlichem Ziegelstaub die Luft verschmutzten.

Kern mochte die neue Ringstraße nicht. Zwei Jahrzehnte lang waren Millionen Gulden in ihre Umgestaltung geflossen und hatten sie zur Protzmeile gemacht, denn die Stadtverwaltung stand dem Adel und den reichen Bankiers und Kaufleuten in ihrer maßlosen Prunksucht in nichts nach. In seinen Augen hätte dieses Geld für weitaus wichtigere Dinge ausgegeben werden können. Wie vielen Menschen wäre ein qualvoller Tod erspart geblieben, hätte man die Hochquellwasserleitung früher realisiert? Keine verseuchten Brunnen mehr, kein Typhus, keine Cholera! Bei Gott, er kannte das Wüten der Cholera.

Nach zweiundzwanzig Jahren Bautätigkeit war der Franzensring die letzte große Baustelle. Kern hasste das Verkehrschaos, das die vielen Transportfahrzeuge verursachten, den allgegenwärtigen Staub, die Unordnung. Selbst die frisch gepflanzten jungen Bäume sahen hier aus wie abgenutzte Straßenbesen. Auf den Gehsteigen türmten sich Holzstapel, Ziegel- und Sandhaufen, dazwischen schufteten ganze Kompanien schwitzender Arbeiter für einen Hungerlohn. Und kein Ende in Sicht. Immer noch war das Parlament hinter Bretterwänden verborgen, Rathaus, Universität und Hoftheater durch ein dichtes Baugerüst den neugierigen Blicken entzogen. Von ihm aus hätte es so bleiben können. Kern rechnete mit nur noch mehr Protz und historistischen Geschmacklosigkeiten. Er empfand keinen Stolz auf seine Stadt. Für das, was die Wiener im Zuge der Stadtumgestaltung erleiden mussten, erhielten sie keine Gegenleistung. Wohnungen wären besser gewesen als Paläste.

Dankbar atmete er auf, als die Tramway endlich die Baustelle hinter sich gebracht hatte und die neue Hofoper erreichte. Wie so viele andere Wiener hielt auch der Sonderermittler den Bau für völlig missglückt. Da half auch nicht der Blick auf den angrenzenden Nobelring zwischen Sirkecke und Schwarzenbergplatz, wo sich Adel und Großbürgertum ein Stelldichein gaben. Wie oft mochte Fanni Matzner hier zwischen bunten Uniformen, pechschwarzen Zylindern und prachtvollen Garderoben flaniert sein? Mit Sicherheit war sie die Schönste gewesen, hatte die neiderfüllten Blicke der Frauen und die lüsternen Blicke der Männer auf sich gezogen. Wer immer an ihrer Seite gegangen war, hatte mit ihr geprahlt. Aber dafür war die Sirkecke auch da. In Wien galt Neid schon immer als höchste Form der Anerkennung, ein Labsal für den, dem er galt. Nichts zeigt der Wiener lieber als das, was er hat.

Alles kein Pflaster für den bodenständigen Kern, der Erleichterung verspürte, als die Tramway endlich nach rechts in die Kärntnerstraße bog, den Wienfluss auf der Elisabethbrücke überquerte und vorbei am Obstmarkt in die Wiedener Hauptstraße fuhr. Als er an der Ecke Mayerhofgasse ausstieg, lag eine eigentümliche Lichtstimmung über der Stadt, wie sie oft vor einem Gewitter auftritt. Die Luft war schwül und drückend, der Himmel hatte sich bereits mit schweren, grauen Wolken zugezogen.

Nach der Hektik der Innenstadt herrschte hier geradezu paradiesische Ruhe. Das Gros der Bauten entstammte immer noch dem Biedermeier, ein-, höchstens zweistöckige Häuser, gebaut um Innenhöfe, in denen die Mieter ihre Wohnungen über die Pawlatschen, wie die Wiener die alten Laubengänge nannten, erreichten. Auf ihnen tauschten die Menschen Tratsch und Gerüchte aus oder sie verrichteten in den Höfen ihre Arbeit zwischen spielenden Kindern und schwer behängten Wäscheleinen.

Bis auf ein paar Hand- und Hundewagen oder das eine oder andere Transportfuhrwerk waren die Straßen leer. Aus der Ferne ertönten die Geigenklänge eines Straßenmusikanten, untermalt von lautem Gehämmer aus dem Nachbarhaus. Kerns Weg führte durch die Große Neue Gasse zum Mitterssteig, wo er nach links abbog. Sein Haus stand an der Ecke zur Krongasse, ein langgestreckter dreistöckiger Bau, dessen Wohnungen eher Rattenlöchern als menschlichen Behausungen glichen. Die Monatsmiete von zwanzig Gulden verschlang nahezu ein Drittel seines Polizistengehalts.

Bei den ersten dicken Tropfen lief er die Hauswand entlang. Er hatte kaum das Treppenhaus betreten, als das Unwetter losbrach. Im Schutz des Haustores beobachtete er versonnen, wie das Wasser auf die Pflastersteine klatschte und hochspritzte, sich in tiefen Pfützen sammelte, die Trottoire entlangfloss und in den Kanälen verschwand. Menschen hielten sich ihre Jacken schützend über den Kopf und rannten in die Häuser, Kinder suchten in den Hauseingängen Schutz. Die Kutscher der Fuhrwerke fluchten laut.

Nachdem er sich an dem Naturschauspiel sattgesehen hatte, machte er sich auf den Weg nach oben. Im Treppenhaus war es mit dem Prunk der Residenzstadt endgültig vorbei. Fernab von der Ringstraße zeigte sich hier das wahre Wien. Der Putz blätterte von den fleckigen Wänden, die Anstriche der Fenster und Türstöcke schälten sich vom Holz. Es roch nach menschlichen Ausdünstungen, Essen und Abfall. Zigarrenstummel und Reste von Küchenabfällen lagen am Boden. Hinter den Gangfenstern hörte man Kindergeschrei, das Klirren von Geschirr, laute Stimmen, Hundegebell. Aus einer Toilette kroch übler Gestank. Er hätte gern einen Herrn Tedesco oder den Grafen Kinski hier durchgeführt.

Durch ein kleines Fenster konnte man in den Innenhof sehen, wo noch immer der alte Schöpfbrunnen stand, die Quelle allen Unglücks, stetiges Mahnmal seines Versagens. Bis jetzt hatte es der Hausherr nicht der Mühe wert gefunden, ihn zuzuschütten. Zu teuer. Jedes Mal, wenn Kern die alte Winde sah, musste er gegen die aufkommende Wut ankämpfen.

Er beschleunigte seine Schritte. Seine Wohnung lag im dritten Stock. Die Küche, die man durch die Eingangstür betrat, hatte ein Fenster auf den Gang, durch das nur wenig Licht kam. Für mehr als einen Waschtisch, eine kleine Kredenz und einen Herd, neben dem Brennholz gestapelt war, war kein Platz. Das dahinterliegende Kabinett war kaum größer. Seine Einrichtung bestand aus einem Sofa, das zugleich als Bett diente, einem kleinen Sekretär mit einem bequemen Fauteuil, einer Kommode und einem Kleiderschrank. Die Tapeten waren vergilbt, das Parkett so nachgedunkelt und verschmutzt, dass die Maserung des Holzes nicht mehr erkennbar war. Wasserleitung und WC befanden sich am Gang.

Trotz aller Mängel empfand er seine Behausung fürstlich, zumal er sie – wenn auch nicht freiwillig – ganz für sich allein hatte. Seine Nachbarn, die Siebenfreuds, lebten auf der gleichen Fläche mit vier Kindern und mussten zusätzlich einen Bettgeher aufnehmen, um über die Runden zu kommen.

Kern liebte die hübschen kleinen Bälger, passte auf sie auf, wenn es seine Arbeit zuließ, und steckte ihren Eltern immer wieder Geld zu, wenn sie besonders arge Not litten. Herr und Frau Siebenfreud nannten ihn ihren Engel, aber für ihn waren sie eine Art Ersatzfamilie, nachdem ihm seine eigene genommen worden war.

Die Luft in seinem kleinen Heim roch nach einer Mischung aus kaltem Zigarrenrauch, Lavendel und Schweiß. Andere mochten ihn als unangenehm empfinden, aber er liebte ihn. Es war sein Geruch in seinem Bau, und er gab ihm Geborgenheit. Das verschmutzte Fenster in den kleinen Lichthof dämpfte das spärliche Licht zusätzlich.

Wie jedes Mal, wenn er heimkam, galt seine erste Sorge dem einsamen Blumentopf am Fensterbrett, in dem eine prachtvolle Clivie gedieh. Liebevoll glitten seine Finger über die dunkelgrünen, schwertförmigen Blätter. »Na, mein Schönheiterl?«, flüsterte er beinahe zärtlich, während er die exotische Pracht der dunkelroten Blütenglocken bewunderte, die in dicken Trauben von den drei langen Blütenschäften hingen. Es war die Lieblingsblume seiner Tochter gewesen, und er pflegte sie seit ihrem Tod hingebungsvoll. Jede neue Blüte erfüllte ihn mit geradezu kindlicher Freude. Für ihn lebte die kleine Luise darin weiter.

Mit den Fingerspitzen prüfte er die Feuchtigkeit der Erde. Dann wischte er vorsichtig den Staub von den Blättern, stellte den Topf auf den Schreibtisch und genoss in aller Stille diese kleine Insel der Schönheit in seinem kargen Zuhause, bewunderte die Zartheit der leuchtend gelben Staubgefäße und die makellose Oberfläche der Blätter. In ihre Betrachtung versunken konnte er für ein paar kostbare Sekunden die Welt um ihn vergessen. Draußen hatte es sich mittlerweile eingeregnet.

Eigentlich hatte er vorgehabt, sich den Fundstücken aus Fanni Matzners Wohnung zu widmen, aber er war zu müde. Seine Kraft reichte gerade noch zu einem flüchtigen Durchblättern des Fotoalbums. Der Umschlag war ein wenig gepolstert, nichts Besonderes. Es enthielt vorwiegend Landschaftsfotografien, keine Menschen. Viel Lärm um nichts. Er würde die Bilder noch einmal mit der Lupe betrachten müssen, bevor er sie herausriss und ihre Rückseiten ansah. Aber dafür war er jetzt zu müde. Enttäuscht legte er das Album weg, machte es sich auf dem Sofa bequem und betrachtete durch das Fenster, wie der Regen in den kleinen Lichthof prasselte. Aus der Nachbarwohnung drang Kindergeschrei.

Die Einsamkeit tat ihm gut. Es war die erste echte Verschnaufpause seit seinem Gespräch mit dem Polizeipräsidenten. Die letzte Nacht hatte er kaum ein Auge zugedrückt. Zu viel war geschehen, sein ganzes Leben auf eine Achterbahn geraten. Erst die Entlassung, unvermeidbare Folge seines ungezügelten Temperaments. Selbst er musste sich eingestehen, dass er ein außerordentlich schwieriger Untergebener gewesen war, besserwisserisch, mitunter auch frech. Renitent, wie man so schön sagte. Und das alles im Dienst der Gerechtigkeit. Nicht unbedingt des Rechts.

Seine Augen wanderten zu den wenigen Büchern, die er besaß. Kern war kein Leser. Es waren ausschließlich juristische Werke, das allgemeine bürgerliche Gesetzbuch, die Strafprozessordnung, das Handbuch des Untersuchungsrichters. Er hatte sie alle studiert und den Unterschied zwischen Theorie und Praxis schnell begriffen. Manche Dinge musste man eben selbst regeln, auch gegen das Gesetz. Doch das Maß hatte er dabei nie überschritten.

Erst der Tod seiner Frau und seiner kleinen Tochter hatte ihn seiner Vernunft beraubt. Ein ganzes Jahr lang hatten seine Kollegen seine Zornesausbrüche, seine Entgleisungen gegenüber Vorgesetzten schweigend hingenommen, seine Regelverstöße gedeckt und versucht, ihn zu unterstützen. Doch der Schmerz wollte nicht weichen. Viel mehr hatte er sich wie ein Krebsgeschwür tief in seine Seele gefressen, und die Schwere seiner Verfehlungen hatte zugenommen. Bis das

Maß voll gewesen war und selbst seine engsten Kollegen aus der 3. Brigade des Polizeiagenteninstituts ihn zu meiden begannen. Jeder fürchtete, in seiner Gegenwart gegen Vorschriften zu verstoßen. Kein Wunder, dass Inspektor Brachmann irgendwann beschlossen hatte, die Notbremse zu ziehen. Jetzt war es ihm gelungen, dank dem bladen Ferdl. Es war der Gipfel der Ironie, dass er bei der langen Liste seiner Verfehlungen über eine stolpern musste, die er nie begangen hatte.

Seine neue Tätigkeit bot ihm alles, was er sich ein Leben lang erträumt hatte. Ermittlungen ohne starrköpfige Vorgesetzte waren ein Freibrief zur Verbrecherjagd, ganz nach seinem Geschmack. Einziges Problem war, dass er vollkommen allein agieren musste, was zum Beispiel eine sinnvolle Überwachung unmöglich machte.

Und dann geriet er ins Grübeln. Wie verzweifelt musste der Wiener Polizeipräsident sein, wenn er ein solches Risiko einging? Ein wegen Insubordination und Brutalität entlassener Beamter, der Albtraum jedes Vorgesetzten, als persönlicher Konfident! Wenn das herauskam, konnte Marx seinen Hut nehmen und er ebenso. Sie waren auf Gedeih und Verderb zusammengeschweißt, eine Schicksalsgemeinschaft. Umso mehr war er fest entschlossen, sein Bestes zu geben, die in ihn gesetzte Hoffnung nicht zu enttäuschen.

Kern spürte, wie ihn die Müdigkeit zu überwältigen drohte, und er fügte sich dem Verlangen seines Körpers nach Erholung. Als er wieder erwachte, war es bereits sieben Uhr abends. Draußen nieselte es noch leicht. Immer noch müde, rieb er sich ausgiebig die Augen. Warum konnte er aus dem Schlaf keine Kraft schöpfen? Warum fand seine Seele keine Erholung? Langsam erhob er sich, ging hinaus auf den Gang und öffnete den Wasserhahn. Das kalte Nass floss über sein Gesicht, eine Rosskur, aber es half. Er nahm einen Schluck und tadelte sich dafür. Er verdiente so gutes Wasser nicht.

Mit von Kälte geröteter Haut kehrte in seine kleine Wohnung zurück und streckte ausgiebig die steifen Glieder.

Die kalte Dusche hatte ihren Zweck erfüllt. Sein Geist war wieder hellwach, bereit für neue Taten. Es war das Notizbuch, das ihn reizte. Die wirre Abfolge von Buchstaben darin ergab absolut keinen Sinn. Er war fest davon überzeugt, dass es sich um einen Code handelte. Allein diese Tatsache verhieß spannende Erkenntnisse, ja, vielleicht sogar die Lösung des Rätsels. Warum sonst hätte sie einen solchen Aufwand betrieben?

Eine lange Nacht mit einer Menge Kopfarbeit lag vor ihm. Kern freute sich darauf. Er war ein Tüftler, konnte Stunden über einem Rätsel verbringen, und das Notizbuch war ein solches Rätsel. Er legte das Büchlein auf seinen Schreibtisch, dazu ein paar Bogen leeres Papier und einen Bleistift. Dann holte er die Slibowitzflasche aus der Küche, schenkte sich ein großes Glas voll und stellte es daneben. Es folgten Kerzen, Aschenbecher, Streichhölzer und Virginiazigarren. Er entzündete die Kerzen. Dann nahm er eine Zigarre, bohrte den schmalen Strohhalm in das hintere Ende und entzündete sie. Genießerisch blies er den Rauch zur vergilbten Decke und setzte sich an seinen kleinen Schreibtisch.

Sofort fesselte die Fotografie mit seiner Frau und seiner Tochter seinen Blick. Streng schauten sie in die Kamera, obgleich das kleine Mädchen den Anflug eines verschmitzten Lächelns auf den Lippen hatte. Kerns Herz krampfte sich zusammen. Sie war so ein fröhliches Geschöpf gewesen, die Sonne seines Herzens. Allein ihretwegen war es gut, dass er sich für seine Frau entschieden hatte.

Er hatte sie aufopfernd gepflegt und sich nach ihrem Tod geschworen, allein zu bleiben und sich ausschließlich seinem Beruf zu widmen. Kurze Affären zwischendurch, bloß nichts Ernstes. Willige Frauen gab es genug, Wäschermädeln, Dienstmädchen, Näherinnen, Arbeiterinnen. Viele erhofften sich ein kleines Geldgeschenk, das er auch immer zu geben bereit war. Andere taten es umsonst, vor allem die Frauen aus der Provinz, deren Träume von der Realität der Residenzstadt zertrümmert worden waren. Es machte ihre Einsamkeit erträglicher, kurze, leidenschaftliche Umarmungen, hastig in irgendeiner Toreinfahrt, in einem Keller, ungelenk und hoffnungslos, doch ihm genügte es. Und wenn ein Kind unterwegs war, bezahlte er den Engelmacher. Keine sollte seinetwegen in die Donau gehen. Er hatte zu viele Frauenleichen aus dem Wasser gefischt.

Leopold Kern war zum Einzelgänger geworden, betrogen vom Leben, ständig auf der Suche nach Erlösung von einer Schuld, die er nicht begreifen konnte. Und die gefallenen Mädchen, denen er zu helfen versuchte, waren seine Art der Wiedergutmachung, die Sühne für das Unglück, das er Frau und Kind gebracht hatte.

Draußen rollte der Donner, und der Nieselregen wuchs sich mit einem Mal erneut zu einer wahren Sintflut aus. Es goss in Strömen. Große Tropfen hämmerten gegen die Fensterscheiben und spülten die dicke Staubschicht weg. Gedankenverloren starrte Kern in den schmalen Innenhof, wo die Dachrinnen überquollen und das Regenwasser in Sturzbächen in die Tiefe stürzte. Er lehnte sich zurück und nahm einen großen Schluck Schnaps, danach einen tiefen Zug von seiner Zigarre. Er hielt kurz die Luft an, ehe er den Rauch wieder herausblies. Andächtig wartete er auf die Reaktion seines Körpers auf die plötzliche Flut von Alkohol und Nikotin. Leichter Schwindel erfasste ihn, gefolgt von einem feinen Schweißausbruch und einem angenehmen Brennen in Brust und Bauch. Nach ein paar Sekunden war der Nikotinstoß abgeklungen.

Entschlossen griff er nach dem Notizbuch, drehte es in seinen Händen, schlug es auf und blätterte es flüchtig durch. Es war ein dickes, rotes Kontorbüchlein, in typischer Weise liniert und kariert. Eine Menge Zahlen waren darin aufgelistet, daneben Abkürzungen für Gulden und Kreuzer und chronologische Datumsangaben. Ein wenig enttäuscht schloss er daraus, dass er ein Kassenbuch in Händen halten musste. Sie hatte wie gestochen geschrieben.

Er ging von keinem besonders raffinierten Code aus. Höchstwahrscheinlich hatte sie jeden Buchstaben des Alphabets durch einen anderen ersetzt. Manche Eintragungen erschienen schnell, wenn auch gut leserlich hingekritzelt, sie musste also die Verschlüsselung im Kopf gehabt haben, konnte quasi verschlüsselt schreiben, ohne viel nachzudenken. Das sprach gegen einen komplizierten Code und war dennoch ungewöhnlich für eine einfache Prostituierte.

Das Register reichte beinahe eineinhalb Jahre zurück, bis zum Februar 1879. Er nahm die Notizen seiner heutigen Befragung zu Hilfe. Handelte es sich tatsächlich um ein Kassenbuch, mussten die Löhne der Dienstboten darin verzeichnet sein, und damit auch ihre Namen. Er ging davon aus, dass sie deren Vornamen eingetragen hatte, bei ihrem Leibfiaker war er sich nicht sicher. Außerdem mussten die Namen jede Woche mit dem gleichen Betrag aufscheinen. Sie enthielten zehn verschiedene Buchstaben, die er in diesen auffälligen Reihenfolgen finden musste, zehn von sechsundzwanzig Buchstaben des Alphabets, genug für die Entzifferung eines einfachen Codes, wenn man ein bisschen Erfahrung hatte.

Schnell erkannte er, dass sich einige Worte oft wiederholten und er notierte sie sich und auch die Anzahl der Wiederholungen. Es war viel einfacher, als er anfangs befürchtet hatte.

Die einfachste Buchstabenkombination bot der Name Milli. Er fand sie jeden Freitag. Gleich darunter konnte er Kathi identifizieren. Bei Leopoldine brauchte er länger, da er von »Poldi« ausgegangen war. Da das lange Wort jedoch immer direkt über Milli und Kathi stand, und der daneben verzeichnete Lohn etwas höher lag, wie es einer Kammerzofe zustand, konnte er das Rätsel bald lösen. Zehn Buchstaben, davon drei Selbstlaute, das häufig vorkommende e mit eingerechnet, genügend, um sich auf die Suche nach dem Kutscher zu machen. Die Zofe hatte ihn als Franz Sykora benannt. Drei Buchstaben seines Vornamens, das r, a und n hatte er bereits entziffert, da war es leicht, auch das f und das z zu dechiffrieren. Gerade in den letzten Wochen ihres Lebens sollte es der am häufigsten vorkommende Vorname werden. Die Kammerzofe hatte recht gehabt. Matzner hatte fast jeden Tag die Kutsche benutzt.

Zwölf von sechsundzwanzig Buchstaben. Er schrieb seine Ausbeute unter das Alphabet und versuchte, den Code zu ergründen. Er begriff ihn relativ schnell: sie hatte das Alphabet einfach um vier Buchstaben verschoben. Das e war durch ein a ersetzt worden, das f durch ein b, das g durch ein c und so weiter und so fort bis zum z, das als v codiert wurde. W, x, y, z rückten an den Anfang und entsprachen a, b, c, d. Er stieß einen leisen Freudenschrei aus und belohnte sich mit einem weiteren Glas Schnaps. Dann kopierte er das gesamte Büchlein in Reinschrift.

Die Arbeit war anstrengend und erforderte seine volle Konzentration. Als er fertig war, war es bereits mitten in der Nacht. Der Regen hatte aufgehört. In seiner kleinen Küche strich er sich ein paar Schmalzbrote mit Zwiebeln und Salz, aß sie am offenen Fenster und sog dabei immer wieder genussvoll die frische, kühle Luft durch die Nase. Kern streckte sich und gähnte herzhaft, ehe er sich wieder zurück an seinen Schreibtisch setzte und sein Werk zufrieden betrachtete. Der Schlüssel zur Schatztruhe war gefunden, nun ging er daran, sie aufzuschließen.

Erwartungsvoll begann er seine Abschrift zu studieren. Fanni war sehr genau gewesen und hatte auch die kleinsten Beträge akribisch dokumentiert. Vor ihm entfaltete sich das Geschäftsleben einer Nobeldirne bis in die feinsten Details – selbst für einen Hurenspezialisten wie ihn ein ungewöhnliches Erlebnis.

Die Liste ihrer Kunden las sich wie das Who is Who der Donaumonarchie. Kein Wunder, dass Marx sie aus den Ermittlungen heraushalten wollte. Wie wollte man der Öffentlichkeit erklären, warum ein Kardinal in Zusammenhang mit dem Mord an einer Prostituierten einvernommen wurde? Die Liste umfasste natürlich auch Adelige, Politiker, Ringstraßenbarone und Bankiers, aber keinen einzigen Soldaten. Bei der gesellschaftlichen Bedeutung ihres Publikums hatte er zumindest mit der Hälfte des Generalstabes gerechnet, doch seine Hoffnungen wurden enttäuscht.

Ihr Preis war hoch, um nicht zu sagen exorbitant – das Doppelte des üblichen Tarifs einer Edelhure. Je nach Kundschaft verrechnete sie zwischen hundertfünfzig und dreihundert Gulden, für einen hohen Offizier ohne beträchtliches Privatvermögen praktisch unerschwinglich.

Bevor sie den Baron Rada kennengelernt hatte, schwankte ihr monatliches Einkommen zwischen drei- und viertausend Gulden. Bei solchen Einnahmen konnte sie sich ein ruhiges Leben erlauben, maximal zwei Freier pro Tag, manchmal nur einer, manchmal gar keiner. Die Mietausgaben waren mit zweihundertfünfzig Gulden der Größe der Wohnung angemessen.

So wie das Geld hereinkam, gab sie es wieder aus. Selten blieb am Ende des Monats etwas übrig. In dieser Hinsicht unterschied sie sich nicht von ihren ärmeren Kolleginnen. Zwischen die Kundeneinträge waren haufenweise Ausgaben für Kleidung, Bettwäsche, Kosmetika, Seifen und Parfum eingestreut, eigentlich der Löwenanteil ihrer Aufzeichnungen.

Fanni Matzner war eine bis in die Fingerspitzen gepflegte Frau gewesen. Zweimal pro Woche kamen Friseurin, Maniküre und Pediküre ins Haus, mindestens einmal pro Monat die Schneiderin. Die verschiedenen Berufe konnte er an den Zusatzeintragungen erkennen, die beschrieben, wofür das Geld ausgegeben worden war. Ab dem 24. Mai war die Friseurin bis zu ihrem Tod nicht mehr erschienen. Dafür hatte sie sich eine Perücke zugelegt. Verrückt, was Frauen so tun, dachte Kern kopfschüttelnd.

Der Eintritt Radas in Fannis Leben im August letzten Jahres hatte gravierende Auswirkungen auf ihr Geschäft. Anfänglich hatte er sie täglich für zweihundert Gulden besucht, kein billiges Vergnügen. Insgesamt tausendvierhundert Gulden musste er bezahlen, bis er sie kostenlos haben durfte. Bis zum Januar hatte die Liebe ihr Geschäft fast vollständig zum Erliegen gebracht. Übrig blieb nur noch ein Graf Modritzky, den sie schon seit Beginn der Aufzeichnungen jede Woche beehrte.

Am 2. Februar 1880 tauchte ein neuer Freier auf, Fürst Mitjuchin, ein überaus begüterter Kunde. Für sein wöchentliches Stelldichein berappte er satte zweihundertfünfzig Gulden. Jedes Mal, wenn sie den Fürsten beglückte, war eine Zimmermiete von dreißig Gulden in der Naglergasse eingetragen. Keine Hausnummer. Ob sie dort eine weitere Wohnung für exklusive Kunden besaß? Hundertzwanzig Gulden waren eine ansehnliche Monatsmiete. Vielleicht kannte ihr Kutscher die Absteige? Eine gewisse Rosi strich bei jedem Besuch des Fürsten weitere fünfundzwanzig Gulden ein. Wofür?

Zwei Wochen nach ihrer Rückkehr in die Wollzeile, es war der 23. April, fand sich eine Zahlung an einen Dr. Karminski über zweihundert Gulden, zwei Tage danach verdoppelte sich der Preis für den Russen auf sagenhafte fünfhundert Gulden. Vierzehn Tage später spendete sie tausend Gulden an die Findelanstalt!

Ab Ende Mai erhielt Dr. Karminski alle drei bis vier Tage die stattliche Summe von achthundert Gulden. Neben seinem Namen war in Klammern immer dasselbe Wort eingefügt: Guajak. Ihm fiel das Arzneifläschchen ein, das er in ihrer Wohnung gefunden hatte. Was zum Teufel war Guajak?

Die Zahlungen an Karminski kamen den Fürsten Mitjuchin teuer zu stehen. Sein Tarif explodierte auf tausendzweihundert Gulden. Ihr letzter Besuch bei ihm fand am 4. Juni statt, fünf Tage vor ihrem Tod. Kern war fassungslos. Warum ließ sich ein Fürst so etwas bieten?

Der ehemalige Polizeiagent lehnte sich zurück, legte beide Hände in den Nacken und starrte auf das geöffnete Fenster. Der Himmel schimmerte bereits in leichtem morgendlichem Grau. Schrilles Miauen ließ auf einen Kampf über den Dächern schließen. Die Müdigkeit ließ ihn frösteln, und er zog sich eine Weste an.

Kern rekapitulierte kurz die Beträge, die er ausgerechnet hatte. Dr. Karminski hatte an Fanni Matzner innerhalb von zwei Wochen viertausend Gulden verdient. Dagegen war der Fürst mit zweitausendvierhundert Gulden geradezu günstig davongekommen. Von Rada fand er nach dem August 1879 keinen einzigen Eintrag. Bei der Genauigkeit, mit der sie ihre Aufzeichnungen geführt hatte, war er davon überzeugt, dass sie jede noch so kleine Zuwendung seinerseits dokumentiert hätte. Warum bekam eine gewisse Rosi bei jedem Besuch des Fürsten fünfundzwanzig Gulden?

Als auf Prostitution spezialisierter Polizist hatte Kern nur Einblick in das Gewerbe der armen Dirnen gewonnen, die ihren Körper für ein paar Gulden zu Markte trugen. Selbst wenn die Matzner eine Ausnahmeerscheinung gewesen war, die Summen, die sie umgesetzt hatte, überstiegen seine bescheidene Vorstellungskraft. Als Mitglied des Agentenkorps belief sich sein Verdienst auf gerade einmal sechshundert Gulden pro Jahr, dazu zweihundertfünfzig Gulden Aktivitätszulage, das entsprach einem Monatslohn von siebzig Gulden. Für eine Stunde mit der Matzner hätte er zwei bis drei Monate arbeiten müssen.

Zusammen mit den Aussagen der Dienstboten hatte er einen groben Überblick über die letzten Wochen ihres Lebens gewonnen. Allerdings war er weit davon entfernt, irgendwelche Schlüsse ziehen zu können. Er befand sich noch im Stadium des ungerichteten Sammelns von Informationen, wie er es selbst bezeichnete. Sein nächster Gesprächspartner konnte nur Matzners Leibfiaker sein. Nur er wusste, wo sie in den letzten Tagen ihres Lebens gewesen war. Rada als ihr Lebensgefährte war natürlich ebenso wichtig, aber dafür benötigte er Marx' Zustimmung. Und die erhielt er am ehesten, wenn er sein Ansinnen mit neuen Erkenntnissen untermauern konnte.

Er verwahrte das Kassenbuch in einem Geheimfach hinter der Küchenkredenz in der Wand. Seine Niederschrift faltete er sorgfältig zusammen und steckte sie in die Brusttasche seines Sakkos. Mit einem weiteren Schluck Schnaps ging er zu Bett.

Kapitel 5
Leibfiaker

Den nächsten Tag ließ er ruhig angehen. Immerhin war Sonntag. Während des Frühstücks fiel sein Blick auf den ungeöffneten Brief aus Matzners Wohnung. Im gestrigen Eifer hatte er ihn vollkommen vergessen. Der Absender war Dr. Martin Kogler, einer der besten Strafverteidiger Wiens. Neugierig riss er ihn auf. Der Sekretär des Anwalts bedauerte, dass sich der Herr Dr. bei ihrer Anfrage vom 24. Mai auf Urlaub befunden hätte, und schlug ein paar mögliche Termine unmittelbar nach seiner Rückkehr vor. Wofür hatte sie einen Strafverteidiger benötigt? Zu dumm, dass die Kanzlei heute geschlossen war. Seine Ungeduld musste er noch einen Tag bezähmen.

Als er gegen Mittag auf die Straße trat, war die nächtliche Gewitterfront weitergezogen. Bis auf ein paar Wolkenfetzen war der Himmel blau, und die Sonne strahlte wieder. Die glühenden Temperaturen waren einer angenehmen Wärme gewichen, die unerträgliche Schwüle einem lauen Wind. Nach einem herzhaften Mittagessen brach er zum Stephansplatz auf, wo Fanni Matzners Leibfiaker seinen Standplatz hatte.

Er fuhr mit der Pferdetramway bis zur Oper und ging zu Fuß weiter. An einem Sonntag war sogar der Spaziergang durch die Kärntner Straße ein Vergnügen. Wochentags litt die belebteste Straße Wiens unter chronischer Verkehrsverstopfung, obwohl sie nur in Richtung Innenstadt befahrbar war. Dann hallten heftige Wortgefechte zwischen Fuhrwerkskutschern und Fiakern von den Häuserwänden, die Luft war vom durchdringenden Geruch nach Pferdekot und -urin geschwängert, und eine Straßenüberquerung glich einem Himmelfahrtskommando.

Doch heute konnte sich Kern in aller Ruhe an den Schaufenstern ergötzen, in der Konditorei Gerstner die herrlichsten Mehlspeisen bewundern, bei Lobmeyer, Ullrich oder Wahliss die exklusivsten Porzellangeschirre, bei Hiess & Söhne die feinsten Meerschaum- und Bernsteinwaren oder bei Muralt die edelsten Muscheln und Korallen. Seine Frau hätte es genossen, all die dargebotenen Luxusartikel zu bestaunen, die sie sich niemals leisten konnte, und Luise wäre von den Auslagen bei Muralt kaum wegzubekommen gewesen. Für Kern selbst gab es nur ein einziges Geschäft, bei dem er die Sonntagsruhe ehrlich bedauerte, und das war die k. k. Commission Blagerl in der Kärnthnerstraße 3, wo eine starke Virginiazigarre für fünf Kreuzer zu haben war.

Und so dauerte der Fußmarsch zum Stephansplatz etwas länger. Im Schatten des riesigen Domes hatte sich eine lange Schlange von Kutschen gebildet. Vor dem mächtigen Riesentor lehnte die armselige Gestalt eines Wasserers neben seiner leeren Butte. Seine nackten, dürren Beine steckten in groben Holzpantoffeln und waren so weiß, dass sie im Sonnenlicht leuchteten. Der Gürtel war schwer von Putzlappen und Bürsten. Den Hut in den Nacken geschoben, starrte er aus müden dunklen Augen ins Leere. Unter dem dichten zerzausten Schnurrbart glomm ein Zigarettenstummel.

Die Wasserer zählten zu den ärmsten Teufeln Wiens. Sie hatten mit jedem einzelnen Kutscher am Standplatz einen ungeschriebenen Arbeitsvertrag, der ihnen für die Reinigung eines Wagens und die Versorgung der Pferde zehn Kreuzer zusprach. Gesetzliche Ansprüche besaßen sie trotzdem keine. Hatte der Fiaker schlechte Einnahmen oder schlechte Laune, kam der Wasserer um seinen Verdienst.

Kern winkte der armseligen Gestalt, die soeben voll Gier an ihrem kümmerlichen Zigarettenrest sog, freundlich zu. Der Wasserer schien seine Geste gar nicht bemerkt zu haben. Vielmehr hob er plötzlich den Kopf, wie ein aufgescheuchtes Reh. Als Kern seinem Blick folgte, erspähte er einen grobschlächtigen Mann, der aus der Wollzeile bedächtigen Schrittes in Richtung Dom marschierte. In seinem schwarzen Anzug mit dem hohen Zylinder wirkte er mehr wie der Fahrer eines Leichenwagens als ein Lohnkutscher. Sein graumelierter, struppiger Backenbart umrandete ein breites, pausbäckiges Gesicht mit winzigen, in Fettfalten eingebetteten Schweinsäuglein. Am auffälligsten war das gewaltige, asymmetrische Doppelkinn, das wie ein praller Sack unter dem linken Unterkiefer hervorquoll.

Ungeduldig winkte der Mann den Wasserer zu sich. Dieser verdrehte die Augen und schnippte mit einem lauten Seufzer die Zigarette weg. Eher unbeabsichtigt versperrte ihm Kern den Weg und nutzte die Gelegenheit. »Wo ist der Wagen vom Sykora Franz?«

Mit leidender Miene wies der arme Teufel auf den heftig gestikulierenden Mann. »Der da hinten, gnä Herr. Der 257-er.«

Kern gab den Weg frei und schlenderte in ein paar Metern Abstand hintendrein bis zu einem etwas abseitsstehenden Wagen, wo der Fiaker mit dem Zylinder ungeduldig wartete. Eine wütende Tirade aus Schimpfwörtern ergoss sich über den Wagenwäscher. Dabei deutete der Kutscher auf das linke Vorderrad. Als sich der Wasserer schuldbewusst bückte, um die Beanstandung zu prüfen, versetzte ihm der Kutscher einen unsanften Tritt und schlug ihm auf den Hinterkopf, sodass seine Stirn gegen die Felge prallte.

Der Sonderermittler fühlte, wie ihm das Blut vor Zorn in den Kopf stieg. Es war ein offenes Geheimnis, wie schlecht die Fiaker ihre Wasserer behandelten, aber diese Szene übertraf so manches, was er erlebt hatte. Entschlossen stolzierte er auf die beiden Männer zu. »Fahrzeugkontrolleeee«, rief er und hielt dem überraschten Fiaker seine Dienstmarke unter die Nase.

»Ich hab mir nix zuschulden kommen lassen.« Die kleinen Schweinsaugen des Kutschers flackerten unruhig.

»Maul halten und Name«, bellte Kern ungehalten.

»Franz Sykora.«

»Kontrollbuch und Fahrbollete, dalli, dalli!« Das Kontrollbuch beinhaltete die Fahrtauglichkeitsuntersuchungen der Fuhrwerke, die Fahrbollete war der Führerschein des Kutschers. Während Sykora hastig in seinen Taschen kramte, fiel Kerns Blick auf den Kutschbock. »Bist du bestellt?«, fragte er mit einem maliziösen Grinsen.

»Nein, nein, ich war grad eine Kleinigkeit essen«, erwiderte der Kutscher nervös. »Es war eine lange Fahrt, Herr Inspektor.«

»Wieso steckt die Peitsche dann am Kutschbock?«

Sykora erstarrte. »Ich bitt Sie, ich steh doch nicht in der Reihe, wegen dem Putzen vom Wagen. Um die Uhrzeit kommt eh keiner …«

»Bin ich keiner?«

Aus leidvoller Erfahrung wusste Sykora vermutlich, dass mit der Wiener Polizei nicht gut Kirschen essen war. »Tschuldigen's, Herr Inspektor, ich wollte nicht …«

»Paragraf 18 Fiakerordnung«, fiel ihm der Ermittler ins Wort. »Die Peitsche hat zum Zeichen der unbedingten Verfügbarkeit am Kutschbock aufgesteckt zu sein, während der bestellte Fiaker zur Vermeidung von Irrungen die Peitsche umzulegen hat. Ich hab' gar nicht gewusst, dass man einen Fiaker auch während des Putzens mieten kann.« Er bedachte den Fiaker mit einem drohenden Blick. »No? Lang wart' ich nicht mehr.«

Hastig zog Sykora die Peitsche aus der Metallhülse und legte sie auf den Kutschbock. Dann überreichte er die geforderten Dokumente. Kern studierte sie aufmerksam. Unerbittlich begann sich seine Stirn in tiefe Falten zu legen, und seine Lippen verzogen sich zu einem überaus süffisanten Lächeln. »Die letzte Wagenkontrolle ist ein bisserl her, oder?«

»Jessas na, Herr Inspektor.« Schweiß perlte von Sykoras hoher Stirn. »Ich bitt Sie, wir werden doch keinen Richter brauchen. Ich weiß, ich bin ein bisserl hinten ...«

»Maul halten.« Kern begann nun die dunkelgrün lackierte Kutsche genau zu inspizieren. Auf beiden Wagentüren und am Heck war die Wagennummer in weißer Ölfarbe aufgemalt. Er überprüfte die Blechtafel im Wageninneren, wo neben der Wagennummer die Fahrtarife verzeichnet zu sein hatten. Dann nahm er sich die Wagenlaternen vor, auf denen die Wagennummer in schwarzer Farbe aufgemalt sein musste. Der Wasserer verfolgte das unerwartete Schauspiel schadenfroh. »Was ist mit dem da? Wieso hat der ein Loch im Hirn?«

Der Fiaker setzte ein schleimiges Grinsen auf, wodurch die Asymmetrie seines Halses noch mehr zur Geltung kam. »Gestolpert, Herr Inspektor, ein unglücklicher Unfall. Ausgerutscht ist er. Und die Peitsche hast du doch beim Putzen in die Hülse gesteckt und vergessen, sie wieder hinzulegen, so wie sich's gehört, gelt Karli?«

»Net Schuld zuschieben, Kutscher. Momentan sind wir bei fünf Gulden Strafe, wenn du dich deppert spielst, steigt das schnell an.« Erneut begann er den Wagen kritisch zu begutachten. »Sehr sauber«, murmelte er wohlwollend zu dem Wasserer. »Was kriegst du?«

»Ich wollt grad zahlen, Herr Inspektor«, beeilte sich Sykora zu versichern. »Der Tarif ist ein Sechserl, aber weil er heute so gut gearbeitet hat, kriegt er zwei. Da hast, Karli, bist ein guter Bursch.« Kern war beeindruckt, mit welcher Schamlosigkeit die Lüge dem Fiaker über die Lippen kam. Umso mehr freute es ihn, dass der Wasserer mit dem doppelten Lohn davonschlich. »Wem gehört der Wagen?«

»Ich bin mein eigener Herr, Inspektor.« Sykoras blaue Augen leuchteten vor Stolz.

»Respekt, Respekt«, nickte Kern anerkennend.

»Mit meinen eigenen Händen erarbeitet. Früher hab ich ein Comfortable gefahren. Seit einem Jahr gehört der Fiaker mir.«

»So, so, vom Einspänner zum Zweispänner. Aufmachen«, herrschte Kern den Kutscher an. Kaum war der Wagenschlag geöffnet, folgte der nächste Befehl. »Einsteigen.« Ängstlich zwängte Sykora seine mächtige Gestalt in das Wageninnere. Der Sonderermittler setzte sich ihm gegenüber. Eine unheilvolle Stille breitete sich aus, in der sich Kern am Unbehagen seines Opfers weidete. Zu schade, dass die Zeit drängte. »Sag einmal, für wie deppert hältst du mich?«

»Ich versteh nicht, Herr Inspektor.«

»Wenn du noch einmal einen Wasserer trittst, kannst du dir deine Konzession aufmalen. Dann kannst du Cabskutscher werden. Da wird wenigstens deine Wampe kleiner.«

Sykora lief puterrot an. Erneut erschien die Polizeimarke vor seinem Gesicht. »Was ist das?«

»Jessas, Herr Inspektor, Ihre Dienstmarke, die haben Sie mir eh schon gezeigt.«

»Das ist die Dienstmarke vom Polizeiagenteninstitut, Depp. Ich bin für Mord zuständig. Fuhrwerksangelegenheiten macht die Sektion I. Du hast also ein Riesenglück.«

»Na, Sie haben mir aber einen Schrecken eingejagt.«

Kern konnte buchstäblich den tonnenschweren Stein hören, der Sykora vom Herzen fiel. »Eine Meldung an die Kollegen, und die tunken dich ein. Du stehst mir also besser Rede und Antwort.«

»Ich bitt' Sie, ich bin doch ein gesetzestreuer Bürger. Aber ich weiß ja noch gar nicht, worum es geht! « Die Stimme des Fiakers bebte vor Angst.

»Die Matzner Fanni.«

»Jessas, das Fräulein Fanni. Ein fescher Hase ist die gewesen.« Die blauen Augen glänzten träumerisch.

»Du warst ihr Kutscher.«

Sykora begann sich eine Zigarette zu drehen. »Was der Bratfisch für den Kronprinzen, war ich für das Fräulein Fanni.«

Kern zückte sein Notizbuch. »Wie oft hast du sie gefahren?«

»Na fast jeden Tag. Keinen Schritt ist die zu Fuß gegangen.« Der Kutscher steckte sich die Zigarette in den Mund und riss ein Streichholz an seiner Schuhsohle an. »Das hier«, sagte er mit einer umfassenden Handbewegung, »verdanke ich alles dem Fräulein Matzner. Sie hat mir geraten, mich selbstständig zu machen und nur noch für sie zu fahren. Hat mir sogar das Geld vorgestreckt. Bitte«, er hob beschwörend beide Arme, »ich hab alles zurückgezahlt. Bis auf den letzten Kreuzer. «

»Weißt du, was das Fräulein Matzner gemacht hat?«

Sykora reckte sich stolz. »Na sicher.« Er schlug sich mit der Faust auf die mächtige Brust. »Ich bin doch die Diskretion in Person. Von mir hat keiner was erfahren«, polterte er mit einem gönnerhaften Lachen. »Ein Leibkutscher hat seine Berufsehre. Und außerdem hab ich sie beschützt.« Beinahe übereifrig staubte er die Zigarette im Aschenbecher ab. »Einmal wollt' ihr einer an die Wäsch'!« Er lachte laut auf. »Na, der hat nachher nimmer g'sund ausg'schaut!«

»Wohin hast du das Fräulein Matzner gebracht?«

»Überallhin. Sogar zum Schneider.«

»Und ihre Kundschaft?«

Der Fiaker zog tief an seiner Zigarette. Erst jetzt fielen Kern die vom Nikotin gelblich verfärbten Finger auf. »Sie hat die Herren zu Haus besucht oder im Hotel. Ich hab immer draußen gewartet. Aber übernachtet hat sie daheim.«

»In welchem Hotel?«

»Nix Fixes. Immer woanders.«

»Gute Hotels?«

Der Kutscher entblößte grinsend seine dunkelgelben Zähne. »Nur das Beste! Aber, bitte, alles sehr diskret.«

»Mich interessieren die letzten zwei Wochen vor ihrem Tod.«

»Tschuldigung Herr Inspektor, aber das ist jetzt über drei Wochen her. Sie hat damals viele Termine gehabt. Ich weiß nicht ...«

»Aber ich. War sie in der Naglergasse?«

Sykora öffnete kurz die Wagentür und schnippte die Zigarette nach draußen. Dann lehnte er sich breitbeinig zurück, und sein mächtiger Bauch sackte zwischen seine Beine. Er seufzte vernehmlich. »Im Jänner oder Februar hat das Fräulein Matzner mich wieder für eine regelmäßige Fuhre in die Naglergasse gebraucht. Jeden Mittwoch.«

»Was heißt wieder?«

»Das Fräulein Fanni hat ja letzten Sommer eine Liebschaft mit einem Baron angefangen.«

»Hast du ihn gekannt?«

»Flüchtig«, gab er missmutig zurück. »Ganz schlecht für's G'schäft. Gott sei Dank war der Wagen schon abbezahlt. Sie hat praktisch keinen Kunden mehr besucht. Ich war froh, wie sie wieder bei ihm ausgezogen ist. Am 20. April war das, den Tag hab ich mir gemerkt, weil ich gehofft hab, dass das Geschäft wieder anzieht.«

»Und? Hat es das?«

Sykora vollführte eine wegwerfende Geste. »Nix war. Nur zum Grafen nach Hietzing sind wir gefahren, ihr letzter Stammkunde, abgesehen vom Mittwochtermin.«

Modritzky, dachte Kern. »Die Adresse findest du?«

»Im Schlaf. Auhofstraße 15. «

»Zurück zur Naglergasse. Wo hast du sie genau hingebracht?«

»In das dortige Nobeletablissement.«

»Zur Vogler Susi?«, brach es vollkommen unvermittelt aus dem Sonderermittler hervor.

Der Kutscher grinste hämisch: »Hoppala! Sie kennen sich aus!«

»Spar dir deinen Kommentar. Wie ist das abgelaufen?«

»Wie immer! Ich hab sie hingebracht und auf sie gewartet.«

»Wie lang?«, setzte Kern ungeduldig nach. »Lass dir nicht alles von mir aus der Nase ziehen. Nicht die Sektion I vergessen.« Er riss einen Zettel vom Fahrbilletblock im Innern des Wagens und ließ ihn in der Innentasche seines Rocks verschwinden. Die Hinterseite des Formulars mit der Wagennummer und den Tarifbestimmungen hatte es in sich. Sie war ein Beschwerdeformular, das der Fahrgast direkt an die Polizei übergeben musste. Auf die Gefährdung der Sicherheit von Fahrgästen oder Passanten standen drakonische Geldstrafen. Kern wusste genau, womit er Sykora an den Rand des Ruins bringen konnte. »Das wird dein Gedächtnis vielleicht ein wenig beflügeln.«

Der Kutscher setzte eine ängstliche Miene auf. »Ein ganz normaler Termin. Eine Stunde, wenn überhaupt.«

»Und dann ist sie wieder herausgekommen?«

»Naaa«, erwiderte der Fiaker gereizt. »Sie ist durch den Schornstein rausgefahren.«

»Du hast ordentlich Dreck am Stecken«, zischte Kern. »Der Tritt auf den Wasserer, die verspätete Wagenkontrolle, die Peitsche, das kostet schon was. Von dem Beschwerdebillett, das ich noch ausfüllen werde, ganz zu schweigen. Wenn du mit hundert Gulden davonkommst, hast du Glück gehabt.«

»Jessas na, Herr Inspektor, so beruhigen's Ihnen doch.«

»Also weiter«, erwiderte Kern unwirsch. »Streng dich an. War da irgendwas Besonderes, ist dir was aufgefallen?«

Der Kutscher besann sich einen Augenblick. »Einmal ist sie ganz verstört herausgekommen. Die ganze Rückfahrt hat sie Rotz und Wasser geheult. So hab ich sie noch nie erlebt in all den Jahren.«

»Wann war das?«

»Erinnern Sie sich an das große Feuer am Nordwestbahnhof?«

Kern nickte. Der Brand war Tagesthema gewesen. »Anfang April. Hast du sie damals heimgefahren?«

»Nach Hietzing. Zum Grafen.«

»Ist sie danach weiter in die Naglergasse gefahren?«

»Sicher. Ganz normal. Bis zu ihrem Tod.«

»Ist doch von der Wollzeile praktisch um die Ecke. Die fünf Minuten hätte sie doch auch zu Fuß gehen können.«

»Das Fräulein Matzner?« Sykora lachte kurz auf. »Die ist keinen Schritt mehr als absolut notwendig gegangen. Wenn's nach der gegangen wär, hätt ich sie in der Wohnung auf's Häusel kutschiert.«

»Andere regelmäßige Fahrten?«

»Ein Arzt im Heinrichshof. Da war sie oft. Die letzten zwei Wochen alle drei Tage, würd' ich sagen.«

»War sie krank?«

»Wenn man alle drei Tage zum Arzt geht ...«

Und jedes Mal achthundert Gulden bezahlt, ergänzte Kern in Gedanken. »Wo war sie sonst noch?«

»Ab und zu in der Kolingasse am Alsergrund. Ich glaub, das war privat. Und natürlich regelmäßig am Schottenring, die Kontrollen ...«

»Ist sie mit noch jemandem außer dir gefahren?«

»Ausgeschlossen, Herr Inspektor, ich war ja immer für sie da.«

»Ihre Leiche ist im Augarten gefunden worden. Was hat sie dort gemacht?«

»Die war nie im Augarten. Net mit mir und zu Fuß schon gar net.«

»Wann war ihre letzte Fahrt bei dir?«

»Am Tag vor ihrem Verschwinden. In die Kolingasse. Am nächsten Tag wollte sie wieder hin. Ich hab auf sie gewartet, aber sie ist nicht gekommen.«

Kern las sich seine Notizen durch. »Schon komisch. Was wollte sie dort?«

»Das dürfen's mich nicht fragen, Herr Inspektor. Aber sie war immer wieder dort. Wie sie so geweint hat, habe ich sie am nächsten Tag auch in die Kolingasse gefahren.«

»Und zwischendurch?«

»Das weiß ich nicht mehr so genau. Ein, zwei Mal vielleicht.«

Kern überflog schweigend seine Notizen. »Zwischen dem Tag, wo sie so verstört war, und ihrem Tod war sie nach deinen Aussagen vier Mal in der Kolingasse.«

»Kann auch mehr gewesen sein. Aber vier Mal in zwei Monaten ist ja nicht viel, Herr Inspektor.«

Der Sonderermittler schürzte die Lippen. »Ansichtssache.« Er sah Sykora prüfend an. »Was hast du mit deinem Hals gemacht?«

»Ein Geburtsfehler. Damit kann ich hundert werden.«

Kern gab das Beschwerdebillett zurück. »Wenn du gelogen hast, mach ich dich fertig.«

Sykora hob treuherzig die Hand. »Ich schwöre, ich hab die Wahrheit gesagt.«

»Den Wasserer frag ich nach dir.«

»Ich werde mich bessern, Herr Inspektor.«

Kern bezweifelte das, konnte aber wenig tun, um Sykoras Bußbereitschaft weiter zu befeuern. Er stieg schweigend aus und steuerte unverzüglich in Richtung Rothenturmstraße. Im Hintergrund erklang der dumpfe Schlag der Pummerin. Er lenkte seine Schritte in Richtung Donaukanal. Wenn er seine Ermittlungen im Milieu beginnen wollte, war die Leopoldstadt ein ebenso guter Beginn wie jeder andere Ort. Hier hatte er viele Freunde und Bekannte, einfache Menschen mit nicht ganz astreinem Lebenslauf. Die größte Hoffnung setzte er aber auf seinen Ruf. Dem Hurenpoidel vertraute man mehr als jedem Polizeiagenten.

Kapitel 6
Der dürre Toni

Es bedurfte noch ein paar Gläser Wein, um die verbleibende Zeit bis zum Abend zu überbrücken. Bei Sonnenuntergang drang er schließlich in das ihm wohlbekannte Gassengewirr der Leopoldstadt vor, das Königreich des bladen Ferdl, der hier neben ein paar Bordellen das Parisienne betrieb, ein absolutes Edeletablissement. Gerüchten zufolge war seine Herrschaft im Wanken. Vielleicht hatte er ja einen Berufsmörder engagiert, um sich gegen seine gefährlichsten Feinde zur Wehr zu setzen? Was das allerdings mit Fanni Matzner zu tun haben sollte, war Kern schleierhaft.

Unermüdlich zog er durch Branntweinstuben, Beiseln und Wirtshäuser und spendierte Runde um Runde. Es war bereits gegen Mitternacht, als er mit dem Grispindeltoni, dessen Spitzname daher rührte, dass er spindeldürr war, ein wenig abgeschieden an einem großen Fass in der Ecke einer finsteren Branntweinschänke in der Rothensterngasse lehnte. Das kleine Lokal war trotz der späten Stunde zum Bersten voll. Zähe Rauchschwaden hingen in der Luft, und der Wirt kam kaum damit nach, die Gläser zu füllen. Der Raum hallte von lautem Stimmengewirr. Es roch nach Schweiß, Zigaretten und Alkohol.

Kein braver Bürger hätte sich hier hineingewagt, wo Zuhälter, Strichbuben und -mädchen, Diebe und Schläger den Tag in erstaunlicher Eintracht ausklingen ließen. Hätte die Polizei eine Streifung vorgenommen, wären wohl mehrere

Wagen nötig gewesen, um alle Verdächtigen aufs Kommissariat zu bringen.

Toni war ein alter Bekannter Kerns. Sie hatten gemeinsam bei der Demolierung der Stadtmauern gearbeitet. Aus dieser Zeit stammte auch die ausgeprägte Sattelnase, die Tonis schmales, eingefallenes Gesicht verunstaltete, eine immerwährende Erinnerung an die Syphilis. Seine Augen lagen tief in den Höhlen, die Umgebung des linken schimmerte in gelb-blauer Schattierung. Auf den hohlen Wangen spross ein dichter Rasen weißer Bartstoppel. Beim Lachen entblößte der Toni einen einsamen Schneidezahn.

Gerade stürzte er den fünften Schnaps in sich hinein. Kern, der zur Sicherheit eine ganze Flasche bestellt hatte, schenkte wortlos nach. Er selbst hielt sich mit dem Trinken zurück. Nach einer erklecklichen Anzahl fruchtloser Gespräche begann der Alkohol selbst bei ihm langsam Wirkung zu zeigen. Wenn man von der allgemeinen Unsicherheit absah, die er überall wahrnahm, war seine Ausbeute bislang mager. Das Gespräch mit Toni sollte für heute das Letzte sein.

Verzückt beobachtete dieser, wie sich sein Glas füllte. »Ja, Poidel, dass du dich wieder einmal blicken lasst. Wie lang ist es her?«

»Ein paar Wochen. Ich hab ein Disziplinarverfahren am Hals.«

»Die Geschichte mit dem Jakob? «

Kern nickte. »Hast du noch Kontakte zum Wespennest?« So nannte man das Hauptquartier vom bladen Ferdl in der Pazmanitengasse.

Toni wischte sich den Mund mit dem Unterarm ab. Dabei löste sich ein kleiner, aber zäher Tropfen Speichel von seinen halb geöffneten Lippen und dehnte sich zu einem langen, weißen Faden. »Sicher. Wir sind doch alle verhabert. Aber der Ferdl hat grad nix frei, jetzt bin ich bei der Susi in der Naglergasse untergekommen.«

Toni sog geräuschvoll die Luft ein und leerte sein Glas, wobei es ihm gelang, den Speichelfaden an seiner Lippe unbeschadet zu erhalten, was Kern eine gewisse Bewunderung abnötigte. »Jeder weiß, dass du das mit dem Jakob nicht warst. Die wären blöd, wenn sie dich rausschmeißen. Du bist doch ein echter Balchochem.«

»Was hilft mir das, wenn ich ein pfiffiger Beamter bin? Wie geht's dir bei der Susi? Viel Arbeit?«

»Wir passen auf, dass in ihrer Hurenschenke nix schiefgeht. Wenn sich einer blöd spielt, bitten wir ihn höflich hinaus und verdreschen ihn auf der Gasse.«

»Na, Hurenschenke ist wohl ein bisserl bös für das nobelste Etablissement der Stadt. Warum reicht Rausschmeißen nicht mehr?«

Toni verdrehte die Augen, saugte den Speichelfaden unversehrt wieder zurück in den Mund und leckte sich über die Unterlippe. »Du weißt ja, wie es derzeit läuft. Alle sind nervös. Der Ferdl schwächelt. Die Kleinen werden goschert, jeder greift gleich zum Messer, die Geigerln werden viel öfter verdroschen als nötig. Und jede zweite hat die Syphilis und Angst, dass sie erwischt wird. Die geht im Moment wieder um, das kann ich dir sagen. Nicht einmal ich geh ins Puff. Und die Susi hat eh schon so eine g'schraufte Kundschaft. Niemand darf auch nur auf die Idee kommen, dass sie was durchgehen lasst. Einmal waren ein paar Leute vom Pferdefranz aus Hernals da.« Er deutete auf sein linkes Auge. »Da kommt das Veilchen her.« Dann präsentierte er seinen letzten Zahn. »Und der ist seitdem auch ganz allein.«

»Seit wann traut sich der Franz aus der Vorstadt!«

»Die Leute vom Franz waren überall, aber besonders in der Leopoldstadt.« Hinter ihnen brach mit lautem Gepolter ein Betrunkener zusammen. Zwei kräftige Männer packten ihn an den Armen und platzierten ihn auf einer Bank, wo er seinen Rausch ausschlafen konnte. Toni nutzte die Unruhe und beugte sich nach vorn. »Irgendwas ist los, Poidel«, flüsterte er. »Meine Beitzen jucken ganz eigentümlich in letzter Zeit. Und auf meine Beitzen ist Verlass.«

Kern nickte. »Lass deine Eier aus dem Spiel. Das geht doch schon länger so. Vielleicht das übliche reinigende Unwetter, in dem sich alles neu sortiert? Der Ferdl ist alt. Alle warten nur darauf, dass er abtritt. Hast du die Matzner Fanni gekannt?«

Toni richtete sich wieder auf. »Eine Augenweide! Die war einmal die Woche bei uns. Spezialkunde. Aber was hilft die ganze Schönheit, wenn man tot ist, nicht wahr?«

»Könntest du dir vorstellen, dass man sie umgebracht hat?«

Toni strich nachdenklich über sein spitzes Kinn: »Wer sollte der Fanni was Böses antun wollen? Der Leichendoktor hat nix gesehen.« Er zog geräuschvoll die Nase hoch und wischte mit dem Unterarm darüber. Dann betrachtete er nachdenklich den schleimigen Fleck auf seinem Ärmel. »Komisch, dass du das fragst, Poidel.« Lange starrte er Kern bedeutungsschwer an, als kämpfte er mit sich. »Ich kann mir das sogar ziemlich gut vorstellen«, sagte er schließlich. »Bist du deswegen gekommen?« Kern nickte. »Die Fanni ist nicht die Einzige, die so unerwartet krachen gegangen ist.«

»Ja, meine Beitzen sind nämlich genauso schlau wie deine. Es gibt also noch andere?«

»Den Morawa Berti zum Beispiel. Der hat für die Susi gearbeitet. Den haben sie einen Tag vor der Fanni tot auf der Straße gefunden. Der war auch kerngesund. Und ein paar Wochen davor hat es den Brandl Kurt erwischt.«

»Den kenne ich nicht. Wer war das?«

Toni neigte den Kopf zur Seite. »Hab ihn nie gesehen, nur davon gehört. Angeblich einer von Ferdls Leibwache. Der Ferdl war ziemlich verärgert. Er mag's nicht, wenn seine Leute ohne seine Erlaubnis die Patschen strecken. Damals hat er gleich den Wanka Gusti zu seinem Nachfolger ernannt, wenn ihm was passieren sollte. Willst an Schniffling?« Er packte eine alte, vor Schmutz starrende Schnupftabakdose aus, verteilte eine beachtliche Portion des dunklen Pulvers auf seinem Handrücken und zog sie geräuschvoll in die Nasenlöcher. Der unverzüglich folgende Niesanfall hüllte Kern in einen Regen feinster Tropfen. »Und jetzt pass auf, Poidel. Das war's noch nicht.« Er hielt das linke Nasenloch zu und blies den Inhalt des rechten geräuschvoll auf den Boden. »Kurz nachdem wir die Leute vom Pferdefranz rausgeschmissen haben, ist einer von denen heimgegangen. Gleiche Geschichte, der Leichendoktor findet wieder nix. Lauter gesunde Leut' reißen ein Bankel. Das geht doch nicht mit rechten Dingen zu! Viele glauben, dass die in Wirklichkeit auch gepeigert worden sind. Die Einzigen, die das nicht kneißen sind die depperten Ärzte. Alle scheißen sich an, dass sie die Nächsten sind.«

»Wer hat was davon, diese Leute umzubringen? Die Susi?«

»Geh, Poidel, warum sollt sie die Fanni kapporefetzen? Die hat genug Geigerln im Dienst. Weißt, warum die vorsichtig ist? Weil die auch ihre Seidenunterhosen voll hat. Das sag ich dir!«

»Den Morawa hat man übrigens zwei Tage vor Fannis Tod vor ihrem Haus gesehen.«

»Und einen Tag vor seinem eigenen Krepierer, nicht zu vergessen. Glaubst du an Zufälle? Ich nicht.« Toni zuckte die Schultern. »Ich geh schon lange nicht mehr ohne Hütling auf die Gasse. Da schau.« Toni öffnete seine abgetragene Jacke und gab den Blick auf ein langes Messer in seinem Gürtel frei. Es war ein schlechtes Zeichen, denn die Wiener Gauner waren normalerweise unbewaffnet. »Wenn nicht einmal die Doktern kneißen, dass einer gepeigert ist, dann können dich weder die Kreuzritter noch die Greiferei beschützen.«

»Ja, da magst du wohl recht haben. Weder Wachmänner noch Polizeiagenten. Aber so etwas hat es doch früher nicht gegeben!«

»Früher haben wir uns anständig gegenseitig kapporegefetzt.« Tonis Augen glänzten sehnsüchtig, als er in Erinnerungen schwelgte. »Ein Messer, ein Holzprügel, manchmal ein Revolver. Das war halt die gute alte Zeit. So hinterfotzig waren wir nicht.«

»Seit wann geht das so?«

»Reden tut man drüber seit drei oder vier Monaten. Aber seinen Spitznamen hat er erst seit Kurzem.«

»Wer hat einen Spitznamen?«

»Na, der Mörder!«

»Aber wir wissen doch gar nicht, ob es ihn überhaupt gibt!«

»Na und? Hauptsache, er hat einen Namen.«

»Wie nennt man ihn denn?«

»Den Engelmacher.«

»Der bringt doch keine Ungeborenen um.«

»Er macht eben keine kleinen Engerln, sondern große.«

Kern hatte genug gehört. Morgen musste er Marx unverzüglich informieren.

Kapitel 7
Rapport

Pünktlich wie jeden Arbeitstag näherte sich Marx um Punkt siebzehn Uhr der Parkanlage am Ufer des Franz-Josefs-Kais. Die bei den Wienern sehr beliebte Grünanlage war ein langgestreckter, schmaler Streifen entlang des Donaukanals zwischen dem Obstmarkt und der Carls-Kettenbrücke. An ihrem nördlichen Ende erhob sich das Gebäude des Kaiserbads mit seinen Anlagen und Stränden. Flussabwärts ankerten die Donaudampfschiffe der Lokallinien vor dem Hotel Metropol und den prunkvollen Palästen der bedeutendsten jüdischen Handelsgesellschaften. Die täglichen Spaziergänge taten dem Polizeipräsidenten gut. Er hatte bereits beschlossen, die aus der Not geborene Angewohnheit beizubehalten, sollte er diese Affäre heil überstehen.

Das Polizeiagenteninstitut hatte die Ermittlungen im Schusterbubenmord, wie man den Fall mittlerweile nannte, aufgenommen. Erste Einvernahmen von Freunden und Verwandten des Jungen lagen bereits vor, der Fundort der Leiche war genauestens untersucht und Zeugen befragt. Für den Fall von Kerns Erscheinen hatte er die Abschriften der Protokolle dabei.

An der Abzweigung vom Franz-Josefs-Kai, die durch den Park direkt zum Kaiserbad führte, konnte er schon von Weitem die gedrungene Gestalt seines Sonderermittlers erkennen. Von berufs wegen Pessimist, deutete Marx dessen frühzeitiges Erscheinen als ungünstiges Zeichen. Trotzdem beschleunigte er seine Schritte. Schlechte Nachrichten brachte man am besten schnell hinter sich.

»Zeit für einen ersten Zwischenbericht«, begrüßte ihn Kern mit ernster Miene am Parkeingang. Unten am Ufer tummelten sich die Badegäste in den Fluten, Kindergeschrei drang an ihre Ohren.

»Ich hatte nicht so schnell mit Ergebnissen gerechnet«, erwiderte der Präsident misstrauisch. »Gehen wir ein Stück.« Die beiden verfielen in einen gemütlichen Spazierschritt. Sie gingen an einer Bank vorbei, auf der eine alte Frau saß und Vögel fütterte. Ein paar Meter weiter blieben sie im Schatten einer mächtigen Trauerweide stehen. Der dichte Vorhang der herabhängenden Ruten schirmte sie beinahe vollständig von der Umgebung ab.

»Nach meinen Erkundigungen in den Beisln und Bordellen in der Leopoldstadt musste ich Sie unverzüglich sehen«, begann Kern seinen Bericht. »Die Ergebnisse sind in der Tat mehr als besorgniserregend.« Gespannt auf die Wirkung seiner Worte legte er eine kurze Pause ein.

»Wollen Sie weitersprechen, oder sind Sie schon fertig?« Selbst der Meister der Selbstbeherrschung vermochte seine Nervosität kaum zu bezähmen.

»Ein Informant nannte mir aus dem Stegreif drei Männer, die diesem Mörder zum Opfer gefallen sein könnten, der Letzte erst zwei Tage vor Fannis Tod. In keinem Fall hat der Leichenbeschauarzt eine Autopsie für nötig erachtet. Unser Problem weitet sich also aus. «

Marx erblasste. Seine Bestürzung war ihm deutlich anzumerken, linker Daumen und Zeigefinger hochaktiv. »Das ist ja eine Katastrophe, das wären – den Schusterbuben eingerechnet – schon fünf Morde ...«

»... innerhalb von rund drei bis vier Monaten«, ergänzte Kern. »Wir haben es also mit einem Serienmörder zu tun. Wenn das sein Beruf ist, dann plant der, der ihn bezahlt, offenbar Größeres.«

Der Polizeipräsident hatte Mühe, die Fassung zu bewahren. »Wie viele Menschen wissen von diesen Gerüchten?«

»Dass irgendjemand kerngesunde Leute so geschickt umbringt, dass es die Ärzte nicht bemerken?«

Marx nickte. »Exakt.«

»Alle. Die Angst geht um.«

In einer für ihn außergewöhnlichen Gefühlsaufwallung stieß der Präsident die Spitze seines Spazierstocks in den weichen Boden. »Jesus, Maria und Josef! Dann ist es nur eine Frage der Zeit, bis das ans Tageslicht kommt. Warum geht niemand zur Polizei?«

»Wegen eines Gerüchts? Wenn es überall von Polizeiagenten wimmelt, würde das Geschäft empfindlich gestört werden. Wer will das schon? Die Syphilis hat ohnehin dieses Jahr Hochsaison.«

Marx nickte nachdenklich. Auf seiner hohen Stirn hatten sich Schweißtropfen gebildet.

»Obwohl keiner weiß, ob es ihn wirklich gibt, hat der Mörder sogar schon einen Spitznamen. Sie nennen ihn den Engelmacher.«

Der Polizeipräsident hatte sich nun wieder in der Gewalt und wirkte sachlich und kühl. »Unter einem Engelmacher stelle ich mir etwas anderes vor, aber gut.« Er nahm den Hut ab und fuhr sich über seine Halbglatze. »Dagegen war die Ermordung des Kriegsministers im 48er Jahr ein Kindergeburtstag. Haben Sie außer Gerüchten etwas Handfestes?«

»Man kann den Zeitraum auf die letzten sechs Monate eingrenzen. Davor ist nichts Vergleichbares passiert. Also ist der Mörder wahrscheinlich erst im letzten Halbjahr nach Wien gekommen.«

»Großartig. Dann sind es nur noch achtzigtausend Verdächtige, Frauen und Kinder eingerechnet, vorausgesetzt, er hat sich vorschriftsmäßig angemeldet. Wieso haben Sie nichts von alldem bemerkt?«, fragte Marx ein wenig vorwurfsvoll. »Sie sind doch der Hurenpoidel?«

»Ich bin darüber selbst ein wenig enttäuscht, Herr Präsident«, erwiderte Kern säuerlich. »Offensichtlich war ich mit meinem Disziplinarverfahren stärker ausgelastet, als ich es mir eingestehen wollte.«

»Gibt es schon etwas, womit wir arbeiten können?«

Kern fischte aus der Innentasche seiner Jacke einen Stoß beschriebener Blätter. »Mein Bericht. Ich hab ihn heute geschrieben. Ich versuche gerade, Matzners letzte Lebenswochen zu rekonstruieren, aber es ist schwer, die Bedeutung der verschiedenen Ereignisse zu gewichten.«

»Haben Sie ein Beispiel?«

»Sie hat in der Naglergasse bei Frau Vogler gearbeitet. Einmal hat sie danach einen Weinkrampf erlitten. Ihr Kutscher sagt, das hätte er noch nie bei ihr erlebt.«

Marx zog die Schultern noch. »Nicht sehr ergiebig. Noch etwas?«

»Sie hat bei ihrem Geliebten gewohnt, dem Baron Rada. Am 20. April ist sie in ihre alte Wohnung zurückgekehrt. Grund unbekannt. Vier Wochen später erkrankte sie, es ist aber vollkommen unklar, woran. Ihre Dienstboten sprechen von einer leichten Grippe, aber die Symptome, die sie schildern, erscheinen mir nicht so harmlos. Sie litt an Haarausfall, schweren Kopfschmerzen und Hautausschlag. Sie hat ein Vermögen für Ärzte ausgegeben.«

»Definieren Sie ein Vermögen.«

»Dreitausendvierhundert Gulden.«

Unwillkürlich hob Marx die Augenbrauen. »In der Tat. Ein Batzen Geld. Aber warum erachten Sie das als relevant?«

»Ich bin der festen Überzeugung, dass Krankheiten unser Handeln extrem beeinflussen.«

»Da stehen Sie aber ziemlich allein da.«

»Ist mir wurscht. Vielleicht hat sie ja Geld gebraucht? Bei den Arztkosten ...«

»Als teuerste Grabennymphe Wiens muss sie doch mehr als genug gehabt haben!«

»Nachdem sie zu dem Baron gezogen war, hatte sie ihr Gewerbe aufgegeben. Aus Liebe? Wegen Krankheit?«

»Wie können Sie da so sicher sein?« Marx wirkte kurz verunsichert.

»Das Kassenbuch spricht eine deutliche Sprache. Vielleicht hat sie einen Kunden erpresst.«

»Und der hat nach ihr auch gleich einen Schusterbuben und davor ein paar Zuhälter umbringen lassen? Ihre Fantasie erscheint mir da ein wenig überhitzt. Die Fakten sprechen doch eindeutig für einen Konflikt in der Unterwelt! Mit Ausnahme des Schusterbuben sind alle Opfer aus dem Milieu. Mit Sicherheit werden wir auch für den Buben eine Verbindung aufdecken. Vielleicht ein Laufbursch für einen Verbrecher. Sie wissen so gut wie ich, dass oft schon Kinder rekrutiert werden. Konzentrieren Sie sich auf den Mörder selbst. Seine Hintermänner sind im Augenblick Nebensache.«

»Und wenn sie nach seiner Festnahme weitermachen?«

»Dann tun sie es wieder auf die klassische Art. Die Morde werden entdeckt, und die Polizei kann einschreiten. Das wird ihre Mordlust erheblich eindämmen. Was haben Sie noch?«

»Mit Sicherheit hat er sie woanders ermordet und die Leiche in den Augarten gebracht. Das wird wohl auch auf den Schusterbuben zutreffen. Er hat bei ihr um die Ecke in der Blutgasse gewohnt. Das kann kein Zufall sein. Ich würde gerne seine Familie und Nachbarn befragen. Wie weit sind meine Exkollegen?«

»Urteilen Sie selbst.« Marx überreichte ihm eine Aktentasche. »Ich habe die Protokolle der ersten Ermittlungen abschreiben lassen. Natürlich ist der Fall noch nicht abgeschlossen, also müssen Sie noch warten. Sie können die Kopie behalten.«

»Vor ihrem Tod hat sie einen Anwalt konsultiert. Ich war heute bei ihm, aber außer einer Terminanfrage hat er nichts vorliegen. Vollkommen rätselhaft, was sie von ihm wollte. Dann war da noch eine Spende von tausend Gulden an die Findelanstalt.«

Marx stutzte, schwieg aber.

»Dort war ich heute auch. Sie hat das Geld persönlich überbracht. Kein Schreiben, nichts. Man hat sich natürlich gut an sie erinnert. Kein Wunder, bei der Summe. Und da ist noch etwas. Ihre beiden letzten Kunden waren Graf Modritzky und Fürst Mitjuchin. Den Fürsten hat sie in Susanne Voglers Etablissement beglückt, den Grafen daheim. Die Befragung der beiden Herrschaften wäre außerordentlich hilfreich.«

Marx stieß ein humorloses Lachen aus. »Ausgeschlossen. Modritzky war bis vor einem halben Jahr Mitglied des Herrenhauses. Ein Greis. Ihm ist eine solche Befragung definitiv nicht zumutbar, ganz zu schweigen davon, dass man ihn mit der Matzner nicht in Verbindung bringen darf. Fürst Mitjuchin ist russischer Militärattaché, ein persönlicher Freund des Zaren und unseres Kronprinzen. Muss ich mehr sagen? Beide Herren sind über jeden Verdacht erhaben.«

»Ich verdächtige sie auch nicht, aber sie könnten wichtige Informationen liefern. Kann ich wenigstens den Baron besuchen? Als ihr Lebensgefährte ist er ein wichtiger Zeuge. Vielleicht weiß er auch, woran sie gelitten hat.«

»Meinetwegen«, erwiderte Marx seufzend. »Aber vergessen Sie doch bitte diese ominöse Krankheit. Bei der Leichenöffnung war nichts, ich wiederhole, absolut nichts zu erkennen. Sie wird wohl irgendeinem Scharlatan aufgesessen sein. Haben Sie noch etwas?«

»Der Mann, der kurz vor der Matzner genauso rätselhaft gestorben ist, ein gewisser Albert Morawa, wurde am Tag vor seinem Tod vor ihrer Wohnung in der Wollzeile von seiner ehemaligen Geliebten einwandfrei identifiziert. Er hat für die Vogler Susi in der Naglergasse gearbeitet, genauso wie die Matzner auch.«

»Wie ich schon sagte, die Täter kommen aus der Unterwelt.«

»Aber die Matzner hat ausschließlich in die eigene Tasche gearbeitet. Sie hat sich aus dem üblichen Gerangel herausgehalten.«

»Vielleicht hat man sie ja umgebracht, um jemand anderem eine Warnung zukommen zu lassen?«

Unwillig schüttelte Kern den Kopf. »Warum dann den Mord verschleiern?«

»Wir sind uns doch einig, dass die Spur zur Vogler führt. Bei ihr hat sie gearbeitet, einer ihrer Männer hat die Matzner offenbar beobachtet und ist nun ebenfalls tot, auch wenn wir kein Verbrechen beweisen können. Nicht viel, aber immerhin ein Anfang.« Marx setzte sich seinen Hut wieder auf. »Herr Kern, Sie leisten hervorragende Arbeit. Machen Sie weiter so und halten Sie mich auf dem Laufenden. Ich glaube nicht, dass die Befragung dieses Barons irgendetwas bringt, und mir wäre offen gestanden lieber, Sie verzichten darauf. Wir haben den Schusterbubenmord der Presse als Messerstecherei verkauft. Für den Mörder wird das schwierig zu interpretieren sein. Ist seine Technik enttarnt oder nicht? Er wird also auf der Hut sein. Wenn er spitzkriegt, dass wir bereits nach ihm suchen, ist Ihr Leben keinen Pfifferling wert. Darum halten Sie die Mordmethode um jeden Preis geheim. Ich will Sie auf keinen Fall auf Hofmanns Seziertisch wiederfinden.« Die beiden Männer verließen den Park getrennt in entsprechendem Zeitabstand.

Noch am selben Abend studierte der Sonderermittler die Protokolle der Polizeiagenten. Seine ehemalige Einheit, die 3. Brigade des Polizeiagenteninstituts unter seinem alten Feind Brachmann führte die Ermittlungen. Trotz aller Feindschaft musste Kern Brachmann zugestehen, dass er ein hervorragender Polizist war und dass seine drei Ermittler gute

Arbeit geleistet hatten. Mehr war aus den Zeugen bei dem Fehlen der entscheidenden Informationen einfach nicht herauszuholen. Natürlich konnten sie nicht erklären, wie der Junge ans Ufer des Kanals gekommen war, ein Ort, den er nach Angaben seiner verzweifelten Eltern niemals aufgesucht hätte, da er nicht schwimmen konnte und das Wasser fürchtete. Folgerichtig stellten die Beamten infrage, dass Fundort und Tatort identisch waren, aber es gelang ihnen nicht, das schlüssig zu beweisen.

Alles war genauestens dokumentiert, sogar die Worte des Schuhmachermeisters, der Bub hätte sich zwei Wochen vor seinem Tod unglücklich in eine ältere Dame verliebt. Die Aussagen waren wenig hilfreich, aber die Namen der Zeugen von unschätzbarem Wert.

Es fiel ihm schwer, Marx' Anordnungen zu befolgen und weiter abzuwarten. Bis die zum Scheitern verurteilten Ermittlungen eingestellt wurden, konnte es noch Wochen dauern, und mit jeder verstrichenen Minute sanken seine Chancen, den Engelmacher zu finden.

Kapitel 8
Café Central

Über Nacht hatte es sich deutlich abgekühlt. Eine dicke Wolkenschicht lag über Wien. Um neun Uhr vormittags war das Café Central immer recht leer. Der Großteil des Stammpublikums – Adlige und wohlhabende Bürger – hatten um diese Jahreszeit ihre Sommerfrischen bezogen, der morgendliche Ansturm der Gäste, die vor Arbeitsbeginn auf ein schnelles Frühstück vorbeikamen, war vorüber. Während draußen das morgendliche Leben langsam seinem Höhepunkt zustrebte, herrschte hier entspannte Ruhe. Erst gegen elf Uhr würde die nächste Welle von Besuchern das Kaffeehaus dazu nutzen, Geschäfte abzuschließen oder in den hundertfünfzig verschiedenen Zeitungen zu schmökern, die hier auslagen.

Marx mochte das Café nicht besonders. Es war ihm einfach zu neu, zu geleckt. Er wusste, dass sein Urteil unfair war. In den drei Jahren, die das Central nun existierte, war es schlichtweg unmöglich, die erforderliche Patina anzusetzen, die für die Gemütlichkeit eines Wiener Kaffeehauses von so fundamentaler Bedeutung war, vergilbte Wände, abgenutzte Möbel und knarzende Böden. Am wichtigsten war für den Präsidenten aber der Geruch, diese einmalige Mixtur aus Kaffeearomen und Zigarrenrauch, so unauslöschlich eingenistet, dass keine noch so lange Lüftung sie restlos zu beseitigen vermochte.

Das Central hatte auch schöne Seiten. Wenn an heißen Sommertagen das gleißende Sonnenlicht durch die großen, in tiefen Nischen verborgenen Fenster fiel, sich in Rauchschwaden und Myriaden von Staubteilchen brach und dadurch ein geradezu sakral anmutendes Muster aus Lichtkegeln schuf, verfehlte dies auch beim Polizeipräsidenten nicht seine Wirkung. An einem wolkenverhangenen Tag wie heute herrschte im gelblichen Schein der Gaslampen eine kühle, stimmungsvolle Dämmerung.

Für Marx gab es trotz aller Kritikpunkte gute Gründe, sich hier zu treffen. Der riesige Saal im venezianisch-florentinischen Trecentostil, dessen prunkvolles Kreuzgewölbe auf schlanken roten Marmorsäulen ruhte, was mehr an einen Palazzo als an ein Kaffeehaus erinnerte, sicherte Anonymität. Der Zeitpunkt garantierte ein Minimum potenzieller Zuhörer, der Tisch in der Fensternische gleich links vom Eingang weitestgehende Sicherheit vor den umherschweifenden Blicken eintretender Gäste. Die neugierigen Ohren der Sitzkassiererin waren weit weg am anderen Ende des Raums. Der nächste Besucher, ein einsamer Herr, vertieft in die Neue Freie Presse, saß drei Tische entfernt und somit außer Hörweite.

Soeben hatte der Ober auf der weißgrauen, mit zarten schwarzen Linien durchzogenen Marmorplatte des dreibeinigen Tisches das klassische Dreigestirn der Wiener Mehlspeisenkultur abgestellt und damit dem Polizeipräsidenten eine Welle des Glücks beschert: eine dampfende, frische Melange im Glas mit Zuckerstreuer, ein Glas Wasser sowie ein großes, mit einer dicken Staubzuckerschicht bedecktes Stück Gugelhupf.

Der Mann, den Marx erwartete, war Oberst des Generalstabscorps Karl Freiherr von Ripp, Leiter des k. k. Evidenzbüros, des militärischen Geheimdienstes der österreichisch-ungarischen Monarchie. Ripp war bereits der dritte Mann, den der Polizeipräsident auf diesem Posten die Ehre hatte, miterleben zu dürfen, und mit Sicherheit nicht der Letzte. Soldaten mochten keine Schreibtischposten.

Die Bekanntschaft der beiden Männer erfüllte sämtliche Kriterien einer langjährigen Männerfreundschaft und reichte in eine Zeit zurück, lange bevor Ripp die Leitung des Evidenzbüros übernommen hatte. Ihr monatliches Treffen war für sie daher kein beruflicher Pflichttermin, sondern eine Herzenssache, die seltene Gelegenheit, das steife Korsett ihres Berufs und ihres Standes abzulegen und sich dabei mitunter wie Schuljungen zu gebärden.

Ohne es zu beabsichtigen, hatte sich seit Ripps Beförderung ein ganz bestimmtes Muster herausgebildet, das sie unbewusst einhielten. Die Unterhaltung begann immer mit privaten Angelegenheiten wie Urlauben, Familie und Kindern. Danach folgte dienstliche Routine, der Austausch relevanter Informationen. Das Hauptinteresse des Evidenzbüros betraf Meldeangelegenheiten, besonders die Anwesenheit ausländischer Gäste, die von den Hotels an die Polizei gemeldet wurden. Dabei ging es nicht nur um die Kontrolle feindlicher Spione, sondern auch um das Anwerben neuer Konfidenten. Diesen Teil des Informationsaustauschs nannten sie die Pflicht. Ihr folgte die Kür, die beim Schwelgen in der Vergangenheit und alten Anekdoten mit viel Gelächter einhergehen konnte. Das Ende bildete, wie es bei Männern eben üblich ist, der Beruf mit den aktuellen Höhe- und Tiefpunkten. Marx lieferte Innenpolitik, Ripp Außenpolitik. Der Gewinn neuer Aspekte oder die eine oder andere vertrauliche Information waren dabei durchaus beabsichtigt. Ripp sagte immer, dieser letzte Teil war ein Zeichen ihres Alters. Vor zwanzig Jahre wären ausschließlich Frauengeschichten aufs Tapet gekommen.

Als Ripp das Kaffeehaus betrat, nahmen die beiden Dragoneroffiziere, die einen Stehkaffee genossen, unverzüglich Haltung an und salutierten. Der Oberst war groß und schlank. Er hatte ein nahezu faltenfreies Gesicht mit weichen Zügen und einem schmallippigen Mund, den ein grauer Knebelbart umrahmte. Seine makellose Generalstabsuniform – eine perfekt gebügelte blaugraue Hose mit roten Seitenstreifen und eine dunkelgrüne Uniformjacke mit schwarzen, samtenen Kragenaufschlägen und zwei Reihen blank polierter Messingknöpfe – saß perfekt. Die blütenweißen Handschuhe und der prachtvolle grüne Busch aus Straußenfedern auf seinem Zweispitz leuchteten im Zwielicht.

Ripp erwiderte den Gruß und steuerte zielstrebig den Tisch seines Freundes an. »Servus Herr Präsident!« Er setzte sich mit einem freundlichen Lächeln, legte seine Kopfbedeckung auf den Tisch und winkte nach dem Kellner. »Mich wird heute einer meiner Hauptleute abholen. Kann sein, dass ich früher gehen muss.«

»Aber ein Kaffeetscherl geht sich doch wohl aus?«, erwiderte Marx ein wenig enttäuscht.

»Ein Kaffeetscherl geht sich immer aus, Willi. Sonst wäre ich nicht hier«, erwiderte der Oberst gut gelaunt.

Familien und Pflicht waren heute schnell abgearbeitet, sodass sie sich bald der Kür ihres Treffens widmen konnten. Schneller als üblich landeten die Männer bei Beruf und Politik. »Na? Hängt er schwer?«, fragte Ripp und spielte auf die kaum zwei Wochen zurückliegende Verleihung des russischen Großkreuzes des Stanislausordens an Marx in der russischen Botschaft an.

»Schwerer als der Danebrog wird er wohl kaum sein«, erwiderte Marx. Erst im Januar hatten sie miteinander die Verleihung des Kommandeurkreuzes erster Klasse des königlich-dänischen Danebrog-Ordens an den Oberst gefeiert.

»Du schuldest mir noch eine Feier.«

»Geduld, Geduld, ich bin mir meiner Verpflichtungen wohl bewusst. Bitte gib mir noch etwas Zeit. Was machen die Geschäfte?«

»Momentan ist es ein bisschen ruhiger. Aber der Einmarsch in Bosnien hält uns auch nach zwei Jahren noch auf Trab.«

»Andrassy hat die Okkupation unterschätzt, nicht wahr?«

»Es war schlecht vorbereitet und überhastet durchgezogen. Aber auf uns wollte der Herr Außenminister ja nicht hören. «

»Die berühmte Blasmusikkapelle.« Marx spielte auf die Äußerung Andrassys an, für die Besetzung Bosniens und der Herzegowina würde eine Blasmusikkapelle ausreichen. Sie sollte traurige Berühmtheit erlangen, denn aus der Militärmusik wurden fünf Armeekorps, und der Feldzug endete mit Andrassys Rücktritt und dem Sturz der gesamten Regierung.

»Und? Hat sich die Lage etwas beruhigt?«

»Es wird noch eine Weile dauern. Der Türke rührt kräftig um, dazu kommt der ewige Ärger mit den verschiedenen Religionen. Die Muslime wollen nicht auf ihre alten Rechte verzichten, die Christen wollen neue. Und der Kaiser will neue Soldaten. Die neue Wehrverordnung kann das Fass zum Überlaufen bringen. Mein Ersuchen um mehr Personal wurde natürlich abgelehnt. Das leidige Geldthema.«

»Oh ja, das kenn ich gut«, bemerkte Marx mitfühlend.

»Geh, Marx, da jammerst du schon auf hohem Niveau! Gegen deinen riesigen Beamtenapparat ist das Evidenzbüro mit seinen zwanzig Mitarbeitern ein armseliger Zwerg.« Der Oberst nahm einen weiteren Schluck von seinem mittlerweile dritten Kapuziner und leckte einen kleinen Rest Milchschaum von seinem Bart. »Ich will mich ja nicht beklagen, aber meine ganze Behörde besteht aus weniger Männern als zwei Brigaden deiner Polizeiagenten! Die größten Sorgen macht mir der Waffenschmuggel. Wir fangen regelmäßig Ladungen ab.«

»Meinst du, es braut sich etwas zusammen?«

»Am Balkan braut sich immer etwas zusammen.«

Marx nickte verständnisvoll. Der Piccolo huschte vorbei und erneuerte das Glas Wasser, in das der Oberst den Löffel nach dem Umrühren des Kaffees gestellt hatte. »Der Aufstand ist nur eine Frage der Zeit. Aber das will im Augenblick keiner hören, weil nicht sein kann, was nicht sein darf. Es wird Blut fließen. Bald.«

»Muss ich hier mit Flüchtlingen rechnen?«

Ripp schürzte die Lippen. »Am ehesten Christen. Die Muslime gehen nach Konstantinopel.«

Nach einer kurzen Pause beugte sich Marx nach vorn und senkte seine Stimme. »Ich muss dir jetzt etwas absolut Skurriles erzählen«, begann er schmunzelnd.

Ripp war gespannt. »Raus damit!«

»Wir jagen im Augenblick einen Mörder, der seinem Opfer durch einen winzigen Stich in den Bauch, den man mit freiem Auge kaum erkennen kann, die Hauptschlagader aufgeschlitzt hat, sodass das Opfer innerhalb kürzester Zeit verblutete. Die Wunde war kaum sichtbar. Hast du so etwas schon einmal gehört?«

Ripp schüttelte den Kopf. »In der Tat skurril. Allerdings ein reiner Glückstreffer, wenn man diesen Terminus in einem solchen Zusammenhang überhaupt benutzen darf. So etwas kann man doch nicht planen.«

»Lernt man das nicht beim Militär?«

Einen winzigen Augenblick lang runzelte Ripp die Stirn, bedachte Marx mit einem forschenden Blick. Doch dann lächelte er, beugte sich ebenfalls nach vorn und flüsterte: »Da muss ich dich leider enttäuschen. Wir sind Massenmörder, Wilhelm. Bei uns geht es darum, möglichst viele Menschen mit möglichst geringem Aufwand umzubringen. Mit Einzelmorden geben wir uns gar nicht erst ab. Außerdem sterben wir lieber mit viel Getöse und nicht heimlich. Du weißt schon, der Ruhm ...«

»Und im Krieg? Ich meine, da könnte man doch üben?«, erwiderte Marx listig.

»Komplett unübersichtlich. Allerdings hat ein Oberst ziemlich freie Hand, der müsste halt ein paar Leichen vom Schlachtfeld zum Üben organisieren.« Ripp lachte laut. »Willi, ich muss dich schon wieder enttäuschen. Um uns so etwas auszudenken, sind wir einfach zu ehrenhaft und auch viel zu blöd.« Er stutzte kurz, dann rief er in gespielter Empörung. »Mein Gott, du meinst das doch nicht etwa ernst?«

Marx lehnte sich zurück und machte ein unschuldiges Gesicht. »Manchmal wünscht man sich halt, es gäbe mehr als nur das übliche stumpfsinnige Verbrechen. Gottlob steht die Sache bereits kurz vor dem Abschluss.«

»Daran habe ich keine Sekunde gezweifelt. Im Übrigen kann ich dich sehr gut verstehen. Auch ich träume manchmal vom Meisterspion, den es nicht gibt. Wo ermittelt Ihr?«

»Im Zuhältermilieu. Das Opfer war eine Prostituierte.«

»Na dann war es mit Sicherheit ein Zufall. Peitscherlbuben sind ja nicht gerade für kunstvolle Morde bekannt, nicht wahr?«

»Das sagt mein Sonderermittler auch, und der bewegt sich in diesen Kreisen wie ein Fisch im Wasser.«

Ripp wirkte überrascht. »Seit wann setzt du Sonderermittler ein?«

»Oh, das ist das erste Mal. Er ermittelt verdeckt.«

»Steht deswegen nichts darüber in der Zeitung?«

»So ist es. Wir wollen den Täter in Sicherheit wiegen. Es ist eine Jagd im Schatten. Mein Mann ist dem Täter bereits dicht auf den Fersen, ein außergewöhnlich tüchtiger Bursche.«

»Muss vor allem ein ziemlich abgebrühter Bursche sein.«

Marx nickte. »Hochprofessionell, mit sagenhaften Kontakten. Ich lasse ihm alle Freiheiten.« In diesem Augenblick öffnete sich die Tür des Café Central. Ein Hauptmann in Stabsuniform betrat den Saal und sah sich suchend um. Als er Ripp erblickte, salutierte er zackig und schlug die Hacken zusammen.

»Entschuldige, aber ich muss jetzt unsere Unterhaltung leider beenden. Die Pflicht …«

»Kein Problem, du hast mich ja vorgewarnt«, erwiderte der Präsident.

»Das mit dem Sonderermittler finde ich extrem spannend. Halte mich auf dem Laufenden. Wir sehen uns in vier Wochen, wie üblich!«, flüsterte Ripp Marx ins Ohr, nahm seinen Zweispitz und erhob sich. Nach einer kurzen Verabschiedung verließ er in Begleitung des Offiziers das Kaffeehaus.

Versonnen blickte Marx dem Oberst hinterher. Die Erwähnung des Engelmachers war dem alten Fuchs nicht zufällig über die Lippen gekommen. Die letzten Tage hatte er unentwegt darüber nachgegrübelt, wo er seine Stichtechnik erlernt haben mochte, und war zu dem Schluss gekommen, dass man sie zuerst an Leichen üben musste. Vom pathologisch anatomischen Institut abgesehen gab es nur im Krieg Tote im Überfluss.

Marx kannte seinen Freund in- und auswendig, ein Soldat durch und durch, mit glänzenden Verbindungen in Ministerium und Generalstab. Er würde niemals etwas zum Schaden des Heeres unternehmen oder ein militärisches Geheimnis preisgeben, schon gar nicht in seiner derzeitigen Position als oberster Spion. Für Marx, der selbst einige Konfidenten für die Inlandsspionage einsetzte, war das kein Problem. Auch er trug sein Herz nicht auf der Zunge.

Und darum hatte er auch nicht mit irgendwelchen Erkenntnissen gerechnet. Sein Ziel war weitaus subtiler gewesen. Mit der Erwähnung des Engelmachers hatte er einen Versuchsballon losgeschickt, der mit Ripps Hilfe die für einen Zivilisten undurchdringlichen Mauern der Armee überwinden würde – die Reise ins verbotene Land. War das Militär tatsächlich ahnungslos, würde er dort sang- und klanglos abstürzen. Hatte sich aber ein Offizier die Finger schmutzig gemacht, würde das irgendeine Art von Reaktion provozieren. Die Zeit würde zeigen, zu wessen Vorteil.

Kern drohte dadurch keine zusätzliche Gefahr, also musste er von alldem auch nichts wissen. Das war nur recht und billig, denn auch Marx würde erst sehr spät – wenn überhaupt – erfahren, welcher Baum aus der Saat erblühte, die er gesät hatte.

Ripp würde ihm das nicht verübeln. Er hätte an seiner Stelle genauso gehandelt. Sie beide kannten das Spiel und beherrschten es meisterhaft. Mit einem feinen Lächeln bestellte er sich noch eine Melange. Er konnte nicht ahnen, wie sehr er ins Schwarze getroffen hatte.

Auf der Straße blieben Ripp und sein Begleiter stehen. »Hauptmann Pellegrini«, sagte der Oberst. »Soeben habe ich eine äußerst beunruhigende Nachricht erhalten.«

»Und die wäre, Herr Oberst?«

»Wir haben eine Altlast.«

Pellegrini erblasste. »Jesus Maria. Das ist furchtbar!«

»Wir wussten beide, dass es nur eine Frage der Zeit ist, nicht wahr?«

»Ich hatte nicht in Wien damit gerechnet.«

»Mir wäre Bosnien auch lieber gewesen. Da hätten wir weitaus rigoroser durchgreifen können.«

»Wie viele sind es?«

»Ich habe keine Ahnung. Vielleicht nur einer, vielleicht haben sie sich aber auch zusammengerottet.«

»Ahnt die Polizei etwas?«

Ripp seufzte. »Schwer zu sagen. Marx ist ein schlauer Fuchs. Vielleicht hat er sich nur verplappert, genauso gut ist es aber möglich, dass er mir eine verklausulierte Botschaft hat zukommen lassen. Er hat einen geheimen Sonderermittler eingesetzt. Wir müssen jetzt schnell handeln, sonst ist dieser arme Teufel tot, und wir müssen wieder bei Null anfangen.«

»Sein Leben ist keinen Pfifferling wert«, bemerkte Pellegrini sorgenvoll.

»Ich weiß«, erwiderte Ripp düster. »Ich weiß.«

Kapitel 9
Nächtlicher Besuch

Während Marx mit seinem Freund Ripp Kaffee trank, begann für Kern ein Tag voll lähmender Routine. Er befragte zunächst alle Hausparteien in der Wollzeile sowie der Nachbarhäuser, ohne wesentliche Fortschritte. Immerhin wurden die Aussagen der Dienstboten mehrfach bestätigt. Die Befragung von Fanni Matzners Schneiderin, Manikürin und Kosmetikerin erbrachte ebenso wenig Neues wie die Besuche aller Geschäfte in der Umgebung der Wollzeile. Bis in den späten Nachmittag klapperte er alle Personen ab, die in ihrem Kassenbuch verzeichnet waren, und verfluchte den Nieselregen, der am Nachmittag einsetzte. Als er müde und erschöpft in seine kleine Wohnung zurückkam, war es bereits siebzehn Uhr.

Um die gleiche Zeit Uhr betrat ein Mann in der dunkelgrünen Uniform eines Beamten der Sicherheitswache das Vestibül der Polizeidirektion am Schottenring 11. Unter seinem Arm klemmte eine Aktentasche aus schwarzem Leder. Er war noch jung, von mittelgroßer, schlanker Statur und hatte das Gesicht eines Raubvogels – schwarze, stechende Augen, eine spitze Nase und ein gepflegter, schwarzer Schnurrbart mit sorgfältig nach oben gezwirbelten Enden. Lässig hob er den Zeigefinger zur Stirn und begrüßte den Beamten der Torwache, der den Gruß erwiderte und ihn passieren ließ.

Der Mann mied die von Uniformierten und Zivilisten dicht bevölkerte Eingangshalle und wandte sich der linken der beiden prunkvollen Treppen zu, die hinter den beiden Straßeneingängen nach oben führten. Bewusst verzichtete er auf die Aufzüge. Zu leicht hätte jemand sein Gesicht in der engen Kabine studieren und später beschreiben können.

Durch das prächtige, mit Spiegeln gesäumte Treppenhaus – ein Überbleibsel des Luxushotels, dem einstigen Hausbesitzer, bevor das Gebäude vom Staat aufgekauft worden war – gelangte er in den ersten Stock, wo sich das Polizeikommissariat für die Innere Stadt sowie das Administrationsbüro der Wiener Polizei befanden. Da man auf Wartezimmer für Parteien verzichtet hatte, war der Korridor vor den Büros voller Menschen.

Die beiden Prachttreppen vereinten sich zu einem aufwendig gestalteten Stiegenaufgang. Dort endete der dem Publikum zugängliche Bereich. Vor einem Schild *Fremden ist der Eintritt verboten* stand ein Wachtposten. Der Sicherheitswachmann präsentierte seinen gefälschten Passierschein und stieg die Treppe empor, die jedem Adelspalast zur Ehre gereicht hätte. In der zweiten Etage war die Staatspolizei und das Präsidialamt mit der Dienstwohnung des Polizeipräsidenten untergebracht, die mit ihren vierzehn Zimmern die gesamte Ringstraßenfront einnahm. Die darüberliegenden Stockwerke beherbergten das Polizeiagenteninstitut, das Sicherheitsbüro und das Zentralinspektorat der k. k. Sicherheitswache.

Der Mann suchte die Toilette auf. Aus seiner Aktentasche zog er ein Schild mit der Aufschrift *Außer Betrieb*, hängte es an die Tür und sperrte sich ein. Er wusste, dass er Geduld haben musste. Die Beamten des Präsidialamtes arbeiteten oft bis spät in die Nacht. Erst in fünf Stunden würde er sein Versteck verlassen können. Bis dahin vertrieb er sich die Zeit mit seinem Lieblingsbuch, Dostojewskis *Aufzeichnungen aus einem Totenhaus.*

Ein paar Stunden später kam Unruhe auf, als die Beamten ihren Heimweg antraten. Erst nachdem vollkommene Ruhe eingetreten war, trat der Mann hinaus in die Dunkelheit des Korridors. Er entzündete eine Taschenlampe. Sie war etwa so groß wie ein Taschenfeuerzeug. Mit der Ligroinfüllung, die er noch gestern um zwanzig Kreuzer erstanden hatte, spendete sie für sechs Stunden durchgehend Licht, mehr als genug für das, was er vorhatte. Er hängte sie um seinen Hals und ging zielstrebig zum Büro des Polizeipräsidenten. Das Türschloss bot keinen bemerkenswerten Widerstand. Die Behörde hatte kein Geld für einbruchsichere Schlösser. Schon der zweite Dietrich passte. Der Lichtschein der Straßenlaternen tauchte Marx' Büro in gelbliches Zwielicht. Der Eindringling besaß genaueste Ortskenntnis. Sein Ziel war der Schreibtisch des Polizeipräsidenten.

Er musste lächeln. Für das Öffnen der verschlossenen Laden und Fächer hätte eine Büroklammer ausgereicht. Trotzdem dauerte es ein wenig länger als vorgesehen, bis er das Notizbuch mit den Namen und Gehältern der Konfidenten gefunden hatte. In aller Ruhe kopierte er es im Licht seiner Taschenlampe und legte es wieder zurück an seinen Platz. Nachdem er alles wieder verschlossen hatte, begab er sich zurück in sein kleines Verlies, wo er den Rest der Nacht zubrachte. Als er im Morgengrauen am Gang die ersten Geräusche vernahm, verließ er die Toilette, mischte sich unter Beamte und Parteien und ging unbekümmert die Treppe hinab. Niemand schöpfte Verdacht, wenn ein Sicherheitswachmann mit einer Aktentasche am Morgen das Gebäude verließ.

Kapitel 10
Trauernde Hinterbliebene

Die Abkühlung bescherte Kern einen erholsamen Schlaf. Dass der vorangegangene Tag ohne neue Erkenntnisse ausgeklungen war, nahm er mit Gelassenheit hin. Es gab eine Liste abzuarbeiten, und Baron Rada war der nächste Punkt darauf.

Um sich aufwendige Adressrecherchen zu ersparen, beschloss er, Matzners Leibfiaker zu nehmen. Am Standplatz vor dem Dom musste er eine gute Stunde auf Sykora warten. Die Straßen waren nass, an den Bordsteinen hatten sich tiefe Pfützen gebildet. Die Feuchtigkeit kroch durch seine Schuhe und durchnässte seine fadenscheinigen Socken. Den armen Wasserer sah er heute nicht.

Der Kutscher war über das schnelle Wiedersehen alles andere als erfreut. »Jessas, Sie schon wieder. Was hab ich jetzt wieder ausgefressen?«

Kern konnte es ihm nicht verübeln. Auch seine Sympathie für Sykora bewegte sich in überschaubaren Grenzen. »Gar nix. Aber was noch nicht ist, kann ja noch werden. Fahr mich zum Baron Rada.«

»In die Schlösselgasse?«

»Warst du oder ich bei ihm?« Kern hatte keine Lust auf Diskussionen. Er schlug den Wagenschlag zu und zog die Vorhänge vor, um mit seinen Gedanken allein zu sein. Die Kutsche quälte sich durch den dichten Verkehr in der Innenstadt. Da die Kärntner Straße Einbahn war, musste Sykora durch die Rothenturmstraße auf den Franz-Josefs-Kai fahren. Am Schottenring bog er links ab und fuhr weiter bis zur Universitätsstraße, die ihn dann, vorbei an der Votivkirche, der großen Infanteriekaserne und dem daran anschließenden Gebäudekomplex des Allgemeine Krankenhauses, zur Schlösselgasse brachte. Dort hielt Wagen mit einem knarrenden Geräusch direkt vor Radas Palais.

Elf Uhr morgens war keine schlechte Zeit für einen unangemeldeten Besuch. »Wart auf mich«, sagte Kern und stieg aus. Auf sein Klingeln öffnete ein Portier in goldbestickter dunkelblauer Livree. Bin ich hier beim Kaiser, fragte sich der Sonderermittler, während er seine Visitenkarte überreichte. Der Portier ging zurück zu seinem kleinen Schalter und begann umständlich in einem Buch zu blättern. Missmutig kehrte er zurück. »Sie haben keinen Termin«, sagte er vorwurfsvoll. »Warten's, jetzt muss ich erst fragen, ob seine Hochwohlgeboren Sie empfangt.« Es dauerte einige Minuten, bis Kern endlich eingelassen wurde. »Vorne rechts, erster Stock.«

Das Erste, was ihm in der Durchfahrt auffiel, waren die Lampen in Gestalt von Milchglaskugeln. Er vermochte seine Neugierde nicht zu bezähmen. »Solche Lampen hab ich noch nie gesehen.«

»Elektrisch«, antwortete der Portier einsilbig.

Kerns schlechte Laune verflog im Nu. »Können Sie mir das einmal zeigen?«, fragte er aufgeregt. Er hatte von dieser faszinierenden neuen Technik gehört, sie aber noch nie gesehen. Dabei war ihr Vormarsch nicht zu stoppen. Erst vor Kurzem hatte man die Halle des Südbahnhofs probeweise mit zwölf elektrischen Lampen erleuchtet, um damit den Teilnehmern am österreichischen Bundesschießen einen würdigen Empfang zu bereiten. Und tags zuvor hatte damit das Szabo'sche Etablissement im Volksgarten das elegante Publikum in seine Hallen gelockt, allerdings erst zu später Stunde, wenn der Park gewöhnlichen Besuchern – und damit auch Leopold Kern – nicht mehr zugänglich war.

Mit einem müden Blick drehte der Mann an einem runden schwarzen Schalter. Anfänglich begannen die Lampen ein wenig bläulich zu schimmern, dann wurde das Licht stärker, bis es blendend weiß erstrahlte und nur das Milchglas verhinderte, dass die Augen schmerzten. Dagegen war das Licht der Gaslampen kaum mehr als ein schmutziggelber Schimmer. Erschrocken hielt Kern die Hand vor die Augen.

Ohne ein weiteres Wort drehte der Portier wieder ab und schlurfte zurück in seine Kammer. Der von der strahlenden Flut benommene Kern betrat das Treppenhaus, nur um in eine neue Dimension des Luxus einzutauchen. Kopfschüttelnd starrte er auf die riesigen Wand- und Deckenfresken, während er mit rotem Teppich belegte marmorne Stufen emporstieg. Ein hellgrün livrierter Diener empfing ihn mit einer stummen Verbeugung und geleitete ihn durch den Vorraum in den riesigen Salon. »Seine Hochwohlgeboren wird gleich kommen.«

Kern hatte den letzten Satz gar nicht mehr gehört. »Was für ein Geldscheißer!«, entfuhr es ihm beim Anblick des riesigen Gemäldes, das eine komplette Wand einnahm und den Raum auf eine düstere Art und Weise dominierte. Es war eine schwülstige Darstellung Kleopatras und ihrer barbusigen Dienerinnen auf einem Fischzug am Nil. »Ich möcht' nicht wissen, was dieser Schinken gekostet hat.«

Kaum weniger pompös wirkten der sechzehnarmige venezianische Luster und die wahllos über den Raum verteilten Möbel in den unterschiedlichsten Stilrichtungen, die mit Vasen, Nippesfiguren, Chinoiserien und Silbergeschirr vollgestopft waren. Den einzig normalen Blickfang in dem vollgeräumten Raum bildete eine mit einem schwarzen Samttuch bedeckte Kommode. Darauf standen zwei goldene, brennende Kerzenleuchter, ein Kruzifix und eine große gerahmte Fotografie, auf der eine junge, lachende Frau zu sehen war. Sofort erkannte Kern Fanni Matzner. Was hatte sie an diesem Schnösel nur gefunden?

Er begriff es, als der Baron wenige Minuten später den Raum betrat und ihn unwillkürlich erstarren ließ. Radas Äußeres erweckte in ihm die Vorstellung eines griechischen Gottes. Sein jungenhaftes, beinahe kindliches Gesicht war von seltener Ebenmäßigkeit und Strahlkraft, mit blonden Locken und leuchtenden blauen Augen. Kern fühlte sich in seiner Gegenwart wie ein armseliger, missgestalteter Zwerg. Einziger Makel war eine abgeblasste Narbe am linken Mundwinkel. Kein Wunder, dass die schöne Fanni dem Charme dieses Mannes erlegen war.

Rada trug einen schlichten schwarzen Anzug und einen Trauerflor am rechten Oberarm. Mit einem hilflosen Lächeln schüttelte er seinem ungebetenen Gast die Hand. Kern fühlte den schlaffen Händedruck eines gebrochenen Mannes.

»Herr Baron, ich muss mich für die unangemeldete Störung entschuldigen. Danke, dass Sie mich so großzügig empfangen. Ich sehe, Sie sind in Trauer. Mein aufrichtiges Beileid.«

»Danke«, sagte der Baron mit einem traurigen Lächeln und entblößte makellose, perlenweiße Zähne. »Bitte setzen Sie sich.« Kern sah ihn fragend an. »Irgendwohin, wo es Ihnen in diesem Plunder gefällt. Ich bleibe sowieso stehen. Tee? Kaffee? Wein?«

Kern lehnte dankend ab und entschied sich für ein kurzes rotes Samtsofa. Bevor er sich setzte, präsentierte er seine Dienstkokarde. Der Baron runzelte die Stirn. »Polizei? Ich habe mir doch nichts zuschulden kommen lassen?«

»Natürlich nicht, Herr Baron. Es geht um den Tod vom Fräulein Matzner, Gott hab sie selig.« Der Blick des Sonderermittlers wanderte für einen kurzen Augenblick erneut zu der Fotografie.

Schmerz malte sich auf Radas ebenmäßiges Gesicht. Es fiel ihm sichtlich schwer, die Fassung zu bewahren. »Das kommt in der Tat überraschend. Ich dachte ...« Er stockte.

»Das Fräulein Matzner war in der höheren Gesellschaft nicht unbekannt, wenn ich das so sagen darf. Allerdings war ihr Gesundheitszustand nicht so besorgniserregend, dass er ihren unerwarteten Tod erklären könnte, weswegen ich mit einer reinen Routineerhebung beauftragt wurde. Aufgrund ihres illustren Bekanntenkreises bin ich von meiner Dienststelle zu absoluter Diskretion angehalten.«

Rada nickte und starrte geistesabwesend auf den Boden. »Sie ist entsetzlich jung verstorben, der beste Mensch, den die Wienerstadt je gesehen hat!« Er stockte. »Sie war ... ein Engel, vom Himmel herabgestiegen, um unsere düstere Welt mit ihrer Schönheit und Liebenswürdigkeit zu erleuchten.« Seine Augen schimmerten feucht. Mit einer theatralischen Geste zog er ein Taschentuch hervor und trocknete sie. Dann strich er über die Fotografie. »Kein Bild gibt die Wirklichkeit wider. Allein diese Augen! Wussten Sie, dass das linke blau, das rechte braun war? Wie eine Fee, ein Wesen aus einer anderen Welt. Es ging aber nicht nur um Schönheit. Sie war etwas ganz Besonderes!«

»Sie hatten eine Liaison? Ohne Bezahlung? Sie entschuldigen diese direkte Frage ...«

»Es war mehr als nur eine Liebschaft. Viel mehr.«

»Wo haben Sie einander kennengelernt?«

»Bei der Eröffnung des Getreidemarktes, eine stinkfade Veranstaltung, rein geschäftlich. Wer unterhält sich schon freiwillig stundenlang über Brot und Semmeln? Sie suchte bei mir vor einem aufdringlichen Verehrer Schutz. Ich war wie vom Donner gerührt, als ich sie sah. Liebe auf den ersten Blick. Bis dahin hatte ich nie geglaubt, dass so etwas möglich ist.«

»Ich weiß, wie so etwas ist«, erwiderte der Sonderermittler verständnisvoll. »Und Sie haben ihr natürlich Schutz gewährt.«

»Ich hätte in diesem Augenblick für sie getötet.«

»Sie waren bis zu ihrem Tod zusammen?«

»Nicht bis zu ihrem Tod, aber bis zu ihrer schweren Erkrankung.« Er machte ein zerknirschtes Gesicht.

»Ihre Dienstboten reden von einer Grippe.«

»Diese blöden Weiber!«, rief Rada erzürnt. »Sie hat die Lustseuche gehabt, die Syphilis!«

»Oh …«, war das Einzige, was Kern angesichts dieser gravierenden Aussage herausbrachte. Durch seinen Kopf rasten tausend Gedanken. Es fiel ihm schwer, die Konzentration zu bewahren. »Ich versuche, ihre letzten Tage zu rekonstruieren. Können Sie mir behilflich sein?«

Rada nickte zustimmend.

»Sie hat bis zum 20. April bei Ihnen gewohnt?«

»Der schwärzeste Tag meines Lebens.«

»Warum hat sie Sie verlassen?«

»Lassen Sie mich dazu etwas ausholen. Sie wirkte schon seit Längerem sehr verschlossen, was ich rückblickend auf die Syphilis zurückführe. Die trat aber erst Mitte April auf.«

»Da hat sie die ersten Symptome bemerkt?«

»Sie? Nein, ich war es. Sie hat gar nichts bemerkt. Aber sie war schon die Woche davor extrem verstört und unruhig, wahrscheinlich die Vorboten der Krankheit. Ich fragte sie oft, warum sie so traurig war, bekam aber keine Antwort. Als ich dann das Geschwür sah, empfahl ich sie sofort dem besten Chirurgen. Doktor Karminski in der Wohllebengasse.«

»Ich wusste nicht, dass man Syphilis operieren kann.«

»Die wenigsten wissen das. Man muss es tun, bevor sich die Krankheit ausbreitet. Ich selbst wurde so geheilt. Auch ich hatte ein Geschwür, deswegen erkannte ich ja, was die Fanni hatte. Da sehen Sie die Narbe!« Er deutet auf die weiße Narbe an seinem linken Mundwinkel. »Drei Tage nach ihrem Auszug wurde sie operiert.«

»War sie danach gesund?«

»Ganz sicher! Aber ich habe sie danach ja nie wieder gesehen. Nicht einmal bei der Operation durfte ich ihr beistehen.«

»Ihre Dienstboten sagen aus, sie hätte Hauterscheinungen und Haarausfall gehabt.«

»Das ist normal. Ich hatte nach meiner Operation auch einen Ausschlag am ganzen Körper. Seitdem bin ich aber gesund. Das sind jetzt zwei Jahre.«

»Und Sie haben den Herrn Doktor bezahlt?«

»Das wollte ich, weil er nicht gerade billig ist. Aber die Fanni war zu stolz.«

»Warum haben Sie sich getrennt?«

Rada lächelte. »Das war keine Trennung im klassischen Sinn. Sie ist in ihre Wohnung zurückgegangen, aus Angst, mich anzustecken. Eine Art selbst auferlegte Quarantäne.«

»Und Sie haben sie nicht besucht?«

»Das habe ich versucht, aber sie hat mich nicht vorgelassen. Nicht einmal meine Briefe hat sie beantwortet. Wir wollten wieder zusammenkommen, wenn alles vorüber war.«

»Wussten Sie von ihrer teuren Arznei?«

»Natürlich. Ich wollte doch alles bezahlen. Mein ganzes Geld hätte ich dafür gegeben, sie wieder gesund zu sehen. Aber sie hat auch das abgelehnt.«

»In ihrer Wohnung fand ich von Ihren Briefen keine Spur!«

Rada ging zu einem Sekretär und öffnete eine Lade. »Das wundert mich nicht. Sie hat sie mir ja auch zurückgeschickt.« Er förderte einen ganzen Stoß ungeöffneter Briefe zutage und überreichte sie Kern. Die Poststempel datierten alle nach dem 23. April, dem Tag ihrer Operation. »Sie können sie gerne lesen, wenn das weiterhilft, aber ich möchte sie wiederhaben.«

»Das würde bedeuten, dass Sie sie zuletzt rund zwei Monate vor ihrem Tod gesehen haben?«

»Das kommt hin«, gab Rada mit gesenktem Blick zurück. »Ich hatte schon Reisepläne für uns beide geschmiedet. Ihr Tod kam für mich völlig unerwartet.«

»Was glauben Sie, woran sie gestorben ist? Könnte man sie vielleicht umgebracht haben?«

»Die Fanni? Das ist doch lächerlich. Wer sollte so etwas tun? Jeder, der sie gekannt hat, war von ihr verzaubert!«

»Sie hat ihr Geschäft für Sie aufgegeben. Kann es sein, dass sie noch Kunden hatte?«

»Der alte Modritzky war der Einzige, der ihr geblieben war. Er war für sie der Vater, den sie nie hatte.«

Kern nickte. »Ich meinte den Fürsten Mitjuchin.«

Rada hätte kaum ein verblüffteres Gesicht machen können. »Ich ...« Er rang nach Worten. »Das ... das höre ich zum ersten Mal! Sie hatte mir doch hoch und heilig versprochen ...« Er suchte Halt an einem der mächtigen Fauteuils, die verstreut im Raum standen, und ließ sich hineinsinken. »Nein, das kann nicht sein. Unmöglich!«

»Er ist in ihrem Kassenbuch verzeichnet. Kennen Sie ihn?«

»Nur entfernt. Ich spiele weder von meiner Abstammung noch von meinem Vermögen her in seiner Liga. Außerdem ist mein Französisch miserabel.« Rada war vollkommen aus der Fassung gebracht. »Aber warum ...? Warum hat sie das getan? Sie hatte doch alles! Jeden Wunsch hab ich ihr von den Augen abgelesen!« Dann erstarrte er. »Das würde ja bedeuten, dass der Fürst sie angesteckt hat!« Die Erkenntnis traf ihn wie ein Schlag. »Er ist der Einzige, der dafür infrage kommt!«

»Dazu kann ich nichts sagen, aber es klingt nicht unwahrscheinlich. Vielleicht wollte sie damit ihre Therapie finanzieren? Fällt Ihnen noch irgendetwas ein, das von Bedeutung sein könnte? Gab es Feinde? Hatte sie Ärger mit der Konkurrenz? Bedrohungen?«

»Über so etwas hat sie nie mit mir gesprochen.« Der Baron lächelte traurig. »Ich hab ja nicht einmal vom Fürsten gewusst.«

»Pflegte sie noch Kontakte zu ihren einstigen Kolleginnen? Gab es unter ihnen eine Art Bezugsperson?«

Tränen standen in Radas Augen. »Da kommt wohl am ehesten die Frau Mauthner infrage«, sagte er schließlich.

»Vorname?«

»Rosalie Mauthner.«

Als Kern den vollen Namen hörte, wurde ihm kurz schwindlig, denn sein Herz setzte für eine Sekunde aus. Rada bemerkte sofort die Blässe in seinem Gesicht. »Ist Ihnen nicht gut? Brauchen Sie einen Schnaps?«

»Danke, gern«, krächzte der Ermittler schwach.

»Sie sind weiß wie ein Leintuch! Haben Sie so etwas öfter?«, fragte der Baron besorgt. »Sie sollten einen Arzt konsultieren.«

In einem der Kästen befand sich eine Hausbar. Rada goss ein Weinglas halbvoll mit Schnaps. »Beste Marille.«

»Wahrscheinlich bin ich überarbeitet«, flüsterte Kern schwach und schüttete alles gierig hinunter.

»Kein schlechter Zug.« Zufrieden sah der Baron zu, wie die Lebensgeister seines Gastes zurückkehrten. »So gefallen Sie mir besser. Sollten Sie Frau Mauthner besuchen, müssen Sie wissen, dass diese Dame und ich kein besonders gutes Verhältnis hatten. Offen gestanden halte ich sie für eine alte Hexe. Sie war Fannis erste Kupplerin und wohl auch eine Art Ziehmutter für sie. Sie war eifersüchtig, weil sie mit mir eine so gute Partie macht. Ich glaube, die Fanni hat all das verwirklicht, wovon die Mauthner geträumt hat. Sie hat mich gehasst. Die Fanni hat darunter sehr gelitten.«

»Wo wohnt sie?«

»In der Kolingasse.«

»Dort ist sie vor ihrem Tod öfter gewesen, und jetzt verstehe ich auch, warum. Sie waren nie dabei?«

Rada schüttelte den Kopf. »Ich wollte der Fanni die Streiterei ersparen.«

Kern erhob sich. »Sie sollten nicht so negativ über sie urteilen. Oft kennt man nicht die Hintergründe.«

»Sie hat der Fanni mit ihrer Art viel Schmerz bereitet.«

»Vielen Dank für Ihre Zeit, Herr Baron.«

»Das ist doch selbstverständlich. Wenn ich irgendetwas zur Aufklärung von Fannis Tod beitragen kann, dann lassen Sie es mich wissen.« Rada kämpfte erneut mit den Tränen.

»Ich finde den Weg«, sagte Kern mitfühlend.

Draußen auf der Straße musste er tief durchatmen. Es konnte nicht sein, nicht nach so langer Zeit! Seine verwundbarste Stelle! Warum erlegte ihm Gott diese Prüfung gerade jetzt auf? Hatte er nicht schon genug durchlitten?

Am besten, er brachte es schnell hinter sich. Kurz und schmerzhaft. »In die Kolingasse!«, befahl er Sykora unwirsch und knallte die Wagentür hinter sich zu.

»Ich kenn die Adresse«, erwiderte der Kutscher gelangweilt. Mit einem Ruck nahm der Wagen Fahrt auf. Mürrisch starrte Kern auf die Straße und versuchte, seine flatternden Nerven zu beruhigen. Jeder Meter, der ihn seinem Ziel näherbrachte, steigerte seine Nervosität. Würde sie ihn überhaupt empfangen? Wenn es doch nur schon vorbei wäre!

Kapitel 11
Alte Zeiten

Gegen ein Uhr mittags stand er im Bezirk Alsergrund vor dem Haus Kolingasse 14 und starrte die beiden Karyatiden an, die von beiden Seiten des Haustors streng auf ihn herabblickten. Es war ein typischer Neubau mit aufwendig gegliederter Fassade, Pilastern und Fensterdächern, zwanzig Wohnungen auf vier Stockwerken, die umso kleiner und billiger wurden, je höher sie lagen. Rosalie Mauthner wohnte im Hochparterre, die teuerste Etage.

Immerhin hat sie es zu etwas gebracht, dachte Kern. Als er die Treppe hochstieg, hämmerte sein Herz wild gegen seine Brust. Vor der Tür Nummer zwei war sein Hemd nassgeschwitzt. Zögernd näherten sich seine Finger dem Klingelzug, als bestünde er aus glühendem Metall. Kaum hatte er beherzt daran gezogen, zuckte er erschrocken zurück und lauschte angespannt den Schritten des Dienstmädchens.

Eine dunkelhaarige Schönheit mit strengen Zügen öffnete. Ihre schwarze Lockenpracht war kunstvoll nach oben gebunden. Das enge dunkelblaue Kleid betonte die schlanke Figur und endete ein wenig zu hoch über den schmalen Fesseln. Darüber trug sie eine weiße, spitzenbewehrte Schürze, und dazu schmale Schuhe mit erstaunlich hohen Absätzen für ein Dienstmädchen. »Wen darf ich der gnädigen Frau bitte melden?«, fragte sie hochnäsig mit dem Hauch eines slawischen Akzents.

»Herr Leopold Kern«, erwiderte der Inspektor mit vor Aufregung heiserer Stimme.

»Sind Sie angemeldet?«

»Guter Gott, nein«, erwiderte Kern erstaunt. »Arbeitet sie etwa? Sie hat doch noch nie zu Mittag …«

»Haben Sie eine Karte?«, fiel sie ihm ins Wort und musterte dabei herablassend seine bemitleidenswerte Garderobe, während er verlegen in den Taschen seines abgetragenen Überrocks kramte. »Es tut mir leid, ich muss sie wohl vergessen haben. Aber wenn Sie Ihrer Gnädigen sagen, wer ich bin, bin ich mir sicher …«

»Das dauert«, schnitt sie ihm schnippisch das Wort ab und schloss die Tür.

Normalerweise war Kern nicht auf den Mund gefallen, doch seine Nervosität hatte ihn seiner Schlagfertigkeit beraubt und somit auch einer angemessenen Antwort. Lieber nutzte er die Verzögerung, sich noch ein wenig zu sammeln. Viel zu schnell für seine Begriffe öffnete sich die Tür erneut: »Bitte treten Sie ein, der Herr«, sagte das Dienstmädchen mit hochrotem Kopf und knickste mit gesenktem Blick übertrieben tief. Offenbar hatte sie soeben eine beträchtliche Rüge erhalten, denn sie wagte kaum, dem ungebetenen Gast in die Augen zu sehen. »Die Gnädigste erwartet Sie. Wenn Sie mir bitte folgen wollen?«

In der Diele kroch ein verlockender Duft nach frisch gebackenem Apfelstrudel in seine Nase, den er sofort genießerisch einsog. Als er jedoch durch die Wohnzimmertür schritt, glaubte er ein Gewächshaus zu betreten. Plötzlich war die Luft warm und stickig, erfüllt von einem seltsamen Gemisch aus Aromen betörender Blüten, modriger feuchter Erde und säuerlichem Gestank nach Vogelkot. Aus einer langen Reihe prächtiger Porzellantöpfe rankte sich ein Dschungel tropischer Gewächse die Wände empor bis an die weiße, stuckbewehrte Decke. Auf den hellgrünen Seidentapeten schillerten bunte Blumenmuster. In den Ecken standen zwei Volieren, in denen tropische Vögel mit leuchtendem Gefieder aufgeregt flatterten. All das geschah unter den Augen dreier mächtiger Hirschköpfe mit ausladenden Geweihen.

Vor diesem dichten Geflecht aus echten und gemalten Blättern, Blüten und Stämmen stand eine mit blauem Samt bezogene Chaiselongue mit einem Beistelltischchen. Ein Lehnstuhl und eine Biedermeierkommode vervollständigten die für die Größe des Raumes spärliche Möblierung. Blieb noch der riesige Kachelofen in der Ecke neben der Tür, dessen hellblau glasierten Fliesen eine Wolke aus heißer Luft abstrahlten.

Die junge Frau drehte die Chaiselongue mit der Sitzfläche zum Lehnstuhl und stellte das Tischchen entsprechend um. »Bitte warten Sie. Die Gnädige ist nicht gut bei Gesundheit. Dass Sie das bitte berücksichtigen, wenn Sie mit ihr sprechen tun.« Sie verabschiedete sich erneut mit einem kurzen Knicks und verschwand. Kern, der ohnehin bereits vor Nervosität schwitzte, riss sich förmlich seinen Überrock vom Leib und löste hastig den schlampig gebundenen Krawattenknoten. Schnell bildeten sich in der schwülen Atmosphäre dunkle Flecken unter seinen Achseln, und auf seiner Glatze schillerten kleine Schweißperlen. Als sich endlich die Tür erneut öffnete, drehte er sich erschrocken um und erstarrte: »Jesus Maria, Rosi!«, entfuhr es ihm, und sein Herz stand einen Augenblick still.

Eine zierliche Frau hatte den Raum betreten. In ihrem eng taillierten Kleid aus violettem Atlas und dem aufwendig drapierten Rock wirkte sie dünn und zerbrechlich wie eine Porzellanpuppe. Kragen und Ärmel waren aus feinster, weißer Seide gefertigt, das Haar vollständig unter einem schwarzen Seidenkopftuch verborgen. Auf einen Stock gestützt hinkte sie zu der Chaiselongue und ließ sich langsam hineinsinken. Ihre fest zusammengepressten Lippen verrieten den Schmerz, den ihr die Bewegung bereiten musste.

In ihrem schmalen, spitzen Gesicht spannte sich die blasse Haut faltenlos über die eingefallenen Wangen. Ein bläulich schimmernder Krater, groß wie eine Murmel, gähnte in der hohen Stirn.

Sie sah ihn aus dunklen, großen Augen an. »Na, das ist ja eine Überraschung, der Herr Inspektor stattet mir auf meine alten Tage einen Besuch ab.« Die dunkle, kräftige Stimme stand in seltsamem Kontrast zu ihrem hinfälligen Äußeren und dem vom Tod gezeichneten Gesicht.

Das Dienstmädchen rückte Kern den Lehnstuhl zurecht. Kraftlos, ohne den Blick von seiner Gastgeberin zu wenden, setzte er sich. Es dauerte ein paar Augenblicke, bis er sich wieder gefasst hatte. »Jesus Maria, Rosi, ganz mager bist du geworden. Haut und Knochen«, rief er bestürzt. »Aber schön bist du immer noch. Wie ein Engel!« Es waren ehrliche Worte, die ohne Berechnung über seine Lippen kamen. In diesem Moment war der Schmerz, den sie ihm vor langer Zeit zugefügt hatte, vergessen.

»Schöner Engel!«, erklang ihre höhnische Antwort. »Der Herrgott hätt eine Freude mit mir. Was glaubst du, was das Loch auf meinem Hirn ist?« Sie deutete auf den bläulichen Krater. »Das ist die Syphilis, die mich langsam umbringt. Ist eh bald fertig. Meine Hüfte hat sie zerfressen, meine Augenbrauen, mein Haar!« Sie riss sich das Tuch vom Kopf und entblößte die kümmerlichen Reste ihrer Haarpracht, die er einst so sehr bewundert hatte. Auf den kahlen Stellen gähnte ein weiteres halbes Dutzend kleiner Krater. Kern schrak bei dem furchtbaren Anblick zusammen und verbiss tapfer die Tränen. Vor lauter Angst, sie könnte seine Bestürzung bemerkt haben, brachte er keinen Ton über die Lippen. »Weniger Haare als du, nicht wahr? Nur da«, sie tippte sich auf ihre Schläfe, »ist noch alles in Ordnung, damit ich auch nichts von meinem ganzen verfluchten Sterben verpasse.« Ihr Blick schweifte über die grüne Pracht hinter ihr. »Darum liebe ich meine Blumen so sehr, die Vögel, das farbenfrohe Gefieder. Hier gibt es im Überfluss, was mir entgleitet, die Lebenskraft.«

Das Dienstmädchen erschien mit einer Kanne Kaffee, Milch und einem dampfenden Apfelstrudel auf einem silbernen Tablett. Rosalie Mauthner lächelte versöhnlich. »Sie ist eine hervorragende Bäckerin. Ich hab es ihr beigebracht.« Mit einem zärtlichen Blick registrierte sie den glücklichen Ausdruck im Gesicht ihres unerwarteten Gastes, während er die Köstlichkeiten dankbar entgegennahm. »Bring ihm noch Zucker, er trinkt seine Melange sehr süß. Und er braucht zwei Stück Strudel, dumme Gans!«

»Sehr wohl, gnädige Frau!« Das Dienstmädchen verschwand dienstbeflissen und erschien sogleich mit einem silbernen Zuckerkännchen und einem zweiten großen Stück Mehlspeise.

»Genug von mir geredet«, fuhr Mauthner fort, während Kern seinem Kaffee mit ein paar Löffeln Zucker die erforderliche Süße verlieh. »Du bist im Polizeiagenteninstitut. Ein schöner Aufstieg, ich gratuliere.«

»Das war nach deiner Zeit«, erwiderte er. »Sie haben mich angesprochen, und ich hab die Gelegenheit beim Schopf gepackt.«

»Hab deine Karriere verfolgt. Hast viel Gutes getan, aber in letzter Zeit auch eine Menge Kalamitäten gehabt, nicht wahr?«

»Woher weißt du ...?«

»Dein Verfahren hat es in die Zeitungen geschafft.«

»Die kurzen Artikel waren doch nicht der Rede wert«, verteidigte er sich.

Sie machte eine wegwerfende Handbewegung. »Du bist doch nicht um der alten Zeiten willen da, dafür sind sie zu lange her.«

Der süße Geschmack des Apfelstrudels und der heiße Kaffee wirkten beruhigend auf seine flatternden Nerven. »Ich bin kein Inspektor mehr«, sagte er mampfend und bemerkte gar nicht, dass er aller Vorsicht zum Trotz soeben ein Geheimnis preisgegeben hatte, das sein Leben schützte.

»Haben sie dich rausgeschmissen?« Während sie sich das Kopftuch erneut umband, schenkte sie ihm einen verstohlenen, wehmütigen Blick.

Kern erschrak, als ihm plötzlich bewusst wurde, dass er sich verplappert hatte, aber es war zu spät. »Bitte Rosi, verrate es niemandem. Es muss geheim bleiben.«

»Wem sollte ich das schon erzählen?«, erwiderte sie mit einem humorlosen Lächeln. »Was hast du ausgefressen?«

»Weißt eh, mein Temperament«, sagte er, dankbar für die Zeit, die er gewonnen hatte, Zeit, die er so sehr benötigte, um über ihr grausames Schicksal hinwegzukommen.

»Wegen dem Jakob?« Er nickte, während ein gewaltiges Stück Apfelstrudel in seinem Mund verschwand. »Du hast ihn fast erschlagen!«

»Hätt ihn ganz erschlagen sollen«, erwiderte er zwischen zwei Schlucken Kaffee. »für das, was er dich alles geschimpft hat.«

»Mein edler Ritter hat die Gerechtigkeit in die Fäuste genommen«, sagte sie traurig.

»Es tut mir nicht leid«, beeilte er sich zu versichern.

»Sollte es aber. Das war es nicht wert«, erwiderte sie schroff. Sie nahm einen Schluck Kaffee und stellte die Tasse auf das Beistelltischchen. Ihre Hand zitterte dabei.

»Das dritte Disziplinarverfahren ...«, er hielt kurz inne und kaute, »... und letzte. Der blade Ferdl hat mich reingeritten, weil ich ihm auf den Fersen war. Seine eigenen Leute haben den Jakob so übel zugerichtet, um mich anzuschwärzen.«

»Immer noch hinter dem Ferdl her?«, spöttelte sie.

»Damals, wie er hinter dir her war, hab ich viel gelernt. Einer muss doch den Mädchen helfen«, erwiderte er nicht ohne Stolz und begann, das zweite Stück Apfelstrudel in Angriff zu nehmen.

»Gegen den Ferdl verlierst du.«

Kern schüttelte heftig den Kopf: »Den krieg ich schon noch.« Er gestikulierte wild mit der Kuchengabel. »Allein für das, was er dir angetan hat, gehört der in den Hef'n.«

»Das liegt zehn Jahre zurück! Warum bist du wirklich hier?«

Der Apfelstrudel war aufgegessen. Vorsichtig stellte er Teller und Kaffeeschale ab. Auf Hemdkragen und Schnurrbart leuchteten Zuckerreste. »Ich komme in inoffiziellem Auftrag«, sagte er ernst und sah sie gefasst an. Jetzt ertrug er ihren Anblick schon besser. Interessiert beugte sie sich nach vorn und legte die schmalen Hände in ihren Schoß. »Ich bin zwar kein Polizist mehr, aber ich arbeite trotzdem im Auftrag der Polizei.« Mit einer weißen Stoffserviette wischte er den Zucker von den Fingern.

»Der Bart ...«

»Danke, Rosi. Noch wo?«

»Am Kragen«, sagte sie geduldig.

Endlich war die Säuberung zu ihrer Zufriedenheit beendet. »Du warst doch die Kupplerin von der Matzner Fanni?«

Ihre Miene verfinsterte sich. »Sie ist tot. Nur ein Häufchen Asche ist von ihr übrig.«

Kern senkte seine Stimme. »Es gibt Hinweise darauf, dass man sie umgebracht hat.« Dieses Mal achtete er besser auf seine Worte und behielt vor allem die Mordmethode für sich.

»Der Totenarzt hat nichts gefunden.«

»Man spricht von Gift.«

»Was kümmert's dich? Du bist draußen!«, erwiderte Mauthner mit unbewegter Miene.

»Fannis Tod ist mein Glück. Der Polizeipräsident persönlich hat mich gebeten, inoffiziell zu ermitteln, weil sie so prominente Kunden gehabt hat. Alles ist streng geheim.«

Mauthner stutzte. »Marx persönlich?«

Er nickte stumm und auch ein wenig stolz.

»Jetzt versteh ich, warum keiner wissen darf, dass du kein Polizist mehr bist. Da wirst du tief im Dreck wühlen müssen, wenn die Sache sogar dem Präsidenten zu schmutzig ist.«

Kern zuckte mit den Schultern. »Im Wühlen bin ich Meister, das weißt du doch.«

Bedächtig schüttelte sie ihren Kopf. »Wer weiß, wer darin verstrickt ist. Sie hat Gott und die Welt gekannt! Lass es, sei gescheit. Ich find Arbeit für dich. Gut bezahlt.«

Kern reckte seine Brust. »Sie war eines von deinen Mädchen. Ist es dir denn egal, dass sie vielleicht ermordet wurde?«

»Manche sterben eben«, entgegnete sie barsch.

Erzürnt sprang Kern auf und stemmte die Fäuste in die Hüften. »Ich glaub gar, du willst nicht, dass ich herumschnüffle!«

Sie stemmte sich langsam hoch und humpelte ihm mit schmerzverzerrtem Gesicht entgegen. Neben seiner massigen Gestalt wirkte sie klein und zerbrechlich. Drohend hob sie den Zeigefinger und hielt ihn direkt vor Kerns Nase. »Du ermittelst allein in einer Angelegenheit, die der gesamten Wiener Polizei zu heiß ist. Weißt du überhaupt, was das bedeutet? Ohne deine Marke bist du vollkommen ungeschützt.«

Kern stand stocksteif da. Er wusste, dass sie recht hatte. »Mit oder ohne deine Hilfe, ich krieg raus, wer das getan hat. Und wenn ich dabei draufgeh, ist es auch egal. Auf mein Grab wird niemand Blumen legen, so viel steht schon jetzt fest. Also, was soll's.«

Ihre zarte Gestalt sackte in sich zusammen. Sie kannte ihn viel zu gut, um nicht zu wissen, dass es zwecklos war, ihn von seinem Vorhaben abzubringen. »Leo, wer Huren tötet, tötet auch gescheiterte Polizisten, die als Privatdetektiv ihr Glück versuchen.«

»Es ist meine große Chance!«

»Auf einen schnellen Tod! Du wirst eher bei der Fanni sein, als dir lieb ist.« Wortlos wandte sie sich von ihm ab und humpelte kopfschüttelnd zurück. Nachdem sie sich unter Schmerzen gesetzt hatte, sah sie ihn mit einem traurigen Lächeln an. »Also gut, du blöder Dickschädel, was willst du wissen.«

»Erzähl mir von ihr.«

»Wie sie vierzehn war, hab ich sie im Prater aufgelesen. Bildhübsch war sie, und ihre Augen unbezahlbar. Wie aus der Feenwelt. Der Jungfernstich wäre ein Vermögen wert gewesen. Aber das kleine Luder war natürlich keine Jungfrau mehr. Nachdem ihre Eltern an der Schwindsucht verreckt waren, hat sie sich zwei Jahre allein durchgeschlagen. Ein hartes Schicksal und ein Wunder, dass sie sich nichts geholt hat. Ich kam dazu, wie sie im Prater von einem Saufbold angepöbelt wurde. Das hat mich an meine Jugend erinnert. Ich hab gleich gewusst, aus der kann ich was machen und viel Geld verdienen. Und ich kann ihr beibringen, meine Fehler zu vermeiden. Also hab ich sie zu mir genommen.«

Kern zückte Notizbuch und Bleistift. »Wie lang ist das her?«

»Fast zehn Jahre.« Sie sah ihm tief in die Augen. »Kurz nachdem wir uns das letzte Mal gesehen hatten.«

Ihre Bemerkung versetzte ihm einen Stich. »Wie war sie?«

Rosalie lachte trocken. »Ein Naturtalent. Ich hab viel verdient mit ihr, und sie hat ihren gerechten Anteil erhalten. Mit achtzehn war sie unabhängig. Musste sogar Freier ablehnen. Und weißt du, was das Beste war?« Sein ratloses Gesicht bereitete ihr sichtlich Freude. »Sie hat mit keinem einzigen Kunden gevögelt«, triumphierte sie.

»Du machst Witze!«

Sie lachte laut. »Du hättest jetzt dein Gesicht sehen sollen. Alles reine Handarbeit. Ihre Finger waren besser als meine Muschi, und das will was heißen. Männer sind so dumm, wenn sie geil sind.« Kern zog die Augenbrauen hoch. »Jetzt schaust du ganz schön blöd aus der Wäsche.«

Er fühlte sich ertappt: »Entschuldige Rosi, nur ...«

»Ich hab es ihr beigebracht«, fiel sie ihm ins Wort. »Ich wollte ihr mein Schicksal ersparen.« Sie sah wehmütig an sich hinab. »Schau doch, was die Syphilis aus mir gemacht hat. Ich war einmal schön!«

»Das bist du noch immer«, beteuerte er mitfühlend.

»Eine Leiche bin ich, gut verpackt, damit es keiner sieht.« Sie winkte traurig ab.

»Für mich bist du trotzdem schön.«

»Die Zeiten sind vorbei.« Sie wich seinen Blicken aus. »Alles war gut, bis sie sich Hals über Kopf in den Baron verliebt hat.«

»Eine verliebte Dirne? Das gibt es also doch?«

»Ja, das soll vorkommen. Und du weißt das besser als jeder andere. Zugegeben, Rada ist ein äußerst charmanter Mann. Aber leider auch Ringstraßenadel, neureich und geschmacklos, ein richtiger Geldprolet.«

Kern nickte zustimmend, während sein Stift über die Seiten seines Notizbuches flog. »Wo hat sie ihn kennengelernt?«

»Sie hat einen Kunden auf die Eröffnung des Getreidemarktes in die Rotunde begleitet. So etwas hat sie gern gemacht, sie war ein neugieriges Mädel. Wie der Rada sie dort gesehen hat, war er wie hypnotisiert, hat sie mir erzählt. Gleich am nächsten Tag hat er sie bestürmt und ihr das Blaue vom Himmel versprochen. Dass sie was Besseres verdient, dass er ihr ein sorgenfreies Leben bieten kann. Eine lächerliche Woche hat es gedauert, bis sie darauf reingefallen ist. Hätte nicht geglaubt, dass sie so naiv ist, nach allem, was sie erlebt hat. Die Aussicht auf ein bürgerliches Leben war's. Hat nur gesehen, was sie sehen wollte.«

»Tun wir das nicht irgendwie alle?«

»Und wir bezahlen teuer dafür. Nachdem sie bei ihm untergeschlüpft war, haben sich die Kunden natürlich zurückgezogen, aber das war ihr egal. Geld hat er ja gehabt, der Herr Baron.« Sie seufzte. »Ach, Leo, das alles macht sie auch nicht mehr lebendig.«

»Umso mehr muss ich den erwischen, der ihr das angetan hat. Das bin ich dir, nein, uns beiden schuldig«, erwiderte er grimmig und ballte dabei unbewusst die Rechte zur Faust. »Nach alldem, was zwischen uns gewesen ist und …«, er stockte kurz, »… zu einem gewissen Grad vielleicht immer noch ist …«

Ihr Blick wurde plötzlich weich, der abweisende, schroffe Panzer, der sie umgab, fiel ab. »Wir waren damals sehr jung!«

»Du!«, unterbrach er sie. »Ich war schon um einiges älter.«

»Ich hab Angst um dich.«

»Erzähl weiter, jede Kleinigkeit ist wichtig.«

»Sie hat das Geschwür gekriegt, Ende April.«

»Der Rada hat gesagt, dass sie Syphilis gehabt hat.«

Sie nickte. »Das war ihre Tragödie. Er hat ihr einen Chirurgen eingeredet, der das Geschwür entfernt hat, ein Dr. Karminski. Schon vier Wochen später hat sie Fieber gekriegt, dann den Hautausschlag. Sie ist gleich wieder zum Karminski gegangen, weil sie vor der Quecksilbertherapie panische Angst gehabt hat. Er hat ihr stattdessen dieses Guajak verschrieben, ein sündteures Mittel aus Südamerika, und sie damit ausgenommen wie eine Weihnachtsgans. All ihre Ersparnisse sind draufgegangen. Der Rada hat gleich gewusst, was es geschlagen hat, und sie rausgeworfen. Das hat ihr das Herz gebrochen. Bei mir hat sie vor lauter Angst geschluchzt wie ein kleines Kind. Ich hab ihr gesagt, dass sie von ihm mehr Geld verlangen soll. Bluten sollte er!«

»Aber was kann denn der dafür? Ist das nicht – entschuldige bitte – Berufsrisiko?«

Mahnend erhob sie den Zeigefinger. »Oh nein, mein Lieber, denn bis zu dem feinen Herrn Baron hat sie meine Ratschläge befolgt und mit keinem gevögelt. Also kann nur er sie angesteckt haben.«

»Ich habe ihre Wohnung durchsucht. Ihren Deckel hab ich nirgends gefunden.«

»Merkwürdig. Sie hat das Gesundheitsbuch immer dabeigehabt. Bei solchen Dingen war sie sehr genau.«

Kerns Stirn legte sich in Falten. »Er ist verschwunden. Wie hat sie die Kontrollen umgangen?«

»Sie hat sich krankgemeldet. Bei der ersten Kontrolle nach der Operation war außer der Narbe nichts mehr zu sehen.«

»Und der Hautausschlag?«

»Da ist sie einfach nicht mehr hingegangen.«

»Darum hat man sie zwangsvorgeführt!«

Sie nickte. »Das hat sie am meisten gefürchtet. Allein der Gedanke, abgeholt zu werden ... Es ist ... so ... entwürdigend, wie ein Stück Vieh, das man zum Schlachthof bringt, verstehst du? Pünktlich nach einer Woche waren die Wachmänner vor der Tür.«

»Das haben auch die Dienstboten berichtet.«

»Ab da weiß ich nichts mehr. Eine Woche später war sie tot.«

»Rada hat sie wirklich geliebt«, bemerkte er mitfühlend.

»Der ist zu so etwas doch gar nicht fähig.« Ein bitteres Lachen folgte. »Reicht es denn nicht, dass er sie ohne einen Kreuzer hat sitzenlassen?« In einer wilden Bewegung schnitt ihr magerer Arm durch die Luft. »Und dieser Chirurg hat sie ruiniert! Wenn du mich fragst, hat Rada die Fanni aus dem Weg räumen lassen. Sie hat zu viel über seine dubiosen Geschäfte gewusst.«

»Also wirklich, Rosi, du magst ihn nicht besonders, so viel ist mir klar. Aber ihn des Mordes zu bezichtigen, dafür braucht man schon handfeste Beweise. Er hat ihr Liebesbriefe geschrieben! Ich habe sie sogar gelesen.«

»Natürlich hat er das! Damit keiner auf die Idee kommt, er hätte sie umgebracht. Der Rada ist schlau. Was glaubst du denn, warum sie ihn nicht mehr empfangen hat? Weil sie Angst vor ihm hatte! Sie hat genau gewusst, wozu er fähig ist.«

»Seine Trauer hat echt gewirkt.«

»Er ist bankrott. Das Einzige, worum der trauert, ist sein Geld. Wie die Fanni hinter seine fragwürdigen Geschäfte gekommen ist, hat sie ihn sofort verlassen. Sie hat es mir doch selbst erzählt.«

»Du sagtest doch, er hätte sie rausgeworfen?«

»Weil sie zu viel gewusst hat!«

»Was für Geschäfte waren das?«

»Sie hat nur gesagt, dass sie schmutzig sind, mehr nicht.«

»Sie hat für die Vogler gearbeitet? Ihr letzter Kunde war Fürst Mitjuchin?«

Einen winzigen Augenblick wirkte sie irritiert. »Ja, irgendein russischer Fürst. Die Susi wollte die Fanni für ihn haben, und ich habe vermittelt. Das war im Februar.«

Das stimmte mit dem Kassenbuch überein. »Da hat sie schon zwei Monate bei Rada gewohnt. Ich habe in ihrer Wohnung ein Kassenbuch gefunden. Sie hat es in Geheimschrift abgefasst.«

»Als ob irgendjemand interessiert, wie sie ihr Geld verdient.«

»Vielleicht wollte sie ihre Kunden geheim halten. Ich habe es jedenfalls entschlüsselt.«

Sie belohnte ihn mit einem anerkennenden Blick. »Alles andere hätte mich gewundert. Du warst schon immer ein zäher Tüftler.«

Er sah sie dankbar an. »Darin steht auch ein Graf Moditzky. Etwa der Reichstagsabgeordnete?«

»Genau der. Bei dem war sie nur zum Reden. Für alles andere ist der zu alt. Hast du auch seine Briefe gefunden? Wenn sie in falsche Hände geraten, wäre das eine Katastrophe, wegen seiner beiden Söhne. Sie wollte immer, dass er sie zurückbekommt, wenn ihr etwas zustößt.« Sie durchbohrte ihn mit ihren Blicken. »Da siehst du erst, wie viel Angst sie vor Rada gehabt hat! So jung und schon ans Sterben denken.«

»Aber die Syphilis ...«

»Bringt dich langsam um, über Jahre. Glaub mir, da kenn ich mich aus. Was ist mit den Briefen?«

Das Dienstmädchen kam herein und räumte das Geschirr ab. »Die Briefe vom Modritzky hab ich nicht gefunden«, fuhr er fort und betrachtete ein wenig lüstern die junge Frau, wie sie mit dem vollen Tablett zur Tür ging. »Heute früh sind Fannis Dienstboten ausgezogen. Vielleicht gehe ich morgen noch einmal nachsehen, da hab ich meine Ruhe. Hat die Vogler von der Krankheit gewusst? Sie könnte doch den Fürsten angesteckt haben?«

»Das musst du sie selbst fragen. Ich glaube aber nicht, dass sie mit ihm gevögelt hat.«

Er stellte die üblichen Fragen nach Matzners Feinden und Ängsten, danach befiel ihn die Sorge, er könnte Rosi zu sehr belasten, und er wechselte das Thema. »In den Beisln ist die Stimmung recht angespannt. Kennst du die Gerüchte über den Engelmacher?«

»Nichts kenn ich. Ich bin schon lange raus aus dem Geschäft. Und auf die Gasse kann ich auch nicht mehr. Die Carla ist meine letzte Stute, und die ist fast immer bei mir. Ohne sie bin ich vollkommen hilflos.«

Rosi wirkte mit einem Mal sehr erschöpft, und er verkniff sich aus Rücksicht weitere Fragen. Stattdessen saßen sie schweigend da, und ihre müden Augen fixierten einen Punkt am Boden. Er suchte nach einem Grund, bleiben zu können, aber er fürchtete sich davor, die Dinge anzusprechen, die ihn so sehr bewegten. Schließlich griff er nach seinem Hut. »Na ja ... also dann ... geh ich halt«, sagte er verlegen und erhob sich. »Ich halt dich auf dem Laufenden. Versprochen.« Zögernd schritt er auf sie zu und hauchte ihr beinahe verschämt einen zarten Kuss auf die Wange. Sie hob den Kopf und legte ihre Hände auf seine breiten Schultern. »Wenigstens ein Gutes hat Fannis Tod«, flüsterte sie. Tränen schimmerten in ihren dunklen Augen: »Er hat dich zu mir zurückgebracht. Es war schön mit dir damals. Ich hab auf dich gewartet.«

»Aber ich hab dir doch einen Antrag gemacht. Du hast mich weggeschickt.« Da war die Frage, die ihn seit damals quälte.

»Ich wollte dir nicht schaden. Was für eine Mesalliance, eine Grabennymphe und ein Polizist! Aber ich habe es ohne dich nicht ausgehalten. Als ich mich melden wollte, brach die Krankheit aus.«

Er kniete sich zu ihren Füßen und hielt ihre Hand: »Ich hab dir lange nachgetrauert. Erst vier Jahre später hab ich geheiratet. Sie war eine gute Frau«, sagte er achselzuckend, »aber nicht mit dir zu vergleichen. Wir hatten eine Tochter, die Luise. Vor zwei Jahren hat die beiden die Cholera geholt. Darüber komm ich einfach nicht hinweg.«

»Jesus, Maria und Josef. Wir sind beide nicht gerade vom Glück verfolgt.« Sie streichelte voll Zärtlichkeit sein Gesicht.

»Trotzdem hab ich dich nie vergessen. Du hättest mich damals heiraten sollen. Weißt du, Rosi, mir war das egal, dass du am Strich arbeitest, und die Krankheit wär mir auch egal gewesen. Wir hatten so eine schöne Zeit miteinander! Vielleicht hättest du sie gar nicht bekommen, wenn du bei mir geblieben wärst.«

»Dafür ist es jetzt zu spät.« Sie stieß ihn sanft weg. »Geh jetzt, bitte, ich bin müde.«

Draußen auf der Straße kämpfte Kern gegen die Tränen an. Wie eine reißende Flut brach die Erinnerung über ihn herein und riss die alten Wunden wieder auf. Vor zwölf Jahren hatte er sie kennengelernt, bei der letzten öffentlichen Hinrichtung an der »Spinnerin am Kreuz«, einer gotischen Bildsäule an der Triester Straße. Das Ereignis war damals wie ein Volksfest gefeiert worden. Schon in der Morgendämmerung boten Straßenverkäufer »Delinquentenwürstel« und »Arme-Sünder-Bretzen« zum Verkauf an. Auf den Kutschböcken der Equipagen, die sich zwischen die Volksmassen gequetscht hatten, reckten die vornehmen Damen ihre blassen Hälse und richteten ihre Operngucker auf den Richtplatz. Selbst die Dächer waren mit Schaulustigen besetzt. Eine Tribüne brach unter der Last der Menge krachend zusammen. Als endlich der Raubmörder Georg Ratkay aus dem Gefangenenwagen stieg und zum Richtplatz geführt wurde, ging ein lautes Raunen durch die Menge. Um Punkt acht Uhr früh legte ihm der Scharfrichter die Schnur um den Hals, die gespannte Stille lag wie eine erstickende Wolke über dem Platz. Dann zogen seine beiden Gehilfen den Körper des Verurteilten ruckartig nach unten. Die Hinrichtung dauerte ganze siebenundfünfzig Sekunden.

Kern erinnerte sich, wie er sich angewidert abgewandt und in die vor Schreck weit aufgerissenen dunklen Augen einer wunderschönen jungen Frau geblickt hatte. Sie verliebten sich Hals über Kopf ineinander. Rosis Profession störte ihn nicht im Geringsten. Sie bediente lediglich ausgewählte Kunden, und das Geld, das sie heimbrachte, bescherte ihnen ein sorgenfreies Dasein. Es sollte die schönste Zeit in seinem Leben werden, mit der Liebe seines Lebens. Drei Jahre später verließ sie ihn und stürzte ihn in eine tiefe Sinnkrise.

Nun war sie völlig unvermittelt in sein Leben zurückgekehrt, und er hatte feststellen müssen, dass er sie immer noch liebte, trotz oder vielleicht sogar wegen ihres furchtbaren Schicksals. Das wirbelte seinen ansonsten so kühlen analytischen Verstand gehörig durcheinander. Was auch immer sie getan haben mochte – und er war davon überzeugt, dass sie sich nichts zuschulden hatte kommen lassen – niemand hatte ein solches Schicksal verdient. Warum hatte sie die Vorsehung wieder zusammengeführt? War es Glück oder Verhängnis? Durfte er ihr vertrauen?

Für heute war seine Arbeit getan. Er war viel zu aufgewühlt, um einen klaren Gedanken zu fassen. Ausgerüstet mit einer Flasche Schnaps vom Branntweiner fuhr er heim und ertränkte seine Erinnerungen in Alkohol.

Trotzdem fand sein rastloser Verstand keine Ruhe. Warum hatte Fanni Matzner so viel Geld an die Findelanstalt gespendet? Wo war ihr Gesundheitsbuch? Warum durfte sie trotz ihrer Krankheit in die Naglergasse gehen? Wo waren die Briefe an Modritzky? War Morawa in Radas Auftrag in der Wollzeile gewesen? Er musste unbedingt noch einmal in Matzners Wohnung. Irgendetwas musste er übersehen haben. Er durchstöberte noch einmal sein Notizbuch, aber er war bereits zu müde. Morgen war auch noch ein Tag. Wenige Minuten später war er eingeschlafen.

Seine Träume kreisten um Rosi. Unruhig wälzte er sich in seinem Bett, beim geringsten Geräusch schreckte er auf. Er sah, wie sich ihre jugendliche Schönheit innerhalb von Sekunden in die schreckliche Fratze der Syphilis verwandelte, und erwachte. Bis zum Morgengrauen fand er keinen Schlaf mehr, aus Angst, der Traum könnte zurückkehren. Dann ergab sich sein entkräfteter Geist erneut den Fängen des Tiefschlafs.

Es wurde ein Sturz ins Bodenlose, in ein undurchdringliches Geflecht aus Albträumen, die jeden Fluchtversuch ins rettende Erwachen unbarmherzig vereitelten. Er verfolgte Fanni Matzner durch düstere enge Gassen, doch so sehr er sich auch abmühte, er vermochte sie nicht einzuholen. Alle Anstrengungen, sie auf sich aufmerksam zu machen, sie anzusprechen, liefen ins Leere. Wie in Trance lief sie vor ihm her, all seine verzweifelten Rufe verhallten ungehört in der pechschwarzen Unendlichkeit.

Plötzlich verschwand sie in einer finsteren Seitengasse. Getrieben von panischer Angst suchte er nach ihr, wühlte sich durch eine dichte Traube teilnahmslos dahintaumelnder, gesichtsloser Menschen, die ihn empört von sich wegstießen und beschimpften. Und dann fand er sie, auf dem Rücken liegend, in einer riesigen, dunkelroten Blutlache. Aus ihrem aufgeschlitzten Bauch quollen Eingeweide, das Gesicht war vor Entsetzen entstellt. Um sie herum hatte sich eine Gruppe kleiner Kinder versammelt. Sie hielten einander so fest an den Händen, dass ihre weißen Knöchelchen hervortraten. Vorwurfsvoll starrten sie ihn aus großen, tränennassen Augen an. Marx stand kopfschüttelnd dahinter und warf ihm einen hilfesuchenden Blick zu. In dumpfer Verzweiflung sank Kern an dem Leichnam nieder und tauchte seine Hände bis zu den Handgelenken in das warme Blut. Sofort schlug das dunkle Rot in ein abgrundtief böses, alles verschlingendes Schwarz um. Marx wandte sich ab. Als Kerns Blick erneut zu Fannis Gesicht wanderte, hatte sich dieses in Rosi verwandelt und war übersät mit blau verfärbten Kratern, die aufplatzten. Ströme von Blut quollen aus den Wunden und flossen über Kerns Hände. Die Kinder schrien vor Angst. Dann gab ihn der Alb frei. Mit einem lauten Schrei fuhr er hoch, sein Bettzeug war von Schweiß durchnässt.

Sein Herzschlag raste, seine Hände zitterten, und er keuchte laut. Er benötigte ein paar Minuten, bis er sich beruhigt hatte. Leopold Kern war nicht abergläubisch. Er hatte in seinem Beamtenleben so manche unschöne Dinge gesehen, doch ein solcher Traum zählte bislang nicht zu seinem Repertoire. Welche Botschaft sandte ihm sein Unterbewusstsein? Verstört stemmte er sich hoch, holte Wasser vom Gang und rieb seinen ganzen Körper mit dem Waschlappen eiskalt ab. Nach einem Gläschen Schnaps zog er sich an und verließ fluchtartig seine kleine Wohnung.

Draußen war der Verkehr bereits in vollem Gang, der Himmel wolkenverhangen. Eine Zeitlang irrte er ziellos durch die Gassen des fünften Bezirks. Als er einen Fiaker aufhielt, hatte er mit einem Mal das Gefühl, beobachtet zu werden. Hastig blickte er sich um, aber er konnte niemanden entdecken. Am Obstmarkt vor der Elisabethbrücke ließ er halten. Als er ausstieg, sah er etwa fünfzig Meter von seinem Wagen entfernt einen Einspänner stehen. Hatte der nicht schon bei seinem Haus gestanden? Kern schüttelte den Gedanken wieder ab und erstand einen Strauß Blumen. Übermüdet wie er war, war es kein Wunder, dass er bereits Gespenster sah.

Eine Stunde später stand er mit seinem kleinen Blumenstrauß wieder vor Rosis Tür. Die Nacht hatte tiefe Falten in sein müdes, unrasiertes Gesicht gegraben, dunkle Schatten schimmerten unter seinen Augen. Rosis Dienstmädchen erschrak bei seinem Anblick. »Jessas Maria, Sie schauen ja aus, dass einer Sau graust. Weiß denn die Frau Rosi, dass Sie kommen?«

Kern schüttelte stumm den Kopf. Teilnahmslos ließ er sich ins Vorzimmer führen. Aus dem Wohnzimmer ertönte Vogelgezwitscher. »Sie füttert grad die Viecher. Warten's kurz, ich meld' Sie an.« Sie verschwand, kehrte schon nach wenigen Sekunden zurück. »Die Frau Rosi lässt bitten«, sagte sie mit einem Knicks. »Ich bring Ihnen einen Kaffee, ich glaub, den können Sie brauchen. Aber einen starken, in dem der Löffel von alleine stehen bleibt.«

Dankbar trat Kern ein. Rosi saß vor ihrer so heißgeliebten grünen Pracht. Sie trug ein einfaches, schwarzes Kleid und ein Kopftuch in der gleichen Farbe. Das Schwarz unterstrich ihre Blässe und ließ ihr schmales, ungeschminktes Gesicht älter und bleicher wirken. Die dunklen Augen saßen tief in den Höhlen. Erstaunlicherweise war sie es, die bei seinem Anblick erschauerte. »Heilige Mutter Gottes, wie schaust du denn aus?«, fragte sie mitfühlend.

Kern überreichte ihr die Blumen. Vor der tropischen Blütenpracht wirkten sie zwar ein wenig mickrig, aber sie freute sich darüber. Wie am Tag zuvor ließ er sich ihr gegenüber in den bequemen Stuhl sinken und starrte sie mit fiebrigen Blicken an. Plötzlich stutzte er. Am anderen Ende des Raumes war eine Spielzeugeisenbahn auf dem Boden aufgebaut. »Hast du Kinder im Haus?«, fragte er mit heiserer Stimme.

»Ach, die!« Sie lachte. »Die Syphilis hat mein Hirn schon arg mitgenommen. Carlas Neffe hat uns besucht. Sie hat noch nicht aufgeräumt.«

»Ist ja auch vollkommen egal. Es ist mir halt aufgefallen ...«, erwiderte er mit einer wegwerfenden Geste.

»Du schaust aus, als ob du in der Hölle gewesen wärest.«

»War ich auch, zumindest im Schlaf. Ich hab von der Fanni geträumt. Es war grauenhaft.« Er schilderte ihr seine nächtlichen Erlebnisse.

Rosi war sichtlich betroffen. »Wie kommst du auf die Kinder?«

»Ich weiß es nicht. Vielleicht wegen der Findelanstalt. Die Fanni Matzner hat dort tausend Gulden gespendet.«

Erstaunt zog sie die Augenbrauen hoch. »Das ist viel Geld. Warum tut sie so etwas?«

Er zuckte die Achseln. »Ich habe keine Ahnung.«

Carla servierte eine Kanne Kaffee mit Milch und Zucker. »Wollen's was essen?«

»Danke nein, aber der Kaffee wird mir guttun.« Dankbar schenkte er sich randvoll und trank in großen Schlucken, schwarz, viel Zucker. Das heiße Getränk belebte seinen betäubten Geist.

»Warst du schon in der Wohnung?«, fragte Rosi interessiert.

Er nickte schuldbewusst. »Ich weiß, die Briefe. Heute Abend. Gestern war ich einfach nicht dazu in der Lage.«

»Vielleicht hat ja der Graf Modritzky sie umbringen lassen, um sie zurückzubekommen?«

»Aber du hast doch selbst gesagt, dass sie sie ihm zurückgeben wollte.«

»Woher sollte er das wissen? Vielleicht haben sie ja gestritten?« Sie besann sich kurz. »Lass die Finger davon, Leo, es ist zu gefährlich«, beschwor sie ihn erneut, aber er hörte ihren Ermahnungen gar nicht zu. Stattdessen gähnte er herzhaft, dann durchlief ihn ein kurzer Schauer. Mit einem lauten Schlürfen leerte er seine Tasse und füllte nach. »Bitte etwas leiser, Leo.« Amüsiert registrierte sie sein missmutiges Gesicht.

»Weißt du, Rosi, wenn ich eine Sache verfolgt habe, bin ich oft nächtelang wachgelegen und habe nachgedacht. Dieses Mal ist etwas anders. Ich habe noch nicht den geringsten Hinweis, aber eine beschissene Angst davor, was ich herausfinden werde.«

»Du solltest dich ausschlafen«, bemerkte Rosi streng. »Die Carla wird dir das Bett im Gästezimmer richten.«

»Erst noch ein paar Fragen über das Kassenbuch.« Mit einem lauten Seufzer zückte Kern seine Aufzeichnungen. »Sie hat keinen einzigen Offizier bedient. Das ist höchst ungewöhnlich.«

Rosi nickte wissend. »Dazu hab ich ihr geraten, wegen der Syphilis. Bei den Soldaten weißt du nie, in welchem Provinzpuff sie herumgehurt haben. Wenn man bedenkt, dass die Garnisonen alle zwei Jahre gewechselt werden und viele von denen während ihrer Reise durch die entferntesten Regionen der Monarchie alles gevögelt haben, das sich nicht rechtzeitig im Wald versteckt hat ...«

Kern hatte die zweite Tasse Kaffee geleert und stellte sie nun vorsichtig ab. Seine Müdigkeit war fürs Erste verflogen, seine Sinne durch das Gespräch angespannt. »Die beiden letzten Wochen vor ihrem Tod war ihre Friseurin nicht bei ihr.«

»Na und? Ist das wichtig?«

»Alles ist wichtig. Ihre Dienstboten haben mir erzählt, sie hätte eine neue Frisur gehabt. Stirnfransen.«

»Die blöden Weiber! Sie trug eine Perücke, wegen des Haarausfalls.«

»Woher weißt du das so genau?«

»Weil sie sie mir gezeigt hat. Deswegen.«

»Also war sie nach dem Perückenkauf bei dir, bevor sie von den Wachmännern abgeholt wurde. Wie oft hast du sie vor ihrem Tod gesehen?«

»Dank dem Baron nur selten. Sie war da, wie die Syphilis wieder ausbrach. Da war sie sehr verzweifelt.« Sie überlegte kurz. »Und eine Woche später war sie noch einmal da. Dieses Mal mit Perücke. Da hat sie mir das Versprechen abgenommen, dass ich dem Grafen seine Briefe zurückgebe, wenn ihr etwas zustößt. Sie wollte sie noch vorbeibringen. Aber das hat sie nicht mehr geschafft.«

»War das vor oder nach der Zwangsvorführung?«

»Ich glaube davor.« Sie lächelte unsicher. »Aber mein Hirn ist nicht mehr das, was es einmal war, Leo. Die Syphilis ...«

»Schon gut. Ich versuche nur ihre letzten Lebenstage zu rekonstruieren. Laut ihrem Kutscher war sie am Tag vor ihrem Tod noch einmal hier.«

Rosi strich sich mit der Hand über die Stirn. »Ja, jetzt fällt es mir wieder ein. Es ging noch einmal um die Briefe. Ich weiß nicht, warum sie an dem Alten so einen Narren gefressen hat. Entschuldige, das hätte ich dir gleich sagen müssen.«

»Du bist krank, dafür habe ich Verständnis.« Kern schrieb alles in sein Notizbuch. »Wieso hat dieser Russe so viel bezahlt?«

»Sie war die beste Hure Wiens. Jeden Gulden wert.«

»Er hat ihr Honorar Anfang April sogar von zweihundertfünfzig auf fünfhundert Gulden verdoppelt! Das ist doch purer Wahnsinn!«

Rosi lachte humorlos, während sie ihr Kopftuch richtete. Das tiefe Geschwür auf ihrer Stirn war heute stärker gerötet. »Das ist doch so einfach. Sie wollte ihn ebenso abbauen wie alle anderen Kunden auch. Er hat ihr kurzerhand das Doppelte geboten. Bei so einem Preis konnte sie nicht Nein sagen. Hätte ich auch nicht, Baron hin Baron her.«

»Hat der Baron davon gewusst?«

»Der hat mit Sicherheit mitgenascht.« Ihre Mundwinkel waren verächtlich nach unten gezogen. »Sie war ja so ein gutmütiger Depp.«

»Eine Woche vor ihrem Tod hat er sagenhafte tausendzweihundert Gulden bezahlt. Vielleicht hat sie ihn ja erpresst, und er hat sie umbringen lassen?«

Rosi sah ihn mitleidig an. »Leo, Leo, du bist übernächtigt. Und du hast keine Vorstellung vom Reichtum dieser Leute. Für einen russischen Fürsten sind tausendzweihundert Gulden ein besseres Trinkgeld, das er an einem Abend verspielt, aber keine Erpressungssumme. Vielleicht wollte er ihr einfach eine Freude machen. Viele Stammkunden haben ihr nebenbei Geld zugesteckt. Ich habe das auch erlebt. Aber wenn du es genau wissen willst, wirst du ihn selbst fragen müssen.«

Kern tippte sich an die Stirn. »Du machst Witze! Ich soll einen Diplomaten fragen, warum er einer Praterfee tausendzweihundert Gulden gesteckt hat?«

»Reiche Männer sind bei ihren Gespielinnen freigiebig«, antwortete sie ungerührt. »Sie sparen das bei ihren langweiligen Ehefrauen wieder ein. Im Übrigen waren das ihre einzigen Einnahmen. Wie hätte sie sonst den Arzt bezahlen sollen?«

»Im Buch ist auch regelmäßig der Name Rosi erwähnt. Bist du das? Hast du beim Fürsten mitkassiert?«

»Eine kleine Vermittlungsprovision. Ich wollte das nicht, aber sie hat darauf bestanden. Sie war eben ein hochanständiges Mädel.«

»Eine regelmäßige Zahlung ist mit ›Naglergasse‹ bezeichnet, dreißig Gulden immer zugleich mit dem Russen.«

»Die Zimmermiete bei der Vogler.«

Kern machte ein resigniertes Gesicht. Die Müdigkeit kehrte zurück. »Nicht sehr ergiebig, was du mir da erzählst, Rosi. Aus deinem Mund klingt das alles so einfach, so banal.«

»Das Leben ist einfach. Du kommst mir vor wie einer, der auf der Einkaufsliste eines Dienstmädchens ein Messer und eine Blutwurst findet und daraus ein Mordkomplott konstruiert. Mach dir nichts vor, das Kassenbuch ist nicht das Papier wert, auf dem es geschrieben ist. Die Menschen, die die Fanni umgebracht haben, hinterlassen keine Spuren. Kehr um, ehe es zu spät ist.«

»Verheimlichst du mir etwas?«, fragte er argwöhnisch.

Sie rollte die Augen. »Nein, ich verheimliche dir nichts. Ich denke einfach logisch. Fannis Mörder sind so mächtig, dass nicht einmal der Polizeipräsident anecken will. Ist das so schwer zu begreifen?«

Kerns Lider wurden mit einem Mal bleischwer. »Das Angebot mit dem Gästezimmer würde ich jetzt doch gern annehmen«, sagte er schwach.

Der Klang von Rosis Glocke war kaum verhallt, als Carla eintrat. »Der Herr Kern möchte sich ein wenig ausruhen«, sagte ihre Herrin.

»Das hab ich mir eh gedacht«, erwiderte das Dienstmädchen, »so wie der dreinschaut! Das Bett ist bereits frisch überzogen.«

Sie führte Kern durch das lange Vorzimmer in ein kleines Gästezimmer. Er war so müde, dass er bei ihr Halt suchen musste. »Und? Hat ihm der Prater gefallen?«, flüsterte er.

Sie half ihm behutsam ins Bett und breitete die Decke über ihn. »Wem soll der Prater gefallen haben?«, fragte sie verwundert.

»Na, deinem kleinen Neffen!«, erwiderte er. »Du musst doch mit ihm im Wurstelprater gewesen sein.«

Ihre Antwort drang nur noch aus weiter Ferne an sein Ohr. »Gehen's, Herr Kern. So ein Blödsinn, ich hab doch gar keinen Neffen.«

Kern fühlte eine Geborgenheit, wie er sie seit dem Tod seiner kleinen Familie nicht mehr gekannt hatte. Er schlief tief und traumlos. Als er erwachte, war es später Nachmittag. Noch ehe er auch nur einen einzigen Wunsch äußern konnte, führte ihn Carla ins Esszimmer, wo ihn Rosi mit einem dampfenden Schweinsbraten mit Kraut und Knödeln erwartete. Daneben stand ein großer Krug Bier. Sprachlos vor Dankbarkeit nahm er Platz. »Ich weiß gar nicht, was ich sagen soll, Rosi, du bist so gut zu mir.«

»Wenn du einmal in zehn Jahren bei mir schläfst, werde ich dich wohl verwöhnen dürfen«, erwiderte sie warmherzig.

»Und wie du das darfst!« Seine Augen glänzten vor Glück. »Allein deine Gegenwart macht mich glücklich. Wie damals.« Er sah sie wehmütig an.

»Die Zeiten sind vorbei«, erwiderte sie traurig. »Iss.«

Das ließ er sich nicht zweimal sagen und langte tüchtig zu. Bald waren die Teller leer. Er lehnte sich zurück und schmatzte vernehmlich.

»Und? Was wirst du jetzt tun?«, fragte sie schließlich.

»Ich muss mehr über Fanni Matzners letzten Tage herausfinden, wen sie getroffen hat, das Übliche halt. Eigentlich habe ich nicht so viele Möglichkeiten. Es gibt diesen Modritzky, die Ärzte ...«

Sie erhob sich mühselig. »Ich muss noch ein paar Dinge erledigen. Wenn du Lust auf die Carla hast, das Bett ist noch warm.«

Kern grinste ein wenig verlegen. »Das ist wirklich ein verlockendes Angebot, aber die Arbeit geht vor.«

»Selbst schuld, du verpasst etwas.«

Kern blieb allein zurück. Kurz darauf erschien Carla und machte ihm überdeutliche Avancen, während sie den Tisch abräumte. Ihr kurzer Rock war ein allzu verlockender Anblick. Er widerstand mannhaft, nicht aus Überzeugung, sondern wegen Zeitmangels.

Als er auf die Straße trat, schien wieder die Sonne. Die Wolkenfront war weitergezogen und hatte lediglich ein paar Wolkenfetzen auf dem strahlend blauen Himmel hinterlassen. Gut gelaunt machte sich Kern auf den Weg in die Wollzeile. Während er ging, rief er sich seine letzte Unterhaltung mit Rosi in Erinnerung. Ihre Antworten waren so einfach und überzeugend gewesen. Ganz offensichtlich hatte ihm sein übermüdeter Verstand haltlose Dinge vorgegaukelt, einige Details ihrer Unterhaltung hatte er sogar schon wieder vergessen. Da war eine mit Sicherheit unwesentliche Kleinigkeit, die er partout nicht mehr in seinen Kopf bekam. Auch in seinem Notizbuch fand er keinen Hinweis. Kern zermarterte sein Gehirn, kam aber auf keinen grünen Zweig.

Wieder in der Wollzeile klingelte er beim Hausmeister. »Habe die Ehre, der Herr«, empfing ihn dieser missmutig.

Kern zückte seine Dienstmarke. »Ich muss noch einmal in die Matznerwohnung. Aufsperren. Ist das Personal schon weg? «

»Da kommen's ein bisserl spät.«

»Was soll das heißen?«

»Heute Nacht waren schon andere da. Da drin schaut's aus wie am Schlachtfeld von Königgrätz.«

»Sperr auf, Mann«, fuhr Kern ihn wütend an. Als der Hausmeister öffnete, erstarrte der Ermittler. Bücher lagen auf dem Boden verstreut, die Polstermöbel waren aufgeschlitzt, der Küchenboden mit Scherben übersät. An manchen Stellen war das Parkett aufgerissen. »Haben Sie schon Anzeige erstattet?«

»Nicht bevor nicht der Hausherr da war. Der wird ordentlich fluchen. So eine Sauerei! Aber wenn Sie schon da sind, dann können Sie ja gleich Ihre Kollegen rufen.«

»So weit kommt's noch«, empörte sich Kern und fühlte Panik in sich aufsteigen. Wenn der Hausmeister von seinem Besuch erzählte, lief er Gefahr aufzufliegen. Er zwang sich zur Ruhe. »Den Schreibkram möchte ich mir nicht antun«, sagte er versöhnlich und zückte eine Fünfguldennote. »Für Ihre Verschwiegenheit. Da spar ich mir die Überstunden.«

Gierig blitzten die Augen des Mannes auf. »Zu Diensten, der Herr.« Er ließ das Geld in seiner Hosentasche verschwinden. »Ich weiß von nix. Und bis der Hausherr kommt ...«

Als der Sonderermittler eilig das Haus verließ, glaubte er einen Mann auf der gegenüberliegenden Straßenseite in einen Hauseingang flüchten zu sehen. Geradezu reflexartig nahm er die Verfolgung auf und durchsuchte das ganze Gebäude nach seinem Verfolger, doch da war niemand. Kopfschüttelnd ging er zurück auf die Straße. Meine Nerven spielen wirklich verrückt, dachte er verärgert und bemerkte nicht die Gestalt, die ihn aus guter Deckung beobachtete. Ihre scharf geschnittenen Gesichtszüge erinnerten an einen Raubvogel.

Kapitel 12
Guajak

Kern hielt einen Fiaker an und fuhr schnurstracks nach Hause. Der Mann mit dem Raubvogelgesicht ließ seinen Wagen eine Quergasse vor der Krongasse halten und ging den Rest zu Fuß. Er kannte Kerns Adresse.

Marx' Sonderermittler war glücklich, wieder daheim zu sein. Er benötigte Ruhe, um seine Gedanken zu ordnen, was ihm am besten bei der Pflege seiner geliebten Clivie gelang. Während er davorstand, glaubte er die Anwesenheit seiner Tochter zu spüren. Unsichtbar weilte sie neben ihm und ergötzte sich in kindlicher Freude an den leuchtenden Farben, den zarten Staubgefäßen, den dunkelgrünen Blättern. Eine ganze Weile stand er so da, und sein Geist fand Ruhe. Dann fühlte er Luises ernsten Blick auf sich und prüfte die Erde. Zeit, sie zu erneuern, dachte er schuldbewusst und freute sich auf die bevorstehende Arbeit.

Er räumte den Schreibtisch frei und belegte ihn mit einer dicken Schicht alter Zeitungen. Auch ein Teil des Bodens wurde abgedeckt. Nachdem er sich eine Schürze umgebunden hatte, holte er aus der Küche sein Werkzeug: einen Eimer, eine kleine Schaufel, eine große, verschlossene Blechdose, einen Kaffeelöffel, eine mit Wasser gefüllte Waschschüssel, einen Krug, Seife und Handtücher. Alles wurde in einer ganz bestimmten Anordnung auf den Boden gelegt. Danach war die Bühne bereit für ihren Star.

Feierlich hob er die Clivie vom Fenster, stellte sie vorsichtig auf dem Schreibtisch ab und begann, die alte Erde abzugraben. Der Inhalt jeder Schaufel wurde sorgfältig auf Schädlinge und Feuchtigkeit geprüft, ehe er in den Eimer fiel. Bald war der Topf zur Hälfte leer und die Wurzeln sichtbar.

Während er arbeitete, ließ er seinen Gedanken freien Lauf. Die Verwüstung von Matzners Wohnung flößte ihm keine Angst ein. Im Gegenteil, sie war ein dramatischer Beweis für die Verwundbarkeit seines Gegners. Wie verzweifelt musste er sein, wenn er eine solche Verwüstung hinterließ? Hatte er gefunden, wonach er gesucht hatte? Wohl kaum. Dass er selbst etwas übersehen hatte, schien Kern bei genauerem Überlegen unwahrscheinlich. Dafür besaß er viel zu viel Routine. Was er nicht fand, fand keiner.

Also blieben zwei Möglichkeiten. Entweder er besaß etwas, von dessen Wert er nichts ahnte, oder das Gesuchte hatte sich nicht in der Wohnung befunden. In letzterem Fall wussten weder er noch sein Gegner, wo es sich befand.

Das Fotoalbum, das er gefunden hatte, war von geringem Interesse. Ob sie nach den Briefen gesucht hatten? War ihr Inhalt brisant genug für einen Mord? Wer, außer der Graf Modritzky selbst, konnte noch davon wissen? Wusste Rosi über deren Bedeutung Bescheid? Verheimlichte sie ihm etwas? Wie sollte er seine Nachforschungen fortführen, wenn er den Grafen nicht befragen durfte?

Der erste Teil der Arbeit war abgeschlossen und der halbvolle Eimer auf dem Gang abgestellt. Nun hob er die Blechdose vom Boden, setzte sich und stellte sie auf seinen Schoß. Auf ihrem Deckel leuchtete eine bunte Lebkuchenwerbung für Luises Lieblingsgebäck. Sie hatte die Dose über alles geliebt. Um keinen Preis hätte er sie weggegeben. Er zwängte seine Finger zwischen Deckel und Dosenrand. Wie jedes Mal musste er einen Fingernagel opfern, bis sich der Deckel aufklappen ließ. Sofort umfing ihn der Geruch nach Kaffee und kaltem Zigarrenrauch, der dem alten Kaffeesatz und den

Ascheresten entsprang, die er darin als Dünger gesammelt hatte.

Der zweite Teil seiner Arbeit begann. Liebevoll begann er das Pulver mit den Fingern aufzulockern, Klumpen zu zerkleinern und alles andächtig zu durchmischen. Dabei ließ er Matzners letzte Lebenswochen vor seinem geistigen Auge Revue passieren.

Im August letzten Jahres hatte sie Rada kennengelernt und war im Oktober bei ihm eingezogen. Im Januar vermittelte ihr Rosi den Fürsten Mitjuchin als Kunden. Damals war von der Syphilis noch keine Rede, und Geldsorgen gab es ebenfalls nicht. Warum hatte sie alle alten Kunden abgebaut, aber diesen einen angenommen? Was war anders bei ihm? Warum konnte sie ihn mit ihrer Treue zu Rada vereinbaren? Wofür hatte er so viel bezahlt? Etwa für Handarbeit?

Anfang April, es muss um den achten gewesen sein, hatte sie etwas extrem verstört. Sogar ihrem Fiaker war es aufgefallen. Gab es einen konkreten Anlass dafür oder war es tatsächlich die Krankheit, wie Rada vermutete, der das Geschwür zehn Tage später entdeckte? Warum war sie danach ausgerechnet zu Modritzky gefahren und nicht zu ihrem Geliebten?

Dann der Auszug, die Operation eine Woche nach der Entdeckung des Geschwürs und der Brief an den Anwalt. In ihrem gesamten Kassenbuch hatte er keine einzige Ausgabe für juristischen Beistand gefunden. Warum suchte sie ausgerechnet jetzt Rat? Wollte sie etwa ihren Nachlass regeln? Wovor fürchtete sie sich?

Dann Mitte Mai die monströse Spende an die Findelanstalt, danach der Rückfall, ziemlich genau ein Monat nach der Operation, mit Haarausfall und Hautausschlag. Warum hatte bei der Obduktion niemand die Perücke bemerkt? War Marx überhaupt dabei gewesen? Es war bekannt, dass er solche Anlässe zu meiden pflegte. Aber selbst dann musste es doch der Gerichtsmediziner in seinem Bericht erwähnt haben.

Im Kassenbuch konnte man den Beginn der Guajaktherapie ziemlich genau festlegen. Gleichzeitig stieg der Preis für Mitjuchin. Freiwillig oder unfreiwillig, er hatte die Therapie finanziert. Oder hatte sie das Geld für etwas anderes gebraucht? Waren reiche Fürsten tatsächlich so verrückt, wie Rosi angedeutet hatte?

Asche und Kaffee waren nun gut durchmischt und bildeten eine dunkelbraune Masse mit grauen Schlieren. Seine Finger waren braun verfärbt, unter seinen Nägeln hatte sich ein schwarzer Rand gebildet. Er stellte die Dose ab, wusch sich sorgfältig die Hände und trocknete sie ab. Das benutzte Handtuch warf er von sich. Mit dem Kaffeelöffel begann er das Pulver Schicht für Schicht über die freiliegenden Wurzelteile zu streuen, zu verteilen und mit den Fingern festzudrücken. Bald waren seine Hände wieder so schmutzig wie zuvor.

Natürlich hatte sie die Gesundheitskontrollen vermieden. Kern kannte sich mit Syphilis nicht aus, aber der Hautausschlag und der Haarausfall hätten den Arzt mit Sicherheit stutzig gemacht. Und natürlich wurde sie pünktlich nach zwei Wochen zwangsvorgeführt. Und jetzt kam das Gesundheitsbuch ins Spiel, der »Deckel«, wie man es nannte. Was hatte der Arzt damals gesehen? Hatte sie die Hautveränderung überschminkt? Konnte man so etwas überhaupt vor einem erfahrenen Arzt verstecken, der jeden Tag mit Frauen zu tun hatte, die versuchten, ihn zu betrügen? War die Krankheit schon wieder abgeklungen, oder hatte er sie gesperrt? Hatte sie Mitjuchin trotzdem besucht und ihn laut Kassenbuch um weitere sagenhafte tausendzweihundert Gulden erleichtert? Und das alles mit Handarbeit, wie Rosi behauptete? Hatte sie ihn deswegen nicht angesteckt?

Danach war alles sehr schnell gegangen. Vier Tage später hatte sie die Männer vor ihrem Haus bemerkt, weitere vier Tage später war sie tot. Jeder kam dafür infrage. Sie konnte Mitjuchin erpresst, oder noch schlimmer, angesteckt haben.

Ein Mann in seiner Position würde sich so etwas nicht bieten lassen. Wenn sie tatsächlich über Radas krumme Geschäfte Bescheid wusste, reichte auch das für ein Motiv. Die Briefe des Grafen Modritzky mochten so brisante Details enthalten, dass er ebenfalls infrage kam. Und Susanne Vogler konnte sich dafür revanchiert haben, dass Matzner den Fürsten in ihrem Etablissement wider besseres Wissen angesteckt hatte. Als Warnung für potenzielle Nachahmer. Die Liste der Tatverdächtigen ließ sich wahrscheinlich beliebig erweitern, je tiefer er stöberte.

Alle hatten glaubwürdige Motive, aber keines erklärte den Zusammenhang mit den anderen Morden. Das Einzige, was sie verband, war der Mörder selbst, der ohne persönliches Motiv im Auftrag handelte. Gab es einen einzigen Auftraggeber oder mehrere? Waren es völlig zusammenhanglose Verbrechen, oder gab es zwischen den Opfern eine Verbindung? Hatte er überhaupt schon alle Opfer identifiziert, oder gab es noch andere, Unentdeckte? Wie passte da der Tod eines Schusterbuben hinein?

Die Unterlage aus Zeitungspapier war bereits ziemlich durchnässt und verschmutzt. Zeit für einen Wechsel, wenn nicht das Furnier seines Sekretärs Schaden nehmen sollte. Nachdem er die Dose in die Küche zurückgebracht hatte, stellte er den Blumentopf auf den Boden, knüllte das Papier zusammen, stopfte es in einen Papiersack und trug den Abfall zu dem mit alter Erde gefüllten Eimer auf den Gang. Danach holte er alte Zeitungen aus seinem Vorrat und erneuerte die Unterlage. Die Pflanze kehrte auf den Schreibtisch zurück. Aus seinem Vorratskrug goss er vorsichtig ein wenig Wasser über die neue Düngerschicht.

Der dritte Akt begann. Aus der Küche holte er einen Sack frische Blumenerde, den er regelmäßig in den Parkanlagen auffüllte, setzte sich hin und nahm ihn auf seinen Schoß. Er begann, die Erde zu zerkleinern, entfernte Steine und ließ sie zwischen seinen Fingern hindurchrieseln. Erst, als er keinen

Klumpen mehr fand, streute er sie mit der Schaufel bedächtig über die Kaffeeschicht, drückte sie fest und wässerte sie. Er häufte mehrere Schichten an, bis der Topf wieder voll war.

Wieso hatte man gerade die Matzner obduziert? Wieso hatte man die Perücke und die Hautveränderungen bei der Leichenöffnung nicht gesehen? Er musste mit ihrem Kontrollarzt sprechen. Und dann mit Susanne Vogler. Vielleicht halfen die dabei gewonnenen Erkenntnisse, Marx dazu zu bewegen, Modritzkys Befragung zu genehmigen.

Während er draußen am Gang seine Hände wusch, stieg der Duft nach gekochtem Sauerkraut in seine Nase. Frau Siebenfreud hatte ihn bemerkt und öffnete die Tür. »Grüß Sie, Herr Kern! Haben's Lust auf ein Krautfleisch? Wir haben was übrig.«

»Wenn Sie es entbehren können, sehr gerne«, erwiderte er dankbar, während er seine Nägel mit der Bürste schrubbte.

»Ist noch warm, machen's g'schwind.« Da seine Wohnungstür offen war, stellte sie den Teller in seiner Küche ab. Mit einem Mal hatte er es eilig. Er beendete seine Waschung und machte sich über das unverhoffte Mahl her. Dazu aß er ein großes Stück harten Brots und trank ausgiebig Wasser. Als er fertig war, stellte er die Clivie wieder ins Fenster, reinigte ihre Blätter mit einem feuchten Tuch und brachte den Müll hinunter. Dann legte er sich auf das Sofa und nahm sich noch einmal Matzners Fotoalbum vor. Vielleicht hatte er irgendetwas übersehen?

Erst jetzt bemerkte er den Papierstreifen, der über die Innenseiten des Umschlags geklebt war. Mit einem Messer löste er ihn ab. Darunter fand er einen senkrecht verlaufenden, geraden Schnitt im Pappdeckel. Er steckte seine Finger hinein. Sie glitten unter den dünnen Bezug und ertasteten gefaltetes Papier. Jetzt war es mit Kerns Geduld vorbei, und er griff zur Schere. Mit einem Triumphschrei förderte er wenige Augenblicke später aus jedem der beiden Buchdeckel je einen dünnen Stoß geöffnete Briefe und die dazugehörigen Kuverts zutage. Der Absender darauf lautete Wenzel Graf Modritzky.

Mit kaum vorstellbarer Begierde stürzte er sich auf die Lektüre – und wurde bitter enttäuscht. Bis auf einen möglicherweise nicht ganz ernst gemeinten Heiratsantrag gab es darin nichts von Belang, nichts was den Einbruch in Fanni Matzners Wohnung gerechtfertigt hätte. Nur der Heiratsantrag hatte eine gewisse Brisanz, wenn man an die Söhne des Grafen dachte, so wie Rosi es gesagt hatte. Damit schied Modritzky aus dem Kreis der Verdächtigen aus. Er würde die Briefe morgen bei Rosi vorbeibringen, gleich nachdem er Matzners Kontrollarzt aufgesucht hatte. Blieben noch Mitjuchin, Vogler und Rada. Oder irgendeiner von Matzners Kunden, der seine Rache kalt genossen und viel Zeit hatte vergehen lassen. Letzterer war für ihn unerreichbar.

Am nächsten Tag brach er schon früh auf. Die Sonne war zurückgekehrt, doch die Temperaturen lagen weit unter denen der zurückliegenden Hitzwelle. Über seine alten Kontakte in der Polizeidirektion machte er Dr. Ferdinand Bergmeister als Matzners Kontrollarzt aus. Er ordinierte am Schottenring 4, praktisch im Nachbarhaus. Ohne Probleme wurde Kern vorgelassen, nachdem er seine Dienstkokarde vorgezeigt hatte. Die Krankenschwester in Bergmeisters Praxis hatte oft genug mit Beamten zu tun und stellte keine weiteren Fragen.

»Oh, die Matzner! Natürlich kann ich mich erinnern. Ist ja nicht so lange her.« Bergmeister war noch jung, ein großer, dünner Mann mit dunklen, verschmitzt blitzenden Augen und einem kecken Schnauzbärtchen. »Eine fesche Gretel, wie man so schön sagt. Aber wählerisch. Kein Wunder, bei den Augen ... Hat ja eine überaus wohlhabende Kundschaft verwöhnt.«

Im Gegensatz zu den meisten Ärzten verschanzte er sich nicht hinter einem großen Schreibtisch. Stattdessen saßen sie in bequemen, gepolsterten Stühlen an einem Couchtisch aus Teak vor einer Bücherwand.

»Nur dass sie jetzt tot ist«, erwiderte Kern düster.

»Ja, davon hab ich gehört. Tragisch, tragisch.«

»Sie hat die Syphilis gehabt. Wenn das ihre betuchte Kundschaft erfährt, dann danke schön.«

Bergmeister schüttelte energisch den Kopf. »Da muss ein Irrtum vorliegen«, sagte er im Brustton der Überzeugung. »Die hat definitiv keine Lues gehabt.«

Kerns gesamtes Wissen über Fannis Krankheit entstammte Radas und Rosis Erzählungen und den Aussagen der Dienstboten. Also musste er bluffen. »Es ist eine Leichenöffnung vorgenommen worden. Sie als ihr Kontrollarzt stehen jetzt ein bisserl blöd da, wenn Sie mir diese Bemerkung erlauben«, sagte er mitfühlend, denn Dr. Bergmeister war ihm sympathisch.

Der Arzt wirkte verstört. »Ich bin doch kein Anfänger. So etwas kann man nicht übersehen. Warten Sie einen Augenblick, ich hole ihre Akte.« Aus einem großen Karteikasten zog er Matzners Akte hervor. »Ah, da ist sie ja. Haben Sie ihr Gesundheitsbuch dabei? Da muss doch alles dokumentiert sein.«

»Das ist leider verloren gegangen«, gab Kern zerknirscht zurück. »Wann war die Matzner zuletzt bei Ihnen?«

»Moment, das haben wir gleich.« Der Arzt blätterte in seinen Unterlagen. »Wissen Sie, ich bin mir da absolut keiner Schuld bewusst, dafür mache ich diese Arbeit schon viel zu lange. Ich übersehe doch keine floride Syphilis.« Er strich mit dem Zeigefinger über seine Aufzeichnungen. Seine Miene hellte sich auf. »Am 15. April hat sie sich krankgemeldet, Fieber, Abgeschlagenheit, nichts Besonderes, das hat jeder von uns einmal. Ist auch durch einen Kollegen attestiert. Am

10. Mai war sie wieder gesund. Da ist sie wieder bei mir gewesen«, verkündete er strahlend.

»Das sind ja gut vier Wochen! Und in dieser Zeit hat sie nicht gearbeitet?«

»Kann ich natürlich nicht mit Sicherheit sagen, aber ich schätze eher nicht. Arbeiten Sie im Krankenstand?«

»Welchen Befund haben Sie am 10. Mai erhoben?«

Erneut zog Bergmeister seine Unterlagen zu Rate. »Nichts Besonderes. Ein bisserl blass war sie. Eine reizlos verheilte Operationswunde an der äußeren rechten Schamlippe. Man hat noch die Stichkanäle der Nähte gesehen.«

»Wissen Sie, was operiert wurde?«

»Ein Leberfleck. Sie wollte ihn weghaben, weil einer ihrer Freier gemeint hätte, so ein Muttermal sehe aus wie ein Teufelsmal. Noch dazu an so prekärer Stelle ...«

»Und das haben Sie ihr geglaubt?«

Der Kontrollarzt bedachte Kern mit einem mitleidigen Grinsen. »Sie haben ja keine Ahnung, was ich für Geschichten zu hören bekomme. Da war das mit dem Teufelsmal noch harmlos.«

»Aber das könnte doch auch Syphilis gewesen sein?«

»Ich muss mich da auf den Brief des Kollegen verlassen.« Er suchte zwischen den einzelnen Seiten. »Ah, da ist er ja. Hier steht es. Entfernung eines Leberflecks. Bitte, lesen Sie selbst.«

Kern überflog den Brief geistesabwesend. Er verstand die medizinischen Sachbegriffe ohnehin nicht. »Und? War da vorher wirklich ein Leberfleck gewesen?«

»Kann schon sein. Wenn ich jeden Leberfleck meiner Damen dokumentieren müsste, hätte ich viel zu tun.«

»Ist das normal, dass man sich im Krankenstand operieren lässt?«

Bergmeister lächelte unschuldig. »Ich verstehe Ihre Frage nicht. Wann sonst sollte man sich Ihrer Meinung nach operieren lassen, wenn nicht im Krankenstand? Vielleicht im Urlaub?«

Kern schüttelte ungeduldig den Kopf. »Sie missverstehen mich. Ich meine, ist es denn klug, sich nach einer fieberhaften Erkrankung operieren zu lassen? Ist da der Körper nicht geschwächt?«

Der Arzt legte den Kopf auf die Seite und sah Kern in die Augen. »Ich bitte Sie, Herr Inspektor. Das war eine junge gesunde Frau. Es macht für solche Damen ökonomisch Sinn, alles in einem Aufwaschen zu erledigen.«

»Zwei Tage nach der Operation hat sie einen Freier besucht. Kann man denn so früh wieder vögeln?«

Dr. Bergmeister runzelte die Stirn. »Also, das halte ich für ausgeschlossen. Das hätte sie auch gar nicht dürfen im Krankenstand.«

»Wo kein Kläger ...«, erwiderte Kern.

»Da kein Richter«, ergänzte der Mediziner. »Trotzdem, eine so frische Wunde würde bei einer derart heftigen Manipulation sofort aufreißen. Vielleicht haben sie ja gar nicht gevögelt?«

»Ab wann ginge es denn, aus medizinischer Sicht?«

»Nach der Gesundschreibung.«

»Also ab dem 10. Mai.«

»So sagt es die Krankenakte«, ergänzte Bergmeister lakonisch.

»Trotzdem stellt sich mir immer noch die Frage, wie Sie die Syphilis übersehen konnten«, beharrte der Sonderermittler.

Nachdenklich kratzte sich der Kontrollarzt mit dem Finger an der Stirn. »Die stellt sich in der Tat, und zwar nicht nur Ihnen. Mein Ruf hängt davon ab. Lassen Sie uns weiterlesen. Am 13. Mai war sie da, nichts Besonderes, Wunde gut abgeheilt. Ihr letzter Besuch bei mir war am 17. Mai, ebenfalls nichts Besonderes. Den nächsten Termin hat sie geschwänzt. Am 24. Mai, das war ein Montag, hab ich dann Meldung im

Kommissariat gemacht, genau nach Vorschrift.« Die Erleichterung, keinen Fehler gemacht zu haben, war ihm anzumerken.

»Und?«

»Ich wurde verständigt, dass sie am ersten Juni zwangsvorgeführt wird«, sagte Bergmeister mit strahlendem Lächeln. »Alles streng nach Vorschrift.«

»Was haben Sie damals feststellen können?«

Verwundert schaute Bergmeister den Polizisten an. »Gar nichts. Sie ist nie wieder bei mir gewesen.«

»Wie bitte?« Kern war sichtlich irritiert.

»Herr Kern«, sagte Bergmeister eindringlich, »hören Sie mir eigentlich zu? Sie war nicht bei mir. «

»Aber sie ist doch abgeführt worden!«

»Ja, das mag sein, aber sie ist nie bei mir gelandet.«

»Sondern wo?«

Bergmeister vertiefte sich erneut in seine Unterlagen. »Ah ja, da ist es ja. Ich wurde vom Büro des Polizeipräsidenten informiert, dass sich die ärztliche Kontrolle erübrigt hat und das Weitere über das Präsidentenbüro laufen werde.«

»Darf er das denn? Er ist doch kein Arzt?«

Dr. Bergmeister konnte sich ein schelmisches Lächeln nicht verkneifen. »Ich bitte Sie! Er ist der Polizeipräsident. Ich gehe schon davon aus, dass er das darf.« Er klappte die Akte wieder zu. »Vielleicht zählt der Herr Präsident ja zum illustren Kreis ihrer Kunden?« Er sah Kern besorgt an. »Gütiger Himmel, Sie sehen aus, als hätten Sie soeben ein Gespenst gesehen.«

»Ich ... ich bin etwas übernächtigt.« Kern war immer noch außer sich.

»Fragen Sie doch einfach Ihren Vorgesetzten.«

Kern unterdrückte die aufkeimende Wut. Trotzdem lief sein Gesicht rot an. »Bitte entschuldigen Sie, jetzt erinnere ich mich, dass dies der Polizeipräsident ganz kurz erwähnt hatte. Ich hatte es schlicht vergessen.« Er ignorierte geflissentlich den zweifelnden Blick seines Gegenübers. »Darf ich noch ein paar Minuten Ihrer Zeit stehlen? Eine kurze Nachhilfestunde über die Syphilis?«

»Fragen Sie, Herr Inspektor, fragen Sie. Ich helfe gerne. Momentan grassiert sie ja wieder unheimlich. Da ist es schon sinnvoll, wenn sich die Polizei ein wenig fortbildet. Wir sehen ja nur einen Bruchteil der Erkrankten.« Er warf seinem Gast einen gönnerhaften Blick zu. »Also ich würde derzeit einen Puff meiden wie der Teufel das Weihwasser.« Die Pendeluhr schlug und Bergmeister schrak auf. »Ich muss aber ein bisserl auf die Zeit schauen.«

Kern nickte. »Ich werde mich kurzfassen. Kann man Syphilis haben, ohne dass man davon etwas bemerkt?«

Bergmeister lehnte sich zurück und legte die Fingerspitzen beider Hände aneinander. »Leider ja. Die Syphilissymptome bilden sich nach einer gewissen Zeit vollständig zurück. Manche scheinen danach geheilt zu sein, denn sie haben nie wieder Probleme. Bei anderen tritt sie nach ein paar Monaten oder Jahren wieder auf. Wir nennen diese symptomlose Zwischenphase die Lues latens.«

»Und da gibt es nichts, was darauf hinweisen könnte?«

»Nichts. Der Betreffende ist vollkommen gesund. Oder glaubt das zumindest.«

»Kann er in dieser Zeit jemanden anstecken?«

»Aber natürlich. Das syphilitische Gift ist ja da.«

»Aber man muss doch wissen, ob man krank war.«

»Man müsste schon ein außergewöhnlicher Depp sein, wenn man die Erstsymptome falsch interpretiert. Aber viele wollen es gar nicht wissen oder verdrängen es. In der Lues latens weiß keiner, ob sie wiederkommt oder nicht.«

Kern legte seine Stirn in Falten. »Was ist ein klassisches Erstsymptom?«

»Es ist immer das syphilitische Geschwür, der sogenannte Schanker, klassischerweise dort, wo man mit dem Virus zuerst in Berührung kommt, also an den Geschlechtsorganen, aber auch im Gesicht. Schon ein kleiner Schnitt mit dem Rasiermesser eines Luetikers reicht dafür aus. Schon haben sie den Schanker im Gesicht, ohne jemals mit einer Infizierten verkehrt zu haben. Es ist eine tückische Seuche.«

»Und wenn man das Geschwür herausschneidet, kann man dadurch jemanden heilen?«

Bergmeister atmete hörbar durch. »Ich halte das für unseriös. Die Ergebnisse der Operation sind alles andere als überzeugend. Viele Patienten werden ja auch von allein wieder gesund. So ein günstiger Spontanverlauf könnte eine Heilung durch eine Operation vortäuschen.«

»Also könnte jemand, dem das Geschwür entfernt wurde, seine Partnerin anstecken, obwohl er keine Symptome hat?«

»Genau. Die Operation nutzt ehrlich gesagt einen feuchten Tinnef.«

»Aber warum wird sie dann durchgeführt?«

»Manche Kollegen sind recht gewinnorientiert.«

»Und die korrekte Behandlung?«

»Quecksilber in allen erdenklichen Formen, nichts für schwache Nerven. Wenn man die Syphilis überlebt, dann bringt einen die Therapie um. Na ja, ganz so schlimm ist es nicht.«

»Kennen Sie den Begriff Guajak?«

Der Arzt stutzte. »Das hat man im sechzehnten Jahrhundert gemacht. Vollkommen sinnlos, aber damals ein Riesengeschäft. Mit den Gewinnen haben die Fugger eine Bank gegründet und unser Kaiserhaus finanziert, zumindest damals. Man könnte beinahe sagen, dass das Reich seine Existenz der Syphilis verdankt.« Er lächelte verschmitzt. »Das wird der Kaiser gar nicht gerne hören.«

»Was ist Guajak?«

»Das Holz eines Baumes aus Amerika. Die Majas haben den Rindenextrakt zur Behandlung der Syphilis eingesetzt.«

»Wird also heute nicht mehr verschrieben.«

Bergmeister lachte kurz. »Da könnten Sie genauso gut eine schwarze Katze bei Neumond schlachten und ausweiden.«

Kern erhob sich und reichte Bergmeister die Hand. »Vielen Dank, Herr Doktor, Sie haben mir sehr geholfen.«

Bergmeister drückte Kerns Hand und setzte wieder sein knabenhaftes Lächeln auf. »Aber gern Herr Inspektor, und grüßen Sie unbekannterweise den Herrn Präsidenten von mir.«

»Oh ja, das werde ich ganz sicher«, erwiderte der Sonderermittler grimmig. Danach flüchtete er ins nächste Kaffeehaus. Bei einem Einspänner zückte er sein Notizbuch und schrieb nieder, was er bei Dr. Bergmeister erfahren hatte. Dann ging er seine Notizen noch einmal durch. Die Erkenntnis war niederschmetternd. Fanni war am 1. Juni, acht Tage vor ihrem Tod, bei Marx gewesen. Was hatten sie besprochen? Marx, das größte Rätsel von allen. Wie viele Geheimnisse verbarg er noch vor ihm?

»Du Drecksau«, murmelte er leise. »Mich kriegst du nicht dran. Du wirst noch blöd schauen, wenn ich dich erst zu Fall bringe.« Und wenn sich Rada in der Phase der Lues latens befand, konnte auch er die Matzner angesteckt haben.

Kapitel 13
Modritzky

Was kümmerten ihn jetzt noch Marx' Vorschriften? Jetzt, da er die Briefe hatte, konnte er Rosi zumindest den Weg ersparen. Die Adresse des Grafen stand auf den Kuverts. Er versprach sich nicht viel davon, aber es bereitete ihm einfach Genugtuung, Marx' Verbot zu überschreiten.

Modritzky wohnte in der Auhofstraße 15 im Vorort Hietzing. Der Fiaker, ein zweispänniger Landauer mit klappbarem Verdeck und gefederten Rädern, kostete 2,50 Gulden, ein kleines Vermögen. Die Fahrt dauerte eine knappe Stunde.

Um sich abzulenken, nutzte Kern die Zeit und steckte jeden Brief zurück in das entsprechende Kuvert. Dabei fiel eine Rechnung heraus. Kern überflog sie und las *Abführmittel Phenophtalein.* Er zerknüllte sie und stopfte sie in die Tasche seines Gehrocks. Dann vollendete er seine Arbeit.

Durch die Vororte Mariahilf und Sechshaus, wo halbnackte Kinder barfuß auf unbefestigten Straßen spielten, führte der Weg über den Wienfluss in die Schönbrunner Hauptstraße. »Jetzt sind wir mit dem Abschaum durch, der Herr. Da kann man die Gegend schon genießen, bei die reichen Herrschaften«, sagte der Kutscher in breitem Wiener Dialekt, hielt kurz an und klappte die Abdeckung nach hinten. »So eine Fuhre hab ich selten! Die in Hietzing haben ihre eigenen Kutscher.«

Der Fiaker folgte dem Wienfluss und zog langsam am Schloss Schönbrunn vorbei. Voller Ehrfurcht betrachtete

Kern den Kaisersitz. Auch wenn er den Ausbau Wiens kritisierte, seine Majestät blieb für ihn sakrosankt. Die vergoldeten Adler an den Spitzen der Obelisken am mächtigen Gittertor glänzten in der nachmittäglichen Sonne. Dahinter erstreckten sich der weitläufige Schlosshof mit den prachtvollen Blumenbeeten, den Nebengebäuden und dem Schloss.

An der Penzinger Brücke bogen sie links in die Hetzendorfer Straße, die entlang der westlichen Grenze des Schlossparks verlief. Am Standbild des Erzherzogs Maximilian von Mexiko ging es nach rechts in die Hauptstraße. Zweihundertfünfzig Meter weiter zweigte die Auhofstraße ab.

Hietzing war ein kleines Dorf am Rande Wiens, eingebettet in die Ausläufer des Wienerwalds. Die Nähe zum kaiserlichen Schloss hatte es zu eine der gefragtesten Sommerfrischen gemacht, wo Hochadel, Fabrikanten und Geschäftsleute ihre Landsitze besaßen. Nach dem Getöse und Lärm der Innenstadt herrschte hier draußen eine geradezu paradiesische Ruhe, die nur vom Gezwitscher der Vögel gestört wurde. Es gab keine Hundekarren, keine Lastfuhrwerke, kein Geschrei, keine Pferdetramway, keine Stellwagen.

Einsam rollte der Landauer durch die schmalen Gassen, deren Stille durch das Geklapper der Hufe und das Gepolter der Räder zerrissen wurde. Ein Kindermädchen in bunter, mährischer Tracht schob einen Kinderwagen durch die grüne Idylle. Kern schenkte ihr ein freundliches Lächeln und nahm dankbar die Ruhe und die Gerüche der Natur in sich auf.

Die Villa Modritzky, ein zweistöckiger Bau mit zwei verspielten spitzen Türmchen, lag gut verborgen zwischen knorrigen Eichen, Linden und Kastanienbäumen. Eine dichte Hecke schirmte den Besitz von neugierigen Blicken ab. Die Äste der Bäume ragten weit über die geschwungenen Spitzen des schmiedeeisernen Zauns hinaus. Das dichte Blätterwerk zersplitterte das Sonnenlicht zu schillernden Strahlenbündeln und zauberte ein fantasievolles Lichtmuster auf das Trottoir.

Modritzky hatte sich nach dem Tod seiner Gemahlin hierher zurückgezogen, um seinen Lebensabend in der Nähe Wiens zu verbringen. Es war eines seiner kleineren Anwesen. Die großen Güter in Böhmen waren bereits an seinen ältesten Sohn übergegangen. Um auch seinen zweiten Sohn mit standesgemäßen finanziellen Mitteln auszustatten, waren einige Besitzungen verkauft worden, denn der Graf traute seinen Kindern nicht zu, aus eigener Kraft Wohlstand zu bewahren, geschweige denn zu erlangen.

Als der Fiaker vor dem Gartentor seine Pferde zügelte, hockte der Graf gerade auf einem Bänkchen im Schatten eines gewaltigen Lindenbaums und schlürfte andächtig Tee aus einer Tasse feinsten chinesischen Porzellans. Um ihn herum wucherten dichte Ribisel- und Himbeersträucher. Seine Erlaucht liebte vermutlich den Geschmack frischen Obstes.

Das Quietschen der Räder, das Schnauben der Pferde und die Rufe des Fiakers brachen wie ein Donnerwetter in die ländliche Idylle und schreckten den Alten aus seiner nachmittäglichen Lethargie. Als er den ungebetenen Besucher am Tor erspähte, sprang er mit erstaunlicher Behändigkeit auf und winkte seinen Kammerdiener, der soeben im Garten erschienen war, zurück.

Kerns Herz begann zu klopfen, als er den Grafen höchstpersönlich zum Tor laufen sah. Wenzel Graf von Modritzky war groß und ziemlich beleibt, eine imposante Erscheinung, Aristokrat vom Scheitel bis zur Sohle. Er trug einen maßgeschneiderten, perfekt sitzenden weißen Nadelstreifanzug. Das dichte, schneeweiße Haar war im Nacken zu einer Welle gekämmt, der makellos gepflegte Schnurrbart elegant geschwungen. Auch an der kantigen Kinnpartie wucherte ein vorwitziges Bärtchen. Aus unerfindlichen Gründen hatten die buschigen Brauen ihre schwarze Farbe behalten. Mit dunklen, stechenden Augen musterte er interessiert den ungebetenen Gast.

Für Kern war es die erste persönliche Begegnung mit einem Mitglied des Hochadels, eine Welt, die ihm so unbekannt war wie die Oberfläche des Mondes. Vor lauter Nervosität war sein Mund staubtrocken. Er nahm seinen Hut ab und verbeugte sich übertrieben höflich. »Eure Durchlaucht, bitte untertänigst um Verzeihung, dass ich so unangemeldet Ihre verdiente Nachmittagsruhe störe«, sagte er mit zitternder Stimme.

»Tun Sie sich nichts an, junger Mann!«, erwiderte der Graf freundlich im typisch wienerischen, singenden Tonfall, der ein wenig an ein Streichquartett von Mozart erinnerte und dabei einen zarten Hauch von Ironie und Augenzwinkern mitschwingen ließ. »Ein alter Mann wie ich freut sich über jeden Besuch. Wo drückt der Schuh?«

»Eine in höchstem Maß vertrauliche Angelegenheit, Durchlaucht!«

»Nanana, so geheimnisvoll?«, Modritzky lächelte verschmitzt. »Setzten Sie sich zu mir aufs Bankerl, Herr ...«

Kern hieß den Kutscher warten und folgte dienstbeflissen. »Kern. Leopold Kern! Bitte untertänigst um Entschuldigung, dass ich nicht gleich ...«

»Regen Sie sich ein bisserl ab.« Der Graf wies in Richtung der kleinen Sitzgruppe, wo er seinen Tee genossen hatte.

»Danke, Durchlaucht, dass Sie mir die Ehre erweisen ...«

Modritzky nahm wieder Platz und bot Kern einen freien Stuhl an. Während sich der Ermittler umständlich setzte, öffnete seine Erlaucht den mit prachtvollen Intarsien verzierten Deckel einer aus feinstem Rosenholz gefertigten Zigarrenkiste, hob eine dicke Zigarre zur Nase und beschnüffelte sie liebevoll. »Im Übrigen heißt es Erlaucht, nicht Durchlaucht. Eh nur blöde Titel. Für nichts gut. Jetzt sagen Sie schon, was Sie zu mir führt.« Seine dunklen Augen blitzten interessiert auf. Es war eine willkommene Abwechslung in seinem gemächlichen Alltag.

Der Kammerdiener erschien in schwarz-goldener Livree. Er sah weitaus bescheidener aus als Radas Lakaien, wie Kern fand. Der Diener riss ein langes Streichholz an und hielt es an das Zigarrenende. Modritzky sog ein paar Mal daran, und die Flamme schoss in kleinen Feuerstößen in die Höhe. Schließlich blies er den Rauch genießerisch in die Luft und lehnte sich zurück. »Johann, bring noch ein Gedeck für den Herrn Kern.«

Der Sonderermittler war von der entgegenkommenden Zutraulichkeit des Aristokraten vollkommen überrumpelt. Hastig förderte er die Briefe zutage und präsentierte sie mit zitternden Händen. »Für Sie.«

Modritzky furchte seine Stirn, in seinen Augen schimmerte plötzlich tiefe Trauer. Die freundliche Stimme schlug blitzartig um. Er klang nun sachlich und reserviert. »Wie viel?«

»Ich verstehe nicht ...?«, fragte Kern irritiert.

»Ich zahle jeden Preis, vorausgesetzt Sie garantieren ihre Vollständigkeit und dass keine Abschrift davon existiert.«

»Erlaucht, ich bitte Sie. Ich will kein Geld!«

Der Graf lehnte sich zurück und zog nachdenklich an seiner Zigarre. Seine dunklen Augen durchbohrten Kern. »Fast bereue ich es, Sie hereingelassen zu haben.«

Johann servierte frischen Tee. Kern stand auf, legte das Päckchen mit übertriebener Vorsicht in Modritzkys Schoß und setzte sich wieder. »Nehmen Sie sie einfach.« Ein wenig hölzern griff er nach der dampfenden Tasse und nahm drei Löffel Zucker. Seine Finger zitterten immer noch leicht.

Modritzky zog hastig an der Zigarre, spitzte die Lippen und blies den Rauch langsam zum Himmel. Er neigte den Kopf zur Seite. »Wir kennen uns nicht einmal! Sie sind doch nicht hier, um einem alten, einsamen Mann ein Geschenk zu machen?«

Kern zog beide Schultern hoch. Dankbar spürte er, wie seine Aufregung langsam abzuklingen begann. »Eigentlich schon. Ich habe sie nicht einmal gelesen«, log er.

Der Graf legte das Päckchen vor sich auf den Tisch. »Woher haben Sie sie?«

»Aus ihrer Wohnung. Ich habe sie nach ihrem Tod durchsucht und bin dabei darauf gestoßen.«

»Wo genau haben Sie sie gefunden?«, fragte der Graf lauernd.

»In einem Geheimfach im Boden ihres Schlafzimmers.«

Der Graf musterte seinen Gast schweigend. »Das kommt hin«, sagte er schließlich. »Sie hat mir ihr Versteck gezeigt. Sie sagen die Wahrheit.« Erneut trat eine Pause ein, die Kern unendlich lang erschien. Unerfahren im Umgang mit einer so hochgestellten Persönlichkeit, fühlte er sich unwohl und wagte nicht, das Gespräch von sich aus fortzusetzen. Irgendwie meinte er, warten zu müssen, bis ihm das Wort erteilt wurde. Schließlich erlöste ihn der Graf von seinen Leiden. »Entweder sind Sie unglaublich dumm oder unglaublich schlau. Ich bin mir da nicht so sicher.«

Endlich von der Last des Schweigens befreit, wurde Kern deutlich ruhiger. Er wagte sogar eine Antwort. »Sie können sich ja während unseres Gesprächs Ihr Urteil bilden.« Da Modritzky nicht antwortete, vielmehr darin verharrte, ihn weiter regungslos zu mustern und an seiner Zigarre zu ziehen, nahm Kern all seinen Mut zusammen und brachte sein Anliegen vor. »Erlaucht, ich wäre Ihnen dankbar, wenn Sie mir ein paar Fragen zu ihr beantworten könnten.« Geräuschvoll schlürfte er seinen Tee.

»Sie, damit meinen Sie wohl die Fanni?«

Der Sonderermittler nickte stumm.

Argwöhnisch musterte der Graf seinen Gast. »Woher das plötzliche Interesse? Sie ist tot, keiner schert sich um sie.«

»Ich schon, Erlaucht. Ich glaube, dass sie nicht freiwillig aus dem Leben geschieden ist.«

Modritzky lachte humorlos. »Darauf können Sie wetten. Was glauben Sie, warum ich den Polizeipräsidenten zu einer Autopsie gezwungen habe? Aber eine Eileiterschwangerschaft ist in ihrem Beruf nicht ungewöhnlich. So etwas überlebt man nur selten.«

»Sie haben den Herrn Präsidenten ...«

»Ohne mich wäre sie doch einfach verscharrt worden. Jetzt habe ich schwarz auf weiß, dass sie eines natürlichen Todes gestorben ist.«

»Und das glauben Sie?« Kern war also nicht der Einzige, der von Marx hintergangen worden war. Das machte sie womöglich zu Verbündeten.

Der Graf verzog die Lippen zu einem bitteren Lächeln. »Natürlich nicht. Ich habe einen Frauenarzt befragt. Fanni hätte die Zeichen einer Schwangerschaft bemerken müssen, aber sie erwähnte nichts dergleichen. Sie wäre die erste Dirne, die nicht bemerkt, wenn sie ein ungewolltes Kind bekommt.«

»Haben Sie den Präsidenten noch einmal angesprochen?«

»Wozu? Sämtliche Beweismittel sind vernichtet. Sie wurde eingeäschert.« Er schenkte sich Tee nach. »In wessen Auftrag arbeiten Sie?«

»Darüber darf ich leider nicht sprechen«, erwiderte Kern verlegen.

Modritzky zuckte mit den Schultern. »Egal. Eigentlich könnten Sie genauso gut in meinem handeln. Ich bin fest davon überzeugt, dass man sie umgebracht hat.«

»Wollen Sie mir Ihren Verdacht erklären?«

Der Graf betrachtete versonnen, wie die Aschesäule am Ende seiner Zigarre brach und zu Boden fiel. »Es war am 8. April, dem Todestag meiner Frau. Johann und ich wollten gerade zum Friedhof aufbrechen, da kam die Fanni vollkommen verstört zu mir. Sie legte sich wie ein kleines Kind zu mir, sprachlos und verängstigt, und ich musste sie festhalten. Nach einem Glas Cognac beruhigte sie sich und erzählte mir, dass etwas Furchtbares passiert sei. Obwohl ich in sie drang, wollte sie mir nichts Näheres sagen, nur dass ich der Einzige wäre, dem sie noch vertraut. Ich bot ihr an, meine Verbindungen spielen zu lassen, aber sie schlug jede Hilfe aus. Zwei Wochen später erzählte sie mir seltsam ruhig und gefasst, dass sie an Syphilis erkrankt sei. Sie bezeichnete es als die verdiente Strafe Gottes. Ich erwiderte, dass Gott viel zu tun hätte, wenn er alle Dirnen bestrafen wollte, aber sie meinte nur, dass die Hurerei noch ihre geringste Sünde gewesen sei.« Er zog erneut an seiner Zigarre und bemerkte, dass sie ausgegangen war. Bedächtig riss er ein Streichholz an und hielt es an die Spitze, bis sie langsam wieder zu glühen begann. »Wissen Sie, Kern, wie schrecklich es ist, hilflos das Leiden eines geliebten Menschen mit ansehen zu müssen? In meiner Jugend hätte ich gleich jemanden wie Sie engagiert!« Seine Augen schimmerten feucht.

»Bitte entschuldigen Sie meine unverfrorene Direktheit, aber ich muss Sie das fragen. Sie haben sie tatsächlich geliebt?«

Seine Erlaucht blickte wehmütig in die Ferne. »Ja, das habe ich, sehr zum Missfallen meiner Söhne, die seit dem Tod meiner Frau das Familienvermögen verprassen. Sie können mir nicht verzeihen, dass ich mich immer noch nach weiblicher Gesellschaft sehne.«

»Was ist daran so schlimm?«, fragte Kern vorsichtig.

»Das müssen Sie meine Söhne fragen. Es geht hier nicht um körperliche Liebe. Ich bringe ihn ja doch nicht mehr hoch. Nicht einmal die Fanni hat es geschafft und wir haben beide darüber herzlich gelacht.« Obwohl er kicherte, spiegelte sich in seinen Augen tiefe Traurigkeit.

»Bitte verstehen Sie mich nicht falsch, aber ein Mann in Ihrer Position und mit Ihrem Reichtum kann doch jede Frau der Welt haben! Warum denn gerade eine Dirne?«

»Bei meinem Reichtum sind sie alle Dirnen«, entgegnete der Graf freundlich. »Die einen sind ehrlich und wollen das

Geld bar auf die Hand, die anderen heucheln Zuneigung. Der Endeffekt ist aber derselbe, das Geld ist weg. Da sind mir solche wie die Fanni lieber, da weiß ich, woran ich bin, und vor allem, wie viel es mich kosten wird. Eine Frage der Ökonomie. Außerdem war sie klug und sehr belesen, man konnte sich mit ihr gut unterhalten. Und ich konnte mit ihr lachen. Wissen Sie, wie wenige Menschen in meinem Alter noch lachen können? Ich wollte sie um mich haben für die letzten paar Jahre, die mir noch bleiben. Darum habe ich ihr einen Heiratsantrag gemacht. Sie hätte tun und lassen können, was sie wollte, bis an ihr Lebensende.«

»Aber sie war doch unter Ihrem Stand!«

Der Graf lachte laut auf. »Und wie! Eine Mesalliance catastrophique! Man hätte sich das Maul zerrissen und mich aus den sogenannten höheren Kreisen verstoßen.« Er machte eine kurze Pause, lehnte sich zurück. »Was für eine herrliche Vorstellung«, fuhr er im Plauderton fort. »Endlich befreit von all diesen blasierten, verlogenen, langweiligen Dummköpfen. Und für meine Söhne zweifellos eine günstige Gelegenheit, mich endlich zu entmündigen. Aber«, er lächelte geheimnisvoll, »es gibt Möglichkeiten, Geld an einem sicheren Ort zu parken, unerreichbar für unersättliche Erben.«

Kern zog eine Virginier aus seiner Jackentasche. »Mit Ihrer Erlaubnis, Erlaucht?«

Modritzky öffnete seine Zigarrenkiste. »Die sind besser, glauben Sie mir. Nehmen Sie sich eine.«

Der Ermittler errötete vor Freude. »Das würde ich nie wagen, so etwas Teures habe ich noch nie in meinem Leben ...«

»Nur zu«, erwiderte der Aristokrat mit einer einladenden Geste. »Es tut mir gut, mit Ihnen über die Fanni zu reden. Sie brauchen also kein schlechtes Gewissen haben.«

Kern erhob sich und machte eine tiefe Verbeugung. »Untertänigsten Dank, Eure Erlaucht, mit Ihrer Erlaubnis ...« Zögernd ergriff er eine Zigarre mit Daumen und Zeigefinger. Er tat es mit solcher Vorsicht, als hielte er die Krone des Kaisers in Händen.

»Nun machen Sie schon«, drängte der Graf. »Ich möchte nicht an Altersschwäche gestorben sein, bevor Sie das Ding angezündet haben.« Er lehnte sich zurück und beobachtete amüsiert, wie Kern die Zigarre ehrfurchtsvoll an seine Nase hielt, sie voll Glückseligkeit beschnupperte, das Mundende abzwickte, genussvoll ableckte und endlich entzündete.

»War doch gar nicht so schwer«, sagte der Alte mit einem schelmischen Grinsen.

Als Kern den milden Geschmack des Rauchs auf seiner Zunge verspürte, schloss er genießerisch die Augen. Danach erhob er sich ein wenig linkisch und verbeugte sich noch einmal tief, um seine Dankbarkeit zu bekunden. Der Graf nickte gönnerhaft. Der junge Mann amüsierte ihn.

»Hat sie Ihren Antrag angenommen?«

»Jede andere hätte das mit Freuden getan und sich den Rada nebenbei als Liebhaber gehalten. Aber das hätte sie mir niemals zugemutet. Leider hat sie abgelehnt.« Seine dunklen Augen verloren sich in der Ferne. »Sie war ein feines Mäderl.«

Kern legte das geöffnete Notizbuch auf seinen Schoß. Der Duft der Zigarre und der Geschmack des Rauches versetzten ihn in einen Zustand höchster Verzückung. »Wie war sie?«

Das Gesicht des Grafen nahm einen verklärten Ausdruck an. »Nicht das übliche Freudenmädchen. Sie war klug, verspielt, lustvoll, zärtlich und eine hervorragende Gesprächspartnerin. Sie war einfach ... perfekt. Johann, Cognac. Zwei Schwenker!«, rief der Graf ungeduldig. Asche fiel auf seinen Anzug, und er wischte sie bedächtig weg.

Wie aus dem Nichts erschien der Kammerdiener mit dem Gewünschten auf einem silbernen Tablett. Kern erhob sich mit rotem Kopf und deutete erneut eine schüchterne Verbeugung an, während Johann großzügig einschenkte. »Eure Durch... Erlaucht sind zu gütig!«

»Schon gut.« Der Graf hielt den Schwenker ein wenig in die Höhe und betrachtete sinnierend die braun schimmernde, ölig Flüssigkeit. »Prost.« Er nahm einen kräftigen Schluck. »Guter Tropfen.« Johann verstand die unausgesprochene Aufforderung und schenkte nach. »Trinken Sie, ich habe genug davon. Das ist das Schöne, wenn man viel Geld hat. Mein Keller ist unmöglich leer zu saufen.«

Kern leerte sein Glas, schloss die Augen und gab sich dem Genuss vollkommen hin. Modritzky lachte. »Kern, Sie gefallen mir. Vielleicht hätte ich in meinem verfluchten Leben mehr mit Ihresgleichen zu tun haben sollen.« Auf einen kurzen Wink stellte Johann die Flasche auf den Tisch und verschwand.

»Rosalie Mauthner war eine Art Ziehmutter für sie. Kannten Sie sie?«

»Sie hat wenig über sie gesprochen.« In der nun vollkommenen Windstille bildete der aufsteigende Zigarrenrauch zwischen den beiden Männern stehende Schwaden, die der Graf kurz mit der Hand wegfächelte. »In den Baron war sie bis über beide Ohren verliebt. Sie hat Zukunftspläne geschmiedet, wollte eine anständige Frau werden ... Ihr Verhältnis zur Mauthner hat darunter sehr gelitten. Das hat ihr zu schaffen gemacht.« Modritzky wirkte in diesem Moment unendlich alt. Sein mächtiger Leib war in sich zusammengesunken, die dunklen Augen blickten wehmütig in die Ferne. »Ich habe sie im Stich gelassen.«

»Wenn sie Ihre Hilfe gewollt hätte, dann hätte sie Ihnen das auch mitgeteilt«, bemerkte der Sonderermittler mitfühlend, während er sich nach vorn beugte und die Asche seiner Zigarre mit einer drehenden Bewegung am Aschenbecher abstrich. »Trotz aller Liebe hat Rada sie rausgeworfen, nachdem er von ihrer Erkrankung erfahren hat.«

»Das ist doch vollkommener Blödsinn.« Modritzky schenkte sich ein weiteres Glas Cognac ein und hielt es unter seine mächtige Nase. »Sie selbst ist bei ihm ausgezogen, aus Sorge, ihn anzustecken. Er wollte ihr sogar das Geld für diese Operation geben! Aber sie hat es nicht angenommen. Von mir übrigens auch nicht.« Er beschnüffelte wie ein kleiner Hund den Rand des Schwenkers, dann trank er ihn leer. Kern machte sich Sorgen, wie viel der alte Mann vertragen mochte, wagte es aber nicht, den Grafen zur Zurückhaltung zu mahnen. Modritzky schenkte sich ein weiteres Mal nach. »Wie ich schon sagte, sie hat die Syphilis als eine Strafe Gottes gesehen. Eine Art Idée fixe.«

Kern prostete ihm zu und trank ebenfalls. »Die Frau Mauthner hat mir das genaue Gegenteil erzählt.«

Er erntete ein energisches Kopfschütteln. »Die Mauthner und der Rada waren wie Hund und Katz. Das hat sie mir selbst gesagt. Kennen Sie die Mauthner?«

Kern errötete ein wenig. »Von früher ein wenig. Ja. Soviel ich weiß, war sie für die Fanni eine Art Ersatzmutter.« Er trank hastig sein Glas leer und zog an seiner Zigarre. Der Graf ergriff die Flasche und schenkte Kern nach. Mit einem erneuten Ausdruck vollkommenen Glücks trank der Sonderermittler, behielt den edlen Tropfen lange in seinem Mund, schob ihn mit der Zunge hin und her, als wollte er sämtliche Geschmacksstoffe herausziehen, bevor er ihn endgültig hinunterschluckte. »Das ist schon etwas anderes als der ewige Slibowitz«, hauchte er dankbar.

Mit einem freundlichen Lächeln stellte Modritzky den Cognac auf den Tisch und lehnte sich wieder zurück. »Eine schöne Ersatzmutter, die ihre Tochter auf den Strich schickt. Aber vielleicht ist das in diesen Kreisen so üblich. Da möchte ich mir kein Urteil anmaßen.« Ungeduldig bohrte er die zur Hälfte gerauchte Zigarre in den elfenbeinfarbenen Onyxaschenbecher vor ihm und dämpfte sie aus.

»Was geschah nach der Operation?«, nahm Kern den Faden wieder auf.

»Rada wollte sie wieder zurückholen. Aber sie blieb standhaft. Sie war erleichtert, dass alles so schnell und gut vorübergegangen war, aber an eine Heilung wollte sie partout nicht glauben. Ihre Schuld sei zu groß, hatte sie gesagt. Das Fieber und den Hautausschlag ein Monat später bestätigten ihre Befürchtungen. Sie akzeptierte das als vorbestimmtes Schicksal.«

»Sie ist dann auch nicht mehr beim Amtsarzt erschienen.«

»Die Fanni wusste, wie die Mühlen des Gesetzes mahlen. Zwei Wochen später stand die Zwangsvorführung bevor. Noch am Vortag erklärte sie mir das alles sehr genau.«

»Laut Mauthner hatte sie große Angst davor. Sie fühlte sich erniedrigt, wie ein Stück Vieh abtransportiert und vorgeführt zu werden.«

Der Graf lachte. »Schon wieder so ein Blödsinn. Das genaue Gegenteil war der Fall. Sie war sehr ruhig, sehr gefasst. Sie sagte mir, dass sie am kommenden Tag etwas tun würde, das sie schon längst hätte tun sollen, und ich sollte ihr die Daumen drücken, damit alles so klappt, wie sie sich das vorstellt.«

Der Besuch bei Marx, schoss es Kern durch den Kopf. »Und? Hat es geklappt?«, fragte er neugierig.

»Ich weiß keine Details. Sie meinte aber, die Dinge würden sich bald wieder zum Guten wenden.«

»Wann haben Sie sie zum letzten Mal gesehen?«

»Sie war danach noch zwei Mal bei mir. Wir hielten uns bei den Händen und beobachteten die Vögel im Garten. Sie blickte ihrer Zukunft sehr gefasst ins Auge. Sie wirkte ...«, er dachte kurz nach, »... erlöst. Ja, erlöst, das ist das richtige Wort.«

»Können Sie mit auch etwas über den Baron erzählen?«

»Ein Bankrotteur! Verspekulierte das väterliche Vermögen an der Börse und erwarb dann Aktien auf Kredit. Der schwarze Freitag gab ihm den Rest. Die Proletenresidenz in der Schlösselgasse hat ihn dann endgültig ruiniert. Dem sitzen die Gläubiger im Nacken.«

»Aber sein Palais ist ...«

»Protzig«, vollendete seine Erlaucht Kerns Satz und beschrieb damit punktgenau dessen Empfinden. »Eine Seifenblase. Alles verpfändet, wenn Sie mich fragen.«

»Dieses scheußliche Bild ...«

»Fanni hat mir davon erzählt. Ein Markart. Sündteuer und völlig überbezahlt. Seitdem ihn die Kaiserin in seinem Atelier besucht hat, sind alle wie blöd auf ihn. Ich habe schon meine Gründe, warum mich meine Kreise ankotzen. Reichtum bedeutet noch lange nicht Stil.«

»Hat die Fanni von seinen Problemen gewusst?«

»Sie erfuhr es von mir. Ich riet ihr, die Finger von ihm zu lassen.«

»Auch Frau Mauthner hat sie vor dem Baron gewarnt.« Kern lehnte sich zurück, stützte seinen Ellbogen auf die Armlehne und legte das geöffnete Notizbuch in seinen Schoß.

»Ja, ja, die Mauthner«, murmelte Modritzky geheimnisvoll. »Die Fanni hat Rada lediglich gefragt, wie sie ihm helfen könnte. Für ihn hätte sie wieder zu arbeiten begonnen. Es spricht für Rada, dass er ihr Angebot entschieden zurückgewiesen hat. Er war fest davon überzeugt, bald wieder zu Geld zu kommen.«

»Und? War das so?«

»Ich weiß nur, dass er wieder seine Raten bezahlt.«

»Könnten es dunkle Geschäfte sein?«

Der Graf lächelte maliziös. »Alle profitablen Geschäfte sind dunkel.«

»Und die Fanni hat nichts darüber gewusst?«

»Nein. Sie hat ihm blind vertraut.«

Für den Augenblick war alles gesagt. Es war still, nur der Gesang der Vögel schallte durch den Garten. Kern studierte seine Notizen, rauchte genießerisch und schüttelte zwischendurch immer wieder den Kopf. Modritzky beobachtete ihn dabei, doch seine Lider waren schwer geworden, und der Schlaf drohte ihn zu übermannen. Das mächtige Haupt wackelte unmerklich, als ob es etwas zu locker auf dem Hals säße. Sein Gesicht wirkte blass und eingefallen. Kern nahm das nur am Rande wahr, vertiefte sich wieder in seine Notizen. Johann erschien. »Herr Kern, seine Erlaucht ist müde. Ich muss Sie jetzt bitten zu gehen.«

»Entschuldigung.« Kern schreckte auf. Hastig dämpfte er die Zigarre aus und leerte seinen Cognacschwenker. »Natürlich, ja, ich darf mich wieder melden?«

»Wann immer Sie wollen«, erwiderte der Kammerdiener freundlich, während er seinem Herrn behutsam aufhalf. In diesem Moment wirkte der Graf wie ein gebrechlicher Greis, alle Lebenskraft schien ihn verlassen zu haben. Er hatte beide Hände um Johanns Hals gelegt, während ihm dieser seinen Arm um den Rücken legte. So gestützt humpelte seine Erlaucht mit halb geschlossenen Augen auf wackeligen Knien in kleinen Trippelschritten in Richtung seiner Villa. Von Kern, der die beiden Zigarrenstummel vorsorglich eingesteckt hatte und sich dann durch den Garten entfernte, nahm er nicht die geringste Notiz.

Betroffen wartete der Ermittler am Gartentor, bis der Kammerdiener zurückkam. »Ist es etwas Ernstes?«, fragte er voll Sorge, und sein kleineres Auge zwinkerte unkontrolliert.

»Es ist das Herz. Er klagt immer wieder über Angina, und er verträgt weniger, als er sich eingestehen möchte. Er muss jetzt schlafen. Dann ist alles wieder gut.«

»Er hat die Fanni wirklich gemocht, nicht wahr?«

»Sie war die Tochter, die er immer haben wollte. Zu schade, dass sie so dumm gewesen ist. Sie hätte ein sorgenfreies Leben führen können.«

Kerns Augenbrauen zuckten nach oben. »Vielleicht war sie ja einfach ein anständiges Mädel?« Der Kammerdiener blieb die Antwort schuldig. »Bitte richten Sie seiner Erlaucht meine besten Genesungswünsche aus. Er hat mir sehr geholfen. Darf ich die beiden Zigarrenstummel mitnehmen? Ich würde sie zu gern zu Ende rauchen, bei einer besseren Gelegenheit.«

»Aber natürlich.« Johann lächelte. »Seine Erlaucht hat für so etwas Verständnis.«

Zu Hause schmiedete Kern Pläne für die kommenden Tage. Seine Nächte würde er wohl oder übel in den Beiseln und Branntweinschänken zubringen. Die Tage wollte er mit Recherchen über den 8. April verbringen. Vielleicht fand sich ja in den Tageszeitungen irgendein brauchbarer Hinweis. Bei Susanne Vogler musste er sich mit Geduld wappnen. Sie befand sich auf einer mehrtägigen Reise. Niemand wusste den genauen Tag ihrer Rückkehr.

Kapitel 14
Nahverhältnis

»Herr Kern, wie schön, dass Sie Zeit haben«, empfing ihn der Graf mit einem freundlichen Lächeln vier Tage später.

»Mit Ihrer gütigen Erlaubnis, Erlaucht, bin ich Ihrer Einladung gefolgt.« Das Essen bei seiner Erlaucht war der Höhepunkt der Woche, und er hatte es sich redlich verdient, wie er meinte. Nach tagelanger Recherche in Bibliotheken, Zeitungsredaktionen und einschlägigen Lokalen hatte er lediglich das Alte erhärten können, ohne Neues zu erfahren.

Sichtlich erfreut klappte der Graf seine Taschenuhr auf und sah auf das Ziffernblatt: »Und zwar pünktlich auf die Minute.«

»Das ist nicht mein Verdienst, Erlaucht.« Modritzkys Kutscher hatte ihn aus Margarethen abgeholt.

»Es gibt heute ein herrliches Backhenderl mit Petersilkartofferln und ein paar Flaschen Grünen Veltliner. Schlägt da ihr Herz nicht höher?«

Kern durchrieselte ein angenehmer Schauer: »Ich weiß gar nicht, was ich sagen soll. Haben Sie sich seit unserem letzten Gespräch erholt? Ich hatte mir große Sorgen gemacht!«

Modritzky setzte ein schelmisches Lächeln auf. »Johann! Da macht sich jemand um mich Sorgen! Du bist nicht mehr der Einzige«, rief er lachend. »Es war nichts Schlimmes. Während wir essen, müssen Sie mir unbedingt vom Stand Ihrer Ermittlungen berichten.«

Die Sonne stand hoch am Himmel. Es herrschte perfektes Wetter für ein Essen im Freien. Sie nahmen Platz. In erwartungsvoller Vorfreude stopfte sich Kern die weiße Stoffserviette in den Hemdkragen. »Seit unserem Treffen habe ich viel gearbeitet, aber die Ergebnisse sind eher mager. Es ist, als ob man gegen eine unsichtbare Wand stößt.«

»Erzählen Sie schon, ich platze vor Neugierde«, erwiderte Modritzky, während der Kammerdiener persönlich mit einem Schöpflöffel die dampfende Leberknödelsuppe aus einem großen Suppentopf aus feinstem Herend-Porzellan in die Teller goss. Danach füllte er die Gläser mit eiskaltem Weißwein.

Kern fächelte sich genießerisch den Dampf zu seiner Nase. »Ich habe die Tageszeitungen von Februar bis April durchgeackert, in der Hoffnung auf irgendein politisches oder gesellschaftliches Ereignis, das sie aus der Bahn geworfen hat.«

»Und? Sind Sie fündig geworden?«

»Nein, nichts, was eine Nobelprostituierte stören könnte.«

Modritzky nahm vorsichtig einen Löffel voll heißer Suppe. »Das können Sie so nicht beurteilen. Sie wissen doch zu wenig über sie. Manchmal haben Kleinigkeiten eine Bedeutung, die man als Außenstehender unmöglich begreifen kann.«

Kern tat es seinem Gastgeber gleich und verbrannte sich die Zunge. »Ich glaube, ich warte noch ein bisschen.« Er linderte den Schmerz mit einem großen Schluck eiskalten Grünen Veltliners.

»Aber zumindest glauben Sie mir jetzt, dass sie den Baron verlassen hat und nicht umgekehrt.«

Kern schüttelte den Kopf. »Auch darüber habe ich nachgedacht. Glauben Sie denn, dass eine so angesehene Lebedame ihrem Personal die Wahrheit erzählen würde? Sie muss doch sagen, dass die Trennung von ihr ausgegangen ist, sonst verliert sie ihr Ansehen!«

Geduldig wartete das Dienstmädchen, bis Kern seinen Suppenteller geleert hatte, und räumte ab.

»Vielleicht bei den Dienstboten, aber nicht bei mir«, erwiderte der Graf, während er interessiert seinen Kammerdiener dabei beobachtete, wie er den Hauptgang anrichtete. Die Panier des Backhuhns leuchtete goldbraun. Von den in Butter angebratenen und in zerhackter Petersilie geschwenkten Kartoffeln ging ein verführerischer Duft aus. Gewissenhaft goss Johann Grünen Veltliner nach. Seine Erlaucht bestrich sein Huhn mit etwas Sardellenpaste. »Hab ich vom Strauß Schani gelernt«, plauderte er aufgeräumt. »Schmeckt besser als Salz und Zitrone.«

»Sie kennen den Walzerkönig?«, fragte Kern entgeistert.

»Aber natürlich«, antwortete Modritzky, als ob dies die selbstverständlichste Sache der Welt wäre. »Er spielte auf der Hochzeit meines ältesten Sohnes. Ein sehr netter Mann, allerdings ein bisserl versponnen. Hat nur seine Musik im Schädel. Macht sich ständig irgendwelche Notennotizen, wenn ihm eine neue Melodie einfällt.« Er lachte. »Wahrscheinlich muss man so sein, wenn man ein erfolgreicher Musiker werden will.«

Kern hatte ebenfalls – wenn auch etwas zögernd – die braune Paste auf seine Hühnerkeule gestrichen und kostete vorsichtig. Seine Miene hellte sich auf. »Der Strauß kennt sich aus.« Er wandte sich seinen Gastgeber zu. »Ich habe auch noch versucht, ihren letzten Kunden zu kontaktieren.«

»Aber bei mir sind Sie doch schon gewesen.«

Zerstreut schüttelte Kern den Kopf, während er gewissenhaft das Fleisch vom Knochen des Hühnerbeins schnitt. »Nein, nein, da ist noch jemand.« Genussvoll zerbiss er die knusprige Panier. »Der Fürst Mitjuchin.«

Modritzky war sichtlich überrascht. »Andrej Mitjuchin? Der Militärattaché des Zaren? Das wusste ich gar nicht!«

Kern spießte eine Kartoffel auf. »Sie kennen ihn?«

Modritzky rollte missmutig die Augen und wandte sich der Hähnchenbrust auf seinem Teller zu. »In der höheren Gesellschaft ist es praktisch unmöglich, ihn nicht zu kennen. Es gibt keine Soiree, auf die er nicht geladen, keinen Ball, wo er nicht der Mittelpunkt ist. Gegen den bin ich ein armes Würschtel.«

»Er ist reicher als Sie?«

»Viel reicher.«

Die beiden aßen schweigend und in andächtiger Stille. Bald türmten sich auf ihren Tellern Häufchen abgenagter Knochen. Als er sein Mahl beendet hatte, sagte der ehemalige Polizeiagent kopfschüttelnd: »Und da draußen müssen die Menschen für einen Gulden pro Tag zwölf Stunden arbeiten.«

»Auf meinen Besitzungen ging es den Menschen damals besser, vor 1848«, erwiderte der Graf mürrisch. »Aber die Bauern wollten ja unbedingt die Freiheit. Der Liberalismus bringt nichts Gutes, das können Sie mir glauben.«

Erneut erschien das Dienstmädchen und räumte ab. Kern widerstand der Versuchung einer politischen Diskussion. »Ich wurde beim Fürsten nicht vorgelassen«, stellte er zerknirscht fest.

»Natürlich nicht. Er empfängt niemanden unter seinem Stand. Für den sind Sie nichts als ein schmutziger Fellache.«

»Er hat für die Fanni Unsummen hingelegt.«

Ein nachsichtiges Lächeln umspielte Modritzkys Lippen. »Für Mitjuchin existiert der Begriff Unsummen nicht.« Er machte eine kurze Pause und nahm einen Schluck Wein. »Der alte Gauner hat sich also die Fanni gehalten. Geschmack hat er, das muss man ihm lassen. Aber das war auch nicht anders zu erwarten. Das Beste ist für ihn gerade gut genug.«

»Wieso wussten Sie nicht davon?«

»Die Fanni war mir keine Rechenschaft schuldig.«

»Wie ist er so?«, fragte Kern neugierig.

Der Graf zuckte mit den Achseln. »Wie ein russischer Adliger eben so ist. Unermesslich reich, unermesslich herablassend und unermesslich klassenbewusst. Objektiv ein wirklich schöner Mann, äußerst gepflegt und ständig von Frauen umschwärmt. Die jungen Komtessen sind verrückt nach ihm, und die alten Gräfinnen erst recht. Was für ein Schwiegersohn! Reich UND schön!«

»Wieso wussten Fannis Dienstboten nicht von ihm? Von Ihnen wussten sie ja auch.«

»Ich war ab und zu bei ihr. Wahrscheinlich hat sie den Fürsten in seinem Domizil aufgesucht. Wenn sie jedes Mal einen Fiaker genommen hat, bleibt so etwas absolut geheim.«

Kern tippte versonnen auf seine Glatze. »Aber warum auf einmal diese Geheimnistuerei? Sie hat ja, bevor sie den Rada gekannt hat, auch nichts verheimlicht. Jeder hat gewusst, wovon sie gelebt hat, sie war eine angesehene Kurtisane. Der Fürst Mitjuchin ist eine illustre Persönlichkeit, für die man sich wahrlich nicht genieren muss. Im Gegenteil ...!«

Der Graf nickte zustimmend. »Und sein Ruf bei den Damen ist auch sattsam bekannt. Vielleicht wollte sie Rada schonen?« Er leerte das Weinglas. »Als Nachspeis gibt es eine Malakofftorte. Das passt zu dem Russen!« Kerns Augen leuchteten auf. »Eine Sache würde ich gerne von Ihnen wissen, Kern. Warum glauben Sie mir nicht, dass die Fanni den Baron hat sitzenlassen?«

»Die Mauthner behauptet steif und fest das Gegenteil.«

»Und Sie vertrauen ihr mehr?«

»Nein, ich vertraue Ihnen auch. Aber ...« Die Wendung des Gesprächs war Kern unangenehm. »Ich kenne sie von früher, und sie hat ja die Matzner praktisch aufgezogen.«

»Aber das Verhältnis der beiden war in den letzten Monaten nicht mehr so eng. Woher kennen Sie sie?«

»Von früher eben «, lautete die verlegene Antwort.

Der Graf ließ nicht locker. »Wann früher?«

»Aus der Jugend.«

»Warum weichen Sie mir aus? Kommen Sie, Kern, Vertrauen gegen Vertrauen. Ich habe Ihnen auch erzählt, dass ich die Fanni heiraten wollte, und das ist in meiner Stellung weitaus gravierender als die Liaison eines Privatdetektivs mit einer Praterfee. Hat die Mauthner Sie beauftragt?«

Kern wand sich. »Nein.«

»Was ist da zwischen Ihnen beiden?«, drängte Modritzky weiter.

»Ist das denn so wichtig?«

»Ob das wichtig ist?«, entgegnete der Graf zunehmend aufgebracht. »Natürlich ist das wichtig. Sie kommen in mein Haus und fragen mich die intimsten Dinge aus meinem Privatleben, die niemand sonst auf dieser Welt kennt, außer dem Johann. Da ist es doch nur legitim, dass ich etwas über Sie wissen will!«

»Wir wollen doch beide den Mörder von der Fanni fangen, oder?«, versuchte Kern seinen Gastgeber zu beschwichtigen. »Ihr Privatleben ist für die Klärung des Mordes von eminenter Bedeutung. Sie kenne die Fanni besser als die meisten anderen. Mein Privatleben hat doch damit gar nichts zu tun.«

»Ich teile Ihre Meinung ganz und gar nicht«, entgegnete Modritzky barsch. »Wenn Sie eine gemeinsame Vergangenheit mit einer Hauptzeugin haben, spielt das sogar eine sehr wichtige Rolle. Ich spreche Ihnen in diesem Fall schlichtweg die Objektivität ab. Sie sind offensichtlich nicht in der Lage, die Hintergründe zu erhellen, die deren Aussage beeinträchtigen könnten. Wer garantiert Ihnen denn, dass es nicht die Mauthner selbst gewesen ist, die die Fanni hat umbringen lassen?«

»Das ist doch vollkommen absurd! Warum sollte sie?«

»Das herauszufinden wäre Ihre Aufgabe!«

»Nein, nein, da liegen Sie vollkommen falsch. Ich bin ein erfahrener Ermittler und weiß solche Dinge sehr wohl zu trennen. Und im Übrigen erfahre ich durch meine Bekanntschaft mit Frau Mauthner Dinge, die mir niemand sonst erzählen würde.«

»Also sehr wohl ein Nahverhältnis«, konstatierte der Graf trocken. »Vielleicht erfahren Sie ja nur die Dinge, die Sie erfahren sollen.« Er lehnte sich zurück. »Adieu«, sagte er mit einer wedelnden Handbewegung. »Das Essen ist beendet. Sie brauchen auch nicht mehr wiederzukommen. Ich sehe überhaupt nicht ein, Ihnen weiter mein Vertrauen zu schenken.«

Kern war vollkommen überrumpelt. Betreten erhob er sich und machte eine tiefe Verbeugung, doch seine Erlaucht blickte ostentativ weg. Johann erschien und geleitete ihn zur Tür. »Sie machen einen großen Fehler«, sagte der Kammerdiener freundlich.

»Ich kann nicht darüber reden. Es geht nur mich etwas an«, versuchte sich Kern zu rechtfertigen.

»Durchaus nachvollziehbar. Wenn Sie sich aber seine Worte noch einmal in Erinnerung rufen wollen, dann müssen Sie sehr wohl zugeben, dass er recht hat. «

»Haben Sie etwa gelauscht?«

Johann lächelte freundlich. »Nein, natürlich nicht. Ich wollte gerade nachsehen, ob wir das Dessert servieren können und habe daher rein zufällig die letzten Worte Ihrer Unterredung gehört. Sie müssen wissen, dass seine Erlaucht und ich sehr lange über Sie gesprochen haben. Ich weiß genau, was seine Erlaucht bewegt, und auch, dass er Sie heute ein wenig zur Rede stellen wollte. Das Ergebnis ist alles andere als erfreulich. Ganz ehrlich, Herr Kern, Ihre Objektivität ist für einen Außenstehenden durchaus anzuzweifeln.«

»Das müssen Sie schon mir überlassen«, erwiderte Kern ein wenig verschnupft. »Ich weiß, wie ich mit meiner Vergangenheit umgehe. Und selbst wenn ich nicht objektiv wäre, was kümmert es ihn. Er ist nur Zeuge, mehr nicht. Warum fragt er danach?«

Der Kammerdiener lächelte wissend. »Weil er genauso sehr wie Sie wissen will, wer das Fräulein Matzner umgebracht hat. Er will einen Vertrauensbeweis von Ihnen. Sein Glaube an Ihre Fähigkeiten ist jetzt erst einmal ziemlich ramponiert. Seine Erlaucht ist ein alter Mann, aber sein Verstand funktioniert immer noch messerscharf.«

»Aber mit einem Polizisten kann man doch auch nicht ...«

»Sie sind aber kein Polizist. Streng genommen müsste er mit Ihnen überhaupt nicht reden. Dafür hat er Ihnen schon ziemlich viel anvertraut.«

»Ich hätte für die Briefe weiß Gott was verlangen können.«

»Ein guter Punkt, Herr Kern, ich werde es seiner Erlaucht gegenüber zu gegebener Zeit erwähnen.« Er blickte Kern in die Augen. »Sie sollten Ihre Haltung trotzdem überdenken. Seine Erlaucht ist ein unschätzbarer Verbündeter.«

Modritzkys Kutsche brachte ihn zurück in die Stadt. In dem starken Verkehr dauerte die Fahrt eine gute Stunde, genügend Zeit zum Grübeln. Der unsanfte Hinauswurf hatte Kern verletzt. Er fühlte sich im Stich gelassen. Gerade jetzt, wo sich immer mehr abzuzeichnen begann, dass Marx mit gezinkten Karten spielte, war er auf die Unterstützung seiner Erlaucht angewiesen.

Natürlich musste er berücksichtigen, dass Radas und Modritzkys Aussagen übereinstimmend Rosi widersprachen und sie – zumindest den Gesetzen der Logik folgend – vorerst Lügen straften. Dennoch vermochte er nicht über seinen Schatten zu springen. Immerhin war sie von ihrer Krankheit schwer gezeichnet. Auch wenn es gut möglich war, dass sie manches schlichtweg falsch interpretierte, konnte er ihre Aussagen nicht einfach ausblenden. Und da war noch etwas anderes, viel Schwerwiegenderes. Dass Fanni Matzners Tod ihn und Rosi wieder zusammengeführt hatte, war für ihn mehr als nur ein Zufall. Es war der Beweis, dass ihre beiden Schicksale eng miteinander verflochten waren. Es war seine Bestimmung, für sie in der schwersten Zeit ihres Lebens da zu sein, und nichts durfte ihre enge Bindung gefährden.

Kapitel 15
Überraschungsangriff

Er ließ sich von Modritzkys Kutscher direkt in die Kolingasse bringen. »Kommen Sie nur herein, Herr Kern. Die Gnädige schlaft gerade«, empfing ihn Carla. »Vielleicht wollen Sie sich zu mir in die Kuchel setzen? Ich stell ein Wasser für einen Kaffee zu.«

»Das ist aber nicht nötig«, erwiderte Kern ein wenig schüchtern, obwohl er nichts lieber getan hätte, denn er fühlte sich einsam. »Nur wenn es keine Umstände macht. Ich will natürlich nicht stören. Du hast sicher viel Arbeit.«

»Ich bitt Sie! Sie schauen mir wieder einmal danach aus, als ob Sie einen starken Kaffee brauchen könnten«, erwiderte das Dienstmädchen mit warmherzigem Blick.

Er setzte sich an den kleinen Küchentisch und sah ihr dabei zu, wie sie Holz nachlegte und Wasser aufstellte. Kern ertappte sich dabei, wie er sie anstarrte, wie er sich plötzlich nach menschlicher Wärme und Geborgenheit sehnte. Carla fühlte seine Blicke und lächelte ihm auffordernd zu, doch der Ermittler blieb wie angewurzelt sitzen. Lediglich ein hilfloses Lächeln brachte er zustande, während sie den Kaffee aufgoss. »Häferl oder Schale?«

»Häferl bitte, mit Milch und Zucker.«

»Ich weiß das noch vom letzten Mal. Wollen's was zum Essen? Ich kann Ihnen was warmmachen.«

»Vielen Dank, ein Kaffeetscherl ist genau das, was ich brauche.«

Sie stellte die dampfende Tasse vor ihn hin und setzte sich dazu. »No? Heute schauen Sie mir ein bisserl traurig aus der Wäsch. Was für eine Laus ist Ihnen denn über die Leber gelaufen?«

Vorsichtig nippte er an der heißen Flüssigkeit. »Ach, nix.« Er stellte die Tasse wieder zurück. Wie zufällig berührte er dabei ihre Hand, und da sie nicht zurückwich, ließ er die seine liegen und sah in ihre dunklen Augen.

»Ich glaub, Ihnen tät ein bisserl Vergnügen guttun«, sagte sie mitfühlend und strich sanft über seine Finger.

»Ich weiß nicht ...«, antwortete er steif. »Ich ...«

»Ich schon.« Ehe er etwas erwidern konnte, wanderte ihre Hand zwischen seine Beine. Sie hatte Übung. Kern war vollkommen überrumpelt. »Und? Ist das schön?«

»Ja, schon«, erwiderte er wie ein Schulbub, der soeben im Begriff war, seine erste Erfahrung zu machen.

»Überraschungsangriffe sind doch am schönsten, gell?«, flüsterte sie mit einem anzüglichen Grinsen hinzu und begann, zärtlich an seinem Ohrläppchen zu knabbern.

»Jesus Maria,« stöhnte er »da hab ich noch ein Wort mitzureden.«

Doch Carla ließ sich nicht beirren. Zielstrebig öffnete sie seine Hose und befreite sein prall erigiertes Glied. »Gar nichts hast du mitzureden. So ein Prachtstück kann man doch nicht verkommen lassen«, flüsterte sie und leckte sein Ohr. Dann hob sie ihren Rock. Sie trug darunter nichts, außer ihre Strümpfe. »Und? Gefallt dir, was du da siehst?«

»Aber die Rosi ...«, stammelte er.

»Die hat schon das letzte Mal wollen, dass ich dich vögel. Aber nicht hier in der Kuchel.« Sie ergriff seine Hand und zog ihn in das kleine Gästezimmer, in dem er zuletzt geschlafen hatte ...

Leopold Kerns Äußeres entsprach vielleicht nicht dem männlichen Schönheitsideal, aber es wäre ein Fehler gewesen, ihn allein danach zu beurteilen, denn er wusste sehr gut, wie man eine Frau glücklich macht, und Carla erwies sich als hervorragende Gespielin. So vergnügten sie sich eine ganze Stunde lang, ehe sie ermattet nebeneinander dalagen.

»Na Servus, du hast mich ja zu einem Packel zusammengeschoben, Herr Inspektor.« Sie grinste.

»Lass den Inspektor weg. Ich bin der Leo.«

Sie lachte. »Servus Leo.«

Er atmete tief durch. »Servus Carla. Ich hoffe, die Rosi ist jetzt nicht beleidigt. Bin ich etwas schuldig?«

»Das geht aufs Haus. Der Gnädigen ist das nur recht. Ich glaub, sie mag dich.«

Sie wollte aufstehen, doch da tat Kern etwas, das sie einen Augenblick lang erstarren ließ. Er legte den Arm um sie und zog sie an sich. »Geh, bleib a bisserl bei mir.«

»Willst du noch einmal?«, fragte sie mit gespieltem Erstaunen.

»Ich will einfach mit dir daliegen. Ist das so schlimm?« Er begann, ihre langen schwarzen Haare zu streicheln.

»So was hat noch nie einer zu mir gesagt«, erwiderte sie ungläubig. »Ich bin doch nur ...«

»Du bist ein wunderschönes Mäderl, mit dem ich einfach nur ein bisserl schmusen will«, fiel er ihr ins Wort. Es war eine Nähe, die sie offenbar nicht kannte, von der sie nicht wusste, wie sie damit umgehen sollte. Zögerlich legte sie ihren Kopf auf seine Schulter, und als er begann, ihren Rücken zu streicheln, zuckte sie unwillkürlich zusammen. Es schien, als müsse sie sich dazu zwingen, die ungewohnte Zärtlichkeit über sich ergehen zu lassen, doch dann schloss sie einfach die Augen. Und bald sog sie die Wärme seiner Berührung sichtlich in sich auf, schmiegte sich an ihn und gab sich ihrer beider Geborgenheit hin.

»Und? Schlimm?«, flüsterte er irgendwann.

»Nein. So was hat halt noch nie einer mit mir gemacht.«

»Dann wird's aber Zeit.«

Er merkte, dass sie nicht recht stillliegen konnte. Nach einer Weile sagte sie: »Macht dir das nix, dass ich auf den Strich geh?«

»Nein. Geht das Geschäft gut?«

»Ich kann nicht klagen. Sind auch recht vornehme Herren dabei, ein bisserl überwuzelt, aber geil halt. Da muss ich mich nicht viel anstrengen. Da reicht's, wenn ich denen meinen nackerten Hintern hinhalt, dann sind die schon hin und weg.«

»Das war ich auch«, lachte er. »Dieser kurze Rock ...«

»Der ist mein Markenzeichen. Aber die Alten brauchen ewig, bis er ihnen steht. Das sind nicht solche Stiere wie du.«

»Ist doch leicht verdientes Geld!«

Sie setzte sich auf und sah ihn ernst an. »Ich mach das wirklich nur wegen dem Geld, Leo. Das macht mir keine Freude, ehrlich. Aber ich will kein Fabrikmadel sein, verstehst du das?«

»Die Wenigsten machen das aus Freude. Sei froh, dass du bei der Rosi bist. Sie ist mit Sicherheit eine angenehme Dienstgeberin.« Er drückte sie sanft zurück in seinen Arm. »Darf ich jetzt weiterstreicheln?«

»Gern«, sagte sie und drehte ihm ihre Schulter in der Erwartung zu, dort liebkost zu werden.

Erst jetzt bemerkte er die verblassten, kaum sichtbaren Narben, die in kreuz und quer verlaufenden Linien ihren gesamten Rücken überzogen. »Was ist dir denn da passiert?«, fragte er erschrocken. »Das sieht ja aus wie Peitschenhiebe.«

»Richtig geraten«, erwiderte sie, und es schien ihr nicht das Geringste auszumachen, dass er sie darauf ansprach. »Ist schon lange her.« Sie drehte sich zu ihm und sah ihm direkt in die Augen. »Ich hatte keine schöne Kindheit. Können wir es dabei bewenden lassen?«

Kern nickte verständnisvoll. »Natürlich, entschuldige bitte.«

»Weitermachen«, forderte sie lächelnd. Er griff die Einladung sofort auf und bemerkte amüsiert, wie sich ihre Nackenhaare aufstellten. »Ich komm aus der Bocche die Cattaro in Dalmatien«, fuhr sie fort. »Bei den Morlaken hat man es als vorlautes Mädchen nicht leicht. Dafür bin ich Einiges gewöhnt.« Es widerstrebte ihm nachzuhaken, also schwieg er. »Bist du wirklich der Hurenpoidel?«, fragte sie schließlich.

»Ja, der bin ich.«

»Und wieso kommst du gerade jetzt? Der Gnädigen geht's doch schlecht. Obwohl die Ärzte sagen, es kann noch lange dauern.«

»Ich muss ein paar Fragen über den Tod der Matzner Fanni klären. Es geht um die Erbschaft. Sie hat ja recht viel hinterlassen. Wir suchen nach Angehörigen, und die Rosi kennt sie doch gut.«

»Die hat aber niemanden gehabt. Das weiß ich.«

»Wie war sie so, die Fanni?«

Erschrocken wich Carla zurück: »Willst du mich ausfragen?«

Kern setzte sich auf und zog sie wieder sanft zu sich. »Das ist doch Blödsinn. Letztlich arbeite ich für einen Tote. Da ist es doch nur verständlich, dass ich wissen will, wie sie so gewesen ist.«

Carla schmiegte sich an ihren neuen Liebhaber, und ihre Augen begannen träumerisch zu glänzen: »Sie war wunderschön. So wie jede ausschauen möchte. Wie eine Märchenfee. Und diese Augen ...«

»Was für ein Mensch war sie?«

Grüblerisch legte die junge Frau die Hand auf den Mund. »Ich bin ja noch nicht so lang da. Zum ersten Mal hab ich sie im Februar gesehen. Da hab ich Kaffee serviert, und die Frau Rosi hat mich ihr vorgestellt. Sie war sehr nett zu mir, als ob wir Freundinnen wären. Eine sehr vornehme Frau, sagenhafte Kleider, und wie sie gerochen hat! So ein Parfum kann sich unsereins nie leisten. Ich hab ihr gesagt, dass sie mein Vorbild ist. Da hat sie nur gelacht und mir zehn Gulden zugesteckt.«

»War der Rada dabei?«

»Der Baron?« Sie klang überrascht. »Der und die Gnädige waren wie Hund und Katz aufeinander. Der war nie da.«

»Aber die Rosi und sie waren doch enge Freunde?«

Carla lachte. »Eher enge Feinde, tät ich sagen.«

»Woran hast du das gemerkt?«

Sie dachte nach. »Einmal war sie im April da. Da sind ordentlich die Fetzen geflogen. Ganz verweint war sie beim Gehen.«

»Worüber haben sie denn geredet?«

»Geh, Leo, ich horch doch nicht. Der Horcher an der Wand hört seine eigene Schand, hat meine Mama immer gesagt!«

»Das spart dir viele Unannehmlichkeiten.« Er schmunzelte.

»Ich beherzig nicht viel von dem, was sie mir gesagt hat, aber das schon. Jedenfalls war sie danach wochenlang nicht mehr bei uns. Wie sie dann wiedergekommen ist, haben sie wieder gestritten.«

»War die Fanni schon krank?«

»Blass war sie und traurig hat sie aus der Wäsch' g'schaut.«

»Hat sie schon die neue Frisur gehabt?«

»Nein, erst beim nächsten Mal. Ich find nicht, dass ihr die Stirnfransen gut gestanden haben. Ausnahmsweise haben sie da nicht gestritten. Die Gnädige war danach ganz schön durcheinander. Wahrscheinlich weil sie weiß, was die Syph mit einem macht.«

Kern nickte. »Na ja, den Erben kann es wurscht sein«, seufzte er. »Ich wünsch der Rosi noch ein langes Leben. Genug von der Fanni geredet. Hat deine Gnädige noch andere Pferderln laufen?«

»Na, ich allein kann das alles wohl kaum erbudern.« Carla lachte. »Ich weiß nur, dass sie noch andere Geschäfte macht. Ich bin da – glaub ich – nur das Schlagobers am Gugelhupf, die Erinnerung an gute alte Zeiten. Und natürlich zu ihrer persönlichen Verfügung. Wie es ihr noch besser gegangen ist, hat sie mich auch ab und zu vernascht. Das fand ich nicht so schön. Ich mag keine Frauen.« Sie begann mit dem Zeigefinger über seinen Bauch zu streichen. »Woher kennst du sie so gut?«

»Ach, wir waren einmal zusammen, aber das ist lange her.«

»Professionell oder so richtig?« Die Kreise um seinen Nabel wurden langsam größer und erreichten bald seine Lendenregion. Kern bemerkte es wohlwollend und fühlte eine erneute Erektion. Beinahe beiläufig sagte er: »So richtig. Aber es ist eben nicht gut gegangen.« Vorsichtig tastete er sich zwischen ihre Beine und streichelte sie.

Reflexartig öffnete sie ihre Schenkel. »Holla, Herr Inspektor!«, sagte sie mit gespielter Empörung. »Das tut aber gut!«

»Ich glaub, da geht noch einmal was«, gab er anzüglich lächelnd zurück.

»Da geht immer was!«, flüsterte sie lüstern.

Als sich die Türe öffnete, schliefen beide fest. Erschrocken fuhren sie hoch. Wie ein schwarzer, blasser Geist stand Rosalie Mauthner im Raum. Kern bemerkte sofort, dass sich ihr Zustand seit ihrer letzten Begegnung weiter verschlechtert hatte. Unter ihren Augen hatten sich dunkle, tiefe Ringe gebildet.

»So, so, hast du ihn jetzt doch herumgekriegt.« Sie grinste und bedachte Carla mit einem anerkennenden Blick. »Ihr schaut's ja aus wie ein richtiges Liebespaar.«

Carla errötete. »Sie haben nichts dagegen, haben Sie gesagt«, erwiderte sie hastig, als wäre sie bei etwas Verbotenem ertappt worden.

»Aber natürlich nicht.« Rosi stockte kurz, schien nach Worten zu suchen. »Ich hab dir gleich gesagt, gönn dir den Leo, du wirst es nicht bereuen.« Sie lachte, und ihr Mund verzog sich dabei fratzenhaft. »Der ist besser als diese alten Scheißer.« Sie streckte Kern ihre knochige Hand entgegen. »Schade, dass ich nicht mehr so kann wie früher. Komm, mein Held, berichte mir über deine Ermittlungen.«

Kern zog sich hastig an und folgte ihr in den Dschungel, wie er das Wohnzimmer inzwischen im Geheimen nannte. Dabei ging ihm das Gespräch mit Modritzky durch den Kopf, die vielen Widersprüche zu Rosis Version. Er beschloss, ab jetzt mehr auf der Hut zu sein, auch wenn es ihm schwerfiel. Sie nahmen ihre gewohnten Plätze ein. »Du siehst schlecht aus, Rosi!«, begann er besorgt.

Sie legte ihre Hand auf die linke Schläfe. »Ich habe Kopfschmerzen«, sagte sie leise, »und das Sprechen fällt mir schwer.«

»Was sagen die Ärzte?«

»Jeder was anderes. Es kann dauern, es kann schnell gehen. Ich frage sie nicht mehr.«

»Brauchst du Medizin? Soll ich etwas besorgen?«

»Ist gut, Leo, ist gut. Was hast du herausgefunden?«

Und Kern beherzigte seinen Vorsatz. Er berichtete lediglich über die Ereignisse, bei denen sie ihm seiner Meinung nach weiterhelfen konnte. Dazu gehörten die Verwüstungen in Matzners Wohnung und Fannis Besuch beim Polizeipräsidenten. Modritzky und die Briefe verschwieg er bewusst. Da sich Letztere als harmlos erwiesen hatten, maß er ihnen keine Bedeutung mehr bei. Außerdem hatte er nicht die geringste Lust, zwischen die Fronten zu geraten.

Aufmerksam lauschte Rosi seinen Ausführungen. Während er sprach, richtete sich ihre zusammengesunkene Gestalt unbewusst auf. Offenbar ließen die Kopfschmerzen nach. »Dass man noch einmal in ihre Wohnung eingebrochen ist, zeigt, dass der Mordverdacht nicht unbegründet ist«, schloss er seinen Bericht.

»Rada oder Modritzky, ich bleibe dabei«, erwiderte sie düster und bestätigte ihn in seiner Entscheidung. »Der Graf ist so ein typischer alter freundlicher Mann. Das sind die gefährlichsten! Er hat genug Gründe, die Fanni loszuwerden. Du musst die Briefe finden, sie enthalten mit Sicherheit etwas Belastendes.«

Ihr letzter Satz erregte nun doch seinen Argwohn. »Und ihre Vorsprache beim Polizeipräsidenten?«

»Darauf kann ich mir gar keinen Reim machen. Das hätte sie mir doch erzählt.«

»Kannst du dir vorstellen, was sie mit Marx besprochen hat?«

Sie zuckte mit den Achseln. »Zähl doch eins und eins zusammen. Eine Hure mit einer Menge wohlhabender Kunden ist für jeden Polizisten die perfekte Quelle. Frag ihn doch! Ich bin gespannt, welche Lügen er dir dieses Mal auftischt.« Sie hob mahnend den Zeigefinger. »Wenn sie wirklich bei ihm war, und er hat es dir verheimlicht, dann kann ich meine Warnung nur wiederholen. Steig aus, Leo.«

»War sie um den 8. April nicht bei dir? Zu dieser Zeit muss etwas vorgefallen sein, das sie sehr verstört hat.«

»Leo, wir haben jetzt bald Mitte Juli. Ich habe nicht Buch über ihre Besuche geführt«, erwiderte sie ungeduldig. »Sie war immer wieder bei mir, um sich auszuweinen, wenn sie mit ihrem sauberen Kavalier gestritten hat.«

»War dein Verhältnis zur Fanni getrübt?«

Sie lachte humorlos. »Natürlich! Wundert dich das? Der Baron ist mir unerträglich. Er hat sie zerstört!« Sie starrte ihn beschwörend an. »Nimm die Carla und vögel dir das Hirn frei. Ihr passt gut zusammen.«

Kern hatte den Blick gesenkt. »Ich weiß nicht. Einmal mit einer Dirne sollte mir reichen.«

Sie verdrehte die Augen. »Das Leben als Ehefrau wäre mir zu eng geworden.«

»Denkst du heute auch noch so?«

»Macht das einen Unterschied?«

»Für mich schon. Wir könnten jetzt Kinder haben.«

Sie seufzte. »Ich habe damals einen Fehler gemacht. Aber wie ich es begriffen hab, warst du schon verheiratet und ich krank. Bist du jetzt zufrieden?«

Er blickte ihr traurig in die Augen. »Ich habe auch Fehler gemacht. Das weiß ich jetzt. Es tut mir leid.«

»Können wir die Vergangenheit endlich ruhen lassen?«

Er nickte. Rosi wirkte erleichtert. »Ich hab zur Carla gesagt, sie soll nett zu dir sein, auch wenn ich jetzt den Eindruck habe, dass das, was ihr zwei gemacht habt, über das Professionelle hinausgeht. Nimm mir nicht mein letztes Pferd im Stall weg.«

»Sie ist eine sehr liebe junge Frau.« Er stand auf. »Auch wenn sie viel durchgemacht hat.«

»Das haben wir alle«, erwiderte sie ungerührt. »Die Wenigsten werden als Huren geboren.«

»Ich muss gehen. Der Mörder von der Fanni findet sich nicht von allein.«

»Vielleicht hat ja der alte Modritzky die Fanni töten lassen, weil er sie nicht mit dem Rada teilen wollte. Das wäre nicht der erste Eifersuchtsmord. Männer teilen nicht gern. Schon gar nicht Frauen!«

»Möglich«, erwiderte er pflichtschuldig, verzichtete aber darauf, den Gedanken fortzuspinnen. Es war sinnlos, mit ihr über den Grafen zu diskutieren. »Wird mich die Vogler empfangen?«

»Sie hat nichts zu verbergen. Außerdem bist du ja offiziell noch Polizist. Es bleibt ihr also gar nichts anderes übrig.

Aber erwarte dir nicht zu viel Freundlichkeit. Sie mag es nicht, wenn man bei ihr herumschnüffelt.«

»Daran wird sie sich gewöhnen müssen.«

Kapitel 16
Frau Susi

An der Ecke zur Körblergasse stand ein großes, in frischem Rot gestrichenes zweistöckiges Biedermeierhaus mit steilem Giebeldach, das aus der Masse der verwahrlosten Häuser angenehm hervorstach. Auf der großen Flügeltür aus dunklem Holz blitzte über der perfekt polierten Klinke und dem Türklopfer aus Messing eine goldene Fünf. Dahinter verbarg sich das vornehmste Bordell Wiens. Susanne Voglers Kunden entstammten den ehrenwertesten Kreisen der Residenzstadt. Auch der Kronprinz nahm regelmäßig ihre Dienste in Anspruch.

Es war später Vormittag, und die Sonne stand bereits hoch am Himmel, als sich Kern vor dem Torwächter aufpflanzte. Der hochgewachsene junge Mann im schwarzen Anzug mit gleichfarbiger Krawatte und Melone schüttelte beim Anblick seiner abgetragenen Garderobe lediglich herablassend den Kopf. »Nur für Stammgäste.«

Grantig zückte der ehemalige Polizeiagent seine Dienstkokarde. »Ich hab eine Dauerkarte, Depperter. Bring mich zur Chefin, aber dalli, dalli.«

Der Türsteher gab sich redlich Mühe, seine Emotionen in Zaum zu halten. Weiß vor Wut führte er Kern ins Haus und übergab ihn an seinen Kollegen. Der Grispindel-Toni verbeugte sich formvollendet und grinste. »Jessas, der Herr Inspektor! Servus!«

»Na, da schau her, dass ich dich treff, Toni! Wenigstens hast du bessere Manieren als der Rotzbub da draußen.«

»Das ist halt noch ein junger Hupfer.« Der dürre Toni lachte. »Was führt dich in unsere heiligen Mauern?«

»Die Chefin. Bitte bring mich zu ihr.«

»Folge mir unauffällig, Poidel. Hast was rausgefunden?«

»Ich steh an«, erwiderte Kern missmutig.

»Seitdem wir geredet haben, ist auch keiner mehr gestorben.«

Die Luft war erfüllt von schwerem Parfüm und Zigarrenrauch. Im Hintergrund erklang leise Musik. Kern, der Voglers Nobeletablissement noch nie von innen gesehen hatte, war überwältigt. An der Garderobe vorbei ging es in einen großen Saal, der auf sechs schmiedeeisernen Säulen ruhte. Wände und Plafond waren mit golden gerahmten Spiegeln verkleidet, vor den Fenster hingen schwere rote Damastvorhänge. Eine Wand aus einem dichten Geflecht feinstgeschnitzter Ranken, Blüten und Blätter teilte den Raum.

Im vorderen Bereich wurde trotz der frühen Stunde bereits eifrig soupiert und geflirtet. Bildhübsche Frauen eilten leichtfüßig zwischen den Tischen umher und servierten elegant gekleideten Herren, prachtvoll uniformierten Offizieren und ihren Tischdamen Speisen und Getränke. Die Haremskostüme der Kellnerinnen schimmerten in zarten Pastelltönen und waren aus feinster Seide gefertigt. Leicht wie Spinnweben waren sie dennoch blickdicht genug, um die schönsten Fantasien ihrer Bewunderer zu wecken. Vier weitere junge Frauen von knabenhafter Gestalt boten als Haremswächter kostümiert Blumen, Zigarren, Backwerk und andere Köstlichkeiten an. Bestellungen nahm ein Kellner im Frack entgegen. Die beiden Billardtische waren noch verwaist. Soeben verschwand ein Pärchen in einem der dahintergelegenen Separées.

Jenseits der Wand aus Schnitzereien spielte auf einem Podium eine vierköpfige Damenkapelle, zwei Geigerinnen, eine Flötistin und eine Pianistin. Nur ein einziges Paar wiegte sich auf der Tanzfläche. Dafür waren die Kioske in den Saalecken gut besucht. Die Gäste nahmen Erfrischungen ein und flirteten mit ein paar Haremsmädchen bei Wein und Champagner. In ein paar Stunden würde hier die Hölle los sein.

Einige Frauen zwinkerten Kern heimlich zu oder winkten ihm, als er an ihnen vorüberging. Durch eine kaum sichtbare Tapetentür führte ihn Toni in einen langen, mit weichen purpurnen Teppichen ausgelegten Gang mit Türen an beiden Seiten. Die schwache Beleuchtung reichte gerade aus, um die Zimmernummern erkennen zu können. An den Wänden hingen kleine Bilder mit erotischen Motiven.

Der Korridor endete an einer weiteren Tapetentür, an die Toni behutsam sein Ohr legte. Er klopfte leise, öffnete und steckte den Kopf in den Türspalt. Nach ein paar geflüsterten Worten trat er zur Seite. »Sie können eintreten, Herr Inspektor«, verkündete er förmlich.

Voglers Büro war klein, luxuriös eingerichtet und hoffnungslos überladen. Die üppigen, violetten Samtvorhänge, die rosa Seidentapete, die Vitrine mit einer ganzen Kompanie von Schäferfiguren in eindeutigen Positionen und die erotischen Ölgemälde in ihren schwülstigen goldenen Rahmen drohten den Raum zu ersticken. Susanne Vogler thronte in einem bequemen samtenen Lehnstuhl vor einem Sekretär. Ihr weißes Haar war streng zurückgekämmt und zu einem runden Dutt gebunden. Ihre massige Gestalt war in ein Kleid aus feinster, grauer Failletine mit schwarzem Nadelstreif gehüllt. Die lange Schleppe war kunstvoll gelegt, damit sie beim Sitzen nicht übermäßig zerknittert wurde. Während sie sich mit der Linken mit einem kostbaren chinesischen Fächer hektisch Luft zufächelte, ruhte ihre Rechte auf der Stuhllehne. Davor kauerte eine pummelige junge Frau auf einem kleinen Schemel und manikürte ihre Nägel.

Voglers kalte, graue Augen durchbohrten den ungebetenen Gast. »Sie sind also der Herr Kern«, begrüßte sie ihn mit leicht spöttischem Unterton. »Sie hab ich mir spektakulärer vorgestellt.«

Kern hatte auf dem einzigen freien Stuhl unaufgefordert Platz genommen. »Warum?«

Schweigend musterte sie ihn. Plötzlich zuckte ihre Hand zurück. Sekundenbruchteile später landete der Fächer mit großer Wucht auf dem Kopf der Frau, die mit einem leisen Wimmern unterwürfig um Verzeihung bat. »Pass doch auf, blöder Trampel«, stieß Vogler verächtlich hervor. »Bist du denn zu gar nichts zu gebrauchen?« Sie wandte sich wieder ihrem Gast zu: »Der Jäger vom bladen Ferdl ...«

Kern vollführte eine wegwerfende Handbewegung: »Das mit dem Ferdl ist schon lang vorbei.«

»Ich wundere mich, Sie hier zu sehen. In der Zeitung steht, dass Sie ein Disziplinarverfahren anhängig haben. Die Geschichte mit dem Jakob.«

»Da ist noch nichts entschieden, gnädige Frau. Alles nur Gerüchte, nichts davon ist wahr. Danke, dass Sie für mich Zeit haben ...« Erst jetzt fiel ihm auf, dass er sie nicht duzte, wie er es bei jedem ihrer männlichen Kollegen automatisch getan hätte. Widerwillig musste er sich eingestehen, dass sie ihm Respekt einflößte. Dabei wusste er nur wenig über sie. Ihre Schläger galten als diszipliniert, grausame Abrichtungen duldete sie nicht, unter ihren Damen genoss sie höchsten Respekt. Trotz ihres enormen Erfolgs galt Vogler als ehrgeizig und ständig bestrebt, ihren Einflussbereich zu vergrößern. Noch nie hatte man einen Mann an ihrer Seite gesehen.

Ihre Huren erfüllten praktisch jeden Wunsch und begründeten dadurch den tadellosen Ruf ihres Etablissements. Zu Voglers Kunden zählte der Hochadel, Fabrikanten, Diplomaten, Bankiers und der Generalstab, über ihre Dienste an der Geistlichkeit bewahrte sie perfektes Stillschweigen. Ihre Verbindungen reichten bis in die höchsten Kreise. So gesehen musste ihr Fanni Matzners Tod gelegen gekommen sein – eine Konkurrentin weniger in der gehobenen Gesellschaft.

Frau Susi, wie sie von allen ehrfurchtsvoll genannt wurde, machte kein Hehl daraus, dass ihr dieser Besuch missfiel. Kerns Ruf als polizeilicher Unterstützer käuflicher Frauen war bei Zuhältern und Kupplerinnen noch nie hilfreich gewesen. Niemand mochte es, wenn die Polizei über Interna Bescheid wusste. Schlecht für's Geschäft. Zudem wusste jeder, wie gefährlich Kern sein konnte. Immerhin hatte er den bladen Ferdl beinahe in den Ruin getrieben. Das hatte ihm Respekt eingebracht, auch wenn das alles bereits zehn Jahre zurücklag.

»Worum geht's?« Sie entblößte ihre falschen Zähne zu einem ebenso falschen Lächeln. »Ich bekomme selten Besuch vom Polizeiagenteninstitut, es sei denn geschäftlich.«

»Geschäftlich, aber nicht in Ihrem Sinn, gnädige Frau. Es geht um die Matzner Fanni. «

»Wieso interessiert sich die Polizei für sie?«

»Sie hat ein beträchtliches Vermögen hinterlassen. Ihr Erbe hat den Verdacht geäußert, dass sie nicht freiwillig aus dem Leben geschieden ist.«

»Ist das so? Ich wusste gar nicht, dass sie Familie hatte.« Wenn sie die Neuigkeit erstaunt hatte, so ließ sie es sich nicht anmerken.

»Wenn es ums Geld geht, ist die Mischpoche schnell zur Stelle.«

Vogler nickte bedächtig, ohne den Blick von ihm zu wenden. »Wohl wahr. Aber Mord? Denn das ist es wohl, was Sie vermuten?«

»Es ist eine reine Routineerhebung. Der Leichenarzt hat keine Anzeichen von Gewalt festgestellt, also käme nur Gift infrage. Es wurde aber nichts dergleichen nachgewiesen.«

Frau Susi breitete die Hände aus. »Und?«

»Nichts und. Ich stelle ein paar Fragen für's Protokoll, und das war's auch schon.«

»Arme Fanni. Hat eine glänzende Karriere hingelegt. Von der ...«, sie senkte ihren Blick zu der jungen Frau, »hättest du dir eine dicke Scheibe abschneiden können.«

»Sie hat bei Ihnen gearbeitet?«, erstickte Kern die aufkommende Tirade.

»Sporadisch. Sie hat dafür die beste Suite gemietet.«

»Ist sie regelmäßig gekommen?«

»Sie hatte ihren fixen Tag.«

»Am Mittwoch mit dem Fürsten Mitjuchin.«

Behäbig beugte sie ihren massigen Körper nach vorn und bedachte ihn mit einem frostigen, herablassenden Blick: »Entschuldigen Sie, Herr Kern, aber Diskretion ist die Seele meines Metiers. Dazu kann ich Ihnen wirklich keine Auskunft geben, dafür haben Sie doch sicher Verständnis.«

»Was haben die beiden so gemacht?«

Sie lehnte sich wieder zurück. »Na was schon?«, erwiderte sie gelangweilt und wedelte dabei affektiert mit ihrem Fächer. Die Atmosphäre in dem kleinen Büro war stickig. Ein Teil des erzeugten Luftzuges streifte Kern.

»Kommt der Kunde noch immer zu Ihnen?«

»Seit die Fanni nicht mehr ist, hat er sich rar gemacht. Aber er hat sich bereits wieder angekündigt. Gottlob hab ich eine Nachfolgerin gefunden. Ein sehr versiertes Mädchen. Die Fanni war ja nicht die einzige Hure in Wien. Alle meine Mädchen sind erfahren und schön. Vielleicht haben Sie ja Lust?« Jetzt funkelten ihre kalten Augen unternehmungslustig. »Geht auf's Haus«, fügte sie gönnerhaft hinzu.

»Oh, Gott bewahre, bitte führen Sie mich nicht in Versuchung«, erwiderte Kern freundlich.

»Die Versuchung ist mein Geschäft, Herr Kern«, sagte sie lächelnd, und einen kurzen Augenblick lang fiel ihre Maske aus Zucht und Strenge. »Genauso wie die Diskretion. Es würde niemand erfahren.«

»Wollen Sie mich bestechen?«, fragte er mit einem verschmitzten Blick.

»Ich bitte Sie! Das würde ich nie wagen!« Sie grinste anzüglich. Die Maniküre war inzwischen beendet. Zufrieden spreizte Frau Susi ihre dicken, juwelenbewehrten Finger und betrachtete die gepflegten Nägel. Ohne die junge Frau eines Blickes zu würdigen, sagte sie: »Schleich dich jetzt. Vielleicht erbarmt sich ja einer. Und dass ich dann ja keine Klagen hör ...«

»Jawohl, Frau Susi.« Die junge Frau erhob sich, machte einen tiefen Knicks und ging rückwärts zur Tür. Dabei musterte sie Kern unverhohlen mit ihren großen dunklen Augen. Als die Tür geräuschvoll ins Schloss fiel, quittierte das die Kupplerin mit einem strafenden Blick. »Geht das auch leise, blöde Gans?«, rief sie hinterher und wandte sich wieder dem Ermittler zu. »Ich muss mich entschuldigen. Sie ist so unsäglich dumm, dass es schon beinahe wehtut. Und schiach wie die Nacht. Vollkommen unbrauchbar.«

»Warum beschäftigen Sie sie dann?«

»Weil ich ein großes Herz hab«, seufzte sie. »Wenn ich ihr keine Arbeit gebe, verhungert sie auf der Straße. Man muss etwas zurückgeben von dem, was einem der Herrgott schenkt.«

Kern verkniff sich die spitze Erwiderung, die ihm auf der Zunge lag. »Ist der Kunde schon bei Ihnen gewesen, bevor er die Fanni gekannt hat?«, setzte er seine Fragestunde fort.

»Er ist ein einsamer Mann, fern der Heimat. Das ist doch nichts Anstößiges?«

»Seit wann war die Fanni seine Favoritin?«

Wieder ein hastiges Wedeln mit dem Fächer und ein affektierter Blick an die Decke. »Lassen Sie mich nachdenken. Das ist noch gar nicht so lange her. Im Februar hat sie bei ihm angefangen.«

»Und seit wann ist der Kavalier Ihr Kunde?«

»Seit Beginn des letzten Jahres. Gleich nach seiner Ankunft in Wien.«

»Also war er schon ein ganzes Jahr bei Ihnen, bevor er an die Fanni gekommen ist?«

»So ist es.«

»Und wer hat ihn vorher bedient?«

»Eines meiner Mädchen. Sehr bewandert in den Künsten der Liebe. Leider hat sie einen äußerst betuchten Kunden geheiratet, der auf der Durchreise war. Der hat sich schlagartig in sie verliebt und sie nach Budapest mitgenommen. Fast so wie bei der Fanni und dem Baron.« Ihre kalten Echsenaugen starrten ihn nun unverwandt an.

»Haben Sie ihre Adresse?«

Ein kurzes, geziertes Lachen. »Guter Gott, nein. Wofür auch? Die kommt mit Sicherheit nicht wieder!«

»Und wie ist die Fanni an den Kunden gekommen?«

»Ich hab sie ihm vermittelt. Über die Rosi.« Sie sah ihn an. »Die kennen Sie ja.«

»Warum grad die Fanni?«

Sie lächelte mitleidig. »Er selbst wollte sie. Die Fanni war ja schon zu Lebzeiten eine Legende. Zu blöd, dass ihre Liebschaft sie aus dem Geschäft gerissen hat. Umso überraschter war ich über ihre Zusage. Den Kunden hat die Möglichkeit, sie ganz für sich zu haben, berauscht.«

»Hätte er eines Ihrer Mädchen genommen, hätten Sie mehr verdienen können.«

»Es rentiert sich für mich trotzdem. Seine Durchlaucht bringt überaus begüterte Freunde mit. Außerdem sind wir hier nicht in der Sandkiste, Herr Kern. Wie Sie ja selbst sehen können, war meine Entscheidung richtig, denn der Kunde ist uns treu geblieben. Wir sind nun in gespannter Erwartung, wen er zu seiner neuen Favoritin erwählen wird.«

»Haben Sie gewusst, dass die Fanni Syphilis gehabt hat?«

»Berufsrisiko«, gab sie mechanisch zurück und fächelte sich wieder Luft zu.

»Ich sage das, damit Sie Ihren Kunden warnen können.«

»Dann warne ich ihn eben.« Ihre Gleichgültigkeit versetzte ihn in Erstaunen. »Danke.«

»Es scheint Sie nicht sonderlich zu beunruhigen, dass er sich in Ihrem Etablissement angesteckt haben könnte?«

»Nein.« Die brüske, einsilbige Antwort war selbst für den abgebrühten Kern ungewöhnlich. Ihr starrer Blick verursachte ihm leichtes Frösteln. Zum ersten Mal dämmerte ihm, was für eine gefährliche Frau vor ihm saß. Sie musste über ungeheuer gute Kontakte verfügen, wenn sie nicht einmal diese Hiobsbotschaft aus der Ruhe brachte.

»Am achten April muss hier irgendetwas vorgefallen sein, denn das Fräulein Matzner ist völlig aufgelöst heimgekommen. Haben Sie eine Ahnung, was sie so aufgewühlt hat?«

»Mein Gott, ständig ist eines meiner Mädchen aufgewühlt. In diesem Beruf ist das doch nicht ungewöhnlich.«

»Aber sie war keines Ihrer Mädchen.«

Vogler rollte gelangweilt die Augen. »Umso weniger weiß ich von ihr. Das einzige Ereignis, das mir für diesen Tag einfällt, ist der Geburtstag von dem Trampel, der mir gerade die Finger manikürt hat. Ich kann mir aber kaum vorstellen, dass das Fräulein Matzner deswegen in Tränen ausgebrochen ist.«

»Sie haben die Geburtstage ihrer Mädchen im Kopf?«

»Ich habe den Geburtstag von diesem Mädchen im Kopf. Weiß der Teufel, warum.«

Kern entschloss sich, das Thema zu wechseln. »Es sind derzeit allerlei Gerüchte im Umlauf.«

»Bitte kommen Sie mir jetzt nicht mit dem Engelmacher. Ich bitte Sie, das sind doch Spukgeschichten. Nichts davon ist wahr.«

»Dafür sind Sie aber personell ziemlich gut ausgestattet.«

»Unsichere Zeiten. Der Pferdefranz in Hernals hat mir ein paar seiner Schläger geschickt. Bei meiner Kundschaft kann ich mir keine Zwischenfälle leisten. Die Vorstadt wird immer frecher.«

Kern nickte. »Der Fürst hatte das Exklusivrecht?«

»Vom Baron abgesehen.« Sie schnitt ein indigniertes Gesicht.

»Was wissen Sie noch von der Matzner?«

»Wahrscheinlich das Gleiche wie Sie, wenn Sie mit der Rosi gesprochen haben. Die Rosi hat sie quasi aufgezogen und dann auf den Strich geschickt. Eine Geschichte, wie sie jeden Tag vorkommt. Aber die Fanni war ein Ausnahmemädel. Schad, dass sie tot ist ...« Schwerfällig stemmte sie sich aus dem Stuhl. »Ich glaube, es ist alles gesagt, mehr weiß ich nicht. Sie müssen entschuldigen, aber die Arbeit ruft.« Sie ging ein paar Schritte auf ihn zu. Kern erhob sich. »Sie waren damals gut zur Rosi. Es war dumm von ihr, Sie zu verlassen.«

Kern errötete. »Ich hätte alles für sie getan.«

»Natürlich. Sie hat einen Fehler gemacht, und Sie sollen wissen, dass sie es jeden Tag ihres Lebens bereut hat. Aber jetzt ist es ohnehin bald vorbei. Hoffentlich muss sie nicht allzu lange leiden, die Arme.« Sie ging zu Tür und blieb noch einmal stehen. »Gott hab sie selig. Lassen Sie mir die Rosi schön grüßen, wenn Sie sie sehen sollten. Ich hab sie schon eine Ewigkeit nicht mehr zu Gesicht bekommen. Ist sicher ein paar Jahre her.« Sie überlegte kurz. »Sie glauben doch nicht ernsthaft, dass man die Fanni umgebracht hat, oder?«

»Offen gestanden, nein. Aber Pflicht ist Pflicht, und der Argwohn ihres Erben ist auf den ersten Blick nicht ganz unberechtigt«, log er.

»Wer ist der Glückliche?«

»Darüber darf ich nicht sprechen, gnädige Frau.«

»Vielleicht kommen Sie ja doch einmal vorbei und gönnen sich etwas? Meine Einladung bleibt aufrecht. Meine Buben werden Sie durch den Hintereingang hinausgeleiten, wenn Sie nichts dagegen haben. Mein Publikum mag keine Polizisten … Adieu, Herr Kern!« Mit schweren Schritten verließ sie den Raum.

Es ging auf den Mittag zu und die Straßen waren dicht bevölkert. Zu allem Überdruss meldete sich jetzt auch noch lautstark Kerns Magen zu Wort und forderte unverzügliche Befüllung. Zielstrebig peilte er das Wirtshaus Zum silbernen Pflug in der Naglergasse 21 an, das er bereits auf dem Weg hierher auserkoren hatte. Noch war das Lokal bis auf ein paar Gäste angenehm leer. Kern wählte den nächsten freien Tisch und bestellte ein Wiener Schnitzel und ein großes Bier. Zur Überbrückung der Wartezeit nahm er schon einmal ein paar Würstel mit Senf. Er hatte wirklich großen Hunger.

Kurz nachdem er Platz genommen hatte, betrat ein Mann das Lokal, dessen scharf geschnittenes Gesicht stark an einen Raubvogel erinnerte. Er wählte einen Platz in Kerns Rücken und bestellte ein Bier.

Kapitel 17
Geburtstagsüberraschung

Wenig später war Kern so in sein Mahl vertieft, dass er gar nicht die junge Frau bemerkte, die plötzlich hinter ihm stand. Als er ein leichtes Tippen an seiner Schulter verspürte, verschluckte er sich vor Schreck. Trotz seines heftigen Hustenanfalls drehte er sich ruckartig um. Das Resultat war ein großer Senffleck auf seinem Hemd.

Vor ihm stand die junge Frau, die Frau Susis Finger manikürt hatte. Zum ersten Mal hatte er Gelegenheit, ihr Gesicht zu studieren. Sie hatte eine Narbe an der Wange, große, dunkle Kuhaugen und einen kleinen, herzförmigen Mund mit verlockenden Lippen. Die Verlockung erstarb, als sie ihre lückenhaften Vorderzähne entblößte. »Haben Sie einen Augenblick Zeit für mich?«, fragte sie, während ihre Augen ängstlich durch das Lokal strichen.

Kerns schluckte seinen Ärger mit dem letzten Stück Würstel hinunter. »Was willst du?«, fragte er mechanisch.

»Mit Ihnen reden. Und einen kleinen Braunen bitte, wenn es nichts ausmacht«, sagte sie scheu und setzte sich neben ihn. Ihren Geruch nach Schweiß und billigem Parfüm fand Kern nicht unangenehm. Er schätzte bei Frauen ein animalisches Aroma.

Während sie bestellte, begann der Sonderermittler den Senffleck auf seinem Hemd mit einer Stoffserviette zu bearbeiten. »No, wo brennt's denn?«, fragte er dabei gutmütig.

»Das mit dem Fleck tut mir leid. Ich hab eine Freundin, die wascht Wäsche ...«

»Schon gut«, erwiderte er, ohne aufzusehen.

»Sie sind doch der Hurenpoidel?«, fragte sie nervös.

»Höchstpersönlich«, sagte er nicht ohne Stolz und wandte sich ihr zu. Zumindest ein paar armen Geschöpfen hatte er helfen können. Aus dem kleinen Senffleck war ein großer gelber nasser Fleck geworden.

»Sie haben den Jakob verdroschen? Ehrlich?«

Kern reagierte leicht gereizt: »Wenn ich geahnt hätte, dass das solche Wellen schlägt …« Mürrisch begann er erneut, den Senffleck zu bearbeiten.

»Ich bin froh, dass Sie ihn verdroschen haben«, fiel sie ihm ins Wort. »Er war mein Peitscherlbub.« Sie deutete auf ihre verunstaltete Wange. »Das hab ich von ihm.«

»Dann hat er's verdient. Seit wann arbeitest du für die Vogler?«

»Vor anderthalb Jahren bin ich ihm davongelaufen.«

Kern ließ von dem Senffleck endgültig ab. »Wie heißt du?«

»Johanna Futschik. Aber zu mir sagen alle Hannsi, sehr erfreut.« Linkisch streckte sie ihm ihre Hand entgegen. Sie hatte kurze, dicke Finger, unter den Nägeln hatte sich ein schwarzer Saum abgelagert.

»Ja, auch. Ich bin der Herr Kern.« Sie wechselten einen flüchtigen Händedruck. »Und? Hast du es besser getroffen?«

Sie zögerte einen Augenblick. »Na ja, es geht so. Die Gnädige ist halt recht streng.« Es folgte ein ängstliches Schweigen.

Kerns Interesse war geweckt. Die Frau war ihm gefolgt und hatte dabei ein nicht unbeträchtliches Risiko auf sich genommen, also wollte sie etwas von ihm. Es sollte ihm nicht schwerfallen, ihr Vertrauen zu gewinnen. Routine. »Unglücklich?«, fragte er teilnahmsvoll.

Hannsi lächelte unsicher und zeigte die kümmerlichen Reste ihrer Vorderzähne. »Ich kann es mir nicht aussuchen.

So eine Schönheit bin ich auch nicht, dass sich alle um mich reißen.«

»Was tut sie dir Schlimmes?«

»Gar nichts. So, wie ich ausschau, bin ich halt nix für die vornehmen Herren. Ich muss nehmen, was übrig bleibt. Wissen's, Herr Inspektor, es gibt Sachen, da graust mir einfach davor, aber dafür hat die Frau Susi gar kein Verständnis. Unlängst hat sich einer über mich beschwert.«

»Und was ist passiert?«, fragte er gespannt.

Der Kellner stellte den Kaffee auf einem kleinen Silbertablett ab. Sie nahm mehrere Löffel Zucker und rührte um. Er bemerkte, wie ihre Hände vor Angst zitterten. »Verdroschen hat sie mich, mit einem Gürtel. Auf meinem Rücken kann man noch die Striemen sehen.« Sie stockte kurz. »Aber verglichen mit dem Jakob ist es das Paradies«, beeilte sie sich zu versichern. »Es tut auch nicht mehr so sehr weh. Wegen der paar Narben...«, Sie nahm einen kleinen, hastigen Schluck und verbrannte sich die Lippen. Das Gespräch stockte erneut.

Kern wartete geduldig. Soeben hatte sie die Rechtfertigung für ihren Verrat abgeliefert. Jetzt musste er ihr nur genügend Zeit geben, ihre Angst zu überwinden. Er tätschelte beruhigend ihre Hand. »Ich kenn die Mauthner Rosi ganz gut. Soll ich sie fragen, ob sie für dich was hat?«

Sie hob abwehrend beide Hände. »Nein, vielen Dank, ich bleib schon bei der Frau Susi.« Ihre Bestimmtheit erstaunte ihn. Abermals schweiften ihre Blicke ängstlich durch den Raum. Schließlich kratzte sie ihren ganzen Mut zusammen und flüsterte geheimnisvoll: »Wie Sie bei der Frau Susi waren, da hab ich natürlich ein bisserl gelauscht. Bitte, ich lausch nie!«, beteuerte sie sofort, und sie beide wussten, dass es eine Lüge war.

»Wenn sie nicht gewollt hätte, dass du was hörst, hätte sie dich weggeschickt. Wahrscheinlich vertraut sie dir einfach«, versuchte er sie zu beruhigen.

Sie lachte ein bitteres Lachen. »Gehn's Herr Inspektor. Der bin ich so was von wurscht. Die scheißt auf mich.« Hektisch trommelten ihre Finger auf die Tischplatte.

»Für mich gilt wohl das Gleiche«, erwiderte er lachend.

»Sie haben über die Fanni geredet?«, fragte sie unsicher.

»Ja. Ich wollte wissen, was sie mit dem Russen getrieben hat.«

Verwundert zog sie ihre dichten Augenbrauen zusammen. »Das ist aber eine lustige Frage, wenn man wissen will, ob eine Hur' mit dem Kunden vögelt, Herr Inspektor. Lustig ...« Sie nahm mit einem lauten Schlürfen einen hastigen Schluck Kaffee und leckte sich nervös über die Lippen. Plötzlich wurde sie nachdenklich: »... aber zugleich auch wieder nicht.«

»Das musst du mir genauer erklären. Der Grund meiner Frage war eigentlich die Syphilis, die sie gehabt hat. Wegen der Ansteckung, verstehst du.«

»Da müssen Sie sich keine Sorgen machen, weil ...« Erneut zögerte sie. Kern konnte förmlich sehen, wie es in ihr arbeitete, bis der Bann nach ein paar endlosen Sekunden endlich brach. Ein letztes Mal vergewisserte sie sich, dass sie niemand beobachtete. Kurz verharrte ihr Blick auf dem Mann mit dem Raubvogelgesicht, der völlig desinteressiert an ihr vorbeisah und sein Bier schlürfte. Dann brach der Damm: »Ich muss doch immer die Zimmer sauber machen, weil ich so wenig Kunden hab. Ich hab auch im Zimmer vom Russen aufgeräumt.«

»Und?«

»Also, wenn die Fanni bei ihm gewesen ist, da war alles blitzsauber. Keine Flecken, gar nix.«

Kerns Augenbrauen zogen sich unwillkürlich zusammen. »Du meinst, sie haben nicht...?« Sie schüttelte stumm den Kopf. »Vielleicht haben sie ja eine ganz spezielle Technik«, vermutete er in Erinnerung an Rosis Worte.

»Egal welche Technik. Das Bett war vollkommen unberührt. Eigentlich das ganze Zimmer.«

Sein ratloses Gesicht erweckte ihr Mitleid. Sie verfiel in tiefsten Wiener Dialekt. »Na, na, das ist viel einfacher, als man glaubt.« Sie beugte sich zu ihm. »Wissen Sie«, flüsterte sie in sein Ohr, »der Herr Fürst, der mag nämlich gar keine Frauen.« Erleichtert, aber auch zufrieden mit sich lehnte sie sich zurück und erwartete gespannt seine Reaktion auf die Ungeheuerlichkeit, die sie soeben ausgeplaudert hatte. »Deswegen ist der Susi auch die Syphilis völlig wurscht.«

Kern war wie vom Donner gerührt: »Mag er lieber Männer?«, flüsterte er.

»Na ja, nicht direkt«, entgegnete sie schnippisch. Jetzt, da das Spiel endlich eröffnet war, bereitete es ihr sichtlich Vergnügen, ihn auf die Folter zu spannen.

»Jetzt red' endlich Tacheles mit mir.« Seine Stimme war heiser vor Spannung und Ungeduld.

»Sie dürfen aber niemandem verraten, von wem Sie es wissen.« Erneut flackerte die Angst in ihren Augen. Doch es gab ohnehin kein Zurück mehr.

»Wo denkst du hin? Natürlich nicht.«

»Schwören sie auf die Bibel und den Jesus?«

Theatralisch hob Kern die rechte Hand »Ich schwör!«

Mit Daumen und Zeigefinger nahm sie sanft sein Kinn und drehte seinen Kopf, sodass sein Ohr dicht an ihren Mund kam: »Sie haben aber ganz schön viele Haare im Ohr.« Sie kicherte wie ein Schulmädchen. Er wollte etwas erwidern, doch sie hielt seinen Kopf in der Position: »Also gut, ich sag es Ihnen.« Sie flüsterte so leise, dass er sich konzentrieren musste, sie zu verstehen. »Der Fürst ist nämlich ...«, fuhr sie fort. »Der is ganz narrisch auf kleine Buben.«

Kern sank zurück und atmete tief durch. Kinder waren sein wunder Punkt. Er trug schwer am Schicksal seiner Tochter, für das er sich die Schuld gab. Was Hannsi soeben gesagt hatte, war schlichtweg unfassbar: »Und wie hast du das herausgefunden?«

Erneut beugte sie sich zu ihm. Ihre Köpfe berührten sich beinahe. »Wissen's, manchmal find ich im Bett Milchzähne beim Aufräumen«, flüsterte sie.

Er fühlte, wie ihm die Zornesröte ins Gesicht stieg, wie seine Finger zuckten. »Um Himmels willen, was macht er mit den Kindern?«

»Ich schau ja nicht zu ...« Ein Zittern ging durch ihren Körper.

»Und deine Chefin? Weiß die davon?«

»Die besorgt ihm doch die Kinder.«

Kern hatte seine Wut wieder im Griff. Geräuschvoll blies er die Luft aus den geblähten Wangen. Ungeachtet seiner grenzenlosen Entrüstung musste er diese Botschaft erst einmal verdauen. Immerhin ging es um die angesehenste Kupplerin der Wiener Gesellschaft, eine gesetzesfürchtige Frau, die sich auch nicht scheute, große Geldsummen für wohltätige Zwecke in die Hand zu nehmen. »Dafür scheißt er sie zu mit Geld. Manchmal lädt er auch Freunde dazu ein. Ist ein Mordsgeschäft.«

»Wen?«

»Ganz Großkopferte. Aber die kenn ich nicht.«

Das Ausmaß dieser Enthüllung war kaum abzusehen. »Und warum die Fanni? Was glaubst du?«

Sie zuckte nur mit den Schultern: »Ich glaub, er macht das, damit alle glauben, dass er mit Damen herummacht.«

»Du meinst, er wollte den Schein wahren?«

»Sie drücken das so geschliffen aus, Herr Inspektor. Ja, genau, den Schein wahren, das wollte er.« Sie nickte übereifrig.

»Wer weiß noch davon?«

»Von den Kindern? Nur die Susi und ich. Die anderen Mädchen wissen nichts. Wenn das wer spitzkriegt, na Servus!«

»Und wieso bist du dir da so sicher?«

Ein trauriges Lachen. »Weil ich nachgeschaut hab! Ich hab mich auf die Lauer gelegt. Die halten mich ja alle für deppert. Keiner schert sich drum, wenn ich einmal länger da bin. Da hab ich gesehen, wie die Frau Susi ein Buberl am Vorabend in sein Zimmer gesteckt hat. Und dann ist noch ein anderer Herr gekommen. Es sind aber immer andere.«

Kern lief ein kalter Schauer den Rücken hinunter. Unbewusst hatte er seine Fäuste geballt. »Warum gehst du damit nicht zur Polizei?«

Sie tippte mit dem Zeigefinger an die Stirn. »Ich bin ja nicht lebensmüde. Die ganzen Herren Polizisten kommen zum Budern zu uns. Sondertarif! Da kann ich ja gleich in die Donau hupfen!«

»Wieso vertraust du mir? Ich bin doch auch Polizist?«

Sie sah ihn beinahe mitfühlend an und schürzte die Lippen. »Das können Sie der Frau Susi erzählen, aber nicht mir.«

»Was soll das heißen?«

»Der Jakob hat mir vielleicht das Gesicht zerschnitten, aber wir sind immer noch ganz gut miteinander. Er hat mir erzählt, was damals passiert ist und dass das nur dazu gut war, dass Sie bei der Polizei rausfliegen. Nicht Sie haben ihn verhaut, das waren die anderen. « Sie verfiel in ihr plumpes Hochdeutsch. »Eine Intrige, wie man in Ihren Kreisen sagen tät.« Sie war sehr stolz darauf, ein so kompliziertes Fremdwort zu kennen.

Er fühlte, wie ihm heiß und kalt wurde. »Du hättest mich verraten können. Das hätte dir bei deiner Chefin einen großen Vorteil bringen können«, flüsterte er mit zitternder Stimme.

»Das hab ich mir erst auch gedacht, aber wie ich dann gesehen hab, dass die Frau Susi Sie nicht ausstehen kann, da hab ich es mir anders überlegt. Immerhin sind Sie der Hurenpoidel!«

Kern dämmerte, dass sie wohl schon lange auf eine solche Gelegenheit gewartet hatte. Die Vogler hatte Johanna Futschik sträflich unterschätzt. »Hat die Fanni davon gewusst?«

Hannsi lachte humorlos. »Die war ja deppert, die Matzner. Die hat gar nix kapiert. Die Paula, ihre Vorgängerin, war viel schlauer.«

»Die hat es gewusst?«

»Alles«, erwiderte sie im Brustton der Überzeugung. »Aber dann wollte der Herr Fürst eine Neue. Die Paula war ihm zu schiach, hat er gesagt. Er hätte einen Ruf zu verteidigen. Er wollte die Schönste, und das war natürlich das Fräulein Fanni.«

»Und die Paula hat nicht nach Budapest geheiratet?«

Sie stutzte. »Hat Ihnen die Chefin diesen Tinnef erzählt?« Kern nickte ein wenig verlegen. »Und das haben Sie geglaubt?« Sie lachte laut auf. »Vielleicht hab ich Sie ja überschätzt. Nein, nein, das war ganz anders. Die Paula war natürlich beleidigt, obwohl, eine Schönheit war sie wirklich nicht. Trotzdem wollte sie sich das nicht gefallen lassen. Der Fürst wird sich noch wundern, hat sie mir gesagt. Und dann war sie auf einmal futsch.« Sie unterstrich ihre Worte mit einer wedelnden Handbewegung. »Futsch, verstehen Sie?«

»Was heißt das?«

»Tot auf der Straße haben sie sie gefunden. Aber der Arzt hat nix festgestellt. Die Frau Susi hat der Familie eine Einäscherung erster Klasse spendiert. Aus Mitgefühl. Die war noch nicht einmal richtig kalt, da war sie schon verheizt. Wir haben alle daran teilgenommen und Krokodilstränen vergossen. Am meisten die Frau Susi, der falsche Fuffziger.«

»Wann war das?«, fragte Kern hastig.

»Im Dezember. Wenn Sie mich fragen, Herr Kern, die Paula war das erste Opfer vom Engelmacher. Da bin ich mir sicher. Und die Frau Susi hat sie danach verschwinden lassen.«

»Der Engelmacher arbeitet für deine Chefin?«

»Möglich wär's schon«, erwiderte sie ein wenig verunsichert, als ihr bewusst wurde, wie weit sie sich vorgewagt hatte.

Er errötete, verärgert über seine Gutgläubigkeit. »Und die Fanni? Hat die davon erfahren?«

»Und ob«, erwiderte sie voll Hohn.

»Von wem?«, setzte er voll Ungeduld nach.

»Von mir«, verkündete die Frau mit stolz erhobenem Kopf.

Er griff nach ihrer Hand. »Wann hast du ihr das gesagt? Denk genau nach!«

Sie zögerte keinen Augenblick: »An meinem Geburtstag.«

Kern ließ sie los und stützte seinen Kopf in beide Hände. »Scheiße!«, flüsterte er. »Jetzt wird mir alles klar. Jetzt verstehe ich auch ihre Spende an die Findelanstalt! Aber warum hast du es ihr erzählt?«

»Das war mein schönstes Geburtstagsgeschenk.«

»Ich verstehe nicht ...«

»Wissen Sie, die Mädchen und die Frau Susi haben letztes Jahr mir zu Ehren eine Feier veranstaltet. Sie haben mir einen ganz besonderen Freier besorgt, einen von königlichem Geblüt, haben sie gesagt. Da hab ich mich sehr geschmeichelt gefühlt und bin ins Zimmer rein. Aber da war nur ein dreckiger Bettler, der noch dazu stockbesoffen war. Und gestunken hat der wie der Kanal. Und auf einmal waren alle da, und die Frau Susi hat zu mir gesagt, dass das der König der Bettler ist und dass sie mich ihm spendiert hat. Und dass ich jetzt mit ihm budern muss. So ist der Beruf eben.« In ihren Augen schimmerten Tränen und ihre Stimme stockte. »Alle haben zugeschaut und gelacht und geklatscht. Das war das Schlimmste, das ich je erlebt hab und Sie können mir eines glauben, ich bin kein Seicherl.« Sie wischte ihre Tränen mit dem Unterarm weg. »Drum«

»Irgendjemand muss ihr die Kinder bringen.«

»Die Mauthner.«

Kern schüttelte energisch den Kopf. »Nein, nein, du irrst dich. Das kann nicht sein. Die Susi hat sie ewig nicht gesehen!«

»Ich bitt Sie, Herr Inspektor, die lügt doch, sobald sie ihre widerliche Gosch'n aufreißt.« Hannsis dunkle Augen loderten vor Hass. »Die Mauthner«, zischte sie voll Verachtung, »war ein paar Mal da. Die sind doch ganz dick miteinander.«

Kern rang um seine Fassung. »Du verwechselst sie!«

»Dieses syphilitische Krüppelspiel kann man nicht verwechseln.«

Und dann war sie wieder da, die Erinnerung, nach der er so lange gesucht hatte. An dem Tag nach der Entzifferung des Kassenbuchs, als er vollkommen erschöpft gewesen war und Carla ihn in das kleine Gästezimmer geführt hatte. Nur um der Höflichkeit willen hatten sie ein paar Worte gewechselt. Gleich am nächsten Morgen hatte ihn die verbissene Suche nach dem verstörenden Detail gequält, das ihm wahrscheinlich aufgrund seiner Übermüdung entfallen war. Seitdem lag es in den Tiefen seines Unterbewusstseins verborgen, und all seine Versuche, die Erinnerung zurückzurufen, waren gescheitert. Und nun – als ob sie nur den richtigen Augenblick abgewartet hätte, um in den richtigen Kontext gebettet werden zu können – war sie wieder da, bis ins kleinste Detail.

Mit bestürzender Klarheit sah er vor seinem geistigen Auge die Spielzeugeisenbahn in Rosis Zimmer. Er erinnerte sich daran, wie verwundert er gewesen war, dass sie Spielzeug vorrätig hatte. Gerade sie, für die Kinder immer ein Buch mit sieben Siegeln gewesen waren, sollte Spielsachen für den Neffen ihrer letzten Hure gekauft haben? Vor dem Einschlafen hatte er Carla nach dem Kind gefragt, und ihre Antwort hallte in seinen Ohren wider: »Gehen's, Herr Kern. So ein Blödsinn, ich hab doch gar keinen Neffen.«

Die Wucht der Erkenntnis traf ihn wie ein Vorschlaghammer. Der vermeintliche Neffe war nichts anderes gewesen als ein Opfer für Mitjuchin. Das war die wahre Quelle Rosis Reichtums. Carla war nur die Zugabe. Sie hatte ihn belogen und benutzt, und er war so dumm gewesen, darauf reinzufallen. Alles, was Modritzky gesagt hatte, traf zu. Kern spürte, wie im alles Blut aus dem Gesicht wich. Es war, als würde ihm der Boden unter den Füßen weggezogen.

Hannsi war sein plötzlicher Verfall nicht entgangen. »Geht's Ihnen gut, Herr Inspektor?«, fragte sie besorgt. Sie reichte ihm das Glas Wasser, das zum Kaffee serviert worden war.

Mit zitternden Händen trank er es in einem Zug leer. »Der Kreislauf, Mäderl, der Kreislauf. Das hab ich manchmal«, log er und wischte sich mit dem Handrücken den Schweiß von der Stirn. Kerns Herz raste wie ein Maschinengewehr, seine Finger fühlten sich taub an.

»Jessas, Sie schauen ja zum Speien aus!«, entfuhr es Hannsi.

Kerns Herzschlag stolperte, setzte kurz aus, schlug danach umso schneller weiter. Angsterfüllt rang er nach Luft. Verzweifelt packte er ihre Hände und drückte sie so fest, dass sie einen spitzen Schrei ausstieß. Der Kellner lief herbei. »Alles in Ordnung, der Herr? Man könnt meinen, Ihnen wäre ein Geist begegnet«, äußerte er besorgt.

»Bring mir einen doppelten Obstler, aber dalli!«, erwiderte Kern schwach. Die Bestellung wurde unverzüglich erledigt, und der Sonderermittler schüttete den Schnaps wie ein Verdurstender in sich hinein. Das wohlige Brennen in Mund und Speiseröhre beruhigte seine zum Zerreißen angespannten Nerven.

Im Hintergrund ließ sich das metallische Schlagen einer Standuhr vernehmen. Hannsi wurde hektisch. »Ich muss jetzt wieder zurück, sonst fallt auf, dass ich weg bin.«

»Der Fürst kommt jetzt nicht mehr?«

»Der Tod von der Fanni hat alles ein bisserl durcheinandergebracht. Aber letzten Mittwoch war er wieder da.« Sie blickte ängstlich um sich. »Bitte, ich muss gehen.«

»Eine letzte Frage noch, bitte, eine einzige!«, flehte er. Sie nickte unruhig. »Wann kommen die Kinder?«

»Normalerweise am Dienstagnachmittag. Die schlafen in der Luxussuite vom Fürsten. Der kommt dann in der Nacht. Das hab ich einmal beobachtet. Bis dahin bringt die Frau Susi persönlich den Kindern zu essen und viel Schokolade. Ich hab's gesehen. Eine richtige Henkersmahlzeit ist das. Die armen Hascherln ...« Sie schrak auf. »Herr Inspektor, ich muss jetzt ...«

»Aber er bringt sie doch nicht um!«

»Naaa, das nicht. Die werden dann im Morgengrauen abgeholt. Manche kommen wieder, bis er genug von ihnen hat, andre verschwinden gleich.«

Kern fragte doch noch weiter. »Was heißt das? Was geschieht mit ihnen?«

»Bitte, das weiß ich nicht. Ich seh sie halt nimmer. Keine Ahnung, was die mit ihnen machen.«

»Aber am Mittwoch ist doch die Matzner gekommen!«

»Genau. Der Fürst hat in der Luxussuite auf sie gewartet und kurz nach ihr das Haus verlassen, damit nur ja jeder sieht, dass er mit ihr zusammen gewesen ist. Und ich hab das Zimmer aufgeräumt.«

»Und wer holt die Kinder?«

»Irgendwelche Männer. Die kenn ich nicht.«

»Wohin bringen die sie?«

»Weiß ich nicht.«

Hastig überreichte er ihr seine Karte. »Wenn dir noch etwas einfällt!«, beschwor er sie. Dann steckte er ihr zehn Gulden zu.

»Das ist aber großzügig.« Sie strahlte und verschwand.

Die beruhigende Wirkung des Obstlers war schnell verklungen. Kaum wieder allein, begann in seinem erschöpften

Verstand ein undurchdringliches Gestrüpp wilder Ideen und Theorien zu wuchern. Die Reaktion seines Herzens auf die bittere Gewissheit, von Rosi belogen und betrogen worden zu sein, ließ nicht lange auf sich warten. Sein Puls wurde schneller und schneller, jeder Schlag drang bis in seinen Hals und raubte ihm die Luft zum Atmen. Eine gewaltige Last legte sich auf seinen Brustkorb, schnürte ihm die Kehle zu und hinderte seine Lungen daran, sich zu entfalten. Er brachte lediglich ein flaches, immer schnelleres Hecheln zustande, bis ihn ein leichter Schwindel erfasste. Plötzlich schienen ganze Heerscharen von Ameisen über seine Unterarme zu krabbeln. Mit vor Entsetzen weit aufgerissenen Augen sah er, wie sich seine Finger zu verkrampfen begannen, eine Welle vernichtender Übelkeit brach über ihn herein, alles drehte sich. In Todesangst sprang er auf, doch seine Beine versagten ihm den Dienst. Hilflos ruderten seine ausgestreckten Arme durch die Luft. Mit einem gurgelnden Laut brach er zusammen und stürzte mit lautem Gepolter zu Boden. Der Tisch zerbrach unter seinem Gewicht, Geschirr zersplitterte.

Als er wieder zu sich kam, lag er auf dem Rücken. Starke Arme drückten ihn mit sanfter Gewalt zu Boden. Sein Herz schlug wieder langsam und kraftvoll. Irgendjemand hielt seinen Hals umschlossen und übte einen sanften Druck auf seine Schlagadern aus. Durch die halb geöffneten Augen nahm er das verschwommene Bild eines Mannes mit Monokel wahr, der über ihm kniete. Eine Stimme drang aus großer Entfernung an sein Ohr. »Er kommt wieder zu sich!«

»Bitte bleiben Sie noch kurz liegen. Ich bin Arzt«, sagte der Mann und starrte angestrengt auf das Ziffernblatt seiner goldenen Taschenuhr. Dabei bewegten sich seine Lippen lautlos. Als er seine Hand zurückzog, verschwand der Druck auf Kerns Hals. »Ihr Herz hat gerast, deswegen haben Sie das Bewusstsein verloren. Der Druck auf ihre Halsschlagader hat den Herzschlag wieder normalisiert.«

Kern ertastete eine große Beule auf seinem Kopf. Mühsam rappelte er sich hoch. »Vielen Dank, Herr Doktor.«

»Keine Ursache.« Der Arzt zückte seine Visitenkarte. »Lassen Sie sich Baldrian verschreiben. Wenn es wiederkommt, ist es ganz gut, etwas Beruhigendes dabeizuhaben.«

»Es kann wiederkommen?« Kern war mehr als beunruhigt.

»Durchaus möglich. Kommen Sie in meine Praxis, ich will sehen, was ich für Sie tun kann.«

»Und wer zahlt meinen Tisch?«, ertönte die aufgeregte Stimme des Wirts.

»Ich natürlich.« Der Ermittler stöhnte und dachte an sein Spesenkonto. »Und jetzt bringt mir ein Glas Wasser. Bitte.«

Während der Piccolo den Boden mit einem nassen Tuch aufwischte, reichte man Kern ein Glas Wasser und einen Eisbeutel, den er sich dankbar auf seine Beule drückte. Es dauerte eine geraume Zeit, bis er seine sechs Sinne wieder ganz beisammenhatte. Ein doppelter Mocca erweckte seine Lebensgeister, auch sein analytisches Denkvermögen kehrte langsam zurück. Auch bei kühlem Kopf – das Eis tat seine Wirkung – war seine Welt eine deutlich schlechtere geworden. Seine Albträume hatten sich bestätigt, Leopold Kern hatte den ersten Kreis der Hölle betreten. Und die Zeit drängte.

Der Mann mit dem Raubvogelgesicht hatte seinen Zusammenbruch mit distanziertem Interesse verfolgt.

Kapitel 18
Erinnerungen

Es war ausschließlich dem Alkohol zuzuschreiben, dass Kern nach diesem niederschmetternden Tag überhaupt Schlaf fand. Nachdem er am Samstagmorgen seinen Kater mit einem guten Liter Kaffee niedergekämpft hatte, setzte er sich an seinen kleinen Schreibtisch und versank in die Fotografie mit seiner Frau und seiner Tochter, den strengen Blick Annas, das verschmitzte Lächeln der kleinen Luise. Der Anblick trieb ihm die Tränen in die Augen. Die gestrigen Enthüllungen hatten ihm sein grenzenloses Versagen deutlicher denn je vor Augen geführt.

Zwölf Jahre lange hatte er einem Traum nachgetrauert. Zwölf wertvolle Jahre, in denen er die Augen davor verschlossen hatte, dass Rosalie Mauthner das Gift in seinem Leben gewesen war. Ihretwegen hatte er alle, die ihn liebten, enttäuscht. Sein Vater, der Einzige, der immer bedingungslos an ihn geglaubt hatte, war einen einsamen Tod gestorben, denn Kern hatte es in seinem Liebesrausch mit Rosi nicht der Mühe wert gefunden, ihn zu besuchen. Nicht einmal bei seinem Begräbnis war er gewesen.

Und ihr Gift hatte weitergewirkt, lange nachdem sie ihn verlassen hatte. Mit seiner ständigen Sehnsucht nach ihr hatte er seine Frau betrogen. Statt ihr mehr Liebe und Zuwendung zu schenken, hatte er seine Launen an ihr ausgelassen. Und seine kleine Luise hatte ihn oft tagelang nicht zu Gesicht bekommen, weil er sich in seine Arbeit geflüchtet hatte.

Und zu guter Letzt hatte er Vorgesetzte und Kollegen, die sich für ihn eingesetzt hatten, ebenso brüskiert wie den Grafen Modritzky, der ihn mit der Wahrheit konfrontiert hatte.

In seiner grenzenlosen Dummheit hatte er sich nach neun Jahren erneut von Rosi um den Finger wickeln lassen. Mühelos hatte sie ihn in die Irre geführt und von ihren dunklen Geschäften abgelenkt. Er hatte Marx blind vertraut, dem Mann, der seine Zwangslage schamlos ausgenutzt und ihn in den tiefsten Sumpf seiner Karriere geschickt hatte.

Seine Bilanz war verheerend. Er hatte sich als menschlicher Versager erwiesen und unermessliche Schuld auf sich geladen. Eigentlich verdiente er es gar nicht weiterzuleben. Aber sich einfach in die Donau zu stürzen, wie es so viele in der Kaiserstadt taten, das erschien ihm doch zu billig. Wenn er schon sein Leben opferte, dann sollte es einen Sinn haben. Die Gelegenheit dazu lag nun direkt vor ihm.

Die Matzner hatten man getötet, weil sie auspacken wollte. Ihr größter Fehler war es wohl gewesen, sich in Rada zu verlieben und ihre prominente Kundschaft zu vergraulen. Damit hatte sie sich des mächtigsten Schutzschildes beraubt, den man in Wien haben konnte. Und darum war sie auch gezwungen gewesen, beim Polizeipräsidenten vorzusprechen! Natürlich hatte Susanne Vogler den Berufsmörder engagiert und Rosalie Mauthner die Drecksarbeit machen lassen. Ob Marx ahnte, was sich direkt vor seinen Augen abspielte? War er vielleicht sogar daran beteiligt?

Wütend ballte Kern die Fäuste. Er würde nicht eher ruhen, bis Mauthner und das ganze Drecksgesindel um Vogler zur Strecke gebracht waren. Jedes Mittel war ihm dazu recht. Aber allein vermochte er diese Aufgabe nicht zu bewältigen, denn da waren zwei mächtige Feinde, die ihn zu Fall bringen konnten. Der eine war der Hass auf Rosi, der sein Urteilsvermögen trübte. Der zweite war seine Ungeduld, seine Besessenheit, der Handlungszwang, den er verstört verspürte, die panische Angst, ein weiteres Mal zu spät zu kommen, denn es waren Kinder im Spiel. Wenn er seine Gegner vernichten wollte, benötigte er dringend Verbündete und vor allem einen klugen Ratgeber ...

Wenn Modritzkys Kammerdiener über Kerns unerwarteten Besuch erstaunt war, so ließ er es sich nicht anmerken. »Ich fürchte, er wird Sie nicht empfangen wollen«, sagte er mit vollendeter Höflichkeit.

Kern war nervös, seine Zunge klebte förmlich am Gaumen. »Bitte sagen Sie ihm, dass ich gekommen bin, um mich zu entschuldigen.«

»Herr Kern, möglicherweise haben Sie ihn zuletzt falsch verstanden. Es geht nicht um gutes Benehmen, es geht ...«

»... um Vertrauen, ich weiß«, fiel ihm dieser ins Wort. »Ich habe über alles nachgedacht. Er hat recht gehabt. Ich möchte ihn um sein Vertrauen bitten.«

Die Zweifel standen Johann ins Gesicht geschrieben. »Das wird nicht reichen.«

»Und ich möchte ihm aus meiner Vergangenheit erzählen. Es soll keine Geheimnisse zwischen uns geben.«

Jeder andere wäre nicht über den Vorraum des Hauses hinausgekommen, aber der Diener mochte Kern. »Also versuchen wir's. Aber ...«, er hob die Hand, »es gibt keine Garantie, dass er Sie anhört. Er sitzt im Jagdzimmer.«

Kern folgte Johann in einen großen, bis in Augenhöhe holzgetäfelten Raum. Die weißen Wände waren bis zur Decke mit Hirsch-, Gams- und Rehgeweihen gespickt. Wie bunte Blumen in einer verdorrten Wiese leuchteten dazwischen kleine Ölbilder mit kitschigen Jagdmotiven. Trotz der geöffneten Fenster war die Luft feucht und modrig, und es roch nach kaltem Zigarrenrauch. Von draußen hallte lautes Vogelgezwitscher. Das eindringende Sonnenlicht brach sich an Myriaden von Staubpartikeln.

Die massige Gestalt des Grafen wirkte inmitten dieser Umgebung geradezu unscheinbar. Gebückt saß er in einem von sechs mächtigen, mit schwarzem Prägeleder bezogenen Stühlen an einem ausladenden Eichenholztisch. Vor ihm lag ein mit weißem Tuch überzogener Husarenczako, eine matt polierte Säbelscheide aus Stahlblech und ein gelb-schwarzes Portepée aus feiner Schafwolle.

Modritzy war gerade damit beschäftigt, einen Reitersäbel zu reinigen. Er hielt den Griff der Waffe so nahe ans Gesicht, dass der Korb seine Wange berührte. Die Spitze zeigte zu den Fenstern und blitzte im Sonnenlicht. Das linke Auge zusammengekniffen, suchte das Rechte die Klinge nach Resten von Flugrost ab. Sorgfältig polierte er den blanken Stahl und legte Putztuch und Säbel zurück zu den anderen Gegenständen.

Kern wartete artig an der Tür. Der Anblick des Grafen, der so einsam und verloren dasaß, beschämte ihn, und sein Herz klopfte wild vor schlechtem Gewissen und Ungeduld. Wenn er nur etwas ruhiger gewesen wäre! Modritzky legte die Unterarme auf die Tischplatte, faltete die Hände und musterte seinen unerwarteten Gast von oben bis unten: »Das ist die Ausrüstung meines Enkels. Er war Husar.«

Er nahm den Säbel auf und glitt mit der Spitze seines Zeigefingers vorsichtig entlang der rasiermesserscharfen Schneide. »Kavalleriesäbel, M/52, sehr gut gearbeitet. Die fünfundzwanzig Zentimeter vor der Spitze sind zweischneidig. Das ist wichtig, wenn man nach hinten haut. Eine ganze Menge Kerben sind da drauf. Sicherlich zerschmetterte der Fredi damit so manchen Preußenschädel.«

»Was macht Ihr Enkel jetzt?«, fragte Kern vorsichtig.

»Verfaulen. In der Familiengruft. Seit fünfzehn Jahren«, antwortete der Graf, ohne aufzusehen. »In vier Wochen jährt sich sein Tod. Böhmen. Eine weitere kolossale Niederlage unserer ruhmreichen Armee. Und dazu vollkommen sinnlos. So wie bei Solferino, in Mexiko und was weiß ich, wo wir noch eine draufbekommen haben.« Der Graf steckte den Säbel zurück in die Scheide und nahm den Helm in beide Hände. »Weißes Tuch, 9er Husaren.« Er zog den weißen Stoffüberzug des Czakos zurück. »Da, sehen Sie!«

Zögernd, mit weichen Knien trat Kern näher. In diesem Augenblick wirkte der Aristokrat fragil und zerbrechlich, ein trauriger alter Mann am Ende seines Lebens. Er erkannte einen scharfrandigen Spalt, der beinahe über die ganze Länge des Helms verlief. Noch während er über eine einfühlsame Antwort nachdachte, sagte Modritzy verbittert: »Dummerweise haben die Preußen auch keine schlechten Säbel. Auf jeden Fall gut genug, um unsere Husarenhelme zu spalten, und damit leider auch den Schädel vom guten Alfred. Muss ein Kürassier gewesen sein. Die haben schwerere Waffen.«

Nachdenklich strich er mit der flachen Hand über den kecken, schwarzen Rosshaarbusch an der Vorderseite des Czakos, der wie ein Pinsel nach oben ragte, exakt zwölf Zentimeter lang, wie es in den Adjustierungsvorschriften vorgesehen war. »Die haben ihm auch nicht viel geholfen. Aber fesch sind sie. Sehr schneidig. Der Busch ist allerdings neu, aus dem alten haben wir das Blut nicht herausgekriegt.« Er schwieg, in seinen dunklen Augen schimmerte Wehmut. »Mit Gott, für Kaiser und Vaterland«, murmelte er. »Ich habe meinen Bruder an Napoleon und meinen Enkel an die verfluchten Preußen verloren. Gegen den Napoleon ist es wenigstens noch um die Freiheit gegangen.«

Kern war ein wenig ruhiger geworden. Er suchte nach passenden, tröstenden Worten, etwas, worin er gar nicht gut war. Modritzky ersparte sich und ihm eine Antwort, die vielleicht angebracht, aber in jedem Fall unbeholfen formuliert gewesen wäre. »Sagen Sie nichts, Kern, es macht das alles auch nicht besser. Zwanzig Jahre alt war der Alfred, frisch verlobt und voller Träume vom Heldenruhm. So schnell kann's gehen mit dem Ruhm.« Er legte den Helm zurück und sah seinen Gast mit tiefer Traurigkeit an. »Was wollen Sie?«

Kern verbeugte sich umständlich. »Erlaucht, ich …«

»Lassen Sie bitte diese Anrede weg«, unterbrach ihn der Graf mürrisch. »Sagen Sie Graf zu mir, das reicht.«

»Herr Graf, ich …«

»Besser. Ich dachte, zwischen uns ist alles gesagt?«

Zerknirscht sah Kern zu Boden: »Erl…, Graf, ich möchte Sie untertänigst um ein wenig Zeit bitten, weil ich Ihnen etwas erzählen möchte.« Er stockte kurz, doch da Modritzky nichts erwiderte, fuhr er fort. »Ich wollte Ihnen erzählen, von der Rosi und mir …«, ein kurzes Zögern, »… wenn es Sie noch interessieren sollte. Ich kann aber auch wieder gehen, wenn …«

»Soll das ein Vertrauensbeweis werden?«

»Ich würde mich freuen, wenn Sie es so sehen könnten, Herr Graf.«

Modritzky musterte ihn schweigend. Trotz des Vogelgezwitschers hatte eine bedrückende Stille den Raum erfasst.

»Bitte geben Sie mir eine zweite Chance.«

Der Graf lehnte sich zurück und legte seine Arme breit auf den Tisch: »Setzen Sie sich.« Kern nahm ihm gegenüber Platz und wartete darauf, das Wort erteilt zu bekommen. »Was schauen Sie mich an wie ein armer Sünder? Sie sind gekommen, ich hab Sie nicht drum gebeten. Warum überhaupt Ihr Sinneswandel?«

»Weil Sie recht gehabt haben. Mit allem. Ich war der Rosi gegenüber nicht objektiv.«

»Und wie sind Sie zu dieser bemerkenswerten Erkenntnis gelangt?«

»Darf ich ganz von vorn beginnen? Ich will Sie aber nicht langweilen …«

»Nur zu«, sagte der Graf nicht besonders freundlich.

»Meine Mutter war eine katholische Furie, meine halbe Kindheit habe ich im Beichtstuhl zugebracht. Mit dreizehn bin ich von daheim ausgerissen. Nachdem sie mich eingefangen hatten, wurde ich auf ihr Betreiben hin in ein katholisches Internat gesteckt. Es war eine furchtbare Zeit. Mein Vater hat mich erst nach der Matura abgeholt.«

»Ich nehme an, Sie haben das eine Internat gleich gegen das nächste getauscht. Wo waren Sie stationiert?«

»Ich habe nicht gedient. Mein Vater hat mich vom Militär freigekauft.«

Erstaunt zog Modritzkys seine Augenbrauen hoch. »Das ist recht ungewöhnlich. Was war er von Beruf?«

»Beamter.«

»Ein teurer Liebesdienst! Das hat damals, lassen Sie mich nachdenken ...«, er zwirbelte seinen mächtigen Schnurrbart, »... gut tausendfünfhundert Gulden gekostet. Ein Vermögen!«

»Eine Woche vor Schulschluss war doch die Katastrophe von Solferino. Er hat sich damals wahnsinnig aufgeregt und mir gesagt, er würde sein Fleisch und Blut nie und nimmer einem Idioten anvertrauen.«

»Damit hat er doch wohl nicht den Kaiser gemeint?«

»Ich fürchte, ja. Immerhin war er unser Feldherr.«

»Er war jung und unerfahren. Dem Radetzky wäre das nicht passiert, so viel kann man schon sagen«, erwiderte der Graf nachdenklich. »Ich wollte, mein Sohn hätte so gehandelt, dann wäre mein Enkel noch am Leben. Ich hoffe, Sie haben es ihm gedankt.«

»Ich war wütend, dass mir die Karriere in der Armee verschlossen war«, sagte Kern beschämt. »Wenn man jung ist, glaubt man noch an Heldentod und Kriegsruhm.«

»Jung und blöd waren Sie, wie der kleine Fredi. Ruhm hat er keinen geerntet, aber den Heldentod subito bekommen.«

»Zwei Wochen haben wir kein einziges Wort miteinander gesprochen«, setzte Kern seine Erzählung fort. »Im Herbst habe ich dann Jus inskribiert. Aber anstatt zu studieren, bin ich viel lieber durch Branntweinschänken, Bordelle und Heurigenlokale gezogen.«

»Das wird Ihrer gestrengen Mama nicht gefallen haben.«

»Ganz recht. Nach zwei Jahren hat sie mir das Geld gestrichen. Natürlich nicht wegen meiner mangelnden Studienfortschritte, sondern wegen meiner Gottlosigkeit. Sie hat wie immer den Papa geschickt, um mir die schlechte Nachricht zu überbringen. Ab dann musste ich für meinen Lebensunterhalt selbst aufkommen. Das war gar nicht einfach.« Erleichtert bemerkte Kern, dass ihm der Graf nun aufmerksam zuhörte. »Ich habe in den Ziegelbrennereien am Wienerberg gearbeitet, auf den Baustellen der Ringstraße und beim Abbruch der Basteien. Ich weiß, wie es ist, wenn einem am Abend sämtliche Glieder wehtun. Fürs Studieren ist da kaum Zeit geblieben. Hätte mir mein Vater nicht ab und zu heimlich etwas zugesteckt, wäre ich kaum über die Runden gekommen. Immerhin kenne ich aus dieser Zeit noch eine Menge Leute.«

»Wie sind Sie dann Polizist geworden?«

»Wieder mein Vater. Vier Jahre hat er zugeschaut, dann war es genug. Wie die Zivilpolizeiwache gegründet worden ist, hat er mir eine Stelle verschafft, im gleichen Jahr, in dem die Ringstraße eröffnet wurde. Ich war damals schon fünfundzwanzig. Wenigstens waren die zwei Jahre Jusstudium nicht vergeudet.«

»Sie hatten in ihm einen richtigen Schutzengel ...«

»Ja, das war er wirklich. Ich hab mich zwar anfangs auch dagegen gesträubt, aber es war genau das Richtige für mich. Die Arbeit hat mir große Freude bereitet. Und meine Kontakte im Arbeitermilieu haben mir viel geholfen, auch wenn ich manchmal ein bisschen gegen das Gesetz gehandelt habe, wenn ich jemanden beschützen musste. Wenn man einmal in den Ziegeleien gearbeitet hat, sieht man sehr schnell die Dinge anders. Erinnern Sie sich zufällig an den 28. Mai 1868?«

»Ich fürchte, Sie müssen mir auf die Sprünge helfen.«

»Die letzte öffentliche Hinrichtung in Wien.«

Modritzky schnitt eine angeekelte Grimasse. »Was für ein degoutantes, unwürdiges Spektakel!«

»Sie waren da?«, fragte Kern erstaunt.

»Ich schäme mich noch heute dafür. Ich stand gleich neben der Tribüne, die wegen Überlastung zusammenbrach. Und dazu diese Gehenktenwürstel! Sie waren dienstlich dort, nehme ich an?«

»Rein privat. Ich wollt es halt auch sehen.«

»Und? Wie fanden Sie es?«

»Grauenvoll! Ich hab gar nicht hingeschaut, wie sie den armen Teufel umgebracht haben. Dort hab ich die Rosi kennengelernt.«

»Unterm Galgen? Wie pervers!«

Das Lachen des Grafen ermutigte Kern. Trotz seines Zorns erfüllte ihn die Erinnerung mit Wehmut. »So was sucht man sich nicht aus, Graf. Wir haben uns Hals über Kopf ineinander verliebt. Ich war mit meinen dreißig kein Jüngling mehr, aber schlanker war ich und mehr Haare habe ich auch gehabt. Mit der Rosi hab ich zum ersten Mal so richtig gelebt.«

Während Kern erzählte, füllten sich Modritzkys Augen mit Melancholie. Jedes Wort sog er in sich auf, während sein Körper sich unwillkürlich aufrichtete. »War sie damals schon im horizontalen Gewerbe aktiv?«

»Was heute die Fanni war, war damals die Rosi, und es war mir ein Vergnügen, meiner Mutter eins auszuwischen, diese unerträgliche Zwangsjacke verlogener bürgerlicher Moral abzustreifen. Dazu hat die Rosi auch noch einen Haufen Geld verdient und es mit vollen Händen wieder hinausgeworfen. Es war ...«

»Es war wunderbar, was sonst sollte es gewesen sein? Sie Glücklicher!«, platzte es aus Modritzky heraus, wie aus einem Staudamm, der unter dem Druck gewaltiger Wassermassen geborsten war. Seine dunklen traurigen Augen blitzten mit einem Mal voll Leidenschaft, und seine kraftvolle Stimme erfüllte den ganzen Raum. »Der Neid könnt einen fressen. Davon träumen wir doch alle! Glauben Sie, dass sie Sie geliebt hat?«

Kern, von dem leidenschaftlichen Ausbruch des Grafen vollkommen überrascht, errötete: »Ich glaube mit Fug und Recht behaupten zu können, ja.«

»Was hat Ihr Vater dazu gesagt?«

»Ich habe über ein Jahr gebraucht, bis ich mich dazu durchringen konnte, es ihm zu sagen. Er hat es missbilligt, aber auch irgendwie verstanden – glaube ich zumindest.«

»Insgeheim hat er Sie beneidet! Aber das konnte er Ihnen nicht sagen. Wie lange ist das gegangen?«

»Knapp zwei Jahre, die wie im Rausch vergangen sind. Dann wurde sie schwanger.«

»Von Ihnen? Entschuldigen Sie die Frage, aber ...«

Kern lächelte. »Das Kind muss von mir gewesen sein, da sie in der fraglichen Zeit ausnahmsweise das Geschäft hatte ruhen lassen. Eine Art Betriebsurlaub. Ich wollte sie sofort heiraten, aber sie hat sich gesträubt. Und dann hat sie das Kind verloren.«

Das plötzliche Ende des fremden Glücks, dessen er für einige Augenblicke teilhaftig geworden war, ließ Modritzky wieder zusammensinken. »Das muss schlimm für Sie gewesen sein«, sagte er teilnahmsvoll.

Kern bemerkte erst jetzt so richtig, wie sehr sein Schicksal den Grafen bewegte. Die Erinnerungen drohten ihn zu überwältigen, und seine Stimme zitterte. »Für mich ist damals eine Welt zusammengebrochen. Es ist alles zusammengekommen, denn zur gleichen Zeit hat der Wanitzky Ferdl ein Aug auf die Rosi geworfen. Der war schon damals einer der gefürchtetsten Kuppler Wiens. Man kennt ihn besser unter seinem Spitznamen: der blade Ferdl. Er wollte die Rosi zwingen, für ihn zu arbeiten, was der Sklaverei sehr nahe gekommen wäre. Er hat schon damals seine Mädchen sehr schlecht behandelt. Nächtelang hat sie vor Angst am ganzen Körper gezittert und sich in den Schlaf geweint. Ich hab sofort Rot gesehen und ihn aufgefordert, mein Mäderl in Frieden zu lassen. Er hat nur gelacht. Aber da hatte er sich bei mir geschnitten.«

»Sie haben sich mit ihm angelegt?«, fragte der Graf ungläubig.

»Als Polizist wusste ich genau, wie ich ihm das Leben schwermachen kann. Im Strafrecht bin ich doch zu Hause! Also hab ich seine Leute ständig kontrolliert, sie bei der kleinsten Kleinigkeit verhaftet oder Anzeige erstattet. Wenn Sie kein Auge zudrücken und den Buchstaben des Gesetzes exakt befolgen, dann können Sie jedem die Daumenschrauben ansetzen. Sogar dem bladen Ferdl. Das hat ihn damals viel Geld gekostet.«

»Natürlich haben Ihre Kollegen Sie tatkräftig unterstützt.«

Kern lacht laut auf. »Von wegen! Bekämpft haben sie mich! Immerhin waren einige Angehörige des Bezirkskommissariats Leopoldstadt Ferdls bevorzugte Kunden. Man verzichtet nur ungern auf eine schnelle Nummer nach Dienstschluss zum Nulltarif.«

»Aber wie war so etwas möglich?«

»Damals wurden die Kriminalfälle noch in den Bezirken abgehandelt, da ist vieles unter der Hand geregelt worden. Die Zentralisierung im Sicherheitsbüro ist erst ein Jahr später gekommen. Das hat den Strizzis richtig wehgetan.«

»Was Sie da gemacht haben, erfordert ziemlich viel Mut.«

Kern machte eine wegwerfende Handbewegung. »Sie hätten doch an meiner Stelle genauso gehandelt.«

Der Graf zog die Schultern hoch und legte den Kopf schief. »Ich weiß nicht. Ich glaube, ich wäre zu feig gewesen …«

Der Sonderermittler überging die Antwort. »Irgendwann wurde es dem Wanitzky zu bunt. Wir haben uns auf neutralem Boden getroffen und geeinigt. Ich war im Siegesrausch. Aber die Sonne hat nur kurz geschienen. Wenig später hat Rosi mich sitzenlassen.«

Es entstand eine unwillkürliche Pause. Der Graf wirkte betroffen. Irgendwann seufzte er wissend: »Oh wie so trügerisch ...«

Kern legte beide Hände in den Schoß und starrte traurig auf den Tisch. »Ja, das sind sie fürwahr. Es hat mir den Boden unter den Füßen weggezogen.«

»So wie Sie sie schildern, wäre ein bürgerliches Leben für sie nichts gewesen. Durch so etwas müssen wir wohl alle einmal durch. Ob Mann oder Frau. Wie lange waren Sie zusammen?«

»Knappe drei Jahre.«

»Immerhin. Wer kann so etwas schon von sich behaupten? Ich habe meine Frau geliebt, aber körperliche Liebe gab es nur im Dunkeln, zum Zweck der Fortpflanzung, wenn Sie verstehen, was ich meine. Sie sollten nicht undankbar sein. Ich für meinen Teil beneide Sie aufrichtig.«

Von der Offenheit des Grafen überrascht setzte Kern seine Erzählung fort. »Um mich abzulenken, hab ich mich in die Arbeit gestürzt. Meine damalige Aufklärungsquote kann sich sehen lassen. Wie das Polizeiagenteninstitut ein Jahr später gegründet wurde, haben sie mich beinahe angefleht, dazuzustoßen. Natürlich habe ich angenommen, schon um meinen alten Herrn stolz zu machen!«

»Und, war er stolz?«

Kerns Augen wurden feucht. »Er war tot, gestorben, kurz nachdem ich ihm von Rosi und mir erzählt hatte. Meine Mutter fand es nicht der Mühe wert, mich zu benachrichtigen. Als ich dann heimkam, um ihm von meinen Erfolgen zu berichten, beschuldigte sie mich, ihn durch mein zügelloses Leben ins Grab gebracht zu haben. Ich habe seitdem nie wieder ein Wort mit ihr gesprochen. Ihre Worte waren sehr hart, aber gerecht. Ich hätte ihn besuchen können ...«

»Ihre Mutter ist – Sie entschuldigen diesen Ausdruck – eine dumme Gans.« Modritzky war wütend. »Sie mussten Ihren eigenen Weg gehen, und das haben Sie glänzend bewerkstelligt. Ich wollte, einer meiner Söhne hätte sich so erfolgreich im Leben behauptet. Sie verdienen meinen größten Respekt, Herr Kern. Aber jetzt sind Sie nicht mehr bei der Polizei. Warum?«

»Nachdem mich die Rosi verlassen hat, habe ich die Anna geheiratet, eine brave Frau, die Tochter eines Fiakers.«

»Ihren Worten entnehme ich, dass sie es mit Rosalie Mauthner nicht aufnehmen konnte.«

»Sie war eine gute Ehefrau und hat mir ein wunderbares Kind geschenkt. Die kleine Luise war das Beste, das mir in meinem Leben geschenkt wurde. Beide habe ich an die Cholera verloren. Luise war erst vier. Es war der schlimmste Schmerz, den ich je erdulden musste. Und es war meine Schuld, damit muss ich leben.«

»Was können Sie für die Cholera?«

»Das Wasser in unserem Hausbrunnen war grauenhaft. Ständig litt irgendein Bewohner unter Durchfällen. Dann wurde die Kaiser-Franz-Josef-Hochquellwasserleitung gebaut. Unser Hausherr wehrte sich erbittert gegen den Anschluss, weil er die hohen Kosten nicht auf uns Mieter abwälzen durfte. Sieben Jahre dauerte es, bis die Behörden aus unserem Brunnen Proben entnahmen. Die Wasserqualität war so schlecht, dass der Anschluss ohne Aufschub angeordnet wurde. Noch während der Bauarbeiten raffte ein Choleraausbruch die Hälfte der Mieter dahin. Meine Frau und mein Kind waren dabei. Ich hätte auf einen schnelleren Anschluss an die Hochquellwasserleitung drängen müssen. Vielleicht hätte ich als Polizist etwas bewirken können.«

»Das ist doch Unsinn. Bis eine so große Stadt wie Wien angeschlossen ist, dauert es. So viel ich weiß, sind auch jetzt erst achtzig Prozent aller Haushalte angeschlossen. Und sie denken schon über eine zweite Wasserleitung nach, wegen der Zuwanderung.«

»Das macht meine Schuld nicht kleiner. Statt mich darum zu kümmern, habe ich all die Jahre der Rosi nachgetrauert und mich in meiner Arbeit vergraben. Ich habe dabei versagt, meine Familie zu schützen.«

Modritzky vollführte eine unwillige Handbewegung. »Hören Sie doch auf damit! Selbst wenn es Ihnen gelungen wäre, den Anschluss zu beschleunigen, so hätten Sie dies mit dem Leben anderer erkauft. Was Ihnen passiert ist, Herr Kern, ist nichts Ungewöhnliches. Eine schöne Frau, die in den Künsten der Liebe sehr bewandert war, hat Sie buchstäblich um den Verstand gebracht. So etwas passiert Tausenden! Und versagen tun wir alle. Ich habe auch dabei versagt, meinen Enkel zu schützen. Der Alfred war ein kränkliches Kind, nächtelang sind wir damals an seinem Bett gesessen und haben gewacht. Wir konnten es kaum glauben, als er das Erwachsenenalter erreichte. Was habe ich meinen dummen Sohn beschworen, ihn nicht zur Armee zu lassen. Ich hätte ihn freikaufen können, wie Ihr Vater Sie. Aber das ist mir damals nicht einmal in den Sinn gekommen. Wir alle haben Schuld an irgendetwas. Im Nachhinein ist man immer klüger.«

»Zwei Jahre sind es her, dass ich die beiden zu Grabe tragen musste, vier Wochen vor dem Anschluss an die Wasserleitung. Vier verfluchte Wochen hätten gereicht, um ihr Leben zu retten.« Kerns Augen füllte sich mit Tränen. »Und der Brunnen steht noch immer. Unser Hausherr ist nicht bereit, ihn zuschütten zu lassen. Zu teuer, sagt er. Wann immer ich die Treppe hinaufgehe, muss ich durch die Fenster in den Hof sehen. Wie ein Mahnmal steht da der Brunnen und erinnert mich an mein Versagen. Wäre ich doch mit ihnen gestorben.«

»Das Leben ist eine grausame Lotterie, Herr Kern und das Schicksal lässt sich nicht aufhalten. Kein Mensch kann sagen, ob Sie Ihre Familie hätten retten können. Vielleicht wären sie dann an der Grippe oder am Typhus gestorben.«

»Aber warum musste ich weiterleben?«

»Gott hat mit Ihnen noch Pläne. Es liegt nicht in unserer Macht, seine Entschlüsse zu beeinflussen.«

»Nach ihrem Tod begann ich mit Vorgesetzten und Kollegen wegen jeder Kleinigkeit zu streiten, mein Sündenregister in der Personalakte wurde täglich länger. Und der blade Ferdl hat ein langes Gedächtnis. Zehn Jahre hat er auf Revanche gewartet. Dann hat er mich reingelegt, und ich bin rausgeflogen. So, jetzt kennen Sie meine ganze Geschichte.«

»Und durch die Matzneraffäre sind Sie Ihrer großen Liebe von einst wieder begegnet?«, fragte der Graf voll Mitgefühl.

»Ich bin nie darüber hinweggekommen, dass sie mich hat sitzenlassen hat. Und darum fürchte ich, dass es genauso ist, wie Sie beim letzten Mal gesagt haben, Herr Graf. Aber das ist jetzt vorbei. Sie hat mich hintergangen, meine alten Gefühle für sie ausgenutzt.«

Modritzky erhob sich und ergriff Kerns Hand, um sie zu drücken. »Ich danke Ihnen für Ihr Vertrauen. À propos Vertrauen. Warum ist Ihr Vertrauen in die Frau Mauthner plötzlich so erschüttert? Gab es eine neue Entwicklung bei Ihren Ermittlungen?«

»Oh ja, man könnte beinahe sagen, es geht drunter und drüber!« Kern erzählte und ließ mit Ausnahme seines Techtelmechtels mit Carla kein einziges Detail aus.

Ohne ihn ein einziges Mal zu unterbrechen, lauschte der Graf seinen Ausführungen. »Starker Tobak.« Er seufzte, als Kern geendet hatte, und strich gedankenverloren über die Klinge des Husarensäbels. »Sie sind in die tiefsten Abgründe der menschlichen Seele hinabgestiegen. Was für ein abstoßender Kinderhandel. Und Sie sind sicher, dass Ihre Freundin darin verwickelt ist?«

Kern starrte nachdenklich auf den gespaltenen Czako. »Bis auf die kurze Zeit ihrer Schwangerschaft hat die Rosi nie etwas für Kinder übriggehabt. Dass sie eines bei sich aufnimmt und ihm noch dazu Spielzeug kauft, wäre so, als ob die Kaiserin einen fetten Schweinsbraten essen wollte. Und wenn sie ihre Meinung geändert hat, warum hat sie mich dann angelogen?«

Modritzky hatte von dem Säbel seines toten Enkels abgelassen und sah Kern direkt in die Augen. »Vielleicht wollte sie es um der guten alten Zeiten willen vor Ihnen verheimlichen? Vielleicht hat ja dieses Mädchen auch gelogen, um seine Chefin anzuschwärzen?«

»Die Hannsi? So eine Geschichte kann die sich nicht ausdenken, einfach weil alles zu gut passt. Die einzige Hoffnung, die mir bleibt, ist Rosis Dienstmädchen Carla. Zu der habe ich einen ganz guten Draht, und sie ist mit Sicherheit nicht in die Angelegenheit verwickelt. Sie muss etwas gesehen haben.« Er stützte die Ellbogen auf dem Tisch ab und vergrub sein Gesicht in den Handflächen. »Ich hab genau das geträumt, Graf. Ich bin nicht abergläubisch, aber wenn Sie mich fragen, hat mir die Fanni diese Botschaft aus dem Grab geschickt. Der Gedanke macht mir Angst. So etwas habe ich noch nie erlebt.« Er fühlte, wie ihn der Mut verließ.

»Sie sollten das als Ansporn sehen, nicht als Bedrohung! Erst wenn Fannis Schuld getilgt ist, kann sie Ruhe finden. Sie hat Sie ganz bewusst ausgewählt. Nur Sie sind aufgrund ihrer Lebensgeschichte in der Lage, diesen Fall zu klären. Das ist keine Strafe.« Modritzky hatte seine Worte gut überlegt und beobachtete nun gespannt deren Wirkung. »Es ist eine Aufgabe.«

»Aber eine weitere, furchtbar schwere Prüfung«, erwiderte Kern nach einer langen Nachdenkpause.

»Gott prüft uns ein ganzes Leben lang, keiner weiß das wohl besser als Sie. Wir können nicht dagegen kämpfen. Wir müssen es in Demut ertragen.«

Kern nickte. »Dann will ich mich dieser Prüfung stellen«, sagte er grimmig. »Vielleicht kann ich damit ja einen winzigen Teil meiner Schuld abtragen.«

»Reden wir noch einmal über die arme Fanni«, erwiderte Modritzky erleichtert. »Dank Ihnen wissen wir jetzt, warum sie mit einem Mal so verstört war. Kein Wunder, dass sie die Nachricht über die Kinder so aus der Bahn geworfen hat. Nach dem Auftreten der ersten Syphilissymptome war sie ziemlich schnell bei Marx und schien danach äußerst erleichtert. Was die beiden wirklich besprochen haben, liegt vorerst im Dunkeln.«

»Und wir wissen, dass sie am Tag vor der Zwangsvorführung bei Rosi war. Sie wollte unbedingt, dass Sie Ihre Briefe zurückbekommen, für den Fall, dass ihr etwas zustoßen sollte. Warum war ihr das so wichtig? Sie hat sie sogar ziemlich aufwendig in einem Fotoalbum versteckt. Und Rosi ist ganz scharf darauf.«

»Warum hat sie mir die Briefe nicht persönlich überbracht? Nichts wäre einfacher gewesen!«

»Vielleicht sorgte sie sich um Sie? Immerhin fühlte sie sich zu diesem Zeitpunkt bedroht. Wahrscheinlich verspürte sie Todesangst.«

»Sie meinen, sie fürchtete, die Männer, die sie überwachten, auf meine Spur zu locken?«

»Oder andere, mächtigere Kräfte, wie zum Beispiel Mitjuchin. Er verfügt mit Sicherheit über die erforderlichen Mittel, unbequeme Zeugen aus dem Weg zu räumen, selbst wenn sie einflussreiche Adelige sind.« Es war Kern anzumerken, dass ihn seine Argumentation nicht wirklich überzeugte. »Wäre zumindest eine schlüssige Erklärung«, versuchte er sich zu beruhigen.

»Glauben Sie mir, ich habe jedes einzelne Wort darin noch einmal durchgelesen und sorgfältig abgewogen«, erwiderte der Graf kopfschüttelnd. »Es gibt beim besten Willen nichts Anstößiges oder sonst irgendwie Wegweisendes. Und mein Heiratsantrag hat ja wohl nichts mit dieser grauslichen Affäre zu tun.« Grübelnd saßen beide Männer da, bis Moditzky das ratlose Schweigen brach. »Aber etwas muss es darin geben.«

»Eine Art verschlüsselter Text?«

»Wenn dem so wäre, wüsste ich ihn nicht zu entschlüsseln. Somit wäre das sinnlos. Sie hatten die Briefe doch geordnet. Haben Sie davon auch sicher nichts verloren? Gab es nichts Auffälliges, etwas, was mit den Briefen als solchen nichts zu tun hatte?«

»Eine Apothekenrechnung war dazwischengerutscht.«

»Haben Sie die noch?«

»Keine Ahnung. Ich müsste nachsehen.«

»Tun Sie das, bitte. Wir müssen uns an jeden Strohhalm klammern. Vielleicht hilft sie uns ja weiter. Vielleicht steckt sogar eine Absicht dahinter? Die Fanni war eine sehr kluge Frau.« Modritzky vollführte eine unwillige Handbewegung. »Momentan kommen wir damit auf jeden Fall nicht weiter. Was haben Sie noch herausgefunden?«

»Vier Tage nach der Zwangsvorführung bemerkt sie die Männer vor ihrem Haus, war aber laut Dienstboten nicht sonderlich besorgt. Erst als ihre Wäscherin Milli ihren Exgeliebten erkannte, wurde sie nervös. Tags darauf war sie wieder wegen der Briefe bei Rosi.«

»Warum hat sie die nicht gleich übergeben?«

»Keine Ahnung«, erwiderte Kern kopfschüttelnd. »Am nächsten Tag wollte sie dann die Briefe bei Rosi wahrscheinlich doch loswerden. Der Kutscher war schon bestellt, aber da wurde sie ja ermordet.« »Welche Mordverdächtigen haben wir jetzt?«

»Nun, da kämen für einen Außenstehenden natürlich Sie infrage, Erlaucht. Frau Mauthner schwört auf Sie.«

»Wegen der Briefe?«

»Es drängt sich förmlich auf.«

Modritzky nickte verständnisvoll. »Warum sollte ich die Fanni ermorden und danach dem Polizeipräsidenten eine Autopsie aufzwingen, durch die das Verbrechen erst entdeckt wird?«

»Das ist schon richtig. Aber das könnten Sie ohne Marx' Mitwirkung nicht beweisen.«

»Der Brief, in dem er mir Fannis Todesursache mitteilt?«

»Könnte eine reine Empathiebekundung sein.«

»Ich bin alt und schwach«, bemerkte der Graf grinsend.

»Bei Ihrem Reichtum könnten Sie einen Mörder engagiert haben. Aber das gilt eben nur für Außenstehende. Ich weiß es besser. Aufgrund von Rosis Aussage ist Rada der zweite Verdächtige. Aber, wie Sie sich gut vorstellen können, hat sie für mich ihre Glaubwürdigkeit eingebüßt. Wenn Fanni aber tatsächlich etwas über schmutzige Geschäfte wusste?«

»Dann muss es sie auch gegeben haben. Ich werde mich noch einmal umhören. Da ist noch etwas, das mich interessiert. Habe ich das richtig verstanden, dass Rada Fanni mit Syphilis angesteckt hat?«

»Genauso muss es sein. Er hat auf seinen Arzt vertraut, dass ihn die Operation geheilt hat. Das war leider falsch. Die Operation hilft gar nichts. Die Tatsache, dass der Baron nach dem Eingriff einen Ausschlag gehabt hat, spricht dafür, dass die Erkrankung weiterbestanden hat. Aber offenbar ist er robuster als die Fanni. Und da mit Mitjuchin absolut nichts gelaufen ist ...«

»... weswegen sie dieser Arbeit überhaupt erst zugestimmt hat, weil sie ihren Geliebten damit nicht betrog ...«

»... kommt nur der Baron infrage.«

»Klingt überzeugend. Werden Sie es ihm sagen?«

»Warum sollte ich? Er tut mir leid. Fannis Tod hat ihn gebrochen. Wer weiß, was er sich antut, wenn er die Wahrheit erfährt. Das hat er einfach nicht verdient.« Kern deutete Modritzkys Nicken als Zustimmung.

»Also gut, weiter im Text«, sagte der Graf. «Über mich und Rada haben wir bereits gesprochen.«

»Unsere Hauptverdächtige ist natürlich Rosalie Mauthner«, nahm Kern den alten Gesprächsfaden wieder auf. »Sie kommt aus dem Milieu und hat wahrlich genügend Gründe, Fanni ermorden zu lassen. Und sie ist verdächtig scharf auf die Briefe!«

»Warum wartete sie nicht deren Übergabe ab, ehe sie Fanni ermorden ließ? Das macht doch keinen Sinn?«

»Rosis Gehirn ist von der Syphilis schwer angegriffen.«

»Eine schwache Erklärung. Wollen Sie die Briefe nicht selbst untersuchen? Ich gebe sie Ihnen.«

Abwehrend hob Kern die Hände. »Bitte nicht, Erlaucht. Bei Ihnen sind sie sicherer.«

Modritzky nickte. »Dann kommen wir zur zweiten großen Frage. Marx, die große Sphinx in diesem Spiel?«

Der Sonderermittler bedachte den Grafen mit einem mitleidigen Blick. »Für mich nicht. In meinem Beruf lernt man, dass alles viel schmutziger ist, als es den Anschein hat. Buchstäblich alles spricht gegen ihn. Warum hat er Fannis Tod vertuscht? Warum ist er nicht sofort eingeschritten, nachdem sie ihm von der Kinderprostitution erzählt hat? Vielleicht ist er der Vogler was schuldig? Vielleicht hängt er selbst mit drin? Zwischen seinem Treffen mit Fanni und ihrem Tod liegen nur wenige Tage. Das kann kein Zufall sein. Ich gehe davon aus, dass er sie an die Vogler verraten hat.«

Modritzky schüttelte ungeduldig den Kopf, als wollte er etwas aus seinem Haar beuteln. »Als Mitwisser vertuscht er den Mord vor der eigenen Behörde und beauftragt dann heimlich einen Sonderermittler? Das glauben Sie doch selbst nicht. Durch Ihren Einsatz würde er die eigene Enttarnung riskieren. Und immerhin hat er selbst Sie dazu ermuntert, in Voglers Dunstkreis zu ermitteln!«

»Weil er sicher war, ich würde nichts herausfinden. Die Hannsi war ein Glücksfall, sonst nichts.« Kern ballte die Fäuste. »Er hat Fannis Gesundheitsbuch verschwinden lassen. Das weiß ich von Dr. Bergmeister. Marx hat mir seinen Kontakt mit ihr verheimlicht und ihre Syphilis. Ich werde ihn mit seinen Verfehlungen konfrontieren.«

»Blödsinn«, donnerte der Graf und schlug mit der Faust auf den Tisch. Erschrocken fuhr Kern zurück. »Jetzt wissen Sie von der Syphilis, und trotzdem haben Sie nicht den Mörder. Es war quasi ein Abfallprodukt Ihrer Ermittlungen, mehr nicht.« Modritzky hatte sich wieder beruhigt. »Und was steht schon in dem Gesundheitsbuch? Die ärztlichen Kontrollen sind für ihren Tod vollkommen irrelevant. Nicht einmal das Kassenbuch hat Ihnen geholfen. Der Kutscher hat Sie mit der Naglergasse auf die richtige Spur geführt.«

»Trotzdem sprechen die Fakten gegen Marx.«

»Zugegeben, Marx bleibt ein Rätsel. Für seine Geheimnistuerei muss es handfeste Gründe geben. Denken Sie doch einmal nach! Die zurückgehaltenen Informationen betreffen ausschließlich ihre Erkrankung. Was fürchtet er?«

In Kerns Gesicht spiegelte sich tiefe Resignation. »Ich weiß es nicht. Aber sein Treffen mit Fanni hatte nichts mit Syphilis zu tun.«

»Vielleicht haben die beiden etwas ganz anderes besprochen?«

»Und der zeitliche Zusammenhang soll ein Zufall sein? Das halte ich für extrem unwahrscheinlich.«

»Machen wir uns nichts vor, Herr Kern. Wenn Marx tatsächlich Voglers Kunde ist, dann haben wir auf der ganzen Linie verloren. Also gehen wir von der günstigeren Variante aus und hoffen, dass er ein anständiger Kerl ist. Dafür gibt es auch mehr Anhaltspunkte als für das Gegenteil.«

Kern war anderer Meinung, und seine Gesichtszüge verrieten ihn. Aber er war der Diskussion müde. »Wissen Sie, was mich am meisten quält?«, sagte er traurig. »Dass ich Mitjuchin tatenlos zusehe! Anstatt zu handeln, sitzen wir hier und reden! Wir müssen etwas tun! Ich habe das Leben meines eigenen Kindes durch mein Zögern verspielt. Ich darf nicht ein weiteres Mal versagen.«

Modritzky legte beide Hände in den Schoß. »Aber Herr Kern, ich bitte Sie! Sie sehen doch nicht tatenlos zu! Sie sind sogar der Einzige, der etwas tut. Aber es ist noch zu früh«, sagte er mit nach oben gewandten Handflächen. »Ihre Gegner sind einer der mächtigsten Fürsten Russlands und die angesehenste Kupplerin Wiens. Sogar der Kronprinz zählt zu ihren Kunden! Da wird die Aussage einer misshandelten Hure wohl kaum ausreichen.«

Kerns Kiefer mahlten vor Zorn und Ohnmacht, zumal ihm kein überzeugendes Gegenargument einfallen wollte. Also fügte er sich widerwillig und schwieg. Modritzky fuhr fort. »Wer weiß, ob sie überhaupt die Wahrheit sagt?«

»Das lässt sich leicht herausfinden. Ich muss mich nur auf die Lauer legen. Dann werde ich ja sehen, ob Rosi Kinder in die Naglergasse bringen lässt.«

»Punkt eins auf Ihrer Liste«, sagte der Graf mit erhobenem Zeigefinger.

Kern nickte düster. »Und wenn der Fürst zur gleichen Zeit das Bordell aufsucht, dann haben wir Gewissheit.«

»Auch wenn das alles keine Beweiskraft hat«, bemerkte Modritzky, »scheint dieser Ansatz erfolgversprechend.« Er verzog den Mund zu einem bitteren Lächeln. »Aber Frau Vogler ist viel zu schlau, um sich persönlich die Finger schmutzig zu machen. Die Chance, sie mit Fannis Tod in Verbindung zu bringen, ist gleich Null.«

»Die Rosi würde mir schon reichen. Vielleicht hört das Geschäft ja auf, wenn ich die Quelle trockenlege.«

»Klug gesprochen, Herr Kern. Und nun zu Ihren ehemaligen Kollegen. Kommen die in diesem Fall denn gar nicht weiter?«

»Von den wenigen Vertrauten, die mir geblieben sind, habe ich erfahren, dass die Ermittlungen im Schusterbubenmord feststecken. Fast habe ich mit den Kollegen Mitleid. Sie wissen ja nicht einmal von Fannis Tod! Wie sollen die da einen Treffer landen?«

Der Graf schlug mit der Faust in seine flache Hand. »Aber Sie wissen davon. Und Marx hat Sie von allen dienstlichen und rechtlichen Einschränkungen befreit. Es hat Sie buchstäblich entfesselt, was übrigens auch für ihn spricht! Nutzen Sie Ihren guten Ruf in der Szene. Das Mädchen in der

Naglergasse hat mit dem Hurenpoidel gesprochen, nicht mit dem Polizeiagenten. Zunächst müssen Sie herausfinden, ob Ihre Freundin den Fürsten tatsächlich beliefert. Wir brauchen Gewissheit. *Sie* brauchen Gewissheit! Und pfeifen Sie endlich auf Marx und Ihre Kollegen. Ermitteln Sie auch im Schusterbubenmord auf eigene Faust. Jeder Strohhalm ist wichtig!«

»Ich bin erleichtert, dass Sie das sagen.«

Plötzlich riss der Graf die Augen auf und stöhnte laut auf. Schmerz verzerrte sein Gesicht, und seine rechte Faust fuhr zum Herzen. »Graf!« Erschrocken sprang Kern auf.

»Schon gut!«, flüsterte Modritzky. »Das geht vorbei. Nur ein paar Sekunden …«

»Ich hol den Johann.«

»Unterstehen Sie sich«, widersprach seine Erlaucht schwer atmend. Nach ein paar Minuten ängstlichen Schweigens beruhigten sich seine Gesichtszüge wieder. »Besser«, hauchte er mit einem erleichterten Lächeln, und wenig später schien es, als ob nichts gewesen wäre. »Das hab ich in letzter Zeit öfter. Das Herz. Angina, hat der Arzt gesagt, aber ich will kein Morphium nehmen. Es geht auch so vorüber.« Er klatschte die Hände zusammen und rieb sie aneinander. »Und jetzt wollen wir endlich was Gutes essen, bevor ich Sie in Gnaden entlasse.«

Nach einem Weinbeuschel mit Semmelknödeln brachte Modritzkys Kutscher den Sonderermittler zurück in die Stadt. Auf Kerns Bitte hin öffnete er das Verdeck, denn die Luft war mild und warm. Das Gespräch hatte ihn mit neuer Zuversicht erfüllt. Ein bisschen quälte ihn das schlechte Gewissen, sein Verhältnis zu Carla verheimlicht zu haben. Er hatte befürchtet, vor dem Grafen als ein seinen Trieben schutzlos ausgelieferter Schwächling dazustehen, denn genauso schätzte er sich selbst ein.

Modritzky hatte ihm die Augen geöffnet. Auch wenn er viel herausgefunden hatte, so war er dem Mörder selbst keinen Schritt näher gekommen. Der einzige Weg zu ihm führte über seinen Auftraggeber, und der saß in einer Welt, wo Polizeiagenten keinen Zutritt hatten, Kerns Welt. Er war der Hurenpoidel. Ihm vertraute man, keiner war so fest im Milieu verwurzelt wie er.

Sein Plan stand bereits fest. Dienstag musste er sich in der Kolingasse auf die Lauer legen. Es war Carlas freier Tag, der einzige, an dem Rosi ungestört das Haus verlassen und die Kinder übernehmen konnte. Doch zuvor musste er es irgendwie schaffen, das Dienstmädchen ins Vertrauen zu ziehen, ohne Rosis Argwohn zu erwecken.

Kapitel 19
Carlas Alleingang

Der Kutscher des Grafen setzte den Sonderermittler direkt vor der Votivkirche ab. Den Rest des Weges ging er zu Fuß. Von der Ecke Kolingasse-Wasagasse hatte er einen direkten Blick auf Rosis Haus.

Wenn er mit Carla allein sprechen wollte, musste er sie abpassen, wenn sie das Haus verließ oder gerade heimkam. Gut möglich, dass dies heute nicht der Fall war, dann musste er eben morgen wiederkommen. Es war ihm egal. Zu viel stand auf dem Spiel.

Die Gedanken, die ihm durch den Kopf schossen, während er wartete, trugen kaum dazu bei, innere Ruhe und Gelassenheit zu erlangen. In welchem Verhältnis stand er überhaupt zu Carla? Konnte er es riskieren, sich ihr anzuvertrauen? Bestand zwischen ihnen nicht mehr als ein flüchtiges Abenteuer? Oder hatte sie nur ihre Arbeit gemacht? Eine Finte, um sein Vertrauen zu erschleichen? Oder ihn von Rosi abzulenken?

Natürlich verneinte sein Herz diese Frage vehement, aber konnte er seinen Gefühlen nach all den Enttäuschungen noch trauen? Es war Nebensache. Carla war seine einzige Chance, den Wahrheitsgehalt von Hannsis Behauptungen zu überprüfen. Nur sie konnte sich in Rosis Wohnung völlig unbehelligt bewegen – ein riskantes Spiel. Wurde sie beim Spionieren ertappt, würde der Engelmacher sie töten. Durfte er sie überhaupt einem so hohen Risiko aussetzen? Hatte er überhaupt eine Wahl? Die Zeit drängte. Jeder nutzlos verstrichene Tag brachte ein weiteres Kind in Gefahr.

An diesem Tag wartete er umsonst. Enttäuscht zog er am späten Abend ab. Daheim suchte er vergeblich nach der Apothekenrechnung.

Der Mann mit dem Raubvogelgesicht folgte ihm wie ein unsichtbarer Schatten. Über Nacht ließ er sich ablösen.

Am nächsten Morgen war Kern bereits früh auf den Beinen. Das schöne Wetter lockte die Wiener auf die Straße. Er nahm einen Fiaker zum Stephansplatz. Wie jeden frühen Vormittag erstickte die Kärntner Straße im Verkehr, denn Bier-, Kohlewagen und andere Lieferanten mussten ihre Arbeit bis zehn Uhr erledigt haben. Danach war das Zentrum für sie gesperrt.

Seine Ungeduld war dem Stau nicht gewachsen. Hastig entstieg er der Kutsche, beglich die Rechnung und brachte den restlichen Weg im Eiltempo zu Fuß hinter sich. Er vergaß sogar, eine Rechnung zu verlangen. Vom Stephansplatz ging er weiter zum Graben, das wahre Zentrum der Residenzstadt, wenn es um Einkäufe ging. Unter den farbenprächtigen, im Sonnenlicht leuchtenden Markisen drückten sich die Menschen ihre Nasen an den verschwenderisch geschmückten Schaufenstern platt. Was auch immer das Herz begehren mochte, konnte man hier für teures Geld erstehen: Galanterieartikel, feinste Lederhandschuhe, Meerschaum- und Bernsteinwaren, Fotoapparate, Schmuck, schillernd bunte Seidenwaren, Teppiche aus den fernsten Winkeln des Orients. Dazwischen lagen die Filialen der größten Bankhäuser der Monarchie. Die Kriege des Kaisers hatten ihre Tresore gefüllt, und das Reich benötigte ständig neues Geld. In den Schanigärten der Kaffeehäuser gab es kaum mehr freie Plätze, und vor den großen Hotels herrschte geschäftiges Treiben.

Für die meisten der hier ausgestellten Artikel hätte der Jahreslohn eines Fabrikarbeiters nicht ausgereicht. Normalerweise hatte Kern für dieses Übermaß an Luxus wenig übrig. Doch in der Nacht war ihm eine Idee gekommen, eine kleine Bestechung, um Carla den Verrat an Rosi zu versüßen. Er erstand zwei wunderschöne Ohrringe mit einem großen Rubin. Sein Spesenkonto würde den horrenden Betrag von hundertfünfzig Gulden überstehen müssen. Den Großteil musste er vorstrecken.

Um elf Uhr war er wieder vor Ort. Drei Stunden später erschien Carla vor dem Hauseingang. Der Mann mit dem Raubvogelgesicht beobachtete alles aus sicherer Entfernung. Bei ihrem Anblick erstarrte er und ballte unwillkürlich die Fäuste.

Sie sah fantastisch aus. Das hochgeschlossene Kleid aus hellblauer Seide war eng geschnürt und betonte ihre schmale Taille. An Kragen und Ärmeln leuchtete weißer Tüll. In ihrer Linken hielt sie einen verspielten bunten Sonnenschirm. Wie es ihre Gewohnheit war, war der Rock etwas zu kurz und gab den Blick auf ihre Fesseln frei. Ein keckes Hütchen mit zwei langen leuchtend blau schillernden Federn krönte die kunstvoll hochgesteckten Haare. Sie trug lediglich einen Hauch von Rouge, und ihre vollen Lippen waren dezent bemalt. So wie sie jetzt in seine Richtung stolzierte, war sie die fleischgewordene Versuchung. Einen kurzen Augenblick vergaß er seine Sorgen, versank in ihrem Anblick und verspürte dabei ein drängendes Verlangen. Als sie die Straße überquerte, erblickte sie ihn sofort.

»Ja, Servus, Leo!«, rief sie erfreut. »Na, das ist aber ein schöner Zufall.« Noch ehe er etwas erwidern konnte, drängte sie ihn ungeniert an die Hauswand und griff ihm verstohlen in den Schritt. »Jessas, der wachst ja schon wieder wie wild. Ich glaub, du musst bald zu mir kommen. So ein Stück kann man doch nicht unbenutzt vergammeln lassen! Aber jetzt geht es nicht, Leo. Ich muss weiter, ein reicher Kavalier erwartet mich. Komm doch heut Nacht vorbei! Ich würde mich freuen.«

Noch immer im Banne ihrer Berührung fand er nur langsam seine Sprache wieder. »Wir müssen reden.«

»Nach der Lanze in deiner Hose würde ich eher sagen, wir müssen budern! Das ist ja schon fast ein Notfall!« Sie lachte.

»Bitte, Carla, nur fünf Minuten. Es ist wichtig!«

Ihre gute Laune war schlagartig verflogen. »Oje, das klingt nicht gut.« Es kostete sie sichtlich Überwindung, ihm in die Augen zu schauen. »Hast du eine andere? Eine Anständige?«, fragte sie mit leichtem Zittern in ihrer Stimme.

»Blödsinn!«

»Na dann«, sie grinste erleichtert, »kann's ja nicht so schlimm sein. Komm, begleit mich, ich muss in die Innenstadt. Bei dem Wetter bin ich extra ein bisserl früher aufgebrochen, damit ich zu Fuß gehen kann. Wir können in Ruhe plaudern.«

Sie hakte sich bei ihm unter, und sie gingen los. Auf dem Weg unterhielten sie sich zunächst über belanglose Dinge und genossen den schönen Tag. Sie fragte ihn nach seiner Wohnung und ließ sich sein kleines Reich genau schildern. »Gegen die Wohnung von der Rosi ist das nur ein finsteres Loch«, beeilte er sich zu versichern.

»Wenn du wüsstest, wie die meisten meiner Kolleginnen hausen, würdest du anders reden«, erwiderte sie. »Ich stelle es mir romantisch vor, ein richtiges kleines Liebesnest.« Plötzlich hellte sich ihre Miene auf, und sie blieb so unvermittelt stehen, dass er erschrak. »Weißt du was, Leo, beim nächsten Mal treffen wir uns bei dir.«

»Du wirst enttäuscht sein, aber bitte, wenn du das willst.«

»Ja, das will ich«, sagte sie keinen Widerspruch duldend und zog ihn weiter.

Im Maximilianpark setzten sie sich auf ein leeres Bänkchen. Jetzt, da sie so nahe beieinandersaßen, konnte Kern der Versuchung, sie zu küssen, nicht widerstehen, und sie ließ es bereitwillig zu.

»Augen zu«, sagte er lächelnd und fischte sein Geschenk aus der Jackentasche. Sie platzte beinahe vor Ungeduld, und er genoss ihre Qualen ein wenig. Dann hielt er das kleine Päckchen hoch. »Und auf«, erlöste er sie endlich.

»Jessas, Leo, was ist das?«, fragte sie, und ihre Wangen wurden vor Aufregung feuerrot. Feierlich klappte er die kleine rote Schachtel auf und präsentierte ihr voll Stolz die Ohrringe. »Für mich?«, fragte sie ungläubig, nahm eines der Stücke und hielt es gegen die Sonne. »Blutrot. Wie bei einem Maharadscha«, flüsterte sie voller Bewunderung. »Das ist ein Geschenk für eine Königin!«

»Wie dich«, erwiderte er liebevoll. »Leg sie an, ich möchte sie unbedingt an dir sehen.«

Carla tat es und holte ihren kleinen Schminkspiegel aus ihrer Tasche. »Ein Traum«, hauchte sie.

Kern wurde ernst: »Ich muss dich was fragen.«

»Schad«, erwiderte sie und ließ sich auf der Bank zurücksinken. »Ich hab gehofft, wir verziehen uns ins Gebüsch und feiern dein Geschenk.« Eine ihrer dunklen Locken hatte sich gelöst und wurde von einem sanften Windhauch erfasst. Zärtlich strich er sie zur Seite.

»Weißt du, dass die Rosi eine Spielzeugeisenbahn hat?«

Carla sah ihn kurz verwundert an, dann lachte sie laut auf. »Ja, natürlich hat sie die. Die ist uralt. Das ist eine wirklich lustige Geschichte von der Gnädigen, ein Andenken an einen Kunden. Der ist nach dem Budern rausgegangen und mit einem Schaffnerkapperl und einem Pfeiferl im Mund splitternackt am Boden wieder reingekrochen. Dabei hat er die Eisenbahn vor sich hergeschoben und laut gepfiffen wie ein Schaffner. Der Zug hält vor ihrem Bett, und der Verehrer ruft laut: ›Endstation, bitte ausladen.‹ Stell dir vor, in jedem Waggon war ein Schmuckstück drin. Daraufhin haben sie gleich die nächste Nummer geschoben. Ich wollt, ich hätt auch einmal so einen Kunden.«

Kern runzelte die Stirn. Er hatte zu viele abwegige Erzählungen von verrückten oder verspielten Freiern gehört, um diese Geschichte ins Reich der Fantasie zu verweisen. »Und das glaubst du?«, fragte er ein wenig hilflos.

»Geh Leo! Warum sollte ich der Gnädigen nicht glauben. Grad in unserem Geschäft weiß man doch, wie deppert die Männer sein können!« Sie sah ihn ein wenig schuldbewusst an. »Entschuldigung. Du bist nicht so.«

»Ich hab die Eisenbahn bei ihr gesehen und sie danach gefragt, weil ich weiß, dass sie mit Kindern nichts anzufangen weiß. Mir hat sie erzählt, das sei ein Spielzeug deines Neffen gewesen. Ich hab dich doch damals nach deinem Neffen gefragt. Erinnerst du dich?«

Sie machte eine wegwerfende Handbewegung. »Sicher erinner ich mich! Da warst du völlig fertig! Ich hab dir gesagt, dass ich keinen Neffen hab, aber da hast du schon fest geschlafen.«

»Die Rosi hat mir von deinem Neffen erzählt.«

»Schau dir die Gnädige doch an«, antwortete sie achselzuckend, »wie schlecht sie beinand' ist. Die Schmerzen ... die weiß doch vor lauter Opium oft gar nicht, was sie redet. Und die Syphilis geht auch auf's Hirn! Die ist schon ganz plemplem davon.« Sie tippte sie sich an die Stirn. Dann zückte sie ein weißes Spitzentaschentuch und trocknete sich eine Träne.

Kern wollte nicht aufgeben. »Also, wie ich da war, ist sie mir aber ganz normal vorgekommen.«

»Weil du sie nicht kennst. Ihre Aussetzer kommen oft ganz unerwartet. Sie sagt irgendeinen Blödsinn, und man merkt es erst gar nicht, weil sie ganz normal wirkt. Erst später kommt man drauf. Du solltest sie einmal sehen, wenn es ihr richtig schlecht geht.«

»Was geschieht dann?«

Carla stopfte das Taschentuch zurück in ihre Tasche. »Sie vergisst alles. Beim Sprechen sucht sie ewig nach einem

Wort. Nestelt an sich herum. Und in der Nacht erst! Da ist es richtig unheimlich. Da wache ich auf von ihren Schreien. Ganz schrill klingen die, da krieg ich eine richtige Ganselhaut. Wenn ich dann zu ihr lauf, sitzt sie mit weit aufgerissenen Augen im Bett. Aber sie sieht mich gar nicht. Weißt du, ihre Augen sind so richtig aufgerissen, aber in Wirklichkeit schlaft sie. Sie ist blass wie ein Leichentuch, und das Wasser rinnt ihr nur so runter vor Angst und Schrecken. Dann rüttel' ich sie wach. Das ist wirklich gruselig.«

»Albträume?«

»Mit Sicherheit, aber mir erzählt sie ja nix. Schickt mich immer weg. Du, die kann dann ganz schön fuchtig sein. Aber froh ist sie trotzdem, dass ich da bin, das merk ich.«

»Und tagsüber?«

»An manchen Tagen ist sie völlig narrisch. Ihre Augen leuchten wie bei einer Irren, und sie sagt, dass sie die erfolgreichste Geschäftsfrau in ganz Wien ist. Dass sie großen Einfluss genießt und dass sie mich in die höchsten Kreise einführen wird und bald werden sich ihr alle Mädeln unterwerfen. Ganz Wien wird sie beherrschen.«

Kern runzelte die Stirn. »Entschuldige, aber das ist doch alles ein bisserl blödsinnig.«

Sie wollte antworten, aber ein Pärchen spazierte nahe an ihnen vorbei, und sie hielt kurz inne. Erst als die beiden außer Hörweite waren, fuhr sie fort. »Ein bisserl? Aber sie ist fest davon überzeugt. Wenn sie dann so daherredet, dann steckt sie mir schon einmal zwei, drei Doppelschuss zu! Fürs Budern, sagt sie.«

»Sechs Gulden?«, rief er ungläubig, »Das ist ja ein Vermögen!«

»Das sag ich ihr auch immer, aber sie sagt dann, dass sie so viel Geld hat, dass das für sie nur ein Trinkgeld ist.«

»Und was sagst du dann?«

»Was soll ich schon sagen? Küss die Hand, gnädige Frau, sag ich und nehm' das Geld. Ich wär ja blöd ...« Erneut tippte sie sich mit dem Finger an die Stirn.

»Aber das kannst doch nicht du alles mit deinen Freiern hereinholen! Welche Geschäfte macht sie denn noch?«

Carla zuckte die Schultern. »Ich weiß es nicht. Sagt immer nur, mit der Lust macht man den größten Rebbich. Wenn ich sie frag, ob sie neben mir noch andere Pferderln laufen hat, lacht sie nur und sagt, ich bring schon einen schönen Gewinn. Und sie hat große Pläne mit mir.« Erneut holte sie den Spiegel aus ihrer kleinen Tasche und begann, sich die Haare ein wenig zu richten.

»Was für Pläne?«

»Ich werde die Nachfolge vom Fräulein Fanni in der Naglergasse antreten«, verkündete sie voll Stolz, während sie sich mit sichtlichem Wohlgefallen in dem kleinen Taschenspiegel betrachtete.

Kern wurde hellhörig. »Wann?«

»Ab August.« Carla hatte ihre kleine Toilette beendet und steckte den Spiegel wieder zurück. »Meinst du, ich soll mir für den Fürsten ein Schönheitsmal ins Gesicht picken? Da, an der Wange?« Sie deutete mit dem Zeigefinger auf die fragliche Stelle.

Kern überhörte die Frage. »Und dort holst du dann das große Geld?«, fragte er ein wenig spöttisch.

»Die Arbeit in der Naglergasse ist der Einstieg in die Noblesse!«

Kerns Verzweiflung wuchs mit jedem Wort. »Glaubst du das wirklich?«

»Na, sicher! Schau dir die Fanni an, was die verdient hat!«

»Ja, aber die Fanni ist jetzt mausetot.«

»Bei mir wird schon alles gut gehen. Ich mach das eine begrenzte Zeit, dann steig ich aus und gründe eine Familie.« Sie sah ihn keck an. »Einen Kindsvater hätt ich schon!«

»Das hat die Fanni vom Baron auch geglaubt«, erwiderte er mit düsterer Stimme. »Habt ihr ab und zu Kinder zu Besuch?«

»Also ich hab noch keine gesehen.«

»Denk doch nach. Letzten Dienstag vielleicht?«

»Am Dienstag ist mein freier Tag, Leo, da bin ich den ganzen Tag unterwegs, Einkaufen, Kaffeehaus, Freundinnen. Die Gnädige steckt mir immer ein paar Gulden zu, damit ich mich vergnügen kann.« Sie blickte ihn verträumt an. »Letzte Woche war ich im Wurschtelprater. Das war richtig schön.« Als er darauf nichts sagte, wandte sie sich enttäuscht ab und straffte ihren Oberkörper. »Sag, warum fragst du mich das alles?«

Er zögerte. »Die Fanni hat doch in der Naglergasse einen einzigen, aber äußerst exklusiven Kunden bedient.«

Carla rollte die Augen. »Leo, sag mir was Neues, bitte.«

Schließlich gab er seinem Herzen einen Stoß und erzählte von Hannsis Enthüllungen, verschwieg aber ihren Namen. Während er sprach, schüttelte Carla kaum merklich den Kopf und begann zu lachen. »Geh, Leo, du erzählst mir da eine so eine Raubersgeschichte. Das glaubst du doch selbst nicht. Die Frau Rosi handelt mit Kindern? So was hat die doch gar nicht nötig.« Sie blickte ihm ernst in seine Augen, dann zuckte es um ihre Mundwinkel. Plötzlich packte sie seinen Kopf mit beiden Händen, zog ihn zu sich und drückte ihm einen festen Kuss auf die Lippen. Dann lachte sie laut. »Also Leo, das ist ja ein Riesenblödsinn. Du siehst schon Gespenster, wie die Gnädige!« Sie sprang auf. »Aber eines weiß ich ganz genau!«

»Und das wäre?«

»Dass ich dich sehr mag. Und ...«, mit einem schelmischen Lächeln hob sie den Zeigefinger, »... dass es kein Verbrechen ist, sich von einem Kunden eine Spielzeugeisenbahn schenken zu lassen. Ich muss jetzt gehen. Komm heute

Abend trotzdem vorbei, wir machen uns eine schöne Zeit. Und das nächste Mal treffen wir uns bei dir.«

»Ich muss heut Abend arbeiten, Carla, leider. Aber sobald ich wieder Zeit hab, schau ich vorbei. Versprochen.« Nach alldem, was er herausgefunden hatte, konnte er Rosi nicht noch einmal gegenübertreten.

»Dein Schaden, nicht meiner!« Sie lachte. »Und leg nicht jedes Wort von der Gnädigen auf die Waagschale. Der ihr Hirn ist doch kappores.« Sie ließ ihn allein, mit sich hadernd, zurück.

Die nächsten zwei Tage vergingen in quälender Langsamkeit. Kern verbrachte den halben Sonntag auf dem Zentralfriedhof bei den Gräbern seiner kleinen Familie und seines Vaters. Stumm bat er um Verzeihung und bedeckte sie mit frischen Blumen. Auch danach schlichen die Stunden nur zäh dahin. Er fühlte sich wie ein Soldat vor einer großen Schlacht, deren Ausgang für ihn bereits feststand, denn er hegte nicht die geringsten Zweifel an Johanna Futschiks Worten.

In der Nacht von Montag auf Dienstag drückte er kaum ein Auge zu. Schon bei Sonnenaufgang war er hellwach, rieb sich mit kaltem Wasser ab. Endlich war der Tag der Entscheidung angebrochen. Hatte er erst Gewissheit, konnte er gezielt Beweise zusammenstellen. Und dann die Abrechnung mit Marx.

Er zog seinen zweiten Gehrock an. Als er seinen Schlagring in die Tasche steckte, ertastete er ein Stück zerknülltes Papier. Verwundert zog er es heraus und entfaltete es. Vor ihm lag Matzners Apothekenrechnung aus dem Fotoalbum. Mehr aus Pflichtgefühl als aus Überzeugung steckte er es mit einem kurzen Schreiben in ein Kuvert, ging auf die Straße und hielt einen Fiaker an.

»Bring das in die Auhofstraße 15 zum Grafen Modritzky«, sagte er. »Sag, dass dich der Herr Kern schickt, seine Erlaucht übernimmt dann die Rechnung.« Danach ging er zu

Fuß in die Innenstadt. In der Hoffnung, seine Nervosität niederkämpfen zu können, beschloss er, den Tag mit einem ausgiebigen Frühstück zu beginnen. Entgegen seiner sonstigen Gewohnheit verzichtete er darauf, das Kaffeehaus sorgfältig auszuwählen, und nahm einfach das nächstbeste. Er wusste nicht einmal, wo genau er saß.

Die drei Tassen Kaffee trank er mechanisch, ohne zu wissen, ob es sich um eine Melange oder einen Einspänner handelte. Da halfen auch nicht die vier Löffel Zucker, die er in jede von ihnen hineintat. Er ließ sogar ein halbes Kipferl übrig. Ohne den Sinn der Worte zu erfassen, las er die Zeitung und legte sie wieder weg. Unentwegt sah er auf die Uhr.

Um zwölf Uhr mittags traf er in der Kolingasse ein. Dieses Mal stellte er sich an die Ecke zur Liechtensteinstrasse, etwas weiter entfernt vom Hauseingang. Das Eingangsportal des Eckhauses Nummer 11 bot genügend Deckung. Den Hut ins Gesicht gezogen und den Kragen seines Gehrocks hochgeschlagen, lehnte er sich in die Türnische und wartete.

Um Punkt vierzehn Uhr verließ Carla das Haus, der kritischste Augenblick seiner Observation. Kern wich in den Hauseingang zurück. Aus dem Augenwinkel konnte er sehen, wie sie kurz stehen blieb und sich einige Male umsah, ehe sie zügig in Richtung Innenstadt davonging. Ab jetzt war das Risiko, erkannt zu werden, gleich null. Dass Rosi das Haus verlassen würde, hielt er für unwahrscheinlich. Sie konnte ihre Geschäfte nur daheim abschließen. Ihre Schwäche gereichte ihm zum Vorteil.

Jetzt, da die Ereignisse endlich ihren Lauf nahmen, war er wieder der Alte, agierte ruhig und überlegt. Sein Beruf hatte ihn Geduld gelehrt. Er war auf einen langen Nachmittag eingestellt. Auf keinen Fall durfte er das Haus aus den Augen lassen. Gut möglich, dass die Kinderhändler schon am helllichten Tag auftauchten. Was gab es Unauffälligeres als einen Mann mit einem kleinen Jungen an der Hand? Vater und Sohn? Niemand würde bei einem solchen Anblick Verdacht schöpfen.

Jedes Kind in Begleitung eines Erwachsenen erregte seine Aufmerksamkeit. Er war so vertieft in seine Observation der Straße, dass er nicht bemerkte, wie sich der Vorhang in einem der Fenster im Mezzanin kurz öffnete. Der Mann, der kurz darauf Rosis Haus verließ, wirkte völlig unauffällig. Kern war so konzentriert, dass er nicht den Bettler bemerkte, der sich wenig später auf das gegenüberliegende Trottoir in der Liechtensteinstraße hockte und ihn beobachtete. Er bemerkte auch nicht den Scherenschleifer, der zu seiner Rechten von der Wasagasse einbog und seinen kleinen Wagen mit dem Schleifstein behäbig in seine Richtung schob, beinahe im Gleichschritt mit einem geschlossenen Einspänner, dessen großer schwarzer Kaltblüter müde dahin trottete, während der Kutscher vornübergebeugt eine Zigarette rauchte.

Der Bettler erhob sich. Mit erstaunlicher Geschwindigkeit, die man ihm kaum zugetraut hätte, überquerte er die Liechtensteinstraße, lief, für Kern unsichtbar, die Häuserwände entlang zur Kreuzung mit der Kolingasse und überquerte auch diese. Alle drei erreichten den Ermittler zur gleichen Zeit. Der Scherenschleifer blieb vor ihm stehen: »Haben's was zum Schleifen, der Herr?«, fragte er freundlich. Der Wagen hielt hinter ihm.

Kern, seiner Sicht auf den Eingang des Hauses Nummer 14 beraubt, versuchte ungeduldig, den Mann zur Seite drücken. »Schau, dass du weiterkommst, ich brauch nix.«, erwiderte er unwirsch.

Sie waren ein hervorragend eingespieltes Team. Der Bettler hatte die kurze Ablenkung geschickt genutzt und war lautlos hinter den Ermittler getreten. Jetzt zog er einen Knüppel aus seiner Umhängetasche. Kern spürte die Bedrohung, doch als er sich umwenden wollte, blieb sein Blick ungläubig am Eckhaus zur Wasagasse hängen. Genau an der

Stelle, wo auch der Scherenschleifer um die Ecke gebogen war, stand nun Carla und starrte in seine Richtung. Ein eisiger Schreck durchfuhr ihn, die niederschmetternde Erkenntnis, einen schwerwiegenden Fehler begangen zu haben. Gerade wollte er den Scherenschleifer mit beiden Händen wegstoßen, als ihn ein furchtbarer Schlag auf den Hinterkopf traf. In seinem Kopf explodierte ein greller Blitz, der von tiefster Schwärze gefolgt war.

Gekonnt fingen ihn die Männer auf und bugsierten ihn in die Kutsche. Das alles hatte keine drei Sekunden gedauert, kein einziger Zeuge hatte das Geschehen beobachtet. Ein weiterer Mann erschien und übernahm den Wagen des Scherenschleifers, während dieser mit dem Bettler den Einspänner bestieg. Der Kutscher schnalzte mit der Zunge. Schnaubend setzte sich das Pferd in Bewegung. Im Hochparterre öffnete sich der Vorhang vor dem Fenster von Rosalie Mauthners Wohnzimmer einen kleinen Spalt. Ein Schatten erschien und sah dem Wagen nach, wie er in die Liechtensteinstraße abbog.

Erst am nächsten Morgen erlangte Kern wieder das Bewusstsein. Es war ein furchtbarer Schlag gewesen, viel stärker, als notwendig gewesen wäre, um jemanden ins Land der Träume zu schicken. Reines Glück, dass er überlebt hatte. Das Erste, was er wahrnahm, war ein bohrender Kopfschmerz, gepaart mit übermächtiger Übelkeit. Widerwillig schlug er die Augen auf.

Das grelle Tageslicht brachte seinen Kopf schier zum Explodieren. Stöhnend vergrub er das Gesicht in einem Kissen und wartete, bis der Schmerz nachließ. Deutlich vorsichtiger als zuvor öffnete er die Lider erneut, dieses Mal nur einen winzigen Spalt, damit sich seine Netzhäute langsam an die entsetzliche Helligkeit gewöhnen konnten.

Nach und nach wurde der grelle Schein schwächer. Aus dem verblassenden Lichtermeer begannen sich grobe Umrisse zu schälen. Je mehr er erkennen konnte, umso vertrauter erschien ihm alles – und umso unwirklicher. Er konnte kaum glauben, dass er tatsächlich in seinem eigenen Bett lag.

Mit zusammengebissenen Zähnen krallte er sich am Bettrahmen fest und versuchte sich hochzuziehen. Erneut drohte sein Kopf zu bersten, aber immerhin gelang es ihm, sich aufzusetzen und die Beine über die Bettkante zu bekommen. Der Preis dafür war hoch. Der Druck in seinem Magen schwoll zu einem übermächtigen Brechreiz an, und er übergab sich direkt neben dem Bett. Mit einem lauten Ächzen sank er zurück und blieb schwer atmend liegen. Er empfand nicht die geringste Erleichterung. Der säuerliche Geruch des Erbrochenen kroch in seine Nase.

Der zweite Versuch erfolgte eine Stunde später. Dieses Mal gelang es ihm, auf der Bettkante sitzenzubleiben. Nur sehr zögerlich wagte er aufzustehen – eine übermenschliche Anstrengung, die mit neuem Schwindel, Brechreiz und Kopfschmerzen teuer erkauft werden musste. Kern biss die Zähne zusammen. Nur nicht wieder kraftlos ins Bett zurücksinken, zurück zum Anfang aller Qualen. Und auf keinen Fall in den stinkenden gelblichen Brei zu seinen Füßen treten. Er schaffte einige kleine Schritte, bis zu dem Sekretär. Seine Knie zitterten, als er sich mit beiden Händen darauf abstützte, um innezuhalten und Kraft zu schöpfen.

Träge blickte er nach hinten. Auf dem Kissen leuchtete ein großer dunkelbrauner Fleck. Trotz seiner Benommenheit wusste er sofort, dass es sich um getrocknetes Blut handelte. Reflexartig fuhr seine Hand zu seinem Hinterkopf. Die Berührung verursachte einen brennenden Schmerz. Der plötzlich fehlende Halt ließ ihn gefährlich schwanken, doch es gelang ihm, das Gleichgewicht halten. Er erschrak, als seine Finger einen aufgeplatzten Krater mit steifen blutverklebten Haarsträhnen tasteten. Was war geschehen?

Überall nach Halt suchend wankte er wie ein Betrunkener hinaus auf den Gang. Ströme von Schweiß flossen über sein Gesicht, sein Herz raste. Über der Klomuschel sank er zusammen und übergab sich erneut, bis der ununterbrochene Brechreiz nur noch Luft zutage förderte und er schwer atmend am Boden hocken blieb.

Zäher, galliger Speichel floss über die halbgeöffneten Lippen. Mit einem lauten Keuchen zog er sich hoch, stürzte zum Wasserbecken, öffnete den Hahn und hielt den Kopf unter das eiskalte Wasser. Reste geronnenen Blutes und verklebte Haare sammelten sich im Abfluss, doch die Kälte erweckte seine Lebensgeister. Dankbar hielt er den Mund unter das fließende Wasser, spülte den bittersauren Geschmack heraus und nahm ein paar Schlucke, ehe er erneut zusammensank und hocken blieb, dieses Mal jedoch mit einem Gefühl der Erleichterung.

Der scharfe Wasserstrahl donnerte nun ungebremst in das Becken und störte die Bewohner der Nachbarwohnung auf. Frau Siebenfreud, ein Kind im Arm, die drei anderen am Rockzipfel, öffnete verwundert die Tür und fuhr mit einem Schreckensschrei zurück. Die Kinder begannen zu weinen, und sie hatte alle Hände voll zu tun, sie zu beruhigen. Mit Hilfe des Bettgehers schleiften sie Kern zurück in sein Bett. Sogleich machte sich Frau Siebenfreud daran, seine Wunden zu reinigen.

»Danke«, war alles, was der Ermittler hervorbrachte.

»Aber gehen's, Herr Kern, wenn ich so dran denk, was Sie schon alles für uns getan haben, dann ist das das Mindeste«, erwiderte Frau Siebenfreud warmherzig und spielte damit auf das Geld an, das Kern ihr immer wieder zugesteckt, und die vielen Male, die er ihre Kinder in seine Obhut genommen hatte. »Ohne Sie wären wir schon längst verhungert«. Mit einem dankbaren Lächeln schloss Kern die Augen.

»Sie haben ja ein Riesenloch im Plutzer. Sicherlich ein Verbrecher, den Sie gejagt haben. So ein Gesindel aber auch! Soll ich einen Arzt rufen?«, fragte sie besorgt.

Er schüttelte schwach den Kopf. »Das wird schon.« Von Müdigkeit überwältigt, fiel er in tiefen Schlaf. Frau Siebenfreud wischte den Boden auf, entkleidete ihn bis auf die Unterwäsche und deckte ihn zu. Dann rief sie nach ihrem ältesten Sohn. Mit seinen fünf Jahren war der kleine Paul schon sehr reif und erwachsen. Mit todernster Miene setzte er sich an Kerns Bett, und keine Macht der Welt hätte ihn von dort weglocken können, bevor ihm nicht seine Mutter die Erlaubnis erteilt hatte.

Kerns Gehirn war infolge des schweren Traumas angeschwollen und kämpfte gegen die Enge der umgebenden Schädelknochen an, was ihm unerträgliche Kopfschmerzen, Übelkeit und heftige Schweißausbrüche verursachte. Insgesamt zwei Tage benötigte er, um sich von dem Schlag zu erholen, zwei Tage, in denen er kaum mehr zuwege brachte, als im abgedunkelten Zimmer zu liegen und ab und zu etwas Suppe zu sich zu nehmen, die ihm Frau Siebenfreud geduldig Löffel für Löffel einflößte wie eine Mutter ihrem kranken Kind. Dazu legte sie regelmäßig Eisbeutel auf seine Kopfwunde, wusch und bügelte seine Wäsche, wechselte die nassgeschwitzten Laken und pflegte ihn aufopfernd.

Am Donnerstag fühlte er sich zum ersten Mal stark genug, um sein Bett allein zu verlassen. Es war ein schöner, sonniger Tag, doch er verspürte nicht das geringste Verlangen hinauszugehen. Voller Dankbarkeit für die Ruhe und die langsam zurückkehrenden Kräfte zog er es vor, liegen zu bleiben, zur Decke zu starren und Ordnung in seine träge dahinfließenden Gedanken zu bringen.

Am Vordringlichsten war sein Wunsch zu erfahren, was genau ihm widerfahren war. Seine Erinnerung endete auf dem Weg in die Kolingasse. Er wusste, dass er Carlas Urlaubstag dazu nutzen wollte, Rosi zu überwachen, und er erinnerte sich, dass er fest davon überzeugt war, dass Rosi Kinder in die Naglergasse verkaufte und ihre Geschäfte nur dann besorgen konnte, wenn Carla außer Haus war. Aber zwischen dem neunten Bezirk und seinem Erwachen klaffte eine lange Lücke. Vielleicht konnte ja Carla seiner Erinnerung auf die Sprünge helfen? Wo war sie überhaupt? Wenn sie ihn so sehr mochte, wie sie zuletzt angedeutet hatte – ein Gefühl, das er zu seiner eigenen Überraschung erwiderte – warum besuchte sie ihn nicht? Immerhin hatten sie über seine Wohnung gesprochen, sie wusste also, wo er zu finden war ...

Das Grübeln strengte ihn an, und er verfiel erneut in einen tiefen, dieses Mal erholsamen Schlaf, der bis zum Nachmittag anhielt. Als er die Augen öffnete, blickte er in die weit aufgerissenen Augen eines Kindes. Er musste lächeln. »Servus Fritzl!«, sagte er freundlich zum zweitjüngsten Spross der Siebenfreuds, dessen Mutter soeben mit einer Kanne Kaffee aus der Küche kam. »Ja grüß Sie, Herr Inspektor.«

»Mein Engel«, antwortete er. »Sie sind mein Engel gewesen, ohne Sie wäre ich jetzt wahrscheinlich in einer anderen Welt.«

»Das waren Sie ohnehin die letzten Tage. Ich habe mir große Sorgen gemacht.« Sie setzte sich an sein Bett und schenkte ihm eine Tasse ein. »Aber heute haben Sie zum ersten Mal geschlafen wie ein kleines Kind, ohne Schwitzen, ohne Stöhnen, da hab ich mir gedacht, jetzt haben wir es geschafft.«

»Und genauso ist es.« Am liebsten wäre er ihr um den Hals gefallen. »Ich weiß gar nicht, wie ich Ihnen danken soll.« Er wollte sich schnell aufrichten, doch der Schwindel war noch immer da und bremste sein Ungestüm.

»Langsam mit der Braut aus'm Bett!« Frau Siebenfreud lachte und half ihm. Am Anfang war er noch ein wenig unsicher, doch mit ihrer tatkräftigen Unterstützung bewältigte er einen kleinen Rundgang. Mit jedem Schritt wurde der Schwindel schwächer, und die Kopfschmerzen spürte er nur noch unterschwellig. Von der einst mächtigen Beule war nur noch eine dicke Blutkruste übrig geblieben. Trotzdem erschöpfte ihn der kurze Ausflug und er war froh, als er wieder im Bett lag. Bald war er wieder eingeschlafen. Es war bereits dunkel, als er heftig wachgerüttelt wurde.

»Leo, um Gottes Willen, wach doch auf!«, drang eine aufgeregte Frauenstimme an sein Ohr. Kern empfand die plötzliche Störung als grausam. Er hatte wunderbar geschlafen, tief und traumlos, und fühlte sich in der weichen und warmen Geborgenheit seines Betts pudelwohl. Nur mit äußerstem Widerwillen öffnete er die Augen einen kleinen Spalt.

»Carla?« Es fiel ihm schwer zu sprechen.

»Leo!«, rief sie und betrachtete seine Kopfwunde. »Jessas Maria, was ist mit deinem Kopf passiert? Ist das von vorgestern?«

An jedem anderen hätte er seinen Unmut ausgelassen, aber Carla verzieh er alles. Ihr Anblick erfüllte ihn mit tiefster Dankbarkeit. »Wie bist du reingekommen?« Irgendetwas war anders an ihr, aber er vermochte zunächst nicht zu sagen, was es war.

»Deine Nachbarin hat mich reingelassen. Jetzt sag schon, was ist los mit dir? Wie geht es dir?«

»Na, eine über den Plutzer hab ich gekriegt.« Er war noch so benommen, dass er lediglich ein stumpfsinniges Lächeln zuwege brachte. »Welchen Tag haben wir überhaupt?«

»Es ist Donnerstagabend, du Dummerl!« Hektisch presste sie ihre Hände auf seine Wangen und überschüttete ihn mit Küssen. »Du wirst doch wieder gesund, gell, in deinem Hirn ist alles in Ordnung?«

Unter ihrem Ansturm kehrten seine Lebensgeister langsam zurück. Sanft drückte er sie von sich und richtete sich auf. »Beruhig dich doch.«, beschwichtigte er sie. »Ich werde schon wieder gesund. Es geht schon viel besser.«

Erleichtert atmete sie auf. »Du bist so ein Depp!« Sie lachte und weinte gleichzeitig.

»Ja, das weiß ich schon«, erwiderte er verwundert, »Aber was hast du denn?« Erst jetzt bemerkte er, dass ihr linkes Auge blau verfärbt war. Über ihrem Ohr klebte ein Pflaster.

»Na, was schon? Ich besuch dich.«

»Dein Ohr, dein Augerl? Was ist geschehen?«

»Ach das!« Sie lachte unsicher. »Ein Kunde hat einen Anfall gekriegt, weil er ihn nicht hochgebracht hat, diese alte Drecksau. Berufsrisiko.« Sie bemerkte seinen erschrockenen Blick. »Das wird schon wieder, mach dir keine Sorgen. Ich kann halt jetzt nur einen Ohrring von dir tragen.«

»Zeig her. Ich hab ein Ersatzpflaster. Ich will das sehen.«

»Geh, lass es sein. Es ist nicht so schlimm.«

Es gelang ihm, den Verband zu entfernen. »Das Ohrläppchen ist ja richtig zerrissen!«, sagte er bestürzt.

»Das wächst schon wieder z'samm. Er wollt mich packen und ich hab mich losgerissen.« Hastig überklebte sie die Wunde wieder. »So, jetzt isses gut. Du bist der Kranke, nicht ich. Ich hätt dich schon viel früher besucht, nach allem, was passiert ist. Aber es ist so schwer wegzukommen, ohne Verdacht zu erregen. Heute war ein Glücksfall. Mein Kunde – nicht der mit dem Ohr – hat zu viel gesoffen. Da hab ich die Gelegenheit beim Schopf gepackt und bin zu dir gekommen. Ich hab mir solche Sorgen um dich gemacht.«

»Was ist denn alles passiert?«, fragte er in der Hoffnung, endlich die quälende Erinnerungslücke schließen zu können.

»Na, zusammengehaut haben sie dich. Und das ist alles meine Schuld!« Die letzten Worte gingen in einem Schluchzen unter.

Er nahm sie in seine Arme und hielt sie fest. »Jetzt beruhige dich doch erst einmal. Ich werd schon wieder.« Er lachte. »Immerhin weiß ich, wer du bist, das ist doch schon was. Für den ganzen Schlamassel kannst du am allerwenigsten.« Sie befreite sich aus seiner Umarmung und putzte sich umständlich die Nase. Seine Worte entlockten ihr immerhin ein kurzes, erleichtertes Lächeln, bevor sie wieder zu weinen begann.

»Carla!« Liebevoll streichelte er ihre Wange. »Es ist nur eine Kopfnuss – eine ordentliche, das schon – aber mehr nicht. Und ich bin schon fast wieder gesund. Alles halb so schlimm! In ein oder zwei Tagen bin ich wieder der Alte.«

Ihre Augen fixierten einen Punkt irgendwo in weiter Ferne. »Es ist meine Schuld.« Geräuschvoll zog sie die Nase hoch.

»Aber geh! Wie kommst du denn auf die Idee?«

Sie schluckte ihre Tränen hinunter und zwang sich zu Ruhe. Nachdem sie ihre Fassung zurückgewonnen hatte, begann sie mit verhaltener Stimme zu sprechen. »Wir haben über die Spielzeugeisenbahn von der Gnädigen geredet und dass sie keine Kinder mag, und ich hab dich ausgelacht. Erinnerst du dich? Ich hab das der Frau Rosi erzählt, weil ich das für so einen Blödsinn gehalten hab, und wir haben beide darüber ordentlich gelacht. Sie hat gesagt, dass du schon immer eine blühende Fantasie gehabt hast, dass du aber ein guter Polizist bist.«

»Danke für die Blumen«, erwiderte er gefasst, auch wenn er hinter seiner sorgenvoll gerunzelten Stirn gegen die aufsteigende Panik ankämpfen musste. Wie hatte sie nur so dumm sein können? Sein erster Impuls war, sie für ihre Arglosigkeit zu ohrfeigen, ein unwillkürlicher Drang, dem er nie und nimmer nachgegeben hätte, schon gar nicht, als er ihr schuldbewusstes, verzweifeltes Gesicht sah. Also sog er mit einem lauten Zischen die Luft zwischen den Zähnen ein und sah sie erwartungsvoll an.

»Am nächsten Tag in der Früh hab ich aufgeräumt und gekocht, wie immer. Ich war schnell fertig, weil ich noch vom Vortag was zum Aufwärmen gehabt hab. Ich hab dann die Gnädige gefragt, ob ich schon früher gehen könnte, und sie hat nix dagegengehabt. Aber um elf Uhr wollt ich noch nicht. Ich war auch noch müde vom frühen Aufstehen, also hab ich mich noch kurz hingelegt und muss wohl eingeschlafen sein. So was ist mir noch nie passiert, Leo, ehrlich. Wie ich aufgewacht bin, war es halb zwei Uhr Nachmittag. Ich bin natürlich total erschrocken und wie von der Tarantel gestochen aufgesprungen. Wie ich zur Tür raus will, denk ich mir, ich sollte mich noch verabschieden, vielleicht braucht sie ja was. Im Wohnzimmer war es ganz ruhig, wenn man vom depperten Vogelgezwitscher absieht. Also, kurz und gut, ich schau ins Zimmer, und weißt du, was ich seh?«

»Ich kann's mir fast denken«, erwiderte er resigniert.

»Genau!«, rief sie, »Die Frau Rosi, wie sie die Spielzeugeisenbahn auf den Tisch stellt. Und daneben einen ganzen Haufen Schokolade. Sie hat mich gar nicht bemerkt, wahrscheinlich hat sie geglaubt, ich bin schon weg. Jessas Maria, hab ich gedacht, das ist schon komisch, dass sie grad heute die Eisenbahn auspackt, wo ich weg bin. Und die isst doch keine Süßigkeiten. Aber dann hab ich mir gedacht, vielleicht frischt sie ja alte Erinnerungen auf. Also hab ich nix gesagt und mich rausgeschlichen, ohne mich zu abzumelden. Aber unterwegs hat mir das alles keine Ruhe gelassen. Warum packt sie das Werkel grad am Dienstag aus? Drum bin ich irgendwann wieder zurückgegangen, weil ich mir gedacht hab, dass du vielleicht doch recht hast. Und wie ich so um die Ecke komm, wen seh ich da? Dich! Du stehst da, auf der anderen Straßenseite. Ich wollte zu dir gehen, aber da ist der Wagen vorgefahren und dann hab ich gesehen, wie sich dich niedergehaut haben. Ich war ganz krank vor Sorge.«

»Und was war dann weiter?«, fragte er gespannt.

»Na, du warst k. o., völlig hinüber. Die haben dich gepackt und wie einen nassen Sack in die Kutsche geschmissen und sind mit dir weggefahren. Ich hab'mich an die Wand gedrückt. Was hätte ich denn tun sollen? Ich gegen drei Mannsbilder? Solche Sorgen hab ich mir um dich gemacht, ganz schreckliche. Also ...« Sie war ganz atemlos und musste Luft holen. »... ich seh, wie der Wagen mit dir davonfährt. Aber ich bin dortgeblieben und hab gewartet. Jetzt will ich's aber wissen, hab ich mir gedacht. Und dann, vielleicht zehn Minuten später kommt ein Herr mit einem kleinen blonden Buben und geht in den Eingang von der Kolingasse.«

»Was hast du gemacht?«, fragte Kern heiser vor Aufregung.

Schuldbewusst zog sie die Schultern hoch. »Wie die Tür wieder zu war, bin ich leise ins Haus und hab gelauscht. Ich hab' gedacht, im Erdgeschoss hör ich die Frau Rosi im Mezzanin auf jeden Fall.«

»Und? So lass dir doch nicht alles aus der Nase ziehen!«

»Es hat wirklich bei uns geläutet, und der Herr hat mit der Frau Rosi gesprochen und ist in die Wohnung gegangen.«

»Was haben sie gesagt?«

»Nix Besonderes. Nur ›Grüß Gott‹ halt, mehr nicht. Ich renn wieder raus auf die Straße und wart'. Weil, wenn der Herr ohne den Buben rauskommt, dann hat der Leo recht gehabt, denk ich mir.« Sie sah ihn fragend an, doch Kern nickte nur aufmunternd, und sie setzte ihre Erzählung fort. »Ich weiß nicht, wie viel Zeit vergangen ist, aber wie er wieder herausgekommen ist ...«, sie stockte, »... war der Bub nicht mehr dabei.« Sie sah ihn betroffen an. »Leo, ich schwör dir, so etwas hätte ich nie geglaubt.«

Kern versank in einem Chaos von Gefühlen. Da war der Triumph, recht gehabt zu haben, die maßlose Enttäuschung darüber, dass gerade Rosi in solche Geschäfte verwickelt war, die Ohnmacht, dem Kind nicht mehr helfen zu können, der Hass auf den russischen Fürsten und Susanne Vogler, der unbändige Drang loszustürzen. Schließlich nahm er sie in die Arme und tätschelte ihr beruhigend die Schulter. »Aber du hast es doch jetzt praktisch bewiesen. Du bist ein sehr tapferes Mädchen. Und du wärst ein schlechtes Dienstmädel, wenn du alles sofort glauben würdest, was man über deine Herrschaft sagt.«

»Aber wenn ich auf dich gehört hätte, dann wäre dir der Mordsdippel erspart geblieben«, schluchzte sie. »Ich war so deppert!« Sie vergrub ihr Gesicht in seinem Hemd und weinte hemmungslos.

Kern wartete geduldig, bis der Weinkrampf abebbte. »Glaub mir, du hast nichts falsch gemacht. Manchmal will man einfach nicht begreifen, wie schlecht die Welt sein kann. Und wegen dem Loch im Kopf mach dir keine Sorgen, das wächst schon wieder zu. Aber sag, wie ist es weitergegangen?«

Sie putzte sich die Nase und trocknete die Tränen. »Ich hab gewartet. Weil, wenn der Bub jetzt bei der Rosi ist, dann muss er wieder herauskommen, vor der Zeit, wenn ich normalerweise wieder zurück bin, hab ich mir gedacht.«

Kern nickte voll Anerkennung. »Und du hast verdammt recht gehabt. Du bist nicht nur ein tapferes, sondern auch ein sehr kluges Mädchen.«

»Es hat gar nicht lang gedauert. Nach vielleicht einer halben Stunde ist wieder ein Herr ins Haus gegangen, noch jung, in einem dunklen Gehrock. Ein fesches Mannsbild, sehr vornehm. Das goldene Uhrketterl hat im Sonnenlicht bis zu mir rübergeblitzt. Kaum war der drin, ist ein Comfortabel vorgefahren und hat vor dem Haus gewartet, mit zugezogenen Vorhängen. Ich hab die Straßenseite gewechselt, damit ich mehr sehen kann, denn der Hauseingang war von dem Wagen verdeckt. Ich hab so Herzklopfen gehabt, dass ich fast gestorben bin, Leo. Die Vorstellung, dass du wirklich recht haben könntest, hat mir solche Angst eingejagt. Ich steh also da wie angewurzelt und traue mich kaum zu atmen, da kommt der Feschak mit dem Buben an der Hand, und die beiden steigen in die Kutsche.«

»Also doch«, war das Einzige, was Kern herausbrachte, während er unbewusst die Faust ballte. Beide saßen schweigend da, jeder für sich damit beschäftigt, die schrecklichen Neuigkeiten zu verdauen.

»Was machen wir jetzt?«, fragte Carla mit angsterfüllter Stimme.

Kern löste sich von ihr und ergriff ihre Hände. »Du machst gar nichts. Das überlässt du alles mir.«

»Du wirst sie bestrafen, gelt?«, erwiderte sie erleichtert.

»Trotzdem musst du wieder zurück in die Kolingasse und so tun, als ob nichts geschehen wäre. Das wird nicht einfach werden!«

Carla nickte eifrig. »Das schaff ich schon.«

Mit ihrer Hilfe zog er sich an. »Ich bring dich nach Haus.«

»Ja, geh mit mir. Da fühl ich mich sicherer.« Ihre Stimme bebte.

»Du hast Angst vor ihr?«, fragte er mitfühlend.

»Ich mach mir voll in die Hosen.« Ihr unsicheres Lächeln brachte ihre ganze Verzweiflung zum Ausdruck.

Sie waren gerade bis zur Tür gekommen, als Frau Siebenfreud mit dem Abendessen erschien. Ihre Kinder folgten ihr wie eine Schar Entenküken ihrer Mutter. »Was wollen Sie denn da, Herr Kern?«, fragte sie streng und sah Carla vorwurfsvoll an.

»Ich bring die Carla nach Haus.«

»Auf keinen Fall. Sie können ja kaum gerade stehen. Ab ins Bett, es gibt Einbrennsuppe und Brot.« Ohne seine Antwort abzuwarten, ergriff sie seine Hand und führte ihn zurück zu seinem Bett. Die Kinder beobachteten alles mit großen Augen.

Kern war zu schwach, um Widerstand zu leisten. Als er saß, bemerkte er erst, wie erschöpft er war. »Vielleicht ist es doch besser …«

»Und ob es das ist. Ich hab hier nicht vier Kinder, sondern fünf. Fräulein, bitte gehen Sie jetzt.«

Kurz verzog sich Carlas Gesicht zu einer unwilligen Grimasse. Dann lächelte sie. »Aber natürlich. Tut mir leid, Leo, ich hab gedacht, du wärst schon besser beinand'.«

»Ich weiß auch nicht ...«, erwiderte er und ließ sich mit Frau Siebenfreuds Hilfe langsam ins Bett zurücksinken. »Eine letzte Frage noch. Weißt du, wie ich hierhergekommen bin?«

»Ich hab keine Ahnung, ehrlich nicht. Ich hab nur gesehen, wie sie dich in der Kutsche weggebracht haben. Wahrscheinlich haben die Schläger dich hier abgeliefert. Sonst fällt mir da nix ein.«

Auch wenn es die einzig mögliche Antwort war, es fiel ihm schwer, ihr zu glauben. »Dir kann nix passieren, solang ich nicht auftauche. Ich regele das alles. Vertrau mir«, sagte er schließlich.

Nachdem alle gegangen waren, blieb Kern in stumpfer Verzweiflung zurück. Trotz der erdrückenden Indizien konnte er nichts beweisen. Nur eine Razzia in der Naglergasse, bei der man den Fürsten quasi in flagranti überraschte, konnte den unseligen Kinderhandel beenden. Doch so etwas durfte nur Marx persönlich in die Wege leiten. Kern machte sich nichts vor. Die Mitjuchinaffäre war für den Polizeipräsidenten ein unbequemes Nebenprodukt seiner Ermittlungen. Jetzt verfluchte er seine schwere Kopfverletzung doppelt. Eine halbe Woche war ungenutzt verstrichen. Er musste wieder hinaus auf die Straße.

Der nächste Morgen brachte die heiß ersehnte Wende. Seine Kopfschmerzen waren kaum noch zu bemerken. Dankbar machte er sich über Frau Siebenfreuds Frühstück her. »Eine Zeitung hab ich Ihnen gebracht.«

Während er frühstückte, studierte er kurz die Zeitung. Die Schlagzeilen berichteten über einen brutalen Mord, der Mittwochabend entdeckt worden war. Ein Mann war im Maximilianpark tot aufgefunden worden, seine Identität bislang ungeklärt. Die Polizei gab an, dass ein heftiger Kampf stattgefunden haben musste, weswegen man von einer Unterweltfehde ausging. Weitere Berichte wurden angekündigt. Dafür war er gottlob nicht mehr zuständig, auch wenn Kern Morde, die entdeckt wurden, solchen vorzog, die unentdeckt blieben.

Er füllte am Gang seine Waschschüssel und schleppte sie in seine Wohnung. Nachdem er sich von oben bis unten eingeseift hatte, schrubbte er mit der Bürste nicht nur die Reste der vergangenen Tage, sondern auch die Demütigung der erlittenen Niederlage von seinem Körper. Er fühlte, wie er von unbändigem Tatendrang ergriffen wurde. Schweren Herzens opferte er eine hoffnungslos blutverklebte Haarsträhne.

Als er sich auch noch eine komplette frisch gewaschene Wäschegarnitur gönnte, fühlte er sich wie neu geboren. Kritisch prüfte er die Erde der Clivie und versorgte sie mit frischem Wasser. Nach einer kurzen Zwiesprache mit der kleinen Luise und ihrer Mutter war er so weit. Der Tag der Abrechnung war gekommen.

Kapitel 20
Abrechnung

Ein Fiaker fuhr ihn direkt in die Kolingasse. Als Carla ihn erblickte, weiteten sich ihre Augen vor Schreck. »Mein Gott, Leo, bin ich froh. Aber dein Blick verheißt nichts Gutes. Was hast du vor?«

»Na was schon? Aufräumen will ich. Ein für alle Mal. Wo ist sie?«, brummte er grimmig.

Sie stellte sich ihm in der Tür entgegen und stemmte beide Arme gegen den Türstock. »Leo, ich flehe dich an, lass es bleiben. Es geht ihr wirklich schlecht. Sie ist nicht mehr bei Sinnen. Du kannst sie gar nicht verantwortlich machen für das, was sie tut.«

Kern nahm ihr nicht übel, dass sie sich trotz allem um ihre Herrin sorgte. Behutsam drängte er sie beiseite. Sie leistete kaum Widerstand. »Einer muss es tun, Carla. Und wer wäre dafür besser geeignet als ich? Nach allem, was sie mir angetan hat.« Er drängte sich an ihr vorbei in die Diele.

»Die krepiert doch eh elendiglich!«

»Aber davor soll sie wissen, dass ich sie zu Fall gebracht habe. Wo hat sie die Eisenbahn?«

In ihren Augen glaubte er eine Mischung aus Missbilligung und Erleichterung wahrzunehmen. »In der Kommode, unterste Lade.«

»Pack deine Sachen. Wenn ich hier fertig bin, muss ich noch zu Marx. Dann hol ich dich ab. Du bist zu gut für diesen Ort.«

Ehe Carla antworten konnte, drängte er sie zur Seite und betrat das Wohnzimmer. Ein letztes Mal nahm ihn die unwirkliche Atmosphäre gefangen, die stickige, feuchte Luft, das üppige, überbordende Grün der Pflanzen, das laute Vogelgezwitscher, das schwere Aroma der grellen Blüten und die kleine, bis auf die Knochen abgemagerte Frau in ihrem schwarzen Kleid, die wie ein Geist auf ihrem Sofa thronte. Sie trug keine Perücke. Ihre Haut war von tödlicher Blässe, der kahle Schädel übersät von zum Teil aufgeplatzten blutigen Malen. Ihre Zahl hatte zugenommen, seit er sie zuletzt gesehen hatte. Wie stark ihr Verfall in den letzten Tagen fortgeschritten war! Carla hatte die Wahrheit gesagt. Der Tod stand buchstäblich hinter ihr und wartete nur darauf, sie mitzunehmen. Kern spürte, wie ihm der Schweiß aus den Poren trat.

Rosi hatte sein Eintreten nicht bemerkt. Sie schien weit weg zu weilen, an einem anderen Ort. Irgendwann, mehr zufällig, wandte sie sich ihm zu. Sie kniff ein wenig die Augen zusammen und er sah, dass ihr rechtes Lid herabhing und das Auge zur Hälfte verschloss. Als sie ihn erkannte, hellte sich ihre Miene auf. Sie stockte kurz, als müsste sie erst die richtigen Worte finden, ehe sie sehr langsam und bedächtig zu sprechen begann.

»Ja Leo, ich habe dich gar nicht bemerkt«, sagte sie freundlich. Ich hab mir schon Sorgen um dich gemacht.« Die Worte klangen ein wenig verwaschen, fast, als wäre sie betrunken. Wie auf ein geheimes Kommando erstarb das Vogelgezwitscher. Unheimliche Stille erfüllte den Raum. »Setz dich, die Carla bringt uns Kaffee. Oder ...« Das spitzbübische Lachen wirkte fratzenhaft, denn ihr rechter Mundwinkel hatte sich von der Bewegung ihrer Lippen losgelöst und hing kraftlos nach unten. »... habt's ihr zwei noch was vor? Dann kommst halt später zu mir. Après. Ich bin heute ein bisserl müde, also hab bitte Geduld mit mir.« Bedächtig zog sie ihre Perücke unter einem der Kissen hervor. Während sie ihre Glatze bedeckte, ließ sich Kern auf seinem angestammten Platz nieder. Ihr warmherziger Blick begleitete ihn. »Ist dir eine Laus über die Leber gelaufen?«, fragte sie und musterte ihn forschend. »Was machen die Ermittlungen?«

Erst jetzt bemerkte er, dass ihre Finger zitterten. »Sie sind abgeschlossen. Der Mörder wird nicht mehr lang frei herumlaufen.«

Ihr Mund verzog sich abermals zu einem schiefen Lächeln. »Du bist eben doch der beste Schnüffler des Kaisers. Der Rada war's, nicht wahr?« Obwohl ihr Zustand bestürzend war, überwog sein Hass für das, was sie ihm und vor allem den Kindern angetan hatte, jegliches Mitgefühl. Dazu gesellte sich seine ohnmächtige Wut darüber, dass er keinen einzigen Beweis gegen sie in der Hand hatte. »Hast du die Briefe endlich gefunden? Ich muss mich drum kümmern, dass der Graf sie erhält«, fuhr sie mit ungewöhnlich sanfter Stimme fort. Sie schien sich richtig warmzureden. Mit jedem Satz kamen die Worte flüssiger über die dünnen Lippen, und der Mund schien wieder gerader zu werden.

»Langsam Rosi. Eine letzte Frage ist noch offen«, erwiderte er lauernd. »Aber ich bin mir sicher, dass du sie mir beantworten wirst.«

»Ich helfe dir, wo immer ich kann«, erwiderte sie langsam.

»Wo ist deine Spielzeugeisenbahn?«

»Welche Spielzeugeisenbahn?«, fragte sie mit unschuldigem Blick.

»Du erinnerst dich doch, wie ich bei euch übernachtet hab, hat eine am Boden gelegen«, erwiderte er mit gespielter Gleichgültigkeit.

Bedächtig schüttelte sie den Kopf, wirkte mit einem Mal noch gebrechlicher. »Leider nicht. Die Krankheit macht mir in letzter Zeit doch mehr zu schaffen, wie du vielleicht bemerkst. Ich …«

»Wo ist sie?«, fiel er ihr barsch ins Wort.

Ihre entstellten Züge erstarrten. Plötzlich schien ihre Kraft zurückzukehren. Ihre dunklen Augen verengten sich zu schmalen Schlitzen. »In der Kommode. So viel ich weiß, ist es kein Verbrechen, Spielzeug zu besitzen.« Jetzt kamen die Worte gestochen scharf und klar, und er fragte sich, ob sie ihm bei seinem Eintreten nicht eine Komödie vorgespielt hatte.

Er erhob sich, holte die Holzwaggons aus der Lade und stellte sie umsichtig vor sich auf den Boden. »Sehr schön«, sagte er mit einem kalten Lächeln, während er sich wieder hinsetzte, seine Ellbogen auf die Knie stützte, die Hände faltete und sein Werk zufrieden betrachtete.

Trotz ihres beklagenswerten Zustandes leuchteten Mauthners dunklen Augen immer noch lebhaft und blieben argwöhnisch an ihm kleben. Ihr rechtes Augenlid begann unkontrolliert zu zucken. »Bist du betrunken? Jagst du jetzt Holzspielzeug hinterher?«

Er schürzte die Lippen. »Ich frage mich, wofür du so etwas brauchst.«

»Wie schön, dass du keine anderen Sorgen hast. Ich habe es damals gekauft, wie ich schwanger war, schwanger von *dir*«, erwiderte sie wehmütig. »Ich dachte es würde ein Bub werden. Und später hab ich es als Andenken aufgehoben.«

Die Antwort und besonders ihr Tonfall brachten sein Blut zum Kochen. »Verkauf mich nicht wieder für blöd!«, schrie er sie an. »Das ist jetzt die dritte Version!«

Ihr ausgemergelter Körper straffte sich. Vor Schmerzen biss sie die Kiefer aufeinander, sodass ihre Kaumuskeln hervortraten. »Vorsicht, Leo. Du bist hier nicht der Herr im Haus«, flüsterte sie drohend.

»Seitdem ich über diese Schwelle getreten bin, hast du mich belogen und betrogen«, schrie Kern, dessen Wut und Enttäuschung über ihren Verrat die letzten Reste seiner Beherrschung hinweggefegt hatte. »Und ich Volltrottel habe dir vertraut!«

»Und warum ...«, begann sie, während sie um Fassung rang, »... hätte ich so etwas tun sollen?«

Kern sprang auf, trat vor sie und beugte sich zu ihr nach unten. »Weil du Kinder verkaufst, Rosi, an den Fürsten Mitjuchin. Die Vogler Susi ist deine Komplizin. Und die Fanni hat davon erfahren, und deswegen hast du sie umbringen lassen.«

Erschöpft sank sie zurück. »Du bist doch betrunken, Leo. Geh, ich will dich nie wiedersehen.« Sie hatte die Augen geschlossen und atmete schwer. »Ich habe es nicht verdient, dass du mich so beleidigst.«

Doch Kern war für Mitleid viel zu aufgebracht. »So einfach kommst du dieses Mal nicht davon. Ich kann alles beweisen. Dass du mich hast niederschlagen lassen, hat nichts genutzt. «

Eine Zeitlang saß sie regungslos da und trotzte seinem wütenden Blick. Ihre schmale Brust hob und senkte sich mit jedem Atemzug. Kern bemerkte nicht, wie sich ihr rechter Arm anspannte, wie sie all ihre Kräfte sammelte. Völlig unvermittelt versetzte sie ihm eine schallende Ohrfeige, die ihn erschrocken zurückweichen ließ. »Na und? Du dummer Bauer! Ich habe dir immer gesagt, du sollst dich heraushalten. Das ist ein paar Nummern zu groß für dich. Aber nein, der große, strahlende Held will der Gerechtigkeit zum Sieg verhelfen. Aber nicht um der Gerechtigkeit willen! Es geht ausschließlich um ihn selbst. Es geht immer nur um dich, Leo. Dein Egoismus ist unübertrefflich.« Sie musste Atem holen, ihr magerer Oberkörper wankte unter der Anstrengung, während sich ihr eingefallenes Gesicht zu einer Fratze der Verachtung verzerrte. »Sieh dich an, was aus dir geworden ist. Ein abgehalfterter Polizist, der für den Polizeipräsidenten die Drecksarbeit macht, rausgeschmissen aus dem Agenteninstitut, weil er sich nicht beherrschen kann. Kommst daher wie ein besudelter Strotter! Eine Schande für die Polizei bist du. Und du hast nicht einmal das Recht, irgendwelche Ermittlungen anzustellen. Du bist ein Hochstapler, sonst nichts. Du kannst mir gar nichts anhaben.«

Kerns Gesicht war puterrot angelaufen, seine Lippen zitterten vor Wut. »Das muss ich mir von dir nicht sagen lassen, einer alten, hässlichen Hure, die von der Syphilis zerfressen ist. Ich habe Erfolg gehabt, wo das ganze Agenteninstitut gescheitert war. Weil ich besser bin als alle anderen.«

Sie lächelte kalt. Ihre Stimme klang herablassend. »So? Besser als die anderen? Glaubst du allen Ernstes, mit einer Spielzeugeisenbahn irgendetwas beweisen zu können?«

Er überging ihre Frage. »Das Schlimmste ist, dass ich das für dich gemacht habe. Ich wollte die Fanni rächen, deine Ziehtochter.«

»Erzähl keine Märchen! Du hast doch gar nichts von mir gewusst, wie du den Auftrag angenommen hast.«

»Aber wie ich zu dir gekommen bin, da war mir klar, dass ich das auch für dich tun muss.«

»Der Klassiker! Der ehrenwerte Herr Kern hat immer nur das Beste gewollt. So wie damals, wie du mir diesen Balg angedreht hast!« Erschöpft sank sie zurück und schloss erneut die Augen, um die letzten Reserven ihres von der furchtbaren Krankheit zerfressenen Körpers aufzubieten.

»Was willst du damit sagen?«

Sie hielt inne, wartete geduldig, bis sie wieder zu Kräften kam. »Ich hatte dir gesagt, ich will keine Kinder, dass du dich zurückhalten sollst«, erwiderte sie leise. »Aber du hast dich einen Dreck drum geschert.«

»Unser Kind war ein Kind der Liebe!«

»Es war *dein* Kind, nicht meines«, entgegnete sie schwach, mit geschlossenen Augen.

»Na und, du hast es ohnehin verloren.« Voll Verachtung schleuderte er ihr die Worte entgegen.

Ihr Geist war wie eine langsam ersterbende Flamme, die durch Windstöße immer wieder angefacht wurde. Nach einer kurzen Pause schlug sie ihre dunklen Augen ein weiteres Mal auf, und ihr Mund verzog sich zu einem schiefen Lächeln. »Verloren? Du Trottel du.« Theatralisch legte sie den Handrücken an ihre Stirn. »Der arme Leo, vom Schicksal gnadenlos gebeutelt!« Dann sah sie ihn hasserfüllt an. »Nein, mein Lieber, wegmachen hab ich es lassen, von der Engelmacherin. Und es ist mir hundeelend dabei gegangen. Aber das hast du gar nicht bemerkt, so versunken warst du in dein Selbstmitleid. Weil es dir nicht um mich gegangen ist, sondern um dich. Alle, die dich lieben, zerstörst du. Dein armer Vater hat dich bis zum Tod geliebt, und du hast jede seiner Hoffnungen zunichte gemacht. Das Studium geschmissen, mit einer Hure gelebt, schlimmer geht es gar nicht für einen Bürgerlichen. Nicht einmal bei seinem Begräbnis warst du. Deine Mutter hat dich als Einzige durchschaut. Darum hasst du sie, weil sie dich besser kennt als jeder andere.«

Kern war aschfahl geworden. Zufrieden beobachtete sie die Wirkung ihrer Worte. »Rosi, du weißt nicht, was du sagst!« Vor lauter Aufregung verkümmerte seine Stimme zu einem heiseren Krächzen.

»Ich habe jedes Wort mit Bedacht gewählt.« Sie lachte schwach, voller Genugtuung darüber, wie tief sie ihn verletzt hatte. »Glaubst du allen Ernstes ich hätte das öde Leben einer Polizistengattin ertragen? Ich war die beste Hure Wiens, und wir haben in Saus und Braus gelebt. Niemals hätte ich das aufgegeben.«

Kern hatte sich wieder gefangen. »Und sieh, was aus dir geworden ist.«

»Ich bin immer noch erfolgreicher als alle anderen.« Ein weiteres Mal sank sie müde zurück und schloss ihre Augen.

»Mit Kindern«, ergänzte er zornig.

Es dauerte, bis sie erneut aus ihren schwindenden Kräften geschöpft hatte und aus ihrer vorübergehenden Trance erwachte. Sie stemmte sich auf ihren dünnen Armen hoch, um ihm Aug in Aug gegenübertreten zu können. »Ja, mit Kindern, die von ihren eigenen Eltern verkauft oder weggejagt werden, bevor sie am Hunger krepieren«, versetzte sie mit einem dämonischen, schiefen Grinsen. »Ich kann sie mir sogar aussuchen, so viele sind es. Ich nehme nur die beste Ware, hübsche kleine Buben mit blonden Locken und Engelsgesichtern. Mager müssen sie sein.«

Welche Ausgeburt der Hölle hatte von ihr Besitz ergriffen? Ihr fiebriger Blick wirkte wie der einer Besessenen. »Die Syphilis hat dein Gehirn zerfressen«, erwiderte Kern. »Das ist nicht mehr die Frau, die ich geliebt habe!«

Ihre Stimme schwoll an, während die Adern auf ihrer Schläfe hervortraten und pulsierten. »Und weißt du, wer sie mir abkauft? Mitglieder der besten Gesellschaft Europas.«

»Und dafür musste die Fanni sterben?«

»Die Fanni, die Selbstgerechteste von allen! Ich kann ihren Namen nicht mehr hören!«, schrie sie hasserfüllt.

»Wie kannst du das sagen? Sie war wie eine Tochter für dich!«

»Ich habe sie gehasst. Sie hat alles gehabt, was ich nicht hatte. Geld, Erfolg, die große Liebe. Alle waren verrückt nach ihr, meine besten Kunden hat sie mir weggenommen! Dabei ist es denen gar nicht ums Budern gegangen! Die Fanni war nämlich was Besseres. Hat Bücher gelesen, wie andere Zuckerl fressen. Sie war sogar kurz davor, bürgerlich zu werden, noch dazu mit einem steinreichen Bräutigam. Mein schönster Augenblick war, wie sie die Syphilis gekriegt hat. Gott ist gerecht, habe ich mir damals gedacht.«

»Das alles hättest du auch haben können, nur mit weniger Geld. Aber das war dir zu wenig. Einmal Hure, immer Hure.«

In ihren dunklen Augen schimmerten Tränen. »Wie kannst du nur glauben, dass ich die Fanni hab umbringen lassen?«

Er richtete anklagend den Zeigefinger auf sie. »Du hast Angst gehabt, dass sie dein Geschäft verrät.«

Ihr Anflug von Sentimentalität war so schnell vorüber, wie er gekommen war. Sie schlug seine Hand weg. »Mit einem Fingerschnips hätte ich sie umbringen lassen können, so wie dich auch. Aber ich habe dich verschont«, fauchte sie ihn an. »Weil ich blöd war! Eine Warnung sollte es sein. Hab dich von meinen Leuten sogar nach Hause bringen lassen.« Sie schlug sich mit der flachen Hand auf die Stirn. »Jeder andere hätte dich totschlagen lassen wie einen tollwütigen Köter. Aber jetzt ist Schluss. Sobald du diesen Raum verlässt, bist du zur Jagd freigegeben. Hier geht es um etwas richtig Großes. Meine Kontakte reichen in die höchsten Kreise. Schon bald werde ich das Geschäft in ganz Wien kontrollieren. Auch die Susi wird mir ihren Laden überlassen müssen. Und du wirst mich nicht aufhalten!« Ihre Augen flackerten wie im Fieber, ihr sonst so blasses Gesicht war mit einem Mal gerötet.

In diesem Augenblick begriff er endlich, dass Carla recht hatte, dass ihre Worte der Ausbund ihres kranken Gehirns waren. »Du bist krank, Rosi, schwer krank.«

Sie schien ihn gar nicht zu hören. »Wenn ich erst die sauberen Herrn Politiker und Prinzen und Kronprinzen in meinen Bordellen habe, werde ich ihnen diktieren, was zu geschehen hat. Nur Männer glauben, dass Politik auf dem Schlachtfeld stattfindet. In Wahrheit findet sie im Bett statt, zwischen den Beinen einer Frau. Meine Soldaten sind junge schöne Mädchen. Sie werden sich darum reißen, für mich zu arbeiten, denn ich werde sie fürstlich entlohnen.«

Kern wandte sich angewidert ab und ging zu Tür. Ein letztes Mal drehte er sich um. Er hatte seine Emotionen wieder unter Kontrolle. Seine Worte waren ruhig und beherrscht. »Ich hätte nie geglaubt, dass du die Fanni auf dem Gewissen hast.«

»Dann beweis es doch!«, schrie sie ihn an.

»Sie hat es in den Briefen an Modritzky geschrieben«, sagte er einer plötzlichen Eingebung folgend. »Alles. Über dich, über die Vogler, über Mitjuchin. Ich habe es schwarz auf weiß.«

»Du lügst doch! Wo sind sie denn, die Briefe?«, fragte sie gehässig.

Plötzlich ging die Tür einen Spaltbreit auf, und Carlas Kopf erschien. Mit aufgerissenen Augen starrte sie die beiden an. Kern sah sie und sprach, den Blick auf sie gewandt, weiter. »Sie sind beim Grafen. Ich habe sie gefunden und ihm zurückgebracht. Bei ihm sind sie in Sicherheit. Für das, was du getan hast, verdienst du den Tod.«

»Du widerst mich an. Verschwinde endlich!«, schrie sie.

»Ich werde die Carla mitnehmen und dich allein zurücklassen. Das ist meine Strafe für dich. Du wirst sehr bald sterben, langsam und qualvoll. Niemand wird bei dir sein, wenn du den Weg in die Hölle antrittst. Sagtest du nicht bei unserem Wiedersehen, der Teufel hätte für dich eine Loge reserviert? Ich glaube, er stößt schon an auf deine schwarze Seele.«

Sie richtete sich auf, ihr kleines schmales Gesicht war von Hass verzerrt. Plötzlich verdrehte sie die Augen und stieß einen grellen Schrei aus. Wie von Geisterhand gepackt drehte sie sich um die eigene Achse und stürzte der Länge nach hin. Ihr Gesicht schlug hart auf den Boden auf. Die Haut über ihrer Wange platzte auf und hinterließ einen Blutfleck auf dem Parkett. Wie ein verwundetes Tier wälzte sie sich, als wollte sie sich umdrehen, doch ihr rechter Arm und ihr rechtes Bein gehorchten ihr nicht mehr, und der linke Arm war viel zu schwach und fand auf dem glatten Boden keinen Halt.

Erschrocken stürzte Kern zu ihr, kniete sich neben sie, drehte sie auf den Rücken und bettete ihren Kopf in seinen Schoß. In namenloser Angst starrte sie ihn an, Speichel quoll aus ihrem schlaff herabhängenden Mundwinkel. Ihre linke

Hand klammerte sich an seinen Arm, während sich der Teil ihres Gesichts, der noch ihrem Willen gehorchte, zu einer unheimlichen Fratze verzog. Ihr Versuch, mit ihrem grotesk verzerrten Mund Worte zu formen, endete in einem stöhnenden Grunzen. Mit unendlicher Anstrengung gelang es ihr schließlich, seinen Namen zu flüstern. »Leo ...« Ihre Hand erschlaffte und begann heftig zu zittern, während sie ihn flehend ansah.

»Jetzt holt dich der Teufel«, sagte er ohne den geringsten Anflug von Mitleid. Sanft ließ er sie zurückgleiten und erhob sich, ohne den Blick von ihr zu wenden. Carla sah ihre Herrin am Boden liegen und kam näher. Kern ergriff ihre Hand und drückte sie fest an sich. Eine Zeitlang sahen sie dem Sterben Rosalie Mauthners zu, dann wandten sie sich ab und verließen den Raum.

»Arme Gnädige«, sagte das Dienstmädchen mit feuchten Augen.

»Sie hat es verdient. Sie war ein Ungeheuer! Pack jetzt deine Sachen und was du sonst von hier brauchen kannst. Ich muss noch an den Schottenring. Auch der Herr Polizeipräsident schuldet mir Antworten. Ich hole dich dann ab.« Er küsste sie. »Ich wüsste gar nicht, wie ich das alles ohne dich ertragen könnte.« Amüsiert beobachtete er, wie Carla errötete. »Vielleicht kannst du ja noch Rosis Leiche abholen lassen.«

Kapitel 21
Kurze Röcke

Kern ging zu Fuß, um seine Wut ein wenig abzukühlen. Trotzdem war es noch viel zu früh für das routinemäßige Treffen im Kaiserbadpark. Am Eingang der Polizeidirektion hinterließ er eine dringende Nachricht für den Polizeipräsidenten, in der er eine dringende Vorverlegung auf zehn Uhr vormittags vorschlug. Es bereitete ihm Freude, dabei gegen alle Anordnungen des Präsidenten zu verstoßen.

Um die Zeit bis dahin zu überbrücken, begab er sich ins nächste Kaffeehaus und überflog die aktuelle Zeitung. Das Illustrierte Wiener Extrablatt eröffnete die erste Seite mit der reißerischen Zeichnung einer blutüberströmten Hand, deren Finger ein Schmuckstück umklammerten, das ihn ein wenig an den Ohrring erinnerte, den er Carla geschenkt hatte. »Dieser grauenvolle Anblick bot sich unseren Polizisten, als sie am Mittwoch die mit heftigen Kampfspuren übersäte Leiche eines Unbekannten im Maximilianpark entdeckten«, las er. »In seiner Hand befand sich ein goldener Ohrring mit einem wertvollen Rubin. Die Polizei vermutet, dass zwei Verbrecher um Raubgut stritten. Allerdings passt der Ohrring nicht zu den in letzter Zeit gemeldeten Juwelendiebstählen. Die Ermittlungen treten auf der Stelle.« Kern blätterte um. Auf der nächsten Seite war das Gesicht des Toten abgebildet. Die Gesichtszüge erinnerten ihn an einen Raubvogel, und Kern konnte sich des Gefühls nicht erwehren, diesen Mann schon einmal gesehen zu haben. »Im Augenblick scheint es, als ob der unbekannte Tote sein Geheimnis für immer mit ins Grab genommen hat. Das Sicherheitsbüro bittet die Bevölkerung um Hinweise. «

Immerhin lenkte ihn dieser spektakuläre Fall ein wenig von seinen aktuellen Sorgen ab. Als Kern in Richtung Kaiserbad aufbrach, war sein Zorn so weit verraucht, dass er dem Polizeipräsidenten gegenübertreten konnte, ohne die Fassung zu verlieren. Die Sonne war unter einer dicken grauen Wolkenschicht verschwunden. Regen lag in der Luft, und es wehte eine strenge Brise.

Er erkannte Marx schon von Weitem, der Wind zerzauste die langen Borsten seines Backenbarts. Den Mantelkragen hochgeschlagen, Stock und Zylinder neben sich, saß er einsam mit dem Rücken zu ihm auf einer dunkelgrün gestrichenen Parkbank. Hager und zusammengesunken, wie er war, wirkte er aus der Entfernung wie ein hilfloser alter Mann. Kern hielt kurz an, schloss die Augen und atmete tief durch. Er rief sich Modritzkys Worte in Erinnerung und zwang sich dazu, für Marx die Unschuldsvermutung gelten zu lassen.

Trotz aller Selbstbeherrschung beschleunigte sein Pulsschlag bei jedem Schritt. Beim Näherkommen konnte er eine Vogelschar erkennen, die eifrig Brotkrümel aus der Hand des Präsidenten pickte. Gezwitscher und Gegurre erfüllte die Luft.

Als er Marx erreichte, blickte dieser kurz auf und setzte seine Vogelfütterung fort. »Ah, Herr Kern! Schön, Sie zu sehen«, begrüßte er ihn freundlich. »Hatten wir nicht ausgemacht, ausschließlich über Dienstmänner zu kommunizieren?«

Ungeduldig scheuchte der Sonderermittler die Tiere weg. »Für die Überbringung guter Neuigkeiten«, begann er mit leicht belegter Stimme, »kann man die Vorschriften übertreten.«

»Dann legen Sie mal los«, erwiderte der Polizeipräsident. »Ich kann gute Nachrichten gebrauchen. Seit Nächten tue ich kein Auge mehr zu.«

Eine ganze Stunde berichtete Kern minutiös über die Ereignisse der vergangenen Tage. Marx lauschte andächtig mit geschlossenen Augen. »Eine starke Geschichte, Kern …«, sagte der Polizeipräsident nach einer kurzen Pause. »Und diese Mauthner ist jetzt tot?« Kern nickte. »Hat sie gestanden? Gibt es Zeugen?«

Der Sonderermittler schüttelte den Kopf. »Sämtliche Indizien sprechen für sie. Sie ist natürlich nur ein Teil des Problems.«

»Wir müssen mit dem zufrieden sein, was wir bekommen. Aber wer ist dieser bezahlte Mörder? Er wird sich neue Kunden suchen.«

»Ich weiß, Herr Präsident, und ich werde mich darum kümmern. Aber Vogler wird weitermachen. Was werden Sie unternehmen?«

Marx lehnte sich zurück und sah besorgt auf die Wolken. »Was sollte ich denn Ihrer Meinung nach unternehmen? Alles, was Sie mir berichtet haben, basiert auf der Aussage einer drittklassigen, geprügelten Prostituierten.«

»Und Mauthners Geständnis.«

»Das Geständnis einer Toten. Ohne Zeugen. Noch dazu todkrank und verwirrt. Das zerreißt Ihnen jeder Strafverteidiger. Kein Staatsanwalt wird sich darauf einlassen.«

»Darum müssen wir Beweise sammeln, und das scheint mir, bei allem gebotenen Respekt, nicht so schwer. Rund um die Uhr Überwachung. Sofortiger Zugriff bei der Anlieferung des Buben. Vogler, Mitjuchin, dieses ganze perverse Drecksgesindel verhaften. Das alles dauert keine Woche. Zwei Mann reichen dafür aus.«

Marx sackte in sich zusammen. »Aber Mauthners Tod bedeutet doch, dass keine Kinder mehr angekauft werden.«

»Aber diese Woche wurde doch ein Bub geliefert! Sobald er in Mitjuchins Zimmer verschwunden ist, brechen wir die Tür auf und erwischen ihn in flagranti.«

»Und wenn er nur mit ihm Eisenbahn spielt? Woher wissen wir, wann der geeignete Zeitpunkt gekommen ist?«

»Man wird das Wimmern durch die Tür hören.«

Marx wirkte müde und erschöpft. Er straffte seinen Oberkörper und sah Kern in die Augen. »Herr Kern, die Naglergasse ist nicht irgendein verkommenes Puff in der Leopoldstadt, wo die Polizei auftreten kann, wie ihr beliebt. Mitjuchin ist ein enger Freund des Zaren. Er besitzt hundertzwanzigtausend Leibeigene. Haben Sie schon vergessen, wie angespannt unsere Beziehungen zu Russland nach der Berliner Konferenz sind?«

»Sie wollen nichts tun?«, fragte Kern ungläubig.

»Der Mörder hat absolute Priorität«, antwortete der Präsident in einem endgültigen Tonfall.

Doch Kern gedachte nicht aufzugeben. Zu viel hatte er riskiert, zu viel von seinem Leben war zu Bruch gegangen. Auf diesen einen Triumph, den einzigen, der ihm noch bedeutsam erschien, wollte er nicht verzichten. »Sie sind der höchste Polizist Wiens«, erwiderte er trotzig. »Sie können sie doch nicht weitermachen lassen!«

»Glauben Sie etwa, dass mir das gefällt?«

»Ich glaube, die Kinder sind Ihnen einfach egal!«

»Das sind sie nicht.« Der Präsident schüttelte heftig den Kopf, und seine spärlichen Haare umflogen ihn wild. »Aber in diesem Fall haben Sie sich leider in etwas verrannt, und wenn Sie genauer darüber nachdenken, werden Sie mir zustimmen. Wir haben keine stichhaltigen Beweise. Die Syphilis hat Mauthners Verstand zerstört und macht ihre Aussagen wertlos. Die Kinder werden niemals aussagen. Der Fürst und die Vogler werden ihre Beziehungen spielen lassen und uns ins Stücke reißen.«

»Dann werde ich eben in Stücke gerissen.«

»Wem wird man mehr glauben? Einer misshandelten Praterfee oder einem Angehörigen des Hochadels? Was glauben

Sie, wie lange Ihre Zeugin leben wird? Wie lange Sie dann noch leben? «

»Sie wollen die da oben schützen, nicht wahr? Darum haben Sie meine Ermittlungen behindert?«, fragte Kern mit erhobener Stimme.

»Ich habe Sie nicht behindert!«, empörte sich der Präsident.

»Sie haben mir nicht verheimlicht, dass sie Syphilis hatte? Dass sie Ihnen kurz vor ihrem Tod von dem Kinderhandel erzählt hat?«

»Ich wusste davon nichts!«

»Wenn Sie auch nur irgendein Interesse an meiner weiteren Mitarbeit haben, dann werden Sie mir wohl die Wahrheit erzählen müssen, Herr Präsident. « Kern war selbst erstaunt darüber, wie ruhig er auf einmal geworden war. »Die Matzner hat die Syphilis gehabt. Jeder hat ihre Hautausschläge gesehen, sie trug eine Perücke, weil ihr die Haare büschelweise ausgefallen sind. Und das soll der Gerichtsmediziner nicht gesehen haben? Das glauben Sie doch selbst nicht. Während ihrer Behandlung hat sie die vorgeschriebenen Kontrollen versäumt und wurde vorgeführt. Ihr Amtsarzt hat sie nie gesehen.«

Alle Farbe wich aus dem Gesicht des Präsidenten.

»Wissen Sie warum? Ersparen Sie mir eine weitere Lüge, ich weiß es ohnehin. Weil sie bei Ihnen war. Sie haben sie gesundgeschrieben und mit dem Gesundheitsbuch wieder zurück auf den Strich geschickt! Damit haben Sie eine syphilitische Nobelhure in die Arme ihrer begüterten Freier geschickt! Sie sind schuld, wenn bald das halbe Herrenhaus beim Arzt sitzt! Deswegen haben Sie ihr Gesundheitsbuch verschwinden lassen. Denn als man die Leiche aufgefunden hat, hatte sie es noch bei sich, es ist im Protokoll vermerkt. Und deswegen haben Sie mir sowohl ihre Krankheit verheimlicht als auch ihren Besuch bei Ihnen.«

»So war das nicht!«, entfuhr es Marx.

»Sie haben sich sogar so sicher gefühlt, dass sie Dr. Bergmeister ein Schriftstück zukommen ließen, dass er sich nicht weiter um die Matzner kümmern muss. Die Syphilis war Ihnen scheißegal!«

»Bei meiner Ehre, ich wusste nicht, dass sie krank war!«

»Ach so?«, Kern fuhr vor Empörung hoch. Wie ein Racheengel stand er vor dem zusammengesunkenen Marx. Aufgeregt zwitschernd flatterten die Vögel davon, die in den umliegenden Büschen auf eine Fortsetzung der Fütterung gewartet hatten. »Und warum dann die Zwangsvorführung? Weil die Schminke zu alt war?«

»Die Matzner hat sich zu mir durchgekämpft, das stimmt. Sie ist einfach bei mir hereingeplatzt. Von der Zwangsvorführung wusste ich nichts. Ja, ich gebe zu, hätte ich das Gesundheitsbuch genauer studiert, hätte ich das sehen müssen. Es war ein Fehler. Und da sie, wie Sie ja selbst wissen, eine sehr schöne Frau war, gab ich meinem Beschützerinstinkt nach und schickte die Beamten weg.« Er lachte bitter. »Wenn der Polizeipräsident etwas anordnet, widerspricht keiner, schon gar nicht ein einfacher Wachmann.«

»Was haben Sie besprochen?«

»Die bekannteste Edelhure Wiens bot mir Informationen aus erster Hand an. Was kann man sich mehr wünschen? Die perfekte Konfidentin!«

Plötzlich begriff Kern. »Und deswegen haben Sie ihr das Buch auch zurückgegeben. Ohne Gesundheitsbuch kein Geschäft, ohne Geschäft keine Informationen!«

Marx nickte. »Äußerlich wirkte sie völlig gesund. Sie bat mich, sie bei Bergmeister zu entschuldigen, was ich auch tat. Ich war einfach versessen darauf, sie als Informantin zu gewinnen. Rückblickend hätte mir auffallen müssen, wie stark geschminkt sie war, die unreine Haut. Aber im Nachhinein ist man immer klüger. Umso schlimmer war die Obduktion!«

»Und sie hat nicht von den Kindern gesprochen?«

»Beim Leben meiner Kinder, nein!«

»Was wollte sie als Gegenleistung?«

Der Präsident lehnte sich zurück und starrte in die Ferne. Er wirkte müde und erschöpft. »Schutz vor einem Kreis äußerst mächtiger Personen.«

»Mitjuchin und Vogler.«

»Meinen Fragen wich sie aus. Als eine Art Anzahlung überreichte sie mir eine Liste ihrer Freier. Sie sagte, wenn sie mir erst vertrauen könnte, würde sie die wirklich wichtigen Informationen folgen lassen. Personenschutz lehnte sie entschieden ab.«

»Sie hat nicht einmal Andeutungen gemacht?«

»Nichts. Es kann nur um die Mitjuchinaffäre gegangen sein. In Wien kennt doch jeder jeden. Sie musste erst sichergehen, dass ich den Fürsten nicht warne.«

»Und eine Woche später hat die Mauthner sie genau deswegen ermorden lassen.« Es war alles so erschütternd einfach und nachvollziehbar. Kern hatte sich einigermaßen beruhigt und setzte sich wieder neben den Präsidenten.

»Meine selektive Informationsweiterleitung hat mir ohnehin nichts genutzt, denn Sie haben alles herausgefunden«, fuhr Marx fort. »Den Mörder haben Sie aber trotzdem nicht.«

Die Worte waren so bitter wie einleuchtend. Eine Zeitlang beobachteten die beiden Männer gedankenverloren die Vögel, die sich voll Hoffnung auf Futter langsam wieder einfanden. Dann lachte Kern laut auf.

»Was ist daran so lustig?«, fragte der Präsident irritiert.

»Sie hat Sie angelogen! Seit sie den Baron Rada kannte, war die Matzner aus dem Geschäft raus. Und ihre Erkrankung hat sie Ihnen auch verheimlicht. Sie hat Sie benutzt.«

»Wie sollte ich das denn wissen?«, versuchte der Präsident sich zu rechtfertigen. »Unsere – äh – Geschäftsbeziehung war ja nur von kurzer Dauer!« Er machte ein zerknirschtes Gesicht. »Aber so ist das eben. Alle lügen. Sie haben auch mich der Lüge überführt, auch wenn es eine Notlüge war.«

Kern nickte langsam. »Ich könnte Sie zum Handeln zwingen, Sie erpressen«, sagte er freundlich.

Marx lächelte versöhnlich. Er nahm Kern diesen Versuch nicht übel. »Gegen die Vogler? Gar nichts können Sie. Die Matzner ist eingeäschert, das Gesundheitsbuch verbrannt, der Obduktionsbefund unter Verschluss. Es gibt keine Beweise. Ja, sie war bei mir, das ist durch das Schriftstück belegt, aber ich könnte alles erzählen. Wahrscheinlich würde ich sagen, dass ich sie für die nächste Woche zum Amtsarzt bestellt hätte. Leider kam ihr Tod dazwischen. Und das Gesundheitsbuch ist halt am Leichenhof verloren gegangen. Das kommt vor.« Abermals konnte Marx ein Schmunzeln nicht unterdrücken. »Sie werden gar nichts tun.«

»Was könnte mich daran hindern?«

»Ich natürlich! Ihre Ermittlungen sind ohne offizielle Zustimmung erfolgt. Sie haben sich Polizeiarbeit angemaßt. Ich könnte dafür sorgen, dass Sie angezeigt werden. Und ich bin der Einzige, der Sie schützen kann.« Er klopfte Kern freundschaftlich auf die Schulter. »Das nur der Form halber. Von mir droht Ihnen keine Gefahr. Ich verspreche Ihnen, dass wir rund um den Tod von Frau Mauthner Ermittlungen anstellen werden. Und nun zurück zu unserem Massenmörder. Wenn Sie glauben, ich hätte Ihren Fall aufgegeben, so irren Sie. Aber wir kriegen die Vogler nicht über ihre Kunden, sondern über die Infrastruktur, die sie für ihr Geschäft benötigt. Und der Mörder ist ein wichtiger Bestandteil davon. Er wäre ein fantastischer Zeuge.«

Die bittere Erkenntnis, verloren zu haben, sandte Kerns Stimmung in freiem Fall ins Bodenlose. Marx wirkte allerdings nicht so, als sonnte er sich in seinem Triumph. Er seufzte. »Das Einzige, worauf man heutzutage hoffen muss, ist Gottes Gerechtigkeit.«

»An die Hölle glaube ich nicht«, stieß Kern verbittert hervor. »Die habe ich schon auf Erden durchlitten.«

»Meine Hoffnungen ruhen nicht auf dem Jüngsten Gericht«, fuhr Marx unbeirrt fort. »Nach meiner Erfahrung fordert das Schicksal seine Schuld schon zu Lebzeiten ein. Die Frage ist nur, wann.«

Kern war von alldem keineswegs überzeugt. »Dann können wir ja getrost die Polizei abschaffen.«

Der Präsident lächelte müde. »Der Hauptzweck der Polizei ist ja auch nicht die Verbrechensaufklärung, sondern die Verhinderung. Durch unsere bloße Existenz gaukeln wir dem Bürger eine Ordnung vor, an die er sich zu halten hat. Selbst wenn wir ein Verbrechen aufklären, haben wir versagt, weil es bereits stattgefunden hat.«

»Ganz schön aufwendiges Vorgaukeln, wenn man die dicken Gesetzesbücher sieht.«

Marx nickte. »Für meinen Geschmack reichen die zehn Gebote vollkommen aus.« Der Präsident stützte sich auf seinen Stock und erhob sich ein wenig schwerfällig. Unbewusst tat Kern das Gleiche, und die beiden Männer standen sich nun gegenüber. »Bringen Sie den Mörder zu einer Aussage, dann haben wir eine reelle Chance.« Er setzte seinen Zylinder auf. »Adieu, Herr Kern, ich hoffe, auf bald.«

Nachdenklich sah Kern dem gebeugten Polizeipräsidenten nach, wie er langsam in Richtung Polizeidirektion davontrottete. Er hatte bewusst darauf verzichtet, nach dem Schusterbubenmord zu fragen. Wenn er selbst tätig werden wollte, war ein Einwand von Marx das Letzte, was er gebrauchen konnte.

In seinem Notizbuch hatte er sich die Aussagen, die die Polizeiagenten erhoben hatten, stichwortartig notiert. Dabei war ihm aufgefallen, dass der Junge ein weitaus besseres Verhältnis zu seinem Meister als zu seiner Mutter gehabt hatte. Diesen einen Zeugen wollte er vor allen anderen hören, noch bevor er Carla abholte. Insgeheim hoffte er, damit den Abtransport von Rosis Leiche zu versäumen.

Herrn Büttners Werkstatt befand sich in der Seilergasse 19, für Kern ein Fußmarsch von etwa zwanzig Minuten. Sein Weg führte ihn entlang des Donaukanals zur Rotenturmstraße. Er bog ein, ging weiter bis zum Stephansplatz und von dort zum Graben, wo die Seilergasse als erste Quergasse nach links abzweigte. Die Werkstatt war im vorletzten Haus.

Als er das kleine Geschäft betrat, war das Erste, was er wahrnahm, ein würziger Geruch nach Leder und Leim, ein Duft, den er schon als Kind gemocht hatte. Eine große Öllampe tauchte die kleine Werkstatt in schummriges Licht.

Herr Büttner war ein alter Mann mit dichtem, schlohweißem Haar, einem buschigen Schnauzbart, der an ein Walross erinnerte, und einer markanten Nase. Die dicken Gläser seiner Brille ließen seine dunklen Augen größer erscheinen, als sie tatsächlich waren. Er saß über einen Schuh gebeugt und war eben im Begriff, einen verklebten Pinsel in eine Dose mit zähem gelbem Leim zu tauchen.

Der Arbeitstisch bog sich förmlich unter Hämmern, Nägeln, Leder- und Futterstücken sowie Schuhleisten. Dahinter stand ein Regal mit penibel aneinandergereihten Schuhen, an denen kleine beschriebene Zettel hingen. Büttner legte den Pinsel weg und nahm seine Brille ab. »Zu Diensten, der Herr?«, fragte er freundlich.

Kern zog seine Dienstmarke. »Kern, Polizeiagent.«

Augenblicklich verdüsterte sich die Miene des Schuhmachermeisters. »Haben Sie denn den Mörder vom Karli immer noch nicht?« Es war keine Frage, sondern ein Vorwurf.

»Leider nein«, erwiderte Kern mitfühlend. »Darum bin ich hier. Ich möchte Sie noch einmal bitten, alles zu erzählen. Vielleicht gibt es irgendein Detail, das wir übersehen haben.«

Schwerfällig erhob sich Herr Büttner aus seinem kleinen Drehstuhl und fischte eine selbst gedrehte Zigarette aus seiner Brusttasche. »Auch eine?«

»Danke nein.«

Der alte Mann riss ein Streichholz an und entzündete die Zigarette. Gierig sog er den ersten Zug tief in seine Lungen und behielt ihn so lange wie möglich darin, ehe er den Rauch langsam durch die gespitzten Lippen an die Decke blies.

»Ich suche nach irgendeinem Anhaltspunkt, irgendein Ereignis vor seinem Tod.«

»Geht es um einen bestimmten Tag?«

Ohne nachzudenken nannte Kern Matzners Todestag. »Der achte Juni.«

»Da werde ich wohl ein wenig Hilfe benötigen.« Mit langsamen Bewegungen öffnete der Schuster eine Lade und zog ein vergilbtes, abgegriffenes Auftragsbuch hervor. Bedächtig blättert er die Seiten durch. Dann hellte sich seine Miene auf. »Aber natürlich erinnere ich mich daran! Ich sag ihnen auch, warum. Weil ich mich damals so über den Karli geärgert hab.« Er zeigte auf einen eingetragenen Namenszug. »Das ist der Oberst Havranek. Ich hab die ganze Nacht gearbeitet, damit ich die Schuhe für ihn rechtzeitig fertig bekomm' und war dementsprechend müde und grantig. Der Karli ist zu spät gekommen, und ich hab geschimpft mit ihm. Zu seiner Verteidigung hat er mir von einer Frau erzählt, die er auf der Straße gesehen hat. Mit seinen gerade einmal zwölf Jahren war er zum ersten Mal in seinem Leben richtig verliebt. Sie hätten diesen verträumten, unschuldigen Ausdruck in seinen Augen sehen sollen. Man ist natürlich an seine eigene Jugend erinnert. Verstehen Sie?« Er zog ein weiteres Mal gierig an seiner Zigarette. »Wissen Sie, seit dem Tod seines Vaters haben wir ein sehr enges Verhältnis gehabt. Er war für mich wie ein Sohn. Mit allem ist er zu mir gekommen. Natürlich war er auch ein richtiger Rotzbub! Ein

Schusterbub eben. Aber ich hab ihm alles verziehen, weil er mich so an meine eigene Kindheit erinnert hat.«

Kern nickte. »Die erste Liebe vergisst man nicht. Auch wenn sie unschuldig bleibt.«

Der Schuster nickte traurig. »Dabei war es kein junges Mädchen, sondern eine richtige Dame, schön wie eine Märchenfee, hat er gesagt. Er hat sie auf der Straße gesehen, wie er grad das Haus verlassen hat.«

»Hat er sie beschrieben?«

»Und ob! Sie war sehr elegant. Sündteure Kleider, und wissen Sie, was ihn am meisten fasziniert hat? Ihre Augen! Er hat allen Ernstes behauptet, dass sie verschieden gefärbte Augen gehabt hat. Die Fantasie eines Kindes, aber für ihn war sie eben eine Märchenfee, und da hat er sich diesen Unsinn dazu ausgedacht.«

Kern durchlief ein heißer Schauer. Der kleine Karl war Fanni an ihrem Todestag begegnet. Tausend Fragen schossen ihm durch den Kopf. Es kostete ihn viel Beherrschung, den alten Mann weiterreden zu lassen.

»Und die Geschichte hat ja auch beinahe tragisch geendet«, fuhr der Schuhmacher fort. »Die Dame ist einer Freundin auf der Straße begegnet. Die war übrigens auch recht hübsch. Er hat erzählt, dass die beiden aufeinander zugegangen sind und sich umarmt haben, und dass seine Märchenfee dann plötzlich zusammengebrochen ist. Der Karli hat sofort seine Hilfe angeboten, aber da ist Gott sei Dank zufällig ein Wagen vorbeigekommen und hat angehalten. Zwei Herren sind ausgestiegen und haben sie ins Spital gebracht.«

Kerns Mund war vollkommen ausgetrocknet. Seine Gedanken rasten. Soeben hatte der alte Mann Fanni Matzners Ermordung bis ins kleinste Detail geschildert. Und der Mörder war eine Frau gewesen. Der Engelmacher war eine Frau! »Hat er noch etwas gesagt? Über die Freundin?«, fragte er mit brüchiger Stimme.

»Ah ja, freilich. Die ist ihm besonders aufgefallen, weil sie so einen kurzen Rock getragen hat. Er hat ihre Fesseln sehen können, das ist für einen so jungen Buben schon was Besonderes.« Er lächelte. »So unschuldig sind sie in diesem Alter auch wieder nicht.«

Draußen auf der Seilergasse musste Kern erst einmal Luft holen. Noch immer versuchte er zu begreifen, was er soeben gehört hatte. Und dann fiel ihm der Zeitungsartikel wieder ein, der Rubinohrring in der Hand des Toten, Carlas verbundenes Ohr, der Bluterguss an ihrem Auge. Es war der Tag nach dem Mord gewesen, an dem sie ihn besucht hatte! Die Wunden waren ganz frisch gewesen! Sie hatte diesen Mann umgebracht! Plötzlich wurde sein Herz von einer eiskalten Faust zusammengequetscht. »Der Graf!«, keuchte er. »Sie weiß, dass er die Briefe hat!«

Eine entsetzliche Panik befiel ihn. So schnell er konnte, rannte er zurück zum Graben. Auf seinem Weg stieß er die entgegenkommenden Passanten einfach zur Seite. Die Schimpfkanonaden, die sich über ihn ergossen, hörte er nicht. Am Fiakerstandplatz am Stephansplatz sprang er mit schmerzenden Beinen, nach Luft ringend, in den ersten Wagen. »In die Auhofstraße 15«, schrie er den Kutscher an. Vor lauter Angst drohte seine Stimme zu versagen. Mit zitternden Händen trocknete er den Schweiß von seiner Stirn. »So schnell wie nur möglich. Ich zahl dir jede Strafe. Aber um Gottes willen, gib deinen Pferden die Peitsche. Sie müssen rennen, als wäre der Teufel hinter ihnen her.«

Modritzkys Kammerdiener Johann war nicht wenig erstaunt, als er der jungen Frau das Gartentor öffnete. »Guten Tag, gnädiges Fräulein. Sie sind nicht angemeldet. Was kann ich für Sie tun?«

Carla setzte einen unschuldigen Blick auf. »Herr Kern schickt mich. Ich bin das Dienstmädel von der Frau Mauthner.«

»Zu welchem Zweck?« Unwillkürlich fiel Johanns Blick auf den Saum ihres kurzen Rocks.

»Herr Kern befindet sich in einer wichtigen Observation. Drum soll ich an seiner Stelle eine Nachricht überbringen.«

»So geben Sie sie mir, ich reiche sie weiter.«

Carla knickste demütig. »Bitte, das ist vollkommen unmöglich. Ich muss sie persönlich überbringen. Das ist nix Schriftliches. Ich habe sie extra auswendig lernen müssen.«

»Wen darf ich melden?«

»Carlina Klaric, aber Sie können Carla zu mir sagen.«

Johann verschloss das Gartentor und verschwand. Es dauerte ein paar Minuten, bis er zurückkehrte. »Seine Erlaucht erwartet Sie jetzt im Jagdzimmer.«

Als sie den Raum betrat, saß der Graf gebeugt am großen Tisch. Er sah auf. »Ah, das Fräulein Klaric.« Er musterte sie von oben bis unten. »Ein hübsches junges Ding sind Sie«, bemerkte er wohlwollend. Dann wandte er sich an den in der Tür wartenden Diener. »Bitte mach dich jetzt auf den Weg. Der Brief muss so schnell wie möglich zugestellt werden. Nimm die Kutsche. Und dann kümmere dich darum, dass der Schöpfbrunnen in Kerns Wohnhaus endlich zugeschüttet wird. Ich bezahle das.«

»Die Hermi ist einkaufen, Erlaucht. Es ist niemand im Haus.«

»Das geht schon in Ordnung«, erwiderte der Graf ungeduldig. Dann sah er Carla an. »Ich werde doch noch mit einer hübschen jungen Dame fertig werden.« Es war offensichtlich, dass es dem Kammerdiener schwerfiel, der Anordnung Folge zu leisten. »Du musst die Nachricht unbedingt persönlich überbringen«, schärfte ihm der Graf ein. Schweren Herzens machte sich Johann auf den Weg. »Bitte entschuldigen Sie meine Unhöflichkeit«, fuhr Modritzky fort, als die Tür wieder geschlossen war, »aber die Einladung muss zeitgerecht zugestellt werden, sonst muss ich übermorgen allein Kaffee trinken.«

»Bitte, Eure Hoheit, ich bin nur ein einfaches ...«

Modritzkys freundliche Miene verfinsterte sich. »Lassen wir die Komödie. Sie kommen nicht in Herrn Kerns Auftrag.«

»Wenn ich Ihnen doch sage ...!«

»Herr Kern würde niemals ohne vorherige Absprache oder ein persönliches Schreiben jemanden zu mir schicken. Im Übrigen hat er mir nie von Ihnen erzählt.«

Carla vermochte ihre Überraschung kaum zu verbergen: »Aber wir sind ein Paar.«

Modritzky lächelte. »So etwas kann doch jede behaupten. Da müssen Sie sich schon etwas Besseres ausdenken. Also, wer sind Sie wirklich?«

Schlagartig war alle Unterwürfigkeit aus Carlas Zügen verschwunden. »Ich hatte gehofft, dass das hier unkompliziert über die Bühne geht. Schade. Dann sparen wir uns eben das dumme Herumgerede.« Sie streckte ihm die geöffnete Hand entgegen. »Die Briefe an die Fanni, wenn es nichts ausmacht.«

»Sie gehören zu den Bösen, nicht wahr?« Modritzkys Augen funkelten interessiert.

Carla blieb gelassen. »Wenn Sie so wollen.«

»Der dumme Kern vertraut Ihnen. Sonst hätte er es Ihnen nicht gesagt.«

»Leo versteht nichts von Frauen«, erwiderte sie mit einem mitleidigen Lächeln. »Das ist sein Verhängnis. Die Briefe bitte. Machen Sie es doch nicht so schwer.«

»Vielleicht sind sie ja gar nicht hier?«

»Sie würden nicht mit mir reden, wenn das so wäre.«

»Bringen Sie mich um, wenn ich sie Ihnen nicht gebe?«

»Das ist doch Unsinn.«

»Die Fanni mochte Sie nicht. Sie war eine gute Menschenkennerin. Ich nehme an, Sie arbeiten mit dieser Frau Mauthner zusammen.« Lange sah der Graf das Dienstmädchen an. Seine Augen erforschten sie, als könnten sie tief in ihre Seele blicken. »Sie sind die Mörderin, nach der Kern so verzweifelt sucht.«

»Ich weiß nicht, was Sie zu dieser Annahme bringt.«

»Ihre ganze Art, Ihre Kaltblütigkeit, Ihre Professionalität. Sie sind alles, nur keine Dienstbotin! Was Sie hier tun, tun Sie nicht zum ersten Mal. Und dem Kern haben Sie eine Komödie vorgespielt.«

»Erlaucht, ich mag Sie recht gern. Ich glaube nicht ...«

Es schien, als hätte Modritzky plötzlich einen Entschluss gefasst. Er öffnete die Lade vor sich, holte ein Paket aus zusammengebundenen Briefen hervor und legte sie vor sich auf den Tisch. »Sie sind vollständig. Die Kuverts besitze ich nicht mehr.« Carla war die plötzliche Entschlossenheit des Grafen nicht entgangen. Vorsichtig trat sie näher und nahm die Briefe an sich. Dabei ließ sie den Aristokraten nicht aus den Augen. »Zufrieden?«, fragte er. »Es steht nichts drin, außer meinem Heiratsantrag. Da ist nichts, wofür es sich zu morden lohnt. Lesen Sie sie doch.«

Sie stand nun direkt vor ihm und sah auf ihn hinab. »Mich interessiert überhaupt nicht, was drinsteht, Erlaucht. Ich führe einen Auftrag aus. Das ist alles«, erwiderte sie sachlich und bemerkte, dass seine Hand noch immer in der geöffneten Lade lag. Eine winzige Veränderung auf seinem Handrücken, hervorgerufen durch die Bewegung der Sehnen, verriet ihr, dass seine Finger soeben etwas umfasst hatten.

Für eine oder zwei Sekunden trafen sich ihre Blicke. In Erwartung seines Angriffs war ihr ganzer Körper angespannt, wie die Sehne eines Bogens. Mit einer Behändigkeit, die sie ihm niemals zugetraut hätte, stürzte sich der Graf mit gezücktem Brieföffner auf sie. Gewandt wich sie seinem Stoß aus. Der Schwung seines massigen Körpers brachte ihn aus dem Gleichgewicht, und er fiel zu Boden. »Sie haben die Fanni umgebracht!«, schrie er anklagend, während er sich mühsam hochstemmte, um sie ein weiteres Mal zu attackieren.

Mit einer lässigen Bewegung schlug sie ihm den Brieföffner aus der Hand. Er flog in hohem Bogen davon und landete mit einem klirrenden Geräusch auf dem Fußboden. »Herr Graf, bitte beruhigen Sie sich. Ich kenne keine Fanni«, sagte sie freundlich und ging hinaus.

»Sie haben ... die ... Fanni ermordet«, flüsterte er in ohnmächtiger Verzweiflung, während die Tür hinter ihr zufiel. Plötzlich verspürte er einen Stich in seiner linken Brust, eine unsichtbare, eiskalte Faust schloss sich um sein Herz und quetschte es zusammen. Von Todesangst gepackt, sackte er wimmernd zusammen. Ein ziehender Schmerz erfasste seinen linken Arm, viel heftiger, als er es bislang gewohnt war. Gleichzeitig brach eine Welle der Übelkeit über ihn herein ...

Kern traf eine Stunde später ein. Modritzkys Köchin Hermine öffnete. Ihre rotgeweinten Augen ließen ihn das Schlimmste befürchten »Seine Erlaucht?« Die Angst schnürte ihm die Kehle zu.

»Seine Erlaucht ist grad verstorben«, antwortete sie mit tränenerstickter Stimme.

»Sie müssen einen Arzt rufen!«, beschwor er sie hektisch. »Vielleicht kann man noch etwas tun.«

»Der war schon da. Da war nix mehr zu machen.«

Kern kämpfte mit den Tränen. Wieder war er zu spät. »Wann ist es geschehen?«

»Es ist noch ganz frisch. Vielleicht vor einer Stunde. Er war ganz allein, der Arme.«

»Hat er Besuch gehabt? Von einer Frau?«

»Ich war ja nicht da, Herr Kern. Ich weiß es nicht. Ich war beim Einkaufen.«

»Wo ist der Johann?«

»In der Stadt, einen Brief besorgen.«

Kern bekreuzigte sich. »Darf ich ihn noch einmal sehen?«

Wortlos führte sie ihn ins gräfliche Schlafzimmer, ein kärglich ausgestatteter Raum, in dem es außer dem Bett nur einen großen Kleiderschrank und eine Kommode gab. An der Wand hing ein Gemälde, das den Grafen mit seiner Familie in jungen Jahren zeigte. Welcher der Buben mochte wohl der spätere Vater vom toten Alfred sein?

Seine Erlaucht lag im Zwielicht der geschlossenen Vorhänge auf seinem Bett, nur mit einem Laken zugedeckt. Unter dem Bett stand ein Eimer mit Eis. Er kniete sich neben den Leichnam. Die Köchin ließ ihn taktvoll allein. Liebevoll strich er durch das dichte weiße Haar. Die Augen des Toten waren geschlossen, doch auf den erstarrten Zügen lag ein Ausdruck von Schmerz.

»Es tut mir so leid, Herr Graf.« Kern schluchzte. »Das alles ist meine Schuld. Weil ich so ein Trottel bin, der auf jeden Weiberrock hereinfällt.« Er zog ein Taschentuch aus seiner Brusttasche und schnäuzte sich geräuschvoll. »Diese verfluchten Briefe waren das nicht wert«, flüsterte er ergriffen.

Nach einer Weile erhob er sich und ging zurück durchs Haus. Dabei kam er am Jagdzimmer vorbei. Er sah, dass die Lade des Schreibtischs offenstand, stutzte, und trat ein. Sein Blick fiel auf den Brieföffner, der am anderen Ende des Raums am Boden lag. »Sie haben gekämpft, aber Sie hatten keine Chance«, murmelte er und schüttelte traurig den Kopf. »Sie sind nicht in Ruhe und Gelassenheit gegangen.« Die Wut, die in ihm hochstieg, verlieh seiner Stimme wieder Festigkeit. »Aber jetzt ist Schluss mit diesem Wahnsinn. Ich werde diesen Weibsteufel zur Strecke bringen, und wenn ich dabei draufgehe.«

Er lief durch den Flur. »Herma!«, schrie er. Als sie erschrocken vor ihm stand, bemühte er sich, seine Stimme ruhig klingen zu lassen: »Sie müssen die Polizei holen. Der Graf ist ermordet worden.«

Kapitel 22
Hauptmann Pellegrini

Der Anblick des toten Grafen verfolgte ihn während der ganzen Rückfahrt. Wieder ein Menschenleben verloren, weil er zu spät gekommen war. Er fühlte sich schuldig. Warum hatte sie den alten Mann nicht am Leben gelassen? Bereitete ihr das Töten so viel Freude? Es fiel ihm trotz allem schwer, in ihr einen Teufel in Menschengestalt zu sehen. War die Verletzlichkeit, die Sehnsucht nach menschlicher Wärme, die sie in seinen Armen preisgegeben hatte, nur gespielt gewesen? Wer war sie wirklich?

Einen kurzen Augenblick überlegte er, bei Marx Unterstützung anzufordern, verwarf den Gedanken aber wieder. Die Zeit lief ihm davon. Jetzt, da Carla feststellen würde, dass in den Briefen nichts Verräterisches stand, war die Gefahr groß, dass sie ihm einfach entwischte. Er war der Einzige, der das zu Ende bringen konnte, und wenn er dabei zu Schaden kam, dann hatte er das redlich verdient.

Er ließ sich vor der Votivkirche absetzen und ging die restlichen Meter zu Fuß. Mit jedem Schritt wuchs seine Entschlossenheit. Als er die Wasagasse überquerte, wurde er von einem Mann mittleren Alters angesprochen. Er war ein wenig korpulent, mit weichen, runden Gesichtszügen, die in starkem Gegensatz zu seinem energischen Kinn und den dunklen Augen standen, in denen Härte und Entschlossenheit funkelten. Sein Haar war grau, der gewichste Schnurrbart makellos gezwirbelt. Er trug einen maßgeschneiderten dunklen Anzug mit einer auffälligen magentafarbigen Seidenkrawatte, in der eine goldene Krawattennadel mit einer Perle steckte.

»Herr Kern?«

»Kennen wir uns?«, fragte Kern überrascht, ohne stehen zu bleiben.

Der Fremde stellte sich ihm einfach in den Weg. »Ich darf mich kurz vorstellen. Hauptmann Karl Ludwig Pellegrini, k. k. Evidenzbüro.«

»Ich hab jetzt keine Zeit für Sie. Vielleicht ein andermal.«

»Wenn wir jetzt nicht reden, wird es kein anderes Mal geben.«

»Auch gut«, erwiderte Kern bissig und drängte den Mann zur Seite.

»... weil Sie dann tot sein werden«, rief ihm dieser nach.

Abrupt blieb der Sonderermittler stehen. »Was erlauben Sie sich!«

Pellegrini schloss zu ihm auf und legte seine Hand auf Kerns Oberarm. »Bitte«, sagte er freundlich und schob ihn sanft in den Hauseingang Nummer 9. »Hören Sie sich kurz an, was ich Ihnen sagen will. Dabei behalten wir den Hauseingang im Auge. So kann sie nicht unbemerkt entkommen.«

»Wer sie ...«

»Sie und ich haben die gleichen Interessen, nämlich den Tod von Carlina Klaric, die Ihnen unter dem Namen Carla bekannt ist.«

»Sie kennen sie? Woher?«

»Wir haben zusammengearbeitet.«

Kerns Augenbrauen zogen sich zusammen. »Wie soll das gehen? Sie sind vom Militär. So viel ich weiß, gehen Frauen nicht zur Armee. Und Krankenschwester ist sie wahrlich keine.«

Ein dünnes Lächeln umspielte Pellegrinis Lippen. »Nein, das ist sie nicht. Ich kann mich auf Ihre Diskretion verlassen? Vor allem Ihrem Vorgesetzten gegenüber? Was ich Ihnen jetzt erzähle, ist streng vertraulich.«

Kern lächelte bitter: »Warum nicht? Er war mir gegenüber auch über Gebühr diskret.«

»Carlina Klaric war Mitglied eines streng geheimen Einsatzkommandos im Bosnienkrieg.«

»Sie irren sich. Wir reden hier von einer Frau. Niemand schickt Frauen in den ...«

»Wir schon«, unterbrach ihn der Hauptmann, und in sein Gesicht malte sich so etwas wie Reue. »Es war ein Experiment. Die Hälfte der Einheit bestand aus Frauen. Das berühmte erste Mal. Sie haben hinter den feindlichen Linien Großes vollbracht, trotz hoher Verluste.«

Kern schluckte: »Jesus Maria, was war ihre Aufgabe?«

»Die Zerstörung militärischer Ziele und Eliminierung von Zielpersonen.«

Kern vermochte seine Abscheu nicht zu verbergen. »Mit eliminieren meinen Sie wohl umbringen.«

Pellegrini nickte. »Dafür wurden sie ausgebildet.«

»Wie verrottet muss man sein, um Frauen in den Krieg zu schicken!«

Der Hauptmann steckte den Vorwurf völlig ungerührt weg. »Wie ich schon sagte, sie haben hervorragende Arbeit geleistet. Manche von ihnen waren besser als ihre männlichen Kollegen. Carla zum Beispiel.«

»Diese Mordmethode, die man kaum entdecken kann ...?«

»Haben wir ihr beigebracht. Frau Klaric war eine außerordentlich gelehrige Schülerin.«

»Wissen Sie überhaupt, wovon Sie da reden? Sie haben ein Monster erschaffen!«

Pellegrini seufzte. »Das liegt in der Natur des Krieges. Engel kommen an der Front nicht weit. Wir haben sie aus einem türkischen Puff herausgeholt, in das sie mit zwölf Jahren verkauft worden war. Glauben Sie mir, was Hass anbelangt, mussten wir ihr nichts beibringen.« Er überlegte kurz.

»Der Ehrlichkeit halber muss man sagen, dass sie nie wirklich eine Chance hatte, ein normaler Mensch zu werden. Ihr Leben war ein einziger Albtraum.«

»Und was macht sie jetzt in Wien? Ist das auch ein Teil ihrer Aufgabe?«

»Natürlich nicht. Die Einheit wurde am Ende des Krieges wegen der hohen Verluste aufgelöst. Der Kaiser hätte auch nie seine Zustimmung gegeben.«

Kern schluckte. »Moment, Moment. Hätte? Wollen Sie damit sagen, dass der Kaiser nichts davon wusste?«

»Deswegen sind wir auf Ihre absolute Diskretion angewiesen. Wenn diese Geschichte bekannt wird, sind die Folgen unabsehbar.«

Kern lachte traurig. »Das sind sie jetzt auch schon. Sie hat soeben den Grafen Modritzky ermordet, von den anderen Opfern ganz zu schweigen. Ist aber trotzdem schön, dass Sie sich um den Ruf des Militärs sorgen.« Voller Verachtung spuckte er auf das Trottoir. »Was tut sie hier wirklich?«

»Lassen Sie es mich so ausdrücken: die Dankbarkeit des Kaisers seinen Soldaten gegenüber ist nur von kurzer Dauer. Er entlässt sie und kümmert sich nicht weiter. Manchen reicht Ruhm allein nicht aus, und sie missbrauchen ihre Kenntnisse im Dienst des Verbrechens.«

»In Wirklichkeit haben Sie ohne die geringsten Skrupel Monster erschaffen und sich keinen Funken darum geschert, was mit ihnen nach dem Krieg sein wird. Und jetzt haben Sie die Kontrolle verloren.«

»Wir sind für den Krieg zuständig, nicht für den Frieden. Und im Krieg haben Klaric und ihre Kameradinnen Außergewöhnliches geleistet.«

»Und im Frieden erst!«, höhnte Kern.

»Ich kann Ihren Ärger durchaus nachvollziehen. Bitte glauben Sie mir, wir tun alles in unserer Macht Stehende, diesen Wahnsinn zu beenden. Mittwoch ist einer unserer

Leute dabei ums Leben gekommen, als er Frau Klaric aus dem Verkehr ziehen wollte.«

»Der Mann mit dem Ohrring in der Hand ...«

Pellegrini nickte. »Ein hervorragender Soldat. Sein Tod ist ein herber Verlust.«

Kern interessierte sich herzlich wenig dafür. »Woher kennen Sie mich überhaupt? So viel ich weiß, ist mein Einsatz streng geheim. Oder hat der Polizeipräsident ...«

»Präsident Marx weiß nichts von uns. Wir hatten von der Existenz eines geheimen Sonderermittlers Kenntnis erhalten und dann Ihren Namen im Rahmen eines«, er zögerte kurz, »Sondereinsatzes in der Polizeidirektion herausgefunden. Unsere Strategie, uns von Ihnen zu Klaric führen zu lassen, ist zweifellos aufgegangen.«

»Und jetzt wollen Sie sie umbringen?«

»Verfolgen wir nicht das gleiche Ziel?«

»Keineswegs! Ich brauche sie lebend. Sie ist eine Kronzeugin. Wenn Sie mich jetzt entschuldigen ...«

»Sie wird sich von Ihnen nicht lebend festnehmen lassen, Herr Kern. Sie wird bis zum Tod kämpfen, dafür wurde sie ausgebildet.«

Kerns Interesse war geweckt. »Warum gehen Sie dann nicht einfach hinein und erschießen sie?«

»Erstens bin ich kein Selbstmörder und zweitens zu alt. Ich erwarte Verstärkung. Wenn Sie etwas Geduld haben ...«

Kern schüttelte heftig den Kopf. »Mit mir nicht, mein Lieber. Wenn Sie sie umbringen wollen, dann nur über meine Leiche.«

»Ich fürchte, was das betrifft, ist meine Verhandlungsposition unverrückbar. Glauben Sie mir, es gibt keine andere Option.«

»Weil Sie Angst haben, dass sie alles verrät! Sie wollen sie mundtot machen.« Pellegrinis Blick ließ keinen Zweifel, dass Kerns Schlussfolgerung zutraf. »Ich brauche sie lebend, weil sie eine Zeugin ist, und Sie wollen sie aus dem gleichen Grund tot. Da mache ich nicht mit. Lassen Sie mich durch.«

Pellegrini packte ihn am Rock. »Ich verlange von Ihnen nicht, gutzuheißen, was geschehen ist«, flüsterte er beschwörend. »Aber ich bitte Sie inständig zu kooperieren.«

»Keine Chance!«, versetzte Kern trotzig. »In zehn Minuten werde ich mit ihr herauskommen. Wehe, Sie tun ihr etwas an. Sie ist immer noch eine Frau, und sie ist trotz aller Fehler ein liebenswerter Mensch. Ich kenne auch die andere Seite von ihr. Erst Sie haben sie zu dem gemacht, was sie ist. Wenn Sie ihr etwas antun wollen, müssen Sie zuerst mich beiseiteschaffen.« Grußlos ließ er den Offizier stehen.

Versonnen blickte ihm Pellegrini nach, als ein riesiger Mann hinter ihn trat. Er überragte den Hauptmann um mehr als Haupteslänge und hatte ein breites, grobes Gesicht. Die dichten, schwarzen Haare waren zu kurzen Stoppeln geschnitten. Seine Nase war nicht immer so breit gewesen. Ein mächtiger Faustschlag hatte sie vor vielen Jahren zerschmettert und die Nasenhöhle zu einem engen Labyrinth deformiert, in dem selbst die Atemluft kaum ihren Weg fand, was zur Folge hatte, dass er bei Anstrengung wie ein grunzender Eber schnaufte.

»Melde mich zu Diensten, Herr Hauptmann. Geht's los?«

»Gut, dass du da bist, Obradovic. Nein, wir müssen noch abwarten. Leider ist etwas dazwischengekommen.« Obradovic sah ihn fragend an. »Ein Held und Weltverbesserer. Da vorn geht er.« Er zeigte auf Kern, der gerade das Haustor zu Nummer 14 öffnete.

»Weiß er, worauf er sich einlässt?«

»Ich habe es ihm erklärt, aber er ließ sich nicht abbringen.«

»Also nicht mutig, sondern blöd.«

»Beides. Wo steht unser Wagen?«

Obradovic deutete auf einen Zweispänner mit geschlossenen Vorhängen. »Dahinten. Was machen wir jetzt, Herr Hauptmann?«

Pellegrini lächelte. »Warten, bis der Held tot ist. Dann haben wir einen Grund mehr, sie auszuschalten. Sie wird nicht lange mit ihm brauchen. In zwanzig Minuten gehen wir rein.«

»In der Kutsche sitzt ein Scharfschütze, Herr Hauptmann. Oberst Ripp hat darauf bestanden. Sein Gewehr ist auf den Hauseingang gerichtet. Sobald sie herauskommt, ist sie tot.«

Kapitel 23
Marx' Niederlage

Der Polizeipräsident konnte kaum glauben, dass er am Eingang in die Körblergasse stand, eine kurze Sackgasse, die von der Naglergasse abzweigte. Gleich zu seiner Rechten befand sich in einem roten Eckhaus Susanne Voglers Nobelbordell. Normalerweise mied er diese Gegend, denn das Geschäft mit der Prostitution widerte ihn an und Voglers Etablissement war für ihn ein Symbol seiner Machtlosigkeit, denn die Kupplerin nutzte ihre Kontakte skrupellos.

Doch heute war er selbst erschienen, ganz gegen seine Angewohnheit, sich nicht in Routineangelegenheiten einzumischen. Um zu verhindern, dass sie von ihren Spitzeln vorgewarnt wurde, hatte er einen formalen richterlichen Beschluss umgangen. »Gefahr im Verzug« lautete der Zauberspruch, der alle Türen öffnete. Er selbst hatte die schriftliche Ermächtigung dazu erteilt, das Haus Nummer 3 in der Körblergasse zu durchsuchen, und das Unternehmen geradezu überfallsartig angeordnet. Nicht einmal die Vogler würde es wagen, sich mit dem Polizeipräsidenten persönlich anzulegen.

Sonderermittler Kern war nicht ganz unschuldig an seinem persönlichen Engagement. Ihr letztes Gespräch hatte Marx aufgerüttelt. Der Handel mit Kindern zählte für ihn zu den abstoßendsten Geschäftszweigen der käuflichen Liebe und wurde im Strafgesetzbuch für seinen Geschmack viel zu milde geahndet. Gottlob war er selten. Umso mehr musste Voglers Machenschaften unverzüglich Einhalt geboten werden. Bis jetzt hatte es – von Kerns heutigem Bericht abgesehen – keine ausreichenden Verdachtsmomente gegeben. Das hatte sich erst in den letzten beiden Stunden dramatisch geändert.

Marx zog seine goldene Taschenuhr aus der Seitentasche seiner Weste und klappte sie auf. Nach einem kurzen Blick schloss er sie mit einem leisen metallischen Klicken und steckte sie wieder zurück. Dann entfaltete er einen Plan des Hauses und begann ihn zu studieren. Mit einer Grundfläche von zweihundert Quadratmetern, neun Wohnungen in drei Stockwerken, einem Eingang, ohne Hinterausgang oder Innenhof, war da nichts Besonderes. Die Wohneinheiten bestanden nur aus Zimmer und Küche. Kein Bad, kein Vorraum. Die Besitzerin, eine ältere Frau aus der Vorstadt, bezog keine Mieteinkünfte. Warum sie die Immobilie leerstehen ließ oder nicht selbst darin wohnte, war genauso mysteriös wie die Tatsache, dass bereits vor eineinhalb Jahren der Anschluss an die neue Hochquellwasserleitung erfolgt war.

Punkt fünfzehn Uhr erschien Oberkommissar Vincenz Hosp. In seiner schwarzer Dienstuniform mit Czako bot der vierschrötige, großgewachsene Hosp einen respekteinflößenden Anblick. In seinem Gefolge befanden sich sieben Sicherheitswachmänner, drei Polizeiagenten in Zivil, ein Schlosser, ein Arzt und eine Krankenschwester. Die dunkelgrünen Uniformen der Wachmänner mit ihren pompadourroten Einfassungen, den leicht gebogenen Säbeln und den schwarzen Filzhüten waren schon von Weitem sichtbar. Ihr martialisches Auftreten verbreitete unter den Passanten Unruhe. Die Wachtposten vor Voglers Etablissement verschwanden unverzüglich, um Bericht zu erstatten. Kurz darauf erschien Frau Susi höchstpersönlich und schritt mit strahlendem Lächeln auf den Polizeipräsidenten zu. »Meine Verehrung, Herr Präsident!«, begrüßte sie ihn mit einer angedeuteten Verbeugung. »Das ist ja eine richtige Polizeiparade. Ist gar ein Verbrechen geschehen?«, fragte sie unschuldig. »Können wir behilflich sein?«

»Kein Grund zur Besorgnis, gnädige Frau«, erwiderte Marx mit ebenso übertriebener Höflichkeit. »Ihr ehrenwertes Etablissement ist nicht im Entferntesten betroffen. Insofern muss ich mich bei Ihnen für die Unannehmlichkeiten in aller Form entschuldigen. Eine reine Routinesache.« Er verwöhnte sie mit einem gönnerhaften Lächeln.

»Eine Routineangelegenheit unter Mitwirkung des Polizeipräsidenten höchstpersönlich? Ich glaub gar, Sie schwindeln mich ein bisserl an. Da kriegt man's ja gleich richtig mit der Angst zu tun.«

»Gnädige Frau, ich bitte Sie. Das alles dient ausschließlich zu Ihrer Sicherheit und natürlich der Ihrer hochgeschätzten Kunden.« Er konnte sehen, wie ihre Kiefer zu mahlen begannen, und genoss dieses sichtliche Zeichen ihrer Anspannung. »Wir haben einen Hinweis bekommen, dem wir nachgehen müssen. Es geht um die Nummer 3. Die Besitzerin lebt in der Vorstadt, da haben Sie ja gar nichts damit zu tun, gell? Wir sind auch bald wieder weg.«

Vogler zeigte auf das Haus am Ende der Gasse. »Da drin?«

Marx nickte. »Da drin.«

»Das ist vergebliche Liebesmüh. Außer Ratten und ein paar Strottern werden Sie nichts finden, Herr Präsident.« Die Kupplerin trotzte sich ein weiteres Lächeln ab und warf einen verstohlenen Blick auf das oberste Stockwerk. Das Gesicht einer älteren Frau verschwand hinter den Vorhängen, doch das geschah hinter Marx' Rücken.

»Schauen wir einmal. Wenn Sie mich jetzt entschuldigen wollen? Die Pflicht ruft«, beendete der Präsident die Unterhaltung und folgte seinen Beamten, die auf das Haus zumarschierten.

»Ich wünsche Ihnen von ganzem Herzen viel Erfolg, Herr Präsident!«, rief ihm Vogler nach.

»Was suchen wir?«, fragte Hosp, der ihn bereits am Hauseingang erwartete.

»Ein Kind. Es geht um Kindesmissbrauch.«

»In dieser Ruine? Wie kommen Sie denn darauf?«

»Ich hab einen Hinweis erhalten.«

»Von wo?«

»Aus dem Jenseits.«

»Das sagen Sie den Männern besser nicht«, bemerkte Hosp lakonisch. Dann scharte er seine Leute um sich und instruierte sie.

Die Haustür war unverschlossen. Schweigend betraten sie das Treppenhaus. Ihren Augen bot sich ein Bild des Verfalls. Die Luft war feucht, in den Bodenfliesen klafften große Lücken. An den Wänden leuchteten große, mit Schimmel bewachsene Flecken. Das Erste, was sie entdecken, war ein verlassener Schlafplatz Obdachloser, von dem ihnen ein scharfer Uringeruch entgegenschlug. Eine Ratte ergriff die Flucht.

»An die Arbeit, meine Herren«, rief Marx mit gespielter Zuversicht. Die Wachmänner stiegen die Treppe empor. Das schmiedeeiserne Geländer war mit einer dicken Staubschicht bedeckt. Putz blätterte von den Wänden. Mit angeekelten Gesichtern hielten sich die Beamten von allem fern, was ihre Uniformen beschmutzen konnte.

In der ersten Etage bot sich das gleiche Bild wie im Treppenhaus. Schaben und Ameisen krabbelten über den Boden, dichte Schleier aus Spinnweben verhingen die Gangfenster. Zwei der Wohnungen waren aufgebrochen. Vagabunden hatten darin übernachtet. Die dritte öffnete der Schlosser. Auch in den Wohnungen sah es nicht besser aus. Neben allerlei Ungeziefer, abblätterndem Putz und verfaulten Möbeln fanden sie zerrissene Teppiche mit großen Mottenlöchern.

Marx war nervös. Der Zustand des Hauses und der Wohnungen übertraf seine schlimmsten Erwartungen. Das ganze Gebäude war reif zum Abriss. Wie sollte hier ein Kind überleben? War er etwa einem Irrtum aufgesessen? Die Gesichter der Beamten sprachen Bände. Die drohende Blamage ließ ihn schaudern.

»Da ist nix, Herr Präsident«, flüsterte ihm Hosp zu. »Wenn wir uns jetzt retirieren, bevor der Gefängniswagen kommt, können wir immer noch sagen, es war nix. Wenn wir noch länger dableiben, machen wir uns zum Kasperl.«

»Weiter«, erwiderte Marx einsilbig. Zeigefinger und Daumen seiner linken Hand begannen aneinanderzureiben.

In der zweiten Etage fanden sie ein verlassenes Taubennest. Darin lag auf einer dicken Schicht Vogelkot das Skelett eines Kükens. Bis hierher schien noch niemand vorgedrungen, denn die Türschlösser waren alle intakt.

»Auch aufmachen?«, fragte einer der Polizeiagenten missmutig. Marx nickte, und der Schlosser ging erneut ans Werk.

Auch diese Wohnungen standen leer. Die letzte war deutlich kleiner als die anderen. Die Tür von der Küche ins Wohnzimmer war zugemauert worden. Der verbliebene Platz reichte gerade für ein Bett und eine Kochstelle. Aus irgendeinem Grund war die Wand vom Schimmel verschont geblieben.

Die Stimmung wurde immer gedrückter. Marx' Nervosität stieg. Die zweifelnden Blicke der Männer lasteten auf ihm. Er wusste, dass Hosp recht hatte. Wenn sie mit einem leeren Gefängniswagen abziehen mussten, war ihnen die Häme des Boulevards ebenso gewiss wie der Zorn des Bürgermeisters – von Voglers Triumph ganz abgesehen.

Sie hörten, wie jemand schnell die Treppe hinauflief. Ein weiterer Wachmann schloss zu ihnen auf und salutierte. »Melde gehorsamst, Herr Präsident, der grüne Heinrich ist da.« So nannte man im Volksmund die Wagen, in denen Häftlinge transportiert wurden. Es handelte sich um zweiachsige, fensterlose Holzwagen, die von zwei Pferden gezogen wurden. »Wo sind, bitte, die Verdächtigen?«

»Haben wir keine«, fauchte Hosp den Mann an. »Schleich dich runter und wart auf uns.«

»Melde, dass da unten eine große Menschenmenge wartet. Alle wollen sehen, wie wir die Verbrecher abführen.«

»Sollen sie weiter warten.«

»Kennen Sie die Frau Vogler, Herr Revierinspektor?«, fragte Marx einer plötzlichen Eingebung folgend. Der Beamte nicke eifrig. »Steht sie auch da unten?«

»Jawohl, Herr Präsident.«

Der Präsident verspürte einen Hauch der Erleichterung. Warum mischte sich die mächtigste Kupplerin Wiens unter ein so banales Spektakel, wenn sie nichts zu befürchten hatte? »Weiter.«

Die dritte Etage wirkte noch verwahrloster als die ersten Beiden. Angeekelt hielten sich die Beamten von den Wänden fern. Einer der Polizeiagenten stieß plötzlich einen lauten Fluch aus.

»Was ist los?«, fragte Marx erschrocken.

»Ich bin in Hundescheiße gestiegen.«

Erneut ging der Schlosser ans Werk, erneut ernteten sie nichts als Enttäuschung. Alle Wohnungen waren verlassen und verfallen. Es war eine herbe Niederlage. Geschlagen stiegen sie die Treppe hinab.

»Ich verstehe das nicht«, flüsterte Marx, der nun mit seiner Enttäuschung nicht mehr hinter dem Berg hielt. »Es war ein todsicherer Hinweis.«

»Was soll ich Ihnen sagen, Herr Präsident? Sie sind doch lange genug im Geschäft. Die sogenannten sicheren Hinweise sind halt oft ein Fehlschlag.«

»Tote pflegen die Polizei nicht zu narren, Hosp. Irgendetwas haben wir übersehen.«

Vor ihnen unterhielten sich zwei Wachmänner. »Den Teppich in der letzten Wohnung, den hätt' ich gern gehabt«, sagte der eine.

»Bist du deppert? So dreckig, wie der war? Da graust doch einer Sau davor. Dazu die ganzen Viecher!«

»Ja, schon. Aber kaum Löcher. Der ist aus irgendwas, da graust's sogar den Motten.«

Wie begossene Pudel verließen sie das Haus. Vor dem Tor hatte sich eine große Menschenmenge um den Gefängniswagen gebildet, die nun auseinanderwich. »No? Wo sind die Verbrecher?«, schallte es ihnen entgegen.

»Ein ganzes Regiment für ein leerstehendes Haus!«

»Habt's Ihr nix Besseres zu tun?«

Marx ignorierte die hämischen Bemerkungen. Seine Augen suchten Susanne Vogler und fanden sie tatsächlich in vorderster Reihe. Ihr war die Erleichterung deutlich anzumerken. »Herr Präsident«, sprach sie ihn an. »Warum haben Sie mir nicht geglaubt? Das Haus steht seit Jahren leer. Vielleicht kann Ihnen ja eines meiner Mädchen den Tag retten? Es wäre mir eine große Ehre, Sie als Gast begrüßen zu dürfen. Zum Trost.«

Es war eine Dreistigkeit sondergleichen, und der Polizeipräsident wusste die Botschaft zu deuten. Du kannst mir nichts anhaben, lautete sie, auch wenn du dich noch so anstrengst. Marx, die Sphinx, der Mann, der seine Emotionen so gut zu verbergen wusste, lächelte freundlich zurück. »Vielen Dank, gnädige Frau, das ist ein reizendes Angebot. Aber ich habe es nicht so mit der käuflichen Liebe.«

»Wie kann ich Sie davon überzeugen, dass Sie etwas verpassen?«

»Im Gegenteil, ich gedenke nicht, irgendetwas zu verpassen, gnädige Frau.« Er lüpfte seinen Zylinder und deutete eine kurze Verbeugung an. »Wir sehen uns mit Sicherheit bald wieder. Küss die Hand, gnädige Frau, küss die Hand. Übrigens ...« Er zwinkerte ihr zu. »Ihr Kleid ist atemberaubend.« Unter dem Gespött der Bürger setzte sich der leere Gefängniswagen in Bewegung. Marx und Hosp folgten ihm an der Spitze ihrer Einsatztruppe.

Vogler sah den Männern hinterher. Ihr aufgesetztes Grinsen war erstorben, ihre kalten Augen zu schmalen Schlitzen verengt. Marx' letzte Worte waren klar und deutlich gewesen. Soeben hatte ihr der oberste Polizist der Residenzstadt den Krieg erklärt. »Da wirst du dich warm anziehen müssen, mein Lieber«, murmelte sie kaum hörbar.

Der Grispindel-Toni war neben sie getreten. »Gemma zurück, Frau Chefin?«, fragte er freundlich und bot ihr seinen Arm an.

»Ich schon«, erwiderte sie grollend. »Du holst mir den Grünzweig.«

»Den Reporter?«

»Genau den. Diese Blamage wird dem Herrn Marx noch lange nachhängen. Dafür werde ich sorgen.«

Kapitel 24
Gefangen

Auf dem Weg zu Rosis Haus hatte Kern noch einmal genügend Zeit, seine triste Bilanz zu überdenken. Wie ein blutiger Anfänger war er Mauthner und Carla auf den Leim gegangen. Seine Dummheit hatte Carla zum Grafen geführt, und nur der Teufel wusste, warum Modritzky wegen ein paar völlig harmlosen Briefen hatte sterben müssen. Wieder war er zu spät gekommen.

Auch Marx hatte recht. Es gab keine stichhaltigen Beweise für einen Kinderprostitutionsring, es sei denn, Carla ließ sich zu einer Aussage überreden. Aber warum sollte sie das tun? Vielleicht weil sie doch etwas für ihn empfand? Hatte sie nicht gesagt, sie könnte sich ihn als Vater ihrer Kinder vorstellen? Stopp! Was redete er sich überhaupt ein? Sie war eine Bestie in Menschengestalt!

Und trotzdem war es einen Versuch wert, denn er hatte nichts zu verlieren. Ein Scheitern, das er mit seinem Tod gleichsetzte, war die gerechte Strafe für sein Versagen. Kern fürchtete den Tod nicht. Seine Familie erwartete ihn bereits. Die Vorstellung, seine kleine Luise und ihre Mutter Anna wiederzusehen, erfüllte ihn mit Zuversicht. Pellegrini würde dafür Sorge tragen, dass Carla ihn nicht lange überlebte. Sollte sie ihn wider Erwarten am Leben lassen, wollte er alles in seiner Macht Stehende tun, sie davor zu retten, wie ein räudiger Köter erschossen zu werden. Carla sollte sich vor Gericht verantworten und Susanne Vogler mit in den Abgrund ziehen.

Mit einer seltsamen Ruhe betrat er das Treppenhaus. Der Weg nach oben wirkte wie der Gang zum Schafott, die Wohnungstür wie das Tor zur Hölle. Trotzdem fühlte er keine Angst. Eine geradezu groteske Leichtigkeit beschlich ihn, als er den Klingelzug betätigte. Kurz dachte er, Luise stünde neben ihm. Als Carla öffnete, genügte ein kurzer Blick in ihre dunklen Augen, um zu wissen, dass er verloren hatte. Auch egal, dachte er. Alles kommt, wie es kommen muss. Mechanisch trat er ein. Der kalte Stahl des Revolverlaufs, den er im nächsten Moment in seinem Nacken verspürte, entlockte ihm lediglich ein schwaches Lächeln. »Hast du noch nicht genug getötet?«

Zwei Männer banden ihm schweigend die Hände auf den Rücken und setzten ihn auf Rosis Chaiselongue im Salon. Dort, wo ihre Leiche gelegen hatte, war noch ein verschmierter, eingetrockneter Blutfleck sichtbar. Carla nahm ihm gegenüber in dem Stuhl Platz, der zuvor ihm vorbehalten gewesen war. Sie hatte eine kleine Tasche dabei.

Er sah sie unverwandt an. »Deine Schauspielkünste sind beeindruckend, das muss man dir lassen.«

»Das bisserl Plärren auf Befehl ist keine Kunst«, erwiderte sie trocken. »Aber ihr Männer fallt sofort darauf rein.«

»So viele Menschen. Du bist eine Bestie, nicht wahr?« Erst jetzt bemerkte er, dass die Vogelkäfige alle geöffnet waren.

Sie deutete seinen Blick richtig. »Ich habe die armen Viecher freigelassen. Wann hast du es herausgefunden?«

»Erst heute. Der Schusterbub hat zugesehen, wie du Fanni getötet hast. Eine Frau mit ungleichen Augen und eine mit einem kurzen Rock hat er beschrieben. Da war mir alles klar. Dann dein verbundenes Ohr, die Schlagzeile über den Toten mit einem Rubinohrring in der Hand. Ich ärgere mich nur, dass ich nicht früher darauf gekommen bin.«

Carla sah an sich herab. »Das war dumm von mir, mit dem Rock. Das wird mir nicht mehr passieren. Trotzdem,

Respekt, Leo. Wie seid ihr überhaupt auf meine Spur gekommen?«

»Der Gerichtsmediziner. Modritzky hatte Fannis Obduktion erzwungen. Deine Technik ist in der Tat beeindruckend. Wer hat dir das beigebracht?«

Carla nickte anerkennend. »Böse Menschen, Leo. Menschen, für die der Tod zum Alltag gehört. Sie glauben, ihre Morde sind gerecht, weil sie sich im Auftrag des Kaisers wähnen.« Sie erhob sich. »Und jetzt zum Geschäft.« Sie zog das Paket mit Modritzkys Briefen aus der Tasche und hielt sie Kern hin. »Sind die vollständig?«

»Antworten gegen Antworten?«

Sie nickte ohne die geringste Gefühlsregung. »Meinetwegen.« Danach präsentierte sie ihm jedes einzelne Blatt.

»Ja, das sind alle.«

»Aber da steht absolut nichts drin«, bemerkte sie verwundert.

»Ich habe sie alle gelesen. Sie sind vollkommen wertlos. Ich bin dran. Hast du wegen der Briefe Matzners Wohnung verwüstet?«

»Wer sonst. Warum war die Fanni nur so erpicht darauf, dass er sie bekommt?«

»Die Briefe? Ich weiß es nicht«, erwiderte er traurig. »Du hast den Grafen völlig unnötig umgebracht.«

»Er ist tot?« Ihre Verwunderung wirkte echt.

»Spiel hier nicht die Unschuldige. Kommt schlecht rüber.«

»Ich habe ihn nicht getötet, Leo«, sagte sie teilnahmslos. »Im Übrigen war ich ein wenig enttäuscht, dass du ihm nichts von uns beiden erzählt hast. War er nicht dein Freund?«

»Kein so enger, wie du vielleicht glaubst. Für wen arbeitest du?«

»Die Vogler.«

»Und warum hast du mich bis jetzt verschont?«

Carla lächelte, und er glaubte einen Funken Wehmut in ihren Augen zu erkennen. »Erstens vögelst du richtig gut. Das werde ich vermissen. Unter anderen Umständen hätte aus uns beiden etwas werden können, ganz ehrlich. Und zweitens hat die Gnädige ihre Hand über dich gehalten.«

»Die Rosi?«, fragte er ungläubig.

»Weißt du, Leo, vielleicht bist du ja ein guter Polizist, aber von der Seele einer Frau verstehst du rein gar nichts, wie viele andere Männer übrigens auch nicht. Es ist also keine Schande. Wie dich die Gnädige nach so vielen Jahren wieder gesehen hat, war sie hin und weg. Ich habe sie nie so glücklich gesehen. Sie hat mir von euch beiden erzählt und dass der größte Fehler ihres Lebens gewesen war, dich gehen zu lassen. Sie dachte, sie bekäme eine zweite Chance und könnte ihren Lebensabend mit uns beiden verbringen. Sie wollte tatsächlich, dass du und ich ein Paar werden. Ich tu dir gut, hat sie gesagt, und dass du ein feiner Kerl bist.«

»Da hätte sie vorher aus dem Geschäft aussteigen müssen.«

»Das wollte sie, aber die Vogler hat ihr gedroht, dich umzubringen. Einen Ersatz für sie zu finden, hätte uns nämlich in ernsthafte Lieferschwierigkeiten gebracht. Ihre Leute sind sehr loyal zu ihr.«

»Es gibt noch mehr Tote als die Fanni, alle nach derselben Methode ermordet. Ich nehme an, das alles ist dein Werk?«

Carla wirkte ehrlich überrascht. »Wie bist du da draufgekommen? Niemand hat was bemerkt! Es gab nicht einmal Leichenöffnungen.«

»Ich bin nicht Niemand. Da war der Morawa, der Schusterbub, Fannis Vorgängerin Paula, einer von den Männern vom Pferdefranz und der Brandl Kurt vom bladen Ferdl.«

»Respekt, Respekt. Nicht alle, aber trotzdem! Ja, alles mein Werk. Dafür wurde ich von Frau Vogler angeheuert.«

»Warum den Morawa?«

»Weil er erkannt wurde«, erwiderte sie ein wenig gelangweilt. »Er war ein Stümper. Und um dir alle weiteren Fragen zu ersparen: der Schusterbub war zur falschen Zeit am falschen Ort. Die Paula wollte den Fürsten wegen der Kinder erpressen. Der Mann vom Pferdefranz war die Revanche für die Schlägerei in der Naglergasse.«

»Und der Brandl Kurt?«

»Keine Ahnung, warum der sterben musste. War mir auch egal, ehrlich gesagt. War aber gut bezahlt.«

»Und das hat dir alles die Rosi angeschafft?«

»Geh, Leo, gerade du hättest wissen müssen, dass sie niemals jemanden umgebracht hätte. Dafür war sie viel zu weich. Sie hat von alldem nichts gewusst. Die hat nur geglaubt, ich geh für sie auf den Strich und wisch ihr den Hintern sauber. Und wer die Fanni umgebracht hat, war ihr vollkommen egal. Sie hat sie gehasst.«

»Also die Vogler. Und warum, bitte, bist du dann noch auf den Strich gegangen?«

Sie lachte. »Ja, glaubst du denn wirklich, ich war bei den Freiern? Da hat die Vogler eine andere hingeschickt. Ich musste bei der Gnädigen arbeiten, damit sie genau weiß, was sie tut. Sie meinte, man müsste sie jetzt, wo sie von der Syphilis schon ganz plemplem war, besser überwachen. Und jetzt, wo sie tot ist, werde ich die Fanni beim Fürsten beerben und Rosis Geschäft übernehmen. Ist alles beschlossene Sache. Die Briefe waren der letzte Akt. Frau Vogler ist sehr zufrieden mit mir.«

»Die Vogler wollte sie haben?«

»Unbedingt. Sie war ganz verrückt danach. Die Fanni selbst hat ihr Interesse geweckt, indem sie andauernd die Gnädige beschworen hat, sie zurückzugeben. Natürlich dachten alle, dass sie darin etwas ausplaudert.«

»Du hast sie also doch belauscht?«

»Keine Spur! Die Gnädige hat das der Frau Vogler erzählt. Sie war selbst schon ganz beunruhigt. Weißt du, die Fanni war eine wirklich dumme Gans. Sie hat der Gnädigen vertraut. Für sie war sie immer noch ihre Ziehmutter! Vom Hass hat sie gar nichts bemerkt.«

»Warum habt ihr die Rosi nicht umgebracht? Ihr hättet eine Menge Zeit gespart.«

»Wäre es nach mir gegangen, hätte ich sie schon längst im Schlaf mit einem Kissen erstickt. Das hätte ihr viel erspart. Dir übrigens auch. Aber Frau Vogler wollte das auf keinen Fall. Um der alten Zeiten willen, hat sie gesagt. Die Natur sollte das regeln.«

»Was kümmert die Vogler die Rosi?«

»Oh, mehr als du dir vorstellen kannst. Die beiden sind wie Schwestern. Sie haben sehr viel zusammen erlebt, aber das war nach deiner Zeit.« Sie zuckte mit den Achseln. »Sentimentalität ist ein schlechter Ratgeber, wenn es ums Geschäft geht.«

»Und warum musste die Fanni sterben?«

»Ist die Frage ernst gemeint? Wir hatten schon mit der Paula unsere Erfahrungen gemacht. Die Fanni war der gleiche Dummkopf. Wollte den Fürsten auch erpressen. Als sie davon erfuhr, befahl Frau Vogler sofort ihre Hinrichtung. Aber man bringt niemanden so mir nichts dir nichts um. Ich musste erst ihre Gewohnheiten studieren. Deswegen haben wir die Männer geschickt, die sie observiert haben. Nach der Pleite mit dem Morawa hab ich das dann selbst in die Hand genommen.« Sie rollte die Augen. »Männer sind einfach unfähig. Alles muss man selbst machen.«

»Und warum hast du die Rosi an mich verraten?«

»Nachdem sie dich niedergeschlagen haben? Ja, das war ziemlich unvorhergesehen für mich. Ich hatte damals meine Geldbörse vergessen und kam gerade dazu, wie sie dir eins übergebraten haben. Und da hab ich mir gedacht, wenn schon die Vogler zu blöd ist, die Gnädige aus dem Weg zu räumen, dann lass es doch den Leo machen. Das ist mir auch ziemlich gut gelungen, findest du nicht? Dafür danke ich dir auch recht herzlich. Jetzt, da ihre Leute dir die Schuld an ihrem Tod geben, werden sie umso bereitwilliger für mich arbeiten. Und nun haben wir lange genug geplaudert, Leo. Nachdem ich alle deine Fragen beantwortet habe, gibt es noch eine Sache, die ich gern von dir wissen möchte.«

»Ich wüsste nicht, was ich dir noch zu sagen hätte«, entgegnete er verbittert.

»Geh, Leo, jetzt spiel bitte nicht die beleidigte Leberwurscht. Pass auf. Die Frau Vogler kann sich nicht vorstellen, dass ihre Mädchen ihr in den Rücken fallen, aber da ist sie für meine Begriffe ein bisschen blauäugig. Du willst mir doch nicht einreden, dass du durch Kombination auf alles gekommen bist. Es muss einen Verräter in der Naglergasse geben.«

»Und doch hat die Susi recht. Es gibt keinen Verräter.«

Carla atmete geräuschvoll ein. »Das ist nicht sehr klug von dir«, bemerkte sie kopfschüttelnd.

»Du bringst mich doch sowieso um.«

»Aber natürlich. Glaubst, ich hätte dir sonst so offen Rede und Antwort gestanden? Aber es kommt auf das *wie* an, Leo. Der Tod selbst ist keine große Sache, von dem merkst du nichts. Es ist das Sterben, das den Unterschied macht. Es kann schnell und schmerzlos sein, aber auch lange und qualvoll. Ich hab noch jeden zum Sprechen gebracht.«

»Und wenn du mich zerstückelst, es gibt keinen Maulwurf.«

»Das alles für ein paar Rotzbuben und eine Hure? Das ist es doch nicht wert.«

»Ich habe dich geliebt.« Die Worte waren ihm herausgerutscht. Kaum ausgesprochen bereute er sie.

Carla sah ihn treuherzig an. »Ehrlich? Das freut mich sehr.« Eine Träne floss über ihre Wange. Hastig wischte sie sie weg. »So etwas hat noch nie jemand zu mir gesagt. Wie traurig, dass ich gerade den Menschen, der mir so etwas Schönes sagt, umbringen muss.«

»Du kannst es ja auch einfach bleiben lassen«, erwiderte er hoffnungsvoll.

Carla lachte. »So sehr mag ich dich auch wieder nicht.« Sofort wurde sie wieder ernst. »Wenn du es mir nicht sagen willst, muss ich dich von hier fortbringen. Mitten in der Stadt geht ja gar nichts. Es gibt aber einen Ort, wo man deine Schreie nicht hören kann. Dort haben wir praktisch alle Zeit der Welt.«

Kern hatte seine Hoffnung, Carla auf seine Seite zu ziehen, schon lange begraben, und mit ihr auch seine Rettungsabsichten für sie. Wenn sie ihn jetzt fortbrachten, verblieb ihm noch eine winzige Chance, von Pellegrini und seinen Leuten gerettet zu werden. »Was um alles in der Welt hast du mit mir vor?«

»Da gibt es doch diese Wilden in Amerika«, sagte sie aufgeräumt. »Die legen deine Finger in glühende Kohlen und rösten sie ganz langsam. Das Problem ist, dass irgendwann alles so verbrannt ist, dass man nichts mehr spürt. Die Indianer schneiden dann das verkohlte Stück ab, und schon hat man eine frische Wunde, die Schmerzen bereitet. Finger können ganz schön lang sein. So etwas dauert Tage. Glaub mir, Leo, das hältst du nicht lange durch. Du wirst mich noch um deinen Tod anflehen.«

Eine Welle der Angst schlug über Kern zusammen. Mit aller Macht konzentrierte er sich auf Luise und ihre Mutter. Er hatte das Gefühl, sie stünden ihm bei, und sein Herzschlag beruhigte sich wieder. Brennende Todessehnsucht ergriff ihn.

Pellegrini hatte sich mit Obradovic in den Wagen zurückgezogen. Neben ihm lag der Scharfschütze auf der Lauer. Ein Landauer mit zugezogenem Verdeck hielt vor dem Hauseingang der Kolingasse 14.

»Herr Hauptmann«, sagte Obradovic leise. »Irgendwas geht dort vor.« Er wandte sich dem Scharfschützen zu. »Könntest du noch schießen?«

»Wenn der Wagenschlag geöffnet ist, wird es schwer. Ich müsste durch die Tür schießen. Vom Kaliber her wäre das kein Problem.«

»Nein, nein.« Der Hauptmann winkte unwillig ab. »Der Schuss muss hundertprozentig sitzen. Keine Experimente.« Der Kutscher des Landauers stieg ab, und Kern erschien in der Haustür. »Da kommt unser Held.«

»Scheiße«, murmelte der Schütze. »Sie haben die Tür geöffnet. Jetzt seh ich gar nichts mehr.«

»Da ist sie«, rief Obradovic, als Carla eng an Kern geschmiegt folgte. »Sieht aus, als ob er gefesselt wäre.«

»Der Trottel hat sich gefangen nehmen lassen«, brummte der Hauptmann verärgert. »Mission abbrechen.« Der Schütze setzte das Gewehr ab. Pellegrini beugte sich aus dem Fenster und klopfte auf die Tür. Der Kutscher dreht sich zu ihm. »Wir verfolgen den Landauer. Vielleicht ergibt sich noch eine Gelegenheit.«

Sie sahen, wie Kern von Carla in den Wagen geschoben wurde. Zwei Männer folgten nach. »Mit dem Kutscher sind sie zu viert, Herr Hauptmann«, sagte Obradovic.

»Mich interessiert nur die Klaric. Gebe Gott, dass sie uns nicht entdeckt. Denn dann wird es richtig hässlich.«

Kapitel 25
Marx' Triumph

Schweigend ging Marx neben Hosp einher. Vor seinem geistigen Auge ließ er den ganzen Einsatz noch einmal Revue passieren. Er wusste, dass er etwas übersehen hatte. Aber was? Alle Wohnungen waren leer und verwahrlost gewesen, kein Zeichen von menschlichen Bewohnern, wenn man von den Lagerstätten der Vagabunden absah. Vogler hatte doch nicht so lange gewartet, nur um ihn mit ihrem Spott zu überziehen? Was fürchtete sie?

In Gedanken ordnete er noch einmal die Fakten. Alle Wohnungen hatten den gleichen Grundriss gehabt, bis auf eine am Ende des Ganges im zweiten Stockwerk. Warum war sie so klein? Rein planerisch gab es keinen Grund dafür, denn die darüberliegende Einheit hatte wieder die normale Größe. Warum schloss man so ein Haus an die Hochquellwasserleitung an? Dann fiel ihm wieder der Beamte ein, der in den Hundekot getreten war. Er winkte ihn zu sich. »Wie groß war der Haufen?«

Der Beamte wirkte ziemlich überrascht. »Ist die Frage ernst gemeint?« Marx nickte.

»Eher klein. Aber gatschig.«

»Also frisch?«

»Wenn Sie so wollen, ja.«

»Heben Sie den Fuß.«

Der Agent warf Kommissar Hosp einen bestürzten Blick zu, doch der nickte nur zustimmend. »Zeig her.«

Marx bückte sich und betrachtete aufmerksam die Reste in den Rillen des Sohlenprofils. »Auf keinen Fall eingetrocknet«, murmelte er und richtete sich wieder auf. »Also war da oben vor kurzer Zeit ein Hund, nicht wahr?«

»Jawohl, Herr Präsident.«

»Ein kleiner Hund oder ein junger Hund, nicht wahr?«

»Oder ein Hund mit Dünnschiss.« Der Agent lachte, doch der missbilligende Blick seines obersten Vorgesetzten belehrte ihn schnell eines Besseren.

Hosp sah Marx fragend an.

»Wenn Sie einen Hund Gassi führen, Hosp, würden Sie dann mit ihm in den dritten Stock gehen?«

Der Kommissar lächelte ein wenig unsicher. »Nein.«

»Ich auch nicht«, erwiderte Marx. »Also muss da oben jemand sein, der einen Hund besitzt. Ein Welpe würde einem Kind schon Freude bereiten. Vor einem großen Hund hätte es vielleicht Angst.«

»Vielleicht ist der Hund aber auch auf der Jagd nach einer Ratte raufgelaufen«, gab Hosp zu bedenken.

»Haben wir oben Ratten gefunden?«

»Nein. Aber da oben war niemand, Herr Präsident, schon gar kein Kind. Nur weil da irgendwo ein Hund hingeschissen hat, muss doch dort keiner wohnen.«

Marx hörte die Worte Hosps gar nicht. Sein Verstand arbeitete auf Hochtouren. »Alle Mann halt!«, rief er plötzlich. Verdutzt blieben Wachmänner und Agenten stehen. »Alle wieder zurück.«

Als sie erneut am Ende der Körblergasse standen, hatte sich die Menschenmenge bereits aufgelöst. Unter Marx' Führung stiegen sie noch einmal hinauf in den zweiten Stock und öffneten die kleine Wohnung am Ende des Ganges. Der Präsident selbst trat ein und sah sich noch einmal genau um. Da war einfach nichts. Er legte den Handrücken an die verschmutzte Wand, wo eigentlich die Tür zum Wohnzimmer sein sollte. Es war solides Mauerwerk, nur ein bisschen wärmer als die anderen Wände. Warum wuchs hier kein Schimmel? Er ging nach draußen auf den Gang und drehte den Wasserhahn auf. »Abgesperrt«, murmelte er.

Unter den Männern machte sich Unruhe bemerkbar. »Dürfen Schwester Helene und ich unten auf Sie warten?«, fragte der Arzt. »Der Geruch ist unerträglich.«

»Auf keinen Fall«, erwiderte Marx in schneidendem Tonfall. »Wir gehen weiter.«

Er ordnete an, die Tür der kleinen Wohnung offenzulassen. In stummem Protest marschierte der Trupp nach oben. »Zeigen Sie mir den Haufen«, befahl Marx.

Schweigend deutete der Polizeiagent mit dem Zeigefinger auf den Ort seines Missgeschicks. Er befand sich zwischen der mittleren und der letzten Wohnung. Marx öffnete den Wasserhahn. Donnernd schoss das Wasser in das Becken. Er nahm eine Handvoll und kostete. »Frisch. Kein bisschen abgestanden. Diese Leitung wird benutzt.«

»Von den Sandlern«, bemerkte Hosp und rollte die Augen.

»Warum gerade im dritten Stock, wo keine Wohnung aufgebrochen war?«

Erneut öffneten sie die dritte Wohnung. »Siehst du? Der Teppich ist echt gut«, bemerkte ein Wachmann flüsternd. »Obwohl er vor Dreck starrt. Aber die Motten lassen ihn in Frieden.«

»In der Tat«, erwiderte der Polizeipräsident nachdenklich. »Räumen Sie ihn bitte weg.«

Die Männer ergriffen ihn, als wäre er aus purem Gift, und zogen ihn zur Seite. Der Anblick, der sich darunter bot, löste allgemeines Raunen aus. Vor ihnen war eine breite Klappe mit einem versenkten Handgriff in den Boden eingelassen.

Marx schluckte. Er zögerte einen kurzen Augenblick, dann flüsterte er: »Meine Herren, bewaffnen Sie sich. Darunter könnte sich jemand befinden, der herzlich wenig Wert darauf legt, mit uns zu plaudern. Und bitte, seien Sie leise.«

Dann wandte er sich dem Arzt zu. »Sie, Herr Doktor, sind so gut und warten im Hintergrund. Kann sein, dass wir Ihre Hilfe benötigen.«

Hosp war von Jagdfieber ergriffen. »Drei Mann runter zur Wohnung darunter«, befahl er leise. »Nicht dass wir da unten irgendeinen Notausgang übersehen haben.«

Die Polizeiagenten steckten sich die Schlagringe auf die Finger, zogen ihre Revolver und knieten sich vor die Klappe. Einer von ihnen legte die Finger auf den Handgriff und sah Marx erwartungsvoll an.

Der Präsident überzeugte sich noch einmal davon, dass niemand durch einen ungezielten Schuss durch die Bodenöffnung verletzt werden konnte. Dann nickte er. Daumen und Zeigefinger rieben kaum merklich aneinander. Das war ein Nervenkitzel, den er liebte.

»Jetzt wird's lustig.« Der Agent grinste und riss die Klappe auf.

»Polizei!«, schrie Hosp laut. »Jeder Widerstand ist zwecklos. Raus mit euch, sonst holen wir euch.«

Das Erste, was an ihre Ohren drang, waren der Schrei eines Kindes und ein leises Bellen. Hosp spähte vorsichtig über den Rand in die Tiefe. »Na, das ist ja eine Idylle«, höhnte er. »Stellt's die Leiter auf und kommt's heraus, aber dalli.«

Jetzt beugte sich auch Marx über die Bodenöffnung. Was er sah, konnte er kaum glauben. Warme Luft stieg ihm entgegen. Sein erster Eindruck war, sie hätten eine glückliche, kleine Familie mit Kind ihrem idyllischen Alltag entrissen. Da war ein liebevoll gestalteter Raum mit zwei Betten und einer kleinen Küche. Auf dem Herd standen eine Pfanne und ein kleiner, dampfender Topf. Der Duft nach gekochtem Grießbrei stieg ihm in die Nase.

Die Wände waren mit bunten Märchenmotiven bemalt. Spielzeug lag über einen flauschigen Teppich verstreut. Dazwischen kauerte ein magerer Junge von vielleicht vier Jahren mit langen, blonden Haaren, der sich ängstlich an einen kleinen Hund klammerte. In seinem weißen Hemdchen, das ihm bis zu den Knien reichte, sah er aus wie ein kleiner Engel, der die Eindringlinge mit großen, weit aufgerissenen Augen anstarrte. Der Blick des Kindes war von Angst getrübt, doch Marx schien es, als ob ein kleiner Funken Hoffnung darin schimmerte.

Neben dem Kind stand eine ältere Frau in einem einfachen dunklen Kleid, die einen Teller mit Grießbrei in Händen hielt.

Was für ein Gegensatz zum Rest des Hauses, was für eine Insel der Harmonie und des Glücks inmitten von Verfall und Untergang, wäre da nicht der kräftige Mann gewesen, der mit einem ängstlichen Blick nach oben langsam seinen Revolver auf den Boden legte.

»Aufstellen, die Leiter«, bellte Hosp. »Und zwar dalli.« Der Mann gehorchte. »Erst du, dann die alte Hexe.«

Mit langsamen Bewegungen stiegen die beiden empor und wurden sogleich von den Polizeiagenten brutal zu Boden gerissen. Ein Wachmann glaubte sich unbeobachtet und trat dem Mann kräftig in die Seite. Der Polizeipräsident ertappte sich dabei, grimmige Genugtuung zu empfinden. Das Klicken der Handschellen, die sich um die Gelenke des Paares schlossen, war Musik in seinen Ohren. »Dr. Kinsky, wenn ich Sie bitten dürfte, das arme Hascherl zu bergen.«

Als der Bezirksarzt die Leiter hinabstieg, flüchtete sich das Kind in eine Ecke. Leise wimmernd umklammerte es den kleinen Hund. Kinsky hielt inne und wartete, bis Schwester Helene bei ihm war. Geduldig redeten die beiden dem Kind gut zu. Es dauerte eine ganze Weile, bis es so viel Vertrauen gefasst hatte, dass sie sich ihm nähern durften. Sie taten es mit größter Behutsamkeit. Zitternd vor Angst, wie ein verängstigtes Rehkitz, duckte sich der Junge. Es dauerte schier endlos, bis er sich von Schwester Helene sanft berühren ließ. Dann brach seine Verteidigung zusammen, und er fiel ihr schluchzend um den Hals. Sanft hob sie ihn hoch und brachte ihn zur Leiter.

Oben ertönte der gepresste Schmerzensschrei der Frau, als einer der Polizisten seiner Empörung mit einem kräftigen Fußtritt Luft machte.

Kapitel 26
Hinrichtung

Pellegrinis Kutscher war ein erfahrener Verfolger. Der Weg führte durch den dichten Verkehr der Ringstraße. An der Oper bogen sie rechts ab und überquerten auf der Elisabethbrücke den Wienfluss. Zu ihrer Rechten lag der große Obstmarkt, dahinter das Freihaus, das Gebäude mit den meisten Bewohnern in ganz Wien. Über die Wiedener Hauptstraße führte der Weg in die Favoritenstraße. Sie fuhren vorbei an der theresianischen Ritter-Akademie mit ihren weitläufigen Parkanlagen.

»Wo, zum Teufel, wollen die hin?«, fragte sich Pellegrini unruhig.

»Je weiter, desto besser«, erwiderte Obradovic. »Außerhalb der Stadt haben wir keine ungebetenen Zuschauer, oder zumindest deutlich weniger.«

Die Favoritenstraße war eine wichtige Einfallsstraße. Sie führte zur Favoritner Linie, der Zollstation im Linienwall, wo die Vorstadt endete. Nach ihrer Abzweigung aus der Wiedener Hauptstraße war schon so manches Biedermeierhäuschen einem hohen Gründerzeitbau gewichen, doch je näher man zur Stadtgrenze kam, umso mehr war das ursprüngliche Stadtbild erhalten, und die Häuser waren selten höher als zwei Stockwerke. Ganze Kolonnen beladener Lastfuhrwerke krochen schwerfällig in Richtung Innenstadt, leere Wagen kehrten zurück. Ziegelstaub hatte die Fahrbahn mit einer feinen, rötlichen Schicht überzogen.

Es dauerte eineinhalb Stunden, bis sie den Vorort Favoriten erreicht hatten, ein Arbeiterbezirk, dessen Bewohner in den großen Fabriken ihr Geld hart erarbeiten mussten. Am bekanntesten waren die riesigen Anlagen der Ziegelwerke am Wienerberg, wo Millionen von Ziegeln für die Baustellen auf der Ringstraße hergestellt wurden.

Während sich in der Gegenrichtung eine lange Kolonne vor der Zollstation gebildet hatte, nahm der Verkehr stadtauswärts deutlich ab. In der Laxenburger Straße musste Pellegrinis Kutscher sogar den Abstand zwischen sich und dem Landauer vergrößern, um nicht entdeckt zu werden. Carlas Wagen bog nach rechts in die Dampfgasse ab. »Da geht's zum Matzleinsdorfer Friedhof«, brummte Pellegrini ungeduldig.

Die Straße führte in freies, unverbautes Gelände. Da Carlas Kutsche die einzige im Umkreis war, konnten sie es sich leisten, weiter zurückzufallen und gerade in Sichtweite zu bleiben. Aus der Ferne sahen sie, wie sie hinter dem Friedhof nach rechts abbog und auf den Bahndamm zuhielt, der vor dem Linienwall entlang der Stadtgrenze verlief. Vor einem kleinen, alleinstehenden Häuschen blieb die Kutsche stehen. Pellegrini ließ auch anhalten. »Ab jetzt gehen wir zu Fuß.«

Der Landauer hielt direkt am Bahndamm vor einer grob verputzten Ziegelhütte. Kern wurde in einen großen Raum mit gestampftem Lehmboden und zwei Betten geführt. An der Wand zu seiner Linken standen ein Herd und ein großer Tisch mit vier Stühlen, doch es war der Anblick auf der rechten Seite, der ihn in Erstaunen versetzte. Durch eine geöffnete Tür sah er in ein Kinderzimmer. Der Boden war mit Spielzeug übersät. Zwischen den Schienen einer Spielzeugeisenbahn marschierte ein ganzes Regiment von Zinnsoldaten auf ein bunt bemaltes Schaukelpferd zu. Dahinter stand ein kleines Bett mit einer dicken Daunendecke und einem Plüschbären. »Wo sind wir hier?«, fragte er verwundert.

»Willkommen im Wartesaal«, sagte sie gut gelaunt.

»Wartesaal?« Die Männer schleppten einen massiven Holzstuhl herbei und zwangen ihn, darauf Platz zu nehmen. Seine Füße wurden an die Stuhlbeine gebunden, danach fixierten sie seinen Kopf mit einem Lederband um die Stirn an die hohe Rückenlehne.

Interessiert sah Carla zu. »Wenn der Fürst seines Spielzeugs überdrüssig wird, besorgen wir Nachschub. Die gebrauchte Ware wird in den Orient verkauft. Hier warten die Buberln darauf, dass sie abgeholt werden. Mit allem, was ihr kleines, unschuldiges Herz begehrt, wie du siehst. Spielzeug, bestes Essen. Sie müssen ja gesund sein.«

»Das ist so abstoßend«, stieß er angewidert hervor. Die Männer banden Kerns rechten Arm nach hinten. Den linken Unterarm fixierten sie so an die Armlehne, dass die Finger über deren Ende ragten.

»So ist das Geschäft. Was sonst sollten wir mit ihnen tun? Etwa zurück an den Absender? Liebe Mama, lieber Papa, wird sind mit Eurem Liebling fertig, jetzt könnt ihr in wiederhaben? Nein, so läuft das nicht. Und außerdem bringt auch das Weiterverkaufen eine Menge Geld.« Nachdem ihr Werk vollendet war, schickte Carla ihre Helfer weg. »So, Leo, jetzt sind wir endlich allein.«

Kern ließ sich seine Angst nicht anmerken. »Und das alles hat Rosi organisiert?«

»Die Kontakte zum Orient hab ich hergestellt. Die Gnädige war nur für den Ankauf zuständig. Die meisten holen wir von der Straße. Die vermisst doch eh keiner. Aber manchmal kaufen wir auch. Darin war die Rosi spitze. Sie hat den Eltern das Blaue vom Himmel versprochen, damit sie ihre Bälger abgeben. Hat von guten Schulen salbadert, reichen kinderlosen Familien, die gern ein Kind aufnehmen wollen, das ganze Geschwätz eben. Alles andere macht Frau Vogler.«

Sie ging in das Kinderzimmer und kehrte mit einem kleinen Kohlebecken zurück, das sie gewissenhaft auffüllte und entzündete. Geduldig wartete sie, bis die Glut hellrot leuchtete. Kerns Angst wuchs mit jeder Minute. Das passiert dir nicht, dachte er verzweifelt. So etwas tut sie nicht. Nicht dir! Wo blieb der verfluchte Pellegrini?

Carla riss ihn aus seinen Gedanken. »Und jetzt wieder zurück zum Wesentlichen. Wer hat geplaudert?«

Mit angstverzerrtem Gesicht starrte er auf die heiße Glut. »Niemand«, flüsterte er mit zitternder Stimme.

Sie griff nach einem kleinen Drahtgitter und einer Drahtrolle, die auf dem Herd lagen. »Immer noch niemand?«, fragte sie lächelnd.

»Immer noch niemand«, zischte er tapfer.

Carla schürzte die Lippen. »Schade.« Sie kniete sich neben ihn, drehte die Handfläche nach oben und band seine Finger mit dem Draht auf das Gitter. Dann rückte sie das Kohlebecken darunter. Kern spürte die Hitzewelle. Die Haare auf seinem Handrücken rollten sich ein und zerfielen zu Asche, der Geruch nach verkohltem Keratin stieg in die Luft. »Bitte, Leo, jetzt sei vernünftig. Früher oder später wirst du reden. So etwas hältst du nicht aus.«

»Es gibt keinen Verräter«, schrie er, doch die Angst schnürte ihm langsam die Kehle zu. Als die Glut seine Haut versengte, stieß er einen Schmerzensschrei aus und wand sich in seinen Fesseln.

Carla zog das Kohlebecken weg. »Scheiße!«, rief sie. »Du mit deiner verblödeten Schmuserei«, stieß sie vorwurfsvoll hervor. »Ich schaff es nicht. Ich schaff es einfach nicht, dir wirklich wehzutun. So etwas ist mir noch nie passiert!«

Kern schöpfte Hoffnung. »Es war also nicht alles nur vorgespielt?«

»Nein, war es nicht«, erwiderte sie wütend. »Du bist der erste Mensch in meinem Leben, der gut zu mir war. Über die Ohrringe hab ich mich richtig gefreut. Noch nie hat mir jemand ein so wunderschönes Geschenk gemacht. Warum bist du nur so stur? Du und ich, wir könnten in Saus und Braus leben!«

»Mit dieser Schuld könnte ich nie leben. Dann bin ich schon lieber tot.«

»Wo lebst du? Wenn wir es nicht tun, dann tun es andere. Du wirst die Welt nicht retten.«

»Das weiß ich. Aber ich kann sie vielleicht ein bisschen lebenswerter machen.«

Carla erhob sich. »Nein, kannst du nicht.« Sie zückte eine lange, dünne Lanzette. »Schade. Ich mag dich wirklich gern, Leo. Ich verspreche dir, dass es kurz und schmerzlos wird.« Sie wischte sich eine Träne aus dem Gesicht. »Ich finde die Verräterin auch so.«

»Wenn du aussagst ...«

»Vergiss es. Ich bin mein ganzes Leben wie Dreck behandelt worden. Glaub mir, ich weiß, wie es diesen Kindern geht. Ich war selbst in einem türkischen Puff. Mein ganzes Leben lang bin ich gedemütigt und misshandelt worden. Jetzt bin ich endlich auf der richtigen Seite und verdiene auch noch viel Geld damit. Jetzt bin ich wer.«

»Du bist eine Mörderin!«

»Das bin ich schon lange. Aber für den Kaiser zu töten ist eben kein Verbrechen.«

»Du warst im Krieg, ich weiß.«

Sie wich zurück und ihre Augen weiteten sich vor Schreck. »Woher? Hast du mit Pellegrini gesprochen?« Sie packte ihn an seinem Hemd und schrie ihn an. »Wo hast du ihn getroffen? Wann?« Plötzlich sprang sie auf und blickte sich hastig um. »Ist er dir gefolgt? Bist du gar ein Lockvogel? Genau! Ein Köder bist du, sonst nichts, du Dummkopf.« Hastig kramte sie in einer Kommode, förderte eine Pistole zutage und lud sie. »Sie haben es erst vor ein paar Tagen versucht. Ein hässlicher Kampf.« Unwillkürlich griff sie an ihr verbundenes Ohr. »Deine blöden Ohrringe.« Ihre Lippen verzogen sich zu einem siegessicheren Grinsen. »Aber mit mir nicht, Herr Hauptmann. Nicht jetzt, da ich am Ziel bin.« Sie richtete die Waffe auf Kern. »Du hast mich verraten, Leo. Dafür musst du jetzt bezahlen.«

Kern schloss die Augen. Luise, ich komme, dachte er. Endlich ist es vorbei. Eine tiefe Ruhe ergriff ihn, als Anna und das kleine Mädchen plötzlich vor ihm standen. Seine Frau sah ihn gütig an. Die kleine Luise lächelte verschmitzt und schüttelte den Kopf. Als der Schuss krachte, zuckte er kurz zusammen. Glasscheiben zersplitterten. Die Kugel schlug in Carlas Nacken ein und zerschmetterte Wirbelkörper und Rückenmark, ehe sie durch den Mund wieder austrat. Ein Regen aus Blut, Knochen und Zahnsplittern ging über den gefesselten Kern nieder. Von der Wucht des Einschlags nach vorn geschleudert, stürzte ihr Körper wie eine führungslose Marionette auf ihn. In einem letzten Aufbäumen krallten sich ihre Finger an ihm fest.

Entsetzt riss er seine Augen auf. Die untere Hälfte ihres Gesichts war nur noch eine blutige Masse, doch ihre Augen waren unverletzt geblieben. Weit aufgerissen starrten sie ihn mit einer Mischung aus grenzenloser Überraschung, Protest und Vorwurf an. Obwohl die gespenstische Szene keine Sekunde andauerte, schien es Kern wie eine Ewigkeit. Dann brach eine Blutfontäne zwischen den Trümmern ihres Unterkiefers hervor. Gleichzeitig erschlafften ihre Finger, und sie sank zu Boden. Ein letztes, haltloses Zucken ihrer Glieder, dann war es vorbei. Eine dunkelrote Blutlache breitete sich über den Boden.

Pellegrini erschien in der Tür. »Na, gerade noch, würde ich sagen«, sagte er gut gelaunt. Doch Kern starrte nur fassungslos auf die Leiche zu seinen Füßen. »Ein schlichtes Dankeschön würde mich schon freuen«, setzte der Hauptmann nach, während seine Männer erschienen und die Tote in einen großen Sack verpackten.

Erst jetzt erwachte der Sonderermittler aus seiner Lähmung. »Danke«, flüsterte er schwach. Voller Grauen spürte er, dass seine Kleidung nass von Carlas Blut war.

Pellegrini lächelte. »Manchmal ist die Armee doch noch für etwas gut.« Er durchschnitt Kerns Fesseln und half ihm auf die Beine.

Der Sonderermittler konnte kaum stehen. Er blies auf seinen verbrannten Handrücken. »Das war wirklich in letzter Sekunde.« Pellegrini antwortete mit einem stummen Nicken.

Kern ließ sich in den Stuhl zurücksinken. Das Bild seiner kleinen Familie, so kurz vor dem Schuss, ließ ihn nicht los. Luise hatte gewusst, dass seine Zeit noch nicht gekommen war. Nun empfand er darüber tiefe Verzweiflung. Er war bereit gewesen zu gehen.

»Alles in Ordnung?«, fragte Pellegrini besorgt.

Der Sonderermittler nickte hastig. Langsam fand er seine Fassung wieder. »Sie sagten, sie hätte nie eine Chance gehabt. Erzählen Sie mir von ihr.«

Der Hauptmann stieß einen lauten Seufzer aus. »Sie stammt aus Dalmatien, aus einem kleinen Bergdorf in der Bocche di Cattaro. Die Mutter starb bei ihrer Geburt. Ihr Vater hat sich schon früh an ihr vergangen. Sie war zehn, als er starb. Ihr Bruder war acht Jahre älter als sie und übernahm die Rolle des Familienoberhaupts, was ihn allerdings nicht davon abhielt, sie in einen Käfig zu sperren und sie weiterhin zu misshandeln. Als er ihrer überdrüssig wurde, verkaufte er sie zwei Jahre später an ein türkisches Bordell.«

»Das ... das ist ja furchtbar.«

»Ich gehe davon aus, dass das, was sie als Ungläubige im türkischen Puff erlebte, noch schlimmer war als alles, was ihr zuvor widerfahren war. Sie war weniger wert als ein toter Hund. Als ich sie entdeckte, wurde sie wie ein Tier gehalten, ihr Rücken war von Peitschenhieben zerfleischt. Sie war vollkommen verdreckt und abgemagert. Keine Ahnung was die Herren der Schöpfung an ihr fanden. Sie sagte damals, sie würde nur mit mir gehen, wenn ich ihr verspräche, dass sie sich an ihrem Bruder rächen dürfe.«

»Sie hat für ihre Freiheit Bedingungen gestellt?«, fragte Kern ungläubig. »In einer solchen Situation hat sie noch verhandelt?«

Pellegrini nickte bedächtig. »Das hat mich auch ziemlich verwundert. Aber ich dachte, eine solche Härte wäre eine günstige Voraussetzung für das, was ich mit ihr vorhatte.«

»Also haben Sie zugesagt?«

»Leider«, sagte der Hauptmann zerknirscht.

»Und dann haben Sie sie zu einer Kampfmaschine ausgebildet.«

»Und damit alle ihre Rachefantasien beflügelt. Am Ende ihrer Ausbildung forderte sie mein Versprechen ein. Ich gab ihr eine Woche frei, und sie verwirklichte ihr Vorhaben. Die ganze Familie ihres Bruders wurde bestialisch abgeschlachtet, inklusive zweier kleiner Kinder. Ich habe die Stätte des Verbrechens nie gesehen, aber ich erfuhr, dass das gesamte Haus vom Popen mit einem Bann belegt und abgefackelt wurde. Die Dorfbewohner errichteten eine kleine Kapelle, alle unmittelbaren Nachbarn zogen fort. Seitdem gilt dieser Ort als Stätte des Teufels. Kein Mensch wagt sich mehr dorthin.«

»Ich will gar nicht wissen, was sie mit ihnen gemacht hat«, bemerkte Kern kopfschüttelnd. »Dabei war sie so eine schöne Frau. Jeder Mann wäre ihr zu Füßen gelegen.«

»Genau das war ihr Verhängnis, von Kindesbeinen an. Beim Militär fand sie in ihren Kameraden eine Art Familie, das erste Mal in ihrem Leben, dass sie Freundschaft erfuhr. Sie sagte mir oft, wie dankbar sie mir war, dass sie den Glauben an das Leben zurückbekommen hätte, und erwies sich als gute und zuverlässige Kameradin. Im Krieg war sie beängstigend erfolgreich. Das war wohl ihre Rache an den

Muslimen. Als dann die Einheit aufgelöst wurde, war sie wieder allein.«

»Als sie in meinen Armen lag, wirkte sie weich und verletzlich. Hat sie das alles nur gespielt?«

»Nicht unbedingt. Wenn Sie das so empfunden haben, dann hat sie sich Ihnen wohl ein wenig geöffnet. Sie waren wahrscheinlich der einzige Mann, der sie mit Respekt behandelt hat.«

»Ich wollte, ich hätte sie retten können.«

Pellegrini schüttelte traurig den Kopf. »Glauben Sie mir, Herr Kern, niemand konnte das. Jede Faser ihres Körpers atmete Hass. Das Leben hat sie zu einem Dämon geformt, und ich habe meinen Anteil daran. Ich bin weder darauf stolz noch auf den heutigen Tag.«

»Was werden sie mit ihr tun?«

»Verschwinden lassen. Niemand darf von ihrer Existenz erfahren.«

»Und das war's dann?«, fragte der ehemalige Polizeiagent mit einer Mischung aus Erleichterung und Ungläubigkeit.

»Für's Erste, ja«, lautete Pellegrinis nachdenkliche Antwort.

»Für's Erste?«

»Sie hatte noch ein paar Waffengefährten, bei denen wir nicht sicher sind, was sie gerade tun. Ich hoffe, sie war nicht die Vorhut.«

»Sie machen Scherze.«

»Es war mir noch nie so ernst.«

Kapitel 27
Finale

Als sich Marx am nächsten Tag dem üblichen Treffpunkt näherte, war er in blendender Laune. Ripp hatte ihn heute besucht und ihm seine Sünden gebeichtet. Also hatte er mit seiner Vermutung recht behalten. Das Bewusstsein, durch seine kleine List das Militär auf den Plan gerufen zu haben, bereitete ihm große Genugtuung. Kern stand bereits über das Geländer der Promenade gebeugt und starrte in die Fluten des Donaukanals.

»Guten Tag, Herr Kern«, begrüßte der Polizeipräsident seinen Sonderermittler freundlich. Die Kaltfront war weitergezogen und hatte strahlendem Sonnenschein Platz gemacht. Im Bad herrschte wieder Hochbetrieb. »Wollen wir ein Stück gehen?«

Wortlos schloss sich Kern dem Präsidenten an.

»Sie sehen schlecht aus. Ich weiß, dass Sie eine Menge durchgemacht haben. Ihr Bericht liest sich wie ein Horrorroman. Sie hatten den sicheren Tod vor Augen. Das muss furchtbar gewesen sein!«

Kern lächelte humorlos. »Dann habe ich alles richtig beschrieben. Aber ich lebe ja noch«, sagte er düster. »Dank zweier Schutzengel.« Er wusste noch nicht, ob er Anna und Luise für seine Errettung dankbar sein sollte.

»Gott sei Dank! Ich komme gerade von einer Unterredung mit Major Ripp, dem Leiter des Evidenzbüros. Das Fräulein Klaric hat ursprünglich für die Armee gearbeitet und ihre Fähigkeiten in den Dienst des Verbrechens gestellt.« Marx legte die Hand auf Kerns Schulter. »Das ist eine streng vertrauliche Information, Kern, aber ich dachte, Sie sollten das wissen.«

»Sie war eine Bestie«, brummte Kern missmutig.

»Die wir dank Ihrer hervorragenden Arbeit zur Strecke bringen konnten.«

»Was hat die Autopsie seiner Erlaucht ergeben?«

»Nicht das, was Sie vermuten. Er starb an Herzschwäche. Kein Hinweis auf eine Verletzung.«

Der Ermittler nickte schwach. »Er hat Herzschmerzen gehabt. Ich war dabei gewesen.«

»Mit achtzig Jahren darf das Herz aufgeben, Herr Kern. Er hat ein gesegnetes Alter erreicht.«

»Na, wenigstens in der Beziehung hat sie nicht gelogen.«

»Ich habe auch gute Nachrichten für Sie«, versuchte der Präsident Kern aufzumuntern. »Wir konnten einen Knaben retten.«

»Wie das?«, fragte Kern überrascht.

»Wir bekamen einen Hinweis.«

Sofort musste der einstige Polizeiagent an Hannsi denken, und seine Hoffnung wuchs, Vogler doch noch das Handwerk legen zu können. »Von wem?«

»Vom Fräulein Matzner persönlich. Quasi eine Stimme aus dem Jenseits. Es waren die Briefe des Grafen.«

»Die Briefe hatte Klaric, und in ihnen stand absolut nichts drin. Ich habe sie doch gelesen!«

»Korrekt. Ich korrigiere mich. Es stand auf den Briefumschlägen.«

»Wollen Sie mich frotzeln, Herr Präsident?«

Marx blickte zum Himmel, wo eine Schar Wildgänse in perfekter Keilformation vorüberzog. »Keineswegs. Ihre Rechnung über das Phenolphtalein hat den Grafen auf die Spur gebracht.«

»Ich verstehe nicht ...«

»Mit Phenophtalein kann man Tinte herstellen, die nach dem Trocknen verschwindet. Der Graf hat Frau Matzner kurz vor ihrem Tod das Prinzip erklärt. Umso einfacher war es für ihn, die Bedeutung der Rechnung, die sie ursprünglich den Briefen beigelegt hatte, zu begreifen. Da er wusste, wie man die Tinte sichtbar machen konnte, war es nur eine Frage der Zeit.«

»Warum hat er mir nichts davon gesagt?«

»Nachdem Sie in der Kolingasse niedergeschlagen worden waren, blieben Sie ein paar Tage lang verschwunden. Inzwischen hatte er die Kuverts verpackt und sie für den Fall Ihrer Rückkehr vorbereitet. Als dann sein Diener Fräulein Klarics Besuch bei ihm meldete, hielt er es für klüger, die beschriebenen Kuverts direkt an mich zu schicken, zumal Klaric darin erwähnt war. Er sandte seinen Kammerdiener.«

Zum ersten Mal zeigte Kern Interesse. »Was stand drin?«

»Ein Mädchen hatte ihr von den Kindern erzählt. Das muss wohl das von Ihnen genannte Fräulein Futschik gewesen sein. Ihre Aussage ist somit bestätigt. Erst hat sie ihr nicht geglaubt, also hat sie selbst Nachforschungen angestellt. Sie konnte beobachten, wie zwei Männer einen völlig verschreckten Buben aus dem Gemach des Fürsten in die Körblergasse 3 führten. Dort haben wir ihr verstecktes Nest ausfindig gemacht. Sie fand dann heraus, dass das Kind dort bis zur nächsten Woche blieb, um ihm erneut zugeführt zu werden. Wurde ein Kind mit einer Kutsche abgeholt, kam es nie wieder zurück.«

»Der Wartesaal«, sagte Kern tonlos.

»Genau. Sie haben das ja in ihrem Bericht sehr plastisch geschildert. Über das Fräulein Klaric äußerte sie sich in ihrem Bericht nicht gerade schmeichelhaft. Sie traf sie mehrere Male in der Naglergasse und wurde unfreiwillig Zeuge, wie sie einem zudringlichen jungen Mann den Arm brach. Ihren Tod hat sie wohl selbst heraufbeschworen, als sie den Fürsten erpresste, um ihre Guajaktherapie zu finanzieren.

Ich nehme an, dass Frau Vogler sie deswegen beseitigen ließ.«

»So hat es auch Klaric berichtet. Warum hat sie nicht Sie um Hilfe gebeten?«

»Auch darüber hat sie geschrieben. Es war so, wie wir vermutet hatten. Unsere Bekanntschaft währte zu kurz. Sie misstraute mir noch. Immerhin kenne ich den Fürsten seit meiner Ordensverleihung in der russischen Botschaft persönlich. Sie wollte offenbar abwarten, ob ich mich als würdig erwies. Als sie dann die Männer bemerkte, die sie beschatteten, geriet sie in Panik. Da sich der Anwalt ihres Vertrauens in der Sommerfrische befand, blieb nur noch Moditzky, ihr engster Vertrauter und Freund.«

»Der Anwaltsbrief, den ich gefunden hatte ...«

»Genau.«

»Und danach hat sie sich ihrer größten Feindin anvertraut.«

»Das war wohl ihr Fehler«, bemerkte Marx ernst.

»Kriegen wir damit die Vogler?«

»Lassen Sie mich zu Ende berichten. Aufgrund von Matzners Angaben haben wir die Wohnung in der Körblergasse ausgehoben und zwei Individuen festgenommen, die bei dem Kind waren. Die beiden haben uns von der Hütte an der Südbahn erzählt. Sie wurde noch gestern Abend geschlossen und wird demnächst abgerissen, da es für sie keine Baugenehmigung gibt.«

»Aber die Vogler!«, beharrte Kern ungeduldig. »Die ist doch der Kopf der Bande. Sie müssen wir zur Strecke bringen.«

»Was wollen Sie ihr anhaben? Das Haus in der Körblergasse gehört offiziell einer alten Frau, die kaum mehr bei Verstand ist, die beiden Festgenommenen leugnen standhaft, Frau Vogler zu kennen. Sie kennen doch das Strafgesetzbuch so gut wie ich, Herr Kern. Das Gesetz verfährt mit dem Kuppler viel nachsichtiger als mit dem eigentlichen Täter.

Mitjuchin müsste mit fünf bis zehn Jahren rechnen, die Vogler bekäme maximal sechs Monate. Und wenn sie die Eltern des Buben großzügig entschädigt – sofern sich die überhaupt aufspüren lassen – kommt sie mit einer Bewährungsstrafe davon.«

Kerns Miene verfinsterte sich.

»Wenn Sie die Dinge aus einem anderen Blickwinkel betrachten, werden Sie erkennen, dass unser Blatt gar nicht so schlecht ist. Ihre Infrastruktur ist zerstört. Frau Mauthner kann keine Kinder mehr einkaufen, die Hütte an der Südbahn wird abgerissen, die Wohnung in der Körblergasse ist enttarnt und die Engelmacherin tot. Das ganze Netz ist zerschlagen. Die Vogler ist übrigens ein recht aggressives Biest. Wollte mir doch tatsächlich die Presse auf den Hals hetzen. Ich konnte sie nach unserem spektakulären Fund eines Besseren belehren. Allerdings hatte ich dabei nicht das Gefühl, dass wir den Beginn einer großen Freundschaft erlebt haben.«

»Der Fürst ...«

»Ist unverwundbar.«

Kern machte ein wütendes Gesicht.

Marx bemühte sich, versöhnlich zu klingen. »Ich kann Sie sehr gut verstehen, Herr Kern.« Kern schloss die Augen und bemühte sich redlich, sich seinen Zorn nicht anmerken zu lassen. Er scheiterte kläglich. Marx konnte ein feines Lächeln nicht unterdrücken. »Vielleicht gibt es ja doch eine Möglichkeit.« Er fühlte Kerns fragenden Blick. »Geduld, Geduld.«

»Ist nicht meine Stärke.«

»Sollte es aber werden. Wissen Sie, was mich am meisten verwirrt?«

»Sie werden es mir gleich sagen.«

»Dass der Engelmacher eine Frau war, lässt mich nicht los. Damit hatte ich nicht im Entferntesten gerechnet.«

»Glauben Sie mir, ich auch nicht.«

»Es widerspricht völlig meinem Frauenbild. Der Engelmacher …«

»*Die* Engelmacher*in*, Herr Präsident.«

»Nein, ich verwende bewusst das Maskulinum und bitte Sie, das Gleiche zu tun, wenn wir über diese Bestie jemals wieder sprechen sollten. Ich will nicht mehr daran erinnert werden, dass eine Frau zu so abscheulichen Verbrechen fähig ist. Der Engelmacher war eine Ausgeburt der Hölle.«

»Wie Sie wünschen, Herr Präsident. Aber ist es nicht paradox, dass es uns nicht im Geringsten verwundert, dass eine Frau kleine Kinder reichen Adligen als Spielzeug vorsetzt und sie danach in den Orient verschickt?«

»Es gibt eine Menge Kupplerinnen in Wien, und sie gehen mit ihren Mädchen nicht besonders zaghaft um. Erst vor Kurzem haben wir eine erwischt, die sie wie in einem Kerker gehalten hat. Keine durfte das Haus verlassen. Das ist natürlich abscheulich, aber nicht vergleichbar mit mehrfachem kaltblütigem Mord an Menschen, die einem nichts getan haben. Ich bin mir sicher, diese Klaric hat dabei sogar so etwas wie Lust empfunden.«

»Sie hatte ein furchtbares Schicksal. Kein Mensch wird so geboren. Carla hatte nie die Chance auf Glück.« Kern kehrte zu seinem wichtigsten Anliegen zurück. »Die Vogler wird weitermachen.«

»Mit den Kindern? Gut möglich, es sei denn, ihr wichtigster Kunde kommt ihr abhanden.«

»Dann wird sie etwas anderes anstellen. So eine wie die hört nicht auf.«

»Wir werden gewappnet sein.«

»Und Mitjuchin?«

»Es gibt einen Gott, Herr Kern. Er wird ihn richten, glauben Sie mir.«

»Ich würde gerne nachhelfen«, erwiderte Kern grimmig.

»Aber, aber! Das habe ich jetzt überhört!«, sagte Marx mit erhobenem Finger. »Gott wird unserer Hilfe nicht bedürfen.

Allerdings kann ich vielleicht ein wenig nachhelfen, dass seine Durchlaucht nicht mehr in Wien sein Unwesen treibt.«

»Und wie wollen Sie das anstellen?«

»Das lassen Sie ruhig meine Sorge sein.«

Epilog

Schon am nächsten Tag ließ Polizeipräsident Marx von Marxberg durch sein Büro um eine Audienz beim russischen Militärattaché ersuchen. Wie nicht anders zu erwarten, wurde ihm diese verwehrt, da er kein Angehöriger des Hochadels war. Erst sanfter Nachdruck mit Verweis auf seine Stellung und den damit verbundenen weitreichenden Kompetenzen brachten den ein wenig störrischen Sekretär des Fürsten zur Räson, sodass der Termin letztendlich gewährt wurde.

Das Treffen fand am Sonntagnachmittag statt und verlief zunächst in überaus herzlicher Atmosphäre. Der Fürst, der sich sehr gut an die Ordensverleihung in der russischen Botschaft erinnerte, war bestens gelaunt und verwöhnte seinen Gast mit hervorragendem Moselwein und edelstem französischen Cognac. Es entspann sich eine angeregte Unterhaltung über die Sicherheit in der Residenzstadt und über die Weißweine in der Wachau. Allerdings trübte sich die Stimmung merklich, als der Polizeipräsident dazu überging, den wahren Grund seines Kommens zu enthüllen. Es ging um verstörende Gerüchte um die Gelüste des Fürsten, denen er angeblich im Nobeletablissement in der Naglergasse nachging, natürlich nichts als dummer Klatsch, dem die Behörde selbstverständlich keinerlei Wahrheitsgehalt zubilligte.

Fürst Mitjuchin lauschte den Ausführungen mit steinerner Miene. Die anfängliche Genugtuung seiner Durchlaucht über das Fehlen stichhaltiger Beweise für seine abartigen Neigungen und die beschwichtigenden Worte des Polizeipräsidenten wichen bald der ernüchternden Erkenntnis, dass ein Durchsickern an die Presse mittelfristig kaum zu vermeiden war, wie der Herr Polizeipräsident mit dem Ausdruck des größten Bedauerns mitzuteilen gezwungen war. Die Spitzel saßen einfach überall. Man wusste ja, wie das mit den Reportern zuging, wie sie jede Kleinigkeit aufbauschten, wie verantwortungslos sie die öffentliche Meinung manipulierten und selbst den besten Ruf nachhaltig beschädigen konnten. Beide Herren gelangten danach übereinstimmend zu der Ansicht, dass ein weiteres Verbleiben seiner Exzellenz in Wien einen kaum kontrollierbaren Skandal zur Folge haben konnte.

Bereits zwei Wochen später war die von seiner Durchlaucht angeregte Versetzung nach Paris von Petersburg wohlwollend beschieden worden, sehr zum Bedauern der vielen hoffnungsvollen jungen Komtessen und deren Mütter, die den Verlust der schillerndsten Persönlichkeit des Gesellschaftslebens der Residenzstadt bitter beklagten. Doch jeder Versuch – und es gab derer viele – Seine Durchlaucht zum Bleiben zu bewegen, scheiterte.

Und nun wartete der Fürst ein wenig gelangweilt auf dem Bahnsteig am Westbahnhof, während seine Dienerschaft sein persönliches Gepäck verlud. Von dem Mann, der sich ihm von hinten näherte, nahm er nicht die geringste Notiz. Dieser hatte ein Gesicht von strahlender Schönheit, mit jungenhaften, beinahe kindlichen Zügen. Der Glanz seiner blauen Augen war von tiefer Trauer umwölkt. An seinem linken Mundwinkel schimmerte der Schatten eine Narbe. Der Mann trug einen maßgeschneiderten Anzug aus feinstem Stoff. Seine rechte Hand lag auf seiner Brust unter seinem Gehrock verborgen. Er blieb direkt neben dem Fürsten stehen, der ihn verwundert ansah.

»Eure Durchlaucht?«, sagte der Mann in schlechtem Französisch, lüpfte mit vollendeter Höflichkeit seinen Zylinder und verbeugte sich.